Andreas Schmidt

Mein ist die Nacht

Thriller

Impressum

Alle Nutzungsrechte dieser Ausgabe bei
Gardez! Verlag
Michael Itschert
Richthofenstraße 14
42899 Remscheid
www.gardez.de

JUHR Verlag
Waldweg 34a
51688 Wipperfürth
www.juhrverlag.de

Lektorat
Michael Itschert, Daniel Juhr

Satz
Daniel Juhr

Titelbildzeichnung
Anna Czajkowska, Wipperfürth

Titelreinzeichnung
Reprosatz Neumann GmbH, Remscheid, www.reprosatz.de

Alle Hauptfiguren und Handlungen sind frei erfunden.
Ähnlichkeiten mit lebenden Personen sind rein zufällig.

Druck:
AALEXX Buchproduktion, Großburgwedel. Printed in Germany.

ISBN: 978-3-89796-220-0

Für die Menschen, die hinter mir stehen.
In guten und in schlechten Zeiten: Die Schmidts.
Euch liebe ich alle!

Prolog

Als er erwachte, spürte er dieses unbestimmte Verlangen. Gier beherrschte sein Denken und Handeln, als er aufstand und an das Fenster trat. Die Dunkelheit hatte sich wie ein Leichentuch über die verfallenen Gebäude der Stadt gesenkt. Er hatte lange geschlafen und war erst am Abend erwacht. Während er durch das fast staubblinde Fenster hinaus in die Nacht blickte, stellte er fest, welch düstere Wolken sich vor den Mond geschoben hatten. In den letzten Stunden hatte Schneefall eingesetzt, und die Stadt schien unter einer unsichtbaren Schallglocke zu stecken. Es war totenstill draußen, und er versuchte sich daran zu erinnern, wann es zuletzt im November geschneit hatte.

Heute Nacht war es endlich so weit.

Er würde dem Verlangen nachgeben. Tun, was er tun musste.

Lange hatte er auf diesen Tag hingearbeitet. Wochenlange Arbeit lag hinter ihm, und nun würde er die Früchte seiner Mühen ernten können. Ein teuflisches Grinsen huschte um seine blutleeren Lippen, als er sich abwandte und ruhelos durch die Räume schlich. Er war zu einem Wesen der Nacht geworden und er war sicher, dass sich sein Wille, so zu leben, heute Nacht manifestierte. Komplett aufgegeben hatte er sich in den letzten Wochen. Für verrückt hatte man ihn erklärt, ein Arzt hatte ihn sogar einweisen wollen. Er hatte sich enttäuscht und verbittert zurückgezogen. Dann würde er sein Ziel eben anders erreichen.

Nein, er war nicht verrückt.

Er war *anders*.

Lange hatte er nach einer geeigneten Räumlichkeit für sein Vorhaben gesucht und sie schließlich in einer leerstehenden Fabrikhalle am Ufer der Wupper gefunden. Der Besitzer hatte das Gebäude offenbar längst aufgegeben, und so ruhte die alte Fabrik in einer Art Dämmerschlaf und wartete darauf, ihm für seine große Tat zur Verfügung zu stehen.

Niemand interessierte sich mehr für das verfallene Gebäude, hier war seit Wochen niemand mehr gewesen. So hatte er sich die Räume im oberen Stockwerk der alten Fabrik für ein ungestörtes Treffen hergerichtet. Meist hatte er nachts gearbeitet, wenn alle schliefen und das Viertel noch verlassener war, als es tagsüber der Fall war. Die Nacht war seine Zeit, lange schon nicht mehr der Tag. Einem Schatten gleich, glitt er durch die einsame Halle, die von Zwischenwänden zu kleineren Räumen abgetrennt worden war.

Er war ein Geschöpf der Finsternis geworden.

Nun hatte er den Raum erreicht, in dem es heute Nacht geschehen würde. Eine fiebrige Erregung ergriff von ihm Besitz, als seine Finger beinahe liebevoll über das kalte Leder der Bahre glitten. Hier würde sie schon in ein paar Stunden liegen und ihm gehören. Sie wusste ja nicht, worauf sie sich einließ. Er spürte die feinen Vertiefungen des Leders an seinen Fingerkuppen und erschauerte.

Mit einem Ruck wandte er sich ab und trat wieder an eines der hohen Fenster, die mit eisernen Sprossen in kleine gläserne Felder unterteilt waren, und blickte hinaus. Um diese Zeit verirrte sich kaum ein Mensch in dieses Viertel. Niemand wusste, dass er hier hauste, sogar Obdachlose hatten schlicht Angst davor, eine Nacht in diesem unheimlichen Gebäude zu verbringen, in dem das Dach teilweise undicht war und nachts Ratten über den Boden huschten und die Räume mit ihrem schrillen Fiepen erfüllten, stets auf der Suche nach Beute.

Nein, hierhin trieb es niemanden freiwillig.

Normalerweise.

Doch die Hallen mit den hohen Decken waren wie geschaffen für seine Arbeit. Als er den Raum durchschritt, hallten seine Schritte von den schwarz gestrichenen Wänden zurück. Er liebte den morbiden Charme dieses Stadtteils. Leerstehende Gebäude, heruntergekommene Wohnblöcke und verlassene Fabriken. Kneipen, die schon vor Jahren für immer geschlossen hatten. Seit langem ging das Gerücht um, dass hier bald die Abrissbirne zum Zuge kommen und die geschichtsträchtigen, aber baufälligen Gebäude am Ufer der Wupper dem Erdboden gleich machen würde. Wahrscheinlich würden sie hier ein weiteres Einkaufszentrum errichten. Oder ein Parkhaus, vielleicht auch beides.

Doch noch war es nicht so weit.

Wer hier nach Einbruch der Dunkelheit durch die engen Straßen schlich, der konnte sich kaum vorstellen, dass kaum einen halben Kilometer weiter das Leben der Großstadt brodelte. Einkaufspassagen, hektische Menschen, die auf der Suche nach einem Geschenk waren. Das Weihnachtsfest, für ihn die größte Lüge der Menschheit, stand bevor und beherrschte das Denken und Handeln der Sterblichen. Jedes Jahr fielen die Leute auf den Schwindel herein, mühten sich in überfüllten Innenstädten ab, um sich an Heiligabend nicht zu blamieren. Er grinste in weiser Vorfreude auf das Geschenk, das er sich heute schon machen würde. Gut, bis Weihnachten war es noch ein paar Wochen hin. Aber er feierte das Fest der Christen schon lange nicht mehr.

Es gab noch viel vorzubereiten.

Dienstag

19.05 Uhr

Der Winter im Bergischen Land kotzte ihn wirklich an. Wenn es mal schneite, dann kam gleich der komplette Verkehr zum Erliegen. Feine Schneeflocken wirbelten gegen die Windschutzscheibe, um dort zu schmelzen, noch bevor die Scheibenwischer die Flocken fortwischen konnten. Das Wischergestänge quietschte bei jedem Hub, und er umklammerte den abgewetzten Lenkradkranz des alten Opel. Die feste Schneedecke auf dem Asphalt glitzerte im Scheinwerferlicht, das dem Wagen vorauseilte und die Nacht in breite Lichtbalken schnitt. Aus dem Radio ertönte leise Musik. Sie hörten beide nicht zu, hingen ihren Gedanken nach. Die Musik wurde fast vollständig vom monotonen Summen des Heizgebläses geschluckt, das auf Hochtouren lief und so verhinderte, dass die Scheiben des Autos beschlugen. Er seufzte unmerklich und schüttelte immer wieder den Kopf.

Auf der Straße herrschte kaum Verkehr. Seine markanten Gesichtszüge schimmerten geheimnisvoll im Widerschein der Armaturenbeleuchtung. Fest lagen seine Hände auf dem Lenkrad, den Blick hatte er starr nach vorn gerichtet. Die Kieferknochen mahlten, ein Zeichen dafür, dass er angestrengt nachdachte.

Dann hatten sie die angegebene Adresse erreicht. Eine enge Straße mit heruntergekommenen Fabrikgebäuden, die am wolkenverhangenen Himmel über Wuppertal zusammenzuwachsen schienen. Die Anfahrt über die Wesendonkstraße hatte sich wegen chaotisch abgestellter Autos als schwierig erwiesen. Er stoppte den Wagen am Straßenrand und blickte zu ihr herüber. „Hier ist es", bemerkte er überflüssigerweise.

Sie nickte und löste den Sicherheitsgurt. „Fünf Minuten zu spät."

„Er kann froh sein, dass du bei diesem Scheißwetter überhaupt zu ihm kommst", knurrte er.

„Das ist mein Job."

„Tolle Gegend." Die Häuser in dieser Straße waren marode. Altbauten, die ihrem Namen alle Ehre machten. Staubblinde Fenster, Putz, der von den Fassaden bröckelte, und überquellende Mülleimer sowie Unmengen von Unrat in den Hofeingängen prägten das Straßenbild. Auch die teils anzüglichen Graffitis an den Hauswänden vermochten es nicht, mehr Farbe in dieses Viertel zu bringen.

Unterwegs hatten sie sich angeschwiegen.

Natürlich passte es ihm nicht, dass sie abends zu einem anderen Kerl ging. Er machte keinen Hehl aus seinem Unmut und seiner Eifersucht. Dass er sie begleitete, hatte sie vehement abgelehnt. Und ihn damit in seiner Eifersucht bestärkt.

„Es ist doch nur ein Job", hatte sie immer wieder versucht ihn zu beruhigen.

Doch er war anderer Ansicht. „Jobs macht man tagsüber. In Studios, in Agenturen, bei Castings. Nicht nach Einbruch der Dunkelheit in irgendwelchen leer stehenden Fabrikgebäuden."

„Er ist Künstler, kein Fotograf, der im Atelier arbeitet und spießige Hochzeitspaare, Schul- und Kommunionskinder ablichtet. Er ist anders, kreativ und ..." Jetzt lachte sie. „Ja, er ist auch ein Spinner. Wie alle Kreativen halt. Er lässt sich nicht in ein Atelier zwängen, hält sich nicht an feste Arbeitszeiten und fotografiert dort, wo er am besten arbeiten kann – was ist so schlimm daran, dass das Studio in einer Fabrikhalle liegt?"

Jetzt war es an ihm, zu lachen. Doch es klang nicht amüsiert, sondern verbittert. „Was so schlimm daran ist? Die Uhrzeit zum Beispiel. Der

Ort zum Beispiel. Und die Tatsache, dass ich den Kerl nicht kenne.“ Nervös trommelte er auf dem Lenkrad herum.

„Ich geh’ jetzt da rein und mach’ mein Ding. Es dauert ein, zwei Stunden, dann bin ich durch, habe mein Geld verdient und gehöre wieder dir.“ Sie lächelte ihn sanft an und ergriff seine Hand. Als er nicht reagierte, stieß sie die Wagentüre auf. Kalte Luft und Schneeflocken wirbelten ins Wageninnere.

„Also gut. Hol’ mich in anderthalb Stunden ab – wenn du magst. Wenn nicht, auch gut. Dann nehm’ ich mir ein Taxi und fahr’ nach Hause.“

„Wie du meinst.“ Er blickte stur geradeaus.

Sie beugte sich zu ihm herüber und hauchte ihm einen Kuss auf die Wange, doch er reagierte nicht. Gut, dachte sie, dann eben nicht. Mit einer Mischung aus Wut und Enttäuschung im Bauch stieg sie aus. Beinahe wäre sie auf der Schneedecke des Bürgersteigs ausgerutscht. Sie klammerte sich mit der rechten Hand am Rahmen der Wagentür und mit der linken am Autodach fest, als sie sich noch einmal ins Wageninnere beugte.

„Wir telefonieren dann.“ Ohne seine Antwort abzuwarten, warf sie die Beifahrertür zu und wandte sich zum Gehen. Ein wenig nachdenklich blickte sie an der stuckverzierten Fassade des Altbaus hoch. Nur hinter einem der schmalen Fenster brannte noch Licht. Da muss es sein, dachte sie, als hinter ihrem Rücken der Wagen ihres Freundes anfuhr.

Er war wütend und gab zu viel Gas. Prompt drehten die Antriebsräder des Opels durch. Sekundenlang schlingerte der alte Kombi, dann hatte er den Wagen wieder unter Kontrolle und fuhr in gemäßigtem Tempo weiter. Er verfuhr sich in dem Labyrinth aus Einbahnstraßen, bog irgendwann in die Bembergstraße ab und passierte die alte Wupperbrücke. Schwarz glitzerte der Fluss im Zwielicht. Die rot glühenden Rücklichter des Opels verschwanden in der Nacht.

Als auch das Motorengeräusch verebbt war, griff die Stille der Winternacht mit ihren eisigen Klauen nach ihr. Eigentlich liebte sie diese paradiesische Stille, die es nur in verschneiten Winternächten gab. Es war, als würde die Welt unter einer Schallschutzglocke aus frischem weißem Schnee versinken. Jedes Geräusch wurde geschluckt, die Landschaft wirkte friedlich wie im Märchen. Sie versuchte sich daran zu erinnern, wann es zum letzten Mal einen derartigen Winter in der Gegend gegeben hatte. Das Klima ist im Eimer, dachte sie. Die Sommer waren tropisch heiß und die Winter wurden von Jahr zu Jahr härter und länger. Es gab nur noch Extreme, keinen normalen Winter und keinen normalen Sommer mehr.

Als sie den Kopf in den Nacken legte und an dem Gebäude empor blickte, sah sie einen hoch gewachsenen Schatten hinter einem der Fenster auftauchen.

Er erwartete sie also schon.

Ihr Weg führte in einen kleinen Hof. Rechts eine Laderampe, die seit Jahren vor sich hin rostete, links der Eingang. Eine nackte Birne warf ihr bizarres Licht in den Schnee. Sie betrat den Hauseingang, brauchte nicht nach der richtigen Klingel zu suchen, da er oben bereits den Türöffner betätigte. Als sie sich gegen die schwere Haustüre warf, fiel sie fast in das Innere des Altbaus. Oben wurde das Treppenhauslicht eingeschaltet, und sie fand sich neben einer Reihe von blechernen Briefkästen wieder. Wahrscheinlich waren zu besseren Zeiten mehrere Firmen in diesem Gebäudekomplex untergebracht gewesen. Eine ausgetretene Betontreppe führte am Lastenaufzug vorbei nach oben. Es roch muffig, und sie rümpfte angewidert die Nase.

„Nimm den Aufzug, erster Stock!“, hallte seine Stimme von oben durch das nackte Treppenhaus.

„In Ordnung“, rief sie hoch und wandte sich nach links. Sie öffnete die schwere Tür des Lastenaufzugs und drückte auf die glühende Eins. Knarrend und rumpelnd setzte sich die große Kabine in Bewegung. Das Mauerwerk schien an ihr vorüberzukriechen. Witzbolde hatten die Wände mit Fußabdrücken versehen. Die Seile, die den Aufzug nach oben zogen, ächzten bedenklich, und unwillkürlich fragte sie sich, wann der Aufzug zum letzten Mal gewartet worden war. Das Licht an der Decke flackerte und beschleunigte ihren Herzschlag. Ein Stromausfall in der Kabine des alten Aufzuges wäre so ziemlich das Letzte, was sie jetzt gebrauchen konnte. Im Schneckentempo erreichte der Lift die obere Etage. Eine große, handgemalte Eins an der Eisentür verriet ihr, dass sie angekommen war. Sie stemmte sich mit dem Gewicht ihres Körpers gegen die Tür, die mit einem ohrenbetäubenden Quietschen nachgab. Auf dem Gang schleuderte ihr eine einzelne nackte Birne ihren grellen Lichtschein entgegen. Ihr war egal, wie ihr Auftraggeber hier hauste. Sie wollte hier nicht einziehen – sie wollte hier einen Job machen und dann wieder verschwinden. Schnell verdientes Geld, ohne Bürokratie und ohne Finanzamt. Und ganz nebenbei konnte sie ihre Neigung ausleben. So mochte sie es.

Leise Musik drang ihr entgegen. Sie zögerte einzutreten und klopfte gegen das vergilbte Holz einer Tür, die nur angelehnt war.

„Hallo?", rief sie nach drinnen.

Schritte näherten sich. Die Tür wurde weiter geöffnet, und sein Gesicht erschien im Rahmen. Tiefe Ringe lagen unter seinen wachsamen Augen, die Wangenknochen waren hoch und kantig, die Lippen schmal, aber dennoch sinnlich. Ihr kam es sofort so vor, als könne er auf den tiefsten Grund ihrer Seele vordringen. In seinem Blick lag die Erfahrung eines reifen Mannes, doch er war nicht wesentlich älter als sie. Er betrachtete sie aufmerksam, während er den Eingang freigab und sie hereinbat.

„Hallo, du musst die Mandy sein."

Freundlich, sympathisch, stellte sie einigermaßen erleichtert fest. Er gab den Eingang frei.

„Ja, die bin ich. Und du bist ..."

„Clay."

Nachdem sie eingetreten war, drückte er die Tür ins Schloss und legte den Riegel vor. „Ich bin ein sehr ängstlicher Mensch", kommentierte er sein Verhalten, als er Mandys fragenden Blick sah.

„Oder besser: Ich bin ein vorsichtiger Mensch."

Sie nickte und streifte den langen Mantel ab. Darunter trug sie ein kurzes, eng anliegendes Kleid mit tiefem Ausschnitt. Ihre vollen Brüste wölbten sich unter dem Stoff. Dazu trug sie schwarze Nylonstrümpfe und kniehohe Stiefel. Seine lüsternen Blicke blieben ihr nicht verborgen.

Sie lächelte. „Gefalle ich dir?"

„Siehst gut aus, wie auf den Fotos im Internet." Er nahm ihr den

Mantel ab, um ihn an der einfachen Garderobe aufzuhängen. Anscheinend war er ein ordnungsliebender Mensch, denn er benutzte einen freien Bügel und strich den Stoff glatt, bevor er den Mantel aufhängte. Sie betrachtete ihn so unauffällig wie möglich. Clay trug ein schwarzes Hemd, dazu eine ebenso schwarze Jeans und leichte Schuhe, natürlich auch in Schwarz. Wie hießen diese Typen doch gleich? Grufties? Sie trieben sich nachts auf den Friedhöfen herum. Er passte in diese düstere Gegend. Doch im Gegensatz zu den Typen, an die sie dachte, ging von Clay sofort eine unbeschreibliche Faszination aus. Seine Augen zogen sie förmlich in ihren Bann. Ein Schauer rann ihren Rücken herunter.

„Und du bist also ein Freund der Finsternis?“ Sie lächelte ihn kokett an.

„Möglich. Die Dunkelheit fasziniert mich, deshalb liebe ich es, mit dem Licht zu experimentieren. Fotografie ist die Kunst, mit Licht und Schatten zu arbeiten.“ Seine Lippen bildeten ein schmales Lächeln. Ein unheimlicher Typ, dachte sie und erschauerte. Ihr Gastgeber war unwesentlich älter als sie, vielleicht um die dreißig, hatte pechschwarzes, langes Haar, das er zu einem Zopf zusammen gebunden hatte. Er trug einen fein gestutzten Kinnbart. Der Blick seiner grünen Augen lag auf ihr, als wolle er sie abtasten. Sie blickte sich in dem langen, schmalen Korridor um. An den Wänden hingen Fotografien in halterlosen Glasrahmen. Sie zeigten nackte Frauenkörper. Erotische Fotografie, sehr ästhetisch, meist in Schwarzweiß. Die Gesichter der Frauen blieben dem Betrachter verborgen – sie lagen entweder nicht im Bildbereich oder drehten dem Künstler den Rücken zu. Er beherrschte das Zusammenspiel von Licht und Schatten, verstand es, die Konturen des weiblichen Körpers vorteilhaft zu betonen, das erkannte sie auf den ersten Blick.

„Gefallen dir meine Arbeiten?“ Er war hinter sie getreten und folgte ihren Blicken. Sie bemerkte seinen Atem an ihrem Nacken und spürte, wie sich ihre Nackenhaare aufrichteten. Unwillkürlich trat sie einen Schritt vor und nickte. „Allesamt Kunstwerke“, sagte Mandy bewundernd.

„Du wirst auch zu einem meiner ... Kunstwerke“, erwiderte er und führte sie in eine Art Wohnzimmer. Ihr fiel auf, dass er anscheinend aus einem großen Raum mehrere kleine gemacht hatte. Hier brannten Kerzen. Die Einrichtung war einfach, aber geschmackvoll. Es gab eine bequeme Ledercouch, einen hölzernen Tisch davor, einen passenden Sessel, ein Regal mit Bildbänden und einen hochmodernen, sicherlich sündhaft teuren Fernseher, der fast eine ganze Wand des quadratischen Zimmers einnahm.

Sie blickte sich um. „Willst du ... ich meine, wollen wir ... hier?"

„Nein, die Fotos machen wir gleich drüben in meinem Atelier", antwortete er lächelnd. „Ich dachte, wir trinken erst einmal etwas, um uns kennen zu lernen. Um warm zu werden."

„Einverstanden." Sie sank auf das Sofa. Der Saum ihres Kleides rutschte höher, und sie bemerkte sofort, dass er ihre Beine betrachtete. Schnell zupfte sie ihr Kleid zurecht und schlug die Beine übereinander.

„Du bist schön" stellte er fest, bevor er in der Küche verschwand. „Leider ist meine Getränkeauswahl nicht sehr groß. Magst du einen Wein, eine Cola oder einen Whisky?"

„Dann gerne einen Whisky."

„Geht klar", antwortete er aus der Küche, die dem Wohnzimmer gegenüber lag. Sie hörte ihn mit Gläsern und einer Flasche hantieren, dann erschien er mit den Getränken im Wohnzimmer. Nachdem er ihr das Whiskyglas gereicht hatte, ließ er sich auf dem gegenüberliegenden Sessel nieder. Er hatte sich eine Cola mitgebracht. Schweigend tranken sie.

Mandy nahm einen tiefen Schluck und bemerkte, wie er sie über den Rand seines Glases hinweg betrachtete.

„Wer war das eben?", brach er schließlich das Schweigen.

Mandy verstand nicht sofort und legte fragend den Kopf schräg. „Wer?"

„Der Mann, mit dem du gekommen bist. Ich habe gesehen, dass ein Mann den Wagen gefahren hat."

„Ach das", lachte sie und bemerkte, dass ihre Stimme aus einem ihr unbegreiflichen Grund zitterte. „Das war Tom, mein Freund."

Clay nickte. „Ist er ... seid ihr schon lange zusammen?"

„Seit vier Monaten.“ Das Thema war ihr unangenehm. Üblicherweise trennte sie Privat- und Geschäftsleben voneinander. Mandy trank schnell, vielleicht zu schnell, denn sie bemerkte schon die Wirkung des Alkohols.

„Ist er eifersüchtig?“ Der mysteriöse Fotograf betrachtete sie mit ernster Miene und drehte das Glas zwischen den Händen.

„Ziemlich, ja. Er mag es nicht, dass ich mich vor anderen Männern ausziehe, um mich fotografieren zu lassen.“

„Hast du jemals daran gedacht, ihn zu belügen?“

Mandy stutzte. Warum stellte er ihr diese Frage? Sie hatten sich im Internet kennen gelernt. Er war ambitionierter Fotograf, und sie ein recht erfolgreiches Model. Bislang verdiente sie ihr Geld zwar fast ausschließlich mit Nacktfotos, aber bald schon, da war sie sicher, würde sich eine der großen Agenturen für sie interessieren. Das Modeln war ihr Job, nicht mehr und nicht weniger. Mandy nutzte jeden Auftrag, um einen Schritt in ihrer Karriere weiter zu kommen. So hatte sie sich in mehreren Internetforen eingetragen, um an möglichst viele Aufträge zu gelangen. Eigentlich arbeitete sie in einem Drogeriemarkt, doch das war kein Job, in dem sie alt werden wollte, deshalb träumte sie von einer Karriere als Model. Und damit verdiente sie sich etwas dazu. Ganz nebenbei konnte sie sich so ausleben. Doch davon musste Tom nichts wissen. Sie sagte ihm noch lange nicht alles.

„Warum sollte ich ihn belügen? Er hat mich als Model kennen gelernt und wusste vom ersten Tag an, was ich beruflich mache.“

„Hm.“ Clay nickte nachdenklich und erhob sich. Trat ans Fenster und blickte hinaus in die verschneite Nacht. „Ich habe euch vom Fenster aus beobachtet. Verzeih meine Direktheit: Sehr verliebt scheint ihr nicht zu sein.“

„Wie gesagt, er ist eifersüchtig.“ Mandy leerte ihr Glas. „Aber das ist sein Problem. Damit muss er klarkommen. Können wir jetzt mit der Arbeit anfangen?“

Sie wollte mit dem Job durch sein, bevor sich die Wirkung des Alkohols voll entfaltet hatte. Es erschien ihr unprofessionell zu sein, betrunken zu posieren. Bereits als sie sich erhob, spürte sie, dass ihre Knie weich wurden. Sie fühlte sich benommen, fast so, als hätte sie die ganze Whiskyflasche allein geleert. Was war nur los mit ihr?

Clay drehte sich zu ihr um. „Natürlich. Je früher, umso besser. Eins noch: Hast du ein Handy?“

„Natürlich.“

„Würde es dir etwas ausmachen, es abzuschalten? Diese Dinger klingeln in den unmöglichsten Situationen, und das kann bei der Arbeit sehr störend sein.“

„Klar – kein Problem.“ Sie nahm ihr Handy aus der Tasche und schaltete es ab.

„Danke.“ Er lächelte höflich. „Ich geh schon mal nach nebenan, in mein Atelier. Zieh dich aus.“

Sie zögerte. „Dein Studio liegt hier, in deiner Wohnung?“

„Sag nicht Studio, das klingt so technisch. Fotografieren ist eine Kunst, deshalb nenne ich es mein Atelier.“

Es war beileibe nicht das erste Mal, dass sie Aktaufnahmen mit einem fremden Fotografen machte, aber irgendetwas war diesmal anders. Sie spürte es, aber sie reagierte nicht auf die Alarmglocken, die in ihr schrillten. Sie streifte sich das Kleid ab und stand in Unterwäsche und Strümpfen vor ihm.

„Die Nylons und die Stiefel kannst du anlassen, das passt zum Motto.“

„Was ist denn das Motto?“

„Fetisch“, erwiderte er kurz angebunden und verschwand aus dem Zimmer. In einem anderen Teil der Wohnung hörte sie ihn an der Ausrüstung herumhantieren. Zögernd legte sie ihre Kleider zusammen und folgte ihm.

Diesmal kam sie sich besonders nackt vor.

Ausgeliefert.

Klein und verletzlich. Dennoch versuchte sie, ihre Empfindungen zu unterdrücken, als sie ihm in sein Atelier folgte. Schließlich war das alles nur ein Job.

19.20 Uhr

Planlos fuhr er durch die Dunkelheit, starrte mit geröteten Augen in die Schneeflocken, die vor der Motorhaube seines Astra Kombi einen wilden Tanz aufführten. Er hatte sich dafür entschieden, die Stadt über die viel befahrene Gathe und die Uellendahler Straße zu verlassen, die nach Norden führte. Einen Augenblick lang hatte er ernsthaft mit dem Gedanken gespielt, sich in den vorweihnachtlichen Trubel der Elberfelder Innenstadt zu stürzen. Doch allein die Vorstellung, stundenlang für einen Parkplatz anzustehen, hatte den Gedanken zu einer Horrorvorstellung reifen lassen. Beim Autofahren konnte er sich am besten ablenken. Die letzte Tankstelle hatte rechts vor einem Kreisverkehr gelegen. Die Lichter waren aus, der Tankwart hatte es vorgezogen, seinen Feierabend gemütlich zu Hause zu verbringen.

Er ärgerte sich, denn die Tanknadel näherte sich bedenklich dem roten Bereich.

Also weiter und hoffen, dass er eine Tankstelle fand, die noch nicht geschlossen hatte. Autobahntankstellen hatten Tag und Nacht geöffnet, und die Straße verlief parallel zur A 46. Wenn er den Kopf nach rechts wandte, konnte er dort immer die Lichter der entgegenkommenden Fahrzeuge in der Dunkelheit ausmachen. Als er das blaue Hinweisschild sah, setzte er den Blinker und nahm die nächste Autobahnauffahrt. Nachdem er die langgezogene Kurve vorsichtig passiert hatte, stellte er erleichtert fest, dass der Winterdienst in den Schneematsch der rechten Fahrspur bereits eine Schneise geschoben hatte. So ordnete er sich hinter einem LKW mit polnischem Kennzeichen ein und zuckelte mit knapp siebzig Stundenkilometern hinter dem Sattelzug her, dessen Aufbau vor dem Opel wie eine Mauer in den Himmel zu ragen schien. Schnee pladderte von der Plane des Aufliegers und klatschte gegen den Wagen. Er fluchte wild und vergrößerte den Abstand.

Nach ein paar Minuten kreisten seine Gedanken wieder um Mandy. Auf den letzten Kilometern hatte er mehrmals den Plan gefasst, einfach umzudrehen, um sie aus der Wohnung dieses seltsamen Fotografen zu holen, sie einfach von diesem notgeilen Bock wegzubekommen. Thomas Belter bezweifelte keine Sekunde, dass dieser Kerl alles andere als seriös war. Wer sein Model nach Einbruch der Dunkelheit bis tief in den Abend hinein zu einem Shooting in eine offenbar leerstehende Fabrik in der dunkelsten Gegend von Wuppertal bestellte, war alles andere als normal.

Warum hatte sie nicht auf ihn gehört?

Er hasste ihren Trotz, wurde jedes Mal wütend, wenn sie ihm leichtfertig blinde Eifersucht unterstellte, sobald er sich um sie sorgte. Natürlich passte es ihm nicht, wenn sie sich vor den Augen eines anderen Mannes auszog, um für ihn zu posieren. Natürlich schnürte sich ihm die Kehle zu, wenn er daran dachte, dass seine Freundin anderen Kerlen als Wichsvorlage diente.

Er liebte sie. Und er wollte sie nicht mit fremden Typen teilen.

Auch der Vorwand, es seien doch nur Fotos, stimmte ihn nicht milde. Es waren aufreizende Posen, Posen, die bei Männern die Phantasie anregten.

Natürlich, sie verkaufte nicht ihren Körper.

Doch, schrie alles in ihm. Natürlich verkaufte sie ihren Körper. Nein, natürlich war sie keine Nutte, natürlich trieb sie es nicht mit allen Männern, die sie nackt sehen konnten. Aber allein der Gedanke, dass die Burschen, die sie so sehen konnten, sich an seiner Freundin aufgeilten, allein dieser Gedanke kotzte ihn an.

Diesmal war es anders. Er hatte einfach nur Angst um Mandy. Er wusste, dass mit diesem seltsamen Fotografen etwas nicht stimmte. Das dumpfe Gefühl tief in ihm hatte nichts mit Eifersucht zu tun. Es war die Sorge, dass dieser Typ ihr etwas antun könnte. Immerhin war sie allein mit ihm in seiner Wohnung, die in einem zwielichtigen Viertel der Stadt lag. Selbst wenn sie schrie, niemand würde sich um ihr Geschrei kümmern, soviel stand für ihn fest. Die Gegend, in der er sie abgeliefert hatte, wurde von Kriminalität und organisiertem Verbrechen beherrscht. Kleinkriege, Schlägereien und Schreie waren alltäglich in diesem Viertel. Bei dem Gedanken daran, dass ihr dort etwas zustoßen konnte, schnürte sich ihm die Kehle zu.

Das Viertel, beherrscht von unzähligen verschiedenen Kulturen und von Arbeitslosigkeit, war ein Schmelztiegel des Verbrechens. Vermutlich würde es nicht einmal auffallen, wenn er sich an ihr verging und sie um Hilfe rief. Der Kerl hatte freie Bahn.

Diese Gedanken quälten ihn. Was sie jetzt gerade wohl tat? Sicherlich räkelte sie sich nackt vor seiner Linse, vielleicht spreizte sie sogar die Beine und zeigte diesem Heini das, was nur ihm gehören sollte. Es gab Männer, die es anmachte, wenn andere Kerle ihre Frauen nackt sehen konnten. Alle durften sie ansehen, aber nur sie allein durften mit ihnen vögeln. Der Gedanke daran machte diese Männer scharf.

So war er nicht.

Er liebte Mandy, und er wollte sie für sich allein. Wäre es anders gewesen, hätte er ihr ihren Wunsch, sie in den Swingerclub zu begleiten, nicht abgeschlagen. Er wollte sie nicht teilen müssen. Sie hatte ihm beigepflichtet. Natürlich wollte sie ihm allein gehören, natürlich verstand sie seine Eifersucht.

Warum, verdammt noch mal, hatte sie sich dann heute Nacht anders verhalten? Er verstand sie manchmal einfach nicht. Wütend hieb er auf den Lenkradkranz und zerquetschte einen Fluch zwischen den Lippen. Die Frau, die er seit vier Monaten über alles liebte, war eine Exhibitionistin. Er liebte es, wenn eine Frau ihm alle sexuellen Wünsche erfüllte und auch selbst gern die Initiative ergriff. Nie zuvor hatte er eine leidenschaftlichere Liebhaberin kennen gelernt.

An allen erdenklichen Orten hatten sie es getrieben. In der Umkleidekabine eines Modehauses, in einem Kölner Kaufhaus, in der Toilette ihrer Lieblingsbar in der Düsseldorfer Altstadt, im Auto, draußen auf dem Messegelände in Essen, in einer der letzten lauen Sommernächte am Ufer des Baldeneysees. Er war süchtig nach ihr, und dennoch bezweifelte er in diesem Augenblick, ob Mandys offener Umgang mit Sex ihrer Partnerschaft wirklich gut tat. Tom verfing sich in seinen Gedanken. Immer wieder spielte er mit der Idee, einfach den Wagen zu wenden, zurück in die Stadt zu fahren und sie aus den Klauen dieses verrückten Fotografen zu befreien. Doch etwas hinderte ihn daran. Längst schon waren die Hinweisschilder auf Düsseldorf an ihm vorüber geflogen. Einzelne, spärlich beleuchtete Häuser schälten sich als letzte Zeichen der Zivilisation in immer größer werdenden Abständen aus der Dunkelheit. Ansonsten nur Schnee und diese trübe Einsamkeit, die ihn wahnsinnig machte.

Frustriert starrte er auf die Rücklichter des polnischen Lasters vor ihm. Es wurde Zeit für einen Tankstopp. Inzwischen war die Nadel der Tankanzeige tief im roten Bereich gelandet. Nervös klopfte er gegen das Glas, so, als könnte er damit bewirken, dass sich die Nadel noch einmal bewegte.

Er sehnte sich nach Licht, nach Wärme, nach Menschen. Er fragte sich, ob es in dieser Einöde keine Tankstelle gab, die Tag und Nacht geöffnet hatte, und fuhr weiter in die Dunkelheit hinein.

Irgendwo würde er anhalten und einen Kaffee trinken. Vielleicht würde er in der Gesellschaft von Menschen auf andere Gedanken kommen. Als er auf die Tanknadel im Armaturenbrett schielte, stellte er fest, dass der Zeiger jetzt bereits am Rand des roten Bereiches kratzte. Nun wird es aber höchste Zeit, dachte er. Der Schneefall wurde dichter. Ein verdammtes Scheißwetter, er war hundemüde, musste morgen früh zur Arbeit, und seine Freundin zeigte sich einem wildfremden Kerl nackt. Was war das bloß für eine Scheiße?

19.35 Uhr

Das Atelier lag direkt neben dem Wohnzimmer. In den gut zehn Quadratmeter großen Raum gelangte man nur über eine einzige Tür, die ebenfalls vom Korridor her abzweigte. Sie stand etwas unsicher im Türrahmen und betrachtete Clays Atelier. Die Fenster waren mit blickdichten schwarzen Tüchern verhüllt. Auch die Wände waren schwarz gestrichen. Die einzigen Lichtquellen waren Kerzen, die in fünfarmigen Haltern steckten. Das zuckende Licht der Flammen ließ den Raum unheimlich erscheinen. Lange Schatten geisterten über die Decke und den Dielenboden. Möbel gab es keine; nur in der Mitte des Raumes stand eine Pritsche, die mit dunklem Stoff abgehängt war – möglicherweise versteckte sich ein ganz normaler Esstisch darunter.

Erst jetzt entdeckte Mandy einen Sessel, der in einer Ecke des Zimmers stand. Vermutlich würde sie sich gleich auf diesem Sessel räkeln dürfen. Sie spürte, wie die Aufregung wuchs. Die Stimmung in Clays Atelier war bedrückend und gleichermaßen anregend. So etwas hatte sie noch nie erlebt. Schwer hing der süßliche Duft der schwarzen Kerzen in der Luft.

Mandy atmete tief durch und fühlte sich benebelt. Sie gab dem zu schnell getrunkenen Whisky die Schuld daran und nahm sich vor, bei künftigen Shootings nur noch alkoholfreie Getränke zu sich zu nehmen.

Die technische Ausstattung von Clays Atelier hielt sich in Grenzen. Es gab lediglich zwei Stative, einen Fotoapparat und eine recht einfache Blitzanlage. Auf einem Tischchen in der Ecke stand ein Laptop, an dem man die gemachten Aufnahmen gleich betrachten konnte.

„Ich bin Minimalist", lächelte Clay, der ihre Blicke beobachtet hatte. „Kerzenlicht fasziniert mich. Es bedeutet viel mehr als technischen Schnickschnack."

„Und die Belichtung? Ich meine, wie kriegst du das hin, nur mit dem Kerzenlicht?"

„Lass mich mal machen. Ich blitze mit weichem Streulicht, den Rest erledigt eine manuell gewählte lange Verschlusszeit. Aber das ist Fachchinesisch. Vertrau mir einfach." Er lächelte, und Mandy konnte dieses Lächeln nicht recht einordnen. Sie erwischte sich bei dem Gedanken, dass sie froh war, wenn sie das Shooting hinter sich hatte.

19.40 Uhr

Eine Insel aus Licht schälte sich irgendwann aus der Nacht. Seine Augen hatten sich an die Dunkelheit gewöhnt, und so blendeten ihn die Leuchtziffern der Preistafel am Straßenrand. Er drosselte das Tempo und seufzte erleichtert. Endlich eine Tankstelle, die um diese Zeit noch geöffnet hatte. Die plötzliche Helligkeit imponierte ihm fast ein wenig, als er herunterschaltete und den Opel zur Ausfahrt lenkte. Auf dem Gelände der Rastanlage herrschte kaum Betrieb. Wer es nicht unbedingt musste, ging bei diesem Wetter nicht vor die Tür. Thomas Belter steuerte den Wagen an eine der Zapfsäulen. Der Opel schlitterte leicht, als er das Lenkrad einschlug. Auf der Fahrbahn hatte sich eine glitschige Matschschicht gebildet.

Als er ausstieg, stellte er fest, dass es ein paar Grad wärmer geworden sein musste. Der weiße Schnee war einer matschigen Pampe gewichen. Feuchte Kälte griff nach ihm. Sein Gesicht glühte, als er den

Tankverschluss öffnete und für zwanzig Euro Super Bleifrei nachtankte. Mehr konnte er sich nicht leisten. Es würde für den Rückweg nach Wuppertal reichen.

Nachdem die Anzeige der Zapfsäule auf zwanzig Euro gesprungen war, setzte er sich in den Wagen und fuhr den Opel hinüber zum Parkplatz, der vor dem gläsernen Shop der Tankstelle lag. Jetzt stand er zwischen zwei riesigen Lastzügen. Von den Fahrern keine Spur. Vermutlich hielten sie sich im Gebäude der Tankstelle auf, um sich mit Bier, Bockwurst und Bumsheftchen zu versorgen, dachte er grimmig, während er den Opel abschloss und den Shop der Tankstelle betrat.

Das Blut rauschte in seinen Ohren, und er spürte, wie sehr ihn die aufkommende Müdigkeit lähmte. Höchste Zeit für einen starken Kaffee.

Aus dem Lautsprecher an der Decke plärrte ein nerviger Radiomoderator vom Fest der Liebe, das nun unaufhaltsam auf uns zukäme. Tom rümpfte die Nase. Hinter der Kasse eine wasserstoffgefärbte Blondine mit leerem Blick. Zu grell geschminkt, die künstlichen Fingernägel knallrot lackiert, stand sie an ihrem Platz und blickte immer wieder zur Uhr.

Die Trucker machten sich am Kaffeeautomaten zu schaffen und beobachteten ihn neugierig. Einer biss in eine Bockwurst.

Belter nickte den Fahrern zu und marschierte zur Kasse. „Die Zwei", brummte er und schob der Kassiererin den Zwanzig-Euro-Schein rüber. „Und einen Kaffee."

„Gibt's drüben am Automaten." Sie beackerte einen Kaugummi und erinnerte ihn mit ihrem dummen, aussichtslosen Gesicht an eine Kuh auf der Weide. „Ich geb Ihnen 'ne Münze."

„Danke."

„Ist das ein Schweißwetter", brummte einer der Fernfahrer, ein bärtiger Hüne in einer dunkelblauen Fahrerjacke. „Und ich muss noch bis Frankfurt." Er winkte müde ab.

Sein Kollege, ein drahtiger Bursche von Ende zwanzig, jedoch mit bereits schütterem Haar, grinste. „Ich fahr bis Kassel, und da leg ich mich auf dem großen Parkplatz pennen. Morgen geht's weiter bis Erfurt. Mal sehen, vielleicht gönn ich mir im Sexshop auch noch was

Nettes.“ Er zwinkerte dem Bärtigen zu. „Bei dem Wetter macht’s eh keinen Sinn, neue Rekorde aufzustellen.“

„Und du?“, wurde Tom jetzt angesprochen. „Musst du noch weit?“

Belter, der eine Jeansjacke mit Fellkragen zu einer derben Hose und festem Schuhwerk trug, wirkte auf die Trucker wohl wie ein Kollege. Er zog sich einen Kaffee am Automaten, verbrannte sich an dem Plastikbecher die Finger, fluchte, trat an den Stehtisch und schüttelte den Kopf. „Ich bin mit dem Pkw unterwegs, muss nur nach Wuppertal zurück.“

„Da wartet deine Süße schon auf dich, was?“ Der Drahtige grinste anzüglich und steckte den Daumen seiner rechten Hand durch Zeige- und Mittelfinger hindurch. „Da wünsch ich dir viel Spaß, Kleiner.“

„Falsches Thema, ganz falsches Thema“, brummte Belter.

„Oh, da wird aber einer böse“, lachte der Bärtige. „Hast wohl Stress mit Mutti, was.“

„Haltet doch einfach das Maul“, knurrte Tom, pustete in den Kaffee und trank viel zu hastig. Prompt verbrannte er sich die Lippen.

„Nichts für ungut, Kollege“, lenkte der bärtige Hüne beschwichtigend ein. „Wollte dir nicht zu nahe treten, der Peter. Ich kenn ihn schon lange, der ist manchmal einfach so.“ Er hielt Tom die Hand hin. „Wo wir schon mal dabei sind: Ich bin Georg. Komme zweimal die Woche hier vorbei. Scheißjob, aber besser Scheißjob als gar kein Job.“

„Wohl wahr“, stimmte ihm Peter zu. „Ich kann mich nicht beklagen, kann wenigstens meine Pausen machen, wie es das Gesetz verlangt. Und jetzt zu dir.“ Er klang fast väterlich. „Wo drückt der Schuh?“

Belter zögerte. Und dann war es ihm egal: „Ich hab Zoff mit meiner Freundin.“

„Und da bist du einfach mal abgehauen?“

„Nein, ich hol sie gleich wieder ab.“

„Das muss ich jetzt nicht verstehen, oder?“ Peter warf seinem Kollegen einen zweifelnden Blick zu. Georg zuckte die Schultern.

„Sie ... arbeitet.“ Tom grinste schief. Das Wort Arbeit war ihm schwer über die Lippen gekommen. „Und gleich hat sie Feierabend, da hol ich sie ab, und dann fahren wir zu mir nach Hause und lassen den Abend ausklingen. Was ist so schlimm daran?“

„Nichts“, erwiderte Peter und orderte bei der Wasserstoffblondine noch eine Bockwurst mit Senf. „Sei froh, dass es so ist. Meine Frau ist vor zwei Monaten abgehauen, hatte keinen Bock mehr darauf, dass ich ständig unterwegs bin.“

„Ich habe auch keinen Bock darauf, dass Mandy ständig nachts raus muss“, erwiderte Belter verbittert. Vor seinen geistigen Augen tauchte eine schreckliche Szenerie auf. Er sah sie, nackt, wie sie sich vor den Augen des fremden Fotografen aalte. Was er nicht ahnte, war, dass das erst der Anfang war. Der Anfang von etwas, das schlimmer war als alles, was Thomas Belter jemals in seinem Leben erlebt hatte.

Viel schlimmer.

19.50 Uhr

Sie räkelte sich auf der Pritsche, suchte den Augenkontakt zu seiner Kamera. Hart drückte das Holz des Tisches durch den dünnen schwarzen Stoff. Ihr Rücken begann zu schmerzen. Es war unbequem, doch er bezahlte sie dafür, also hielt sie durch. Mandy zeigte ihm verschiedene Posen, und Clay schien zufrieden mit seinem Model zu sein. Dennoch fühlte sie sich elend, fast so, als hätte sie hohes Fieber. Etwas stimmte nicht mit ihr, doch sie war professionell genug, diesen Job noch zu Ende zu bringen. Ihre aufkommende Krankheit konnte sie morgen bekämpfen.

„Nimm dir eine der Kerzen und lass das Wachs über deinen Körper laufen.“ Sein Gesicht schielte kurz hinter dem Fotoapparat hervor. Er sah ihren zweifelnden Gesichtsausdruck.

„Bitte“, fügte er dann hinzu und lächelte gewinnend.

Mandy zögerte. Dann dachte sie an das schnell verdiente Geld und zog eine der schwarzen Kerzen aus dem Leuchter. Sie lehnte sich weit auf der Pritsche zurück und hielt die Kerze über ihren Leib. Ganz kurz fürchtete sie sich vor dem Moment, in dem das heiße Wachs ihre Haut traf. Möglicherweise würde sie sich Verbrennungen zuziehen. Sie zögerte, schloss die Augen, dann neigte sie die Kerze, die sie in der Hand hielt. Ein leiser Schrei kam über ihre Lippen, den sie jedoch mehr dem ersten Schrecken zuschrieb, als dem tatsächlichen Schmerz.

Denn obwohl das Wachs sehr warm war, so verbrannte sie sich nicht. Langsam öffnete sie die Augen und blickte an sich herab. Das schwarze Wachs bildete einen kleinen See auf ihrem Körper. Ein feiner Faden rann über die Haut nach unten, bevor er aushärtete. Sie spürte die noch immer warme Kruste.

„Spreiz die Beine“, forderte er sie auf und fotografierte. Sie gehorchte ihm.

Wieder tauchte sein Gesicht hinter der Kamera auf. Diesmal lächelte er nicht. Sein Gesicht war starr wie eine Maske. „Mehr Wachs“, forderte er. „Ich will das Wachs zwischen deinen Beinen sehen.“

Sie spürte, wie eine bleierne Müdigkeit in ihr aufstieg. Wo kam diese Schwere her?

Was war nur los mit ihr?

Mandy zwang sich zu mehr Konzentration. Wie durch Watte drang seine Stimme jetzt an ihre Ohren, klang eigenartig verzerrt. Sie begab sich in die Position, die er von ihr verlangte. Sie beugte sich mit angezogenen, leicht gespreizten Beinen auf der Pritsche zurück. Hielt die Kerze über ihren nackten Oberkörper. Ihre Brüste vibrierten, als sie die Kerze leicht kippte. Das heiße Wachs lief über und tropfte auf ihren muskulösen Bauch. Sie schauderte, als sie die Hitze oberhalb ihres Bauchnabels spürte. Das Wachs rann über ihre Haut, bahnte sich seinen Weg abwärts, zum Schoß hinunter.

„Das ist perfekt – bleib so ...“ Clay trat näher und fotografierte sie aus nächster Nähe. Er grinste zufrieden, denn sie bot ihm das, was er haben wollte.

Sie fühlte sich gleichermaßen gelähmt wie stimuliert. Zäh wie Kaugummi rannen die Gedanken durch ihren Kopf. Kurz dachte sie an Tom, sah seine Gestalt schemenhaft vor ihrem geistigen Auge aufblitzen. Doch Tom verblasste von Sekunde zu Sekunde. Es war, als wäre ihr Freund ein Wesen von einem anderen Planeten. Fern und unerreichbar für sie.

Der Gedanke, nackt vor einem wildfremden Mann zu liegen, erregte sie mehr und mehr. Während sie sich in Pose brachte und erneut nach der Kerze griff, überlegte sie, ob das an dem Whisky lag, den sie vor dem Shooting getrunken hatte.

„Mehr Wachs, ich will mehr Wachs sehen", riss sie seine Stimme aus den vernebelten Gedanken. „Komm', das ist echt heiß!"

Stumm nickte sie, winkelte die Beine weiter an und schüttete sich Wachs auf ihren Schoß. Ein heißer Schmerz durchzuckte ihre intimsten Stellen, doch der Schmerz wich schnell einem wohligen Gefühl. Sie stöhnte leise.

Mandy spürte, wie sich das heiße Wachs den Weg zwischen ihre Beine bahnte. Sie schloss die Augen. Das Wachs härtete innerhalb weniger Sekunden auf ihrer gebräunten Haut aus und bildete eine warme Kruste. Es fühlte sich angenehm an, wie eine Schutzschicht, die ihre Scham bedeckte. Sie hatte die Augen geschlossen und genoss das Gefühl des warmen Wachses auf ihrer Haut. Ein kehliger Laut kam über ihre Lippen. Nie zuvor hatte sie etwas Derartiges gefühlt. Sie bemerkte nicht, dass er den Fotoapparat längst weggelegt hatte und sich ihr näherte. Erst, als sie seine Hand zwischen ihren Beinen spürte, schlug sie die Augen auf. Blickte ihn erschrocken an. Verwundert, machtlos, aber nicht abgeneigt. Zu einer ohnmächtigen Zeugin degradiert. Gezwungen, ihm zu gehorchen.

Seine Fingerkuppen glitten über die hauchdünne Wachsschicht. Sie fühlte jede seiner Bewegungen durch das noch warme Wachs und erschrak. Sie war außerstande, Gegenwehr zu leisten und wusste gar nicht, ob sie das überhaupt wollte. Sein Wille war so stark, dass sie sich nicht wehren konnte und es auch gar nicht wollte. Sie war ihm ausgeliefert, und sie genoss diesen Zustand der Machtlosigkeit.

Jetzt wollte sie genießen, wollte sich ihm hingeben.

Clay nahm ihr die Kerze ab, pustete sie aus und legte sie auf den Boden seines Ateliers. Das flüssige Wachs bildete einen Kranz auf dem Fußboden und härtete binnen weniger Sekunden aus. Sein Gesicht glich jetzt einer Maske.

Er grinste sie lüstern an. „Du bist fantastisch, Kleine", flüsterte er, während seine Hände über die Innenseiten ihrer Schenkel glitten und die Wachsschicht lösten. Es war, als würde er ein Geschenk auspacken. Wie von selbst glitt sein Finger in ihren Schoß. Ganz automatisch hob sie das Becken an und ließ ihn gewähren.

„Ich denke, wir werden jetzt ein wenig Spaß haben."

Er kicherte heiser. „Du hast doch nichts gegen ein wenig Spaß, oder?“

Schweigend schüttelte sie den Kopf und fieberte seinen Berührungen entgegen. Längst schon war sie der Realität entschwunden. Längst schon hatte sie sich aufgegeben, um ihm zu gehören. Wie im Fieber sah sie ihm dabei zu, wie er die Knopfleiste seiner Jeans aufspringen ließ. Er trug keine Unterhose. Schweißperlen standen auf seiner Stirn.

„Du willst es, oder?“, keuchte er und näherte sich ihr.

Sie nickte.

„Sag mir, dass ich dich ficken soll.“

„Fick mich.“ Ihre Stimme war nur ein Hauch. Sie war gefangen in ihrem eigenen Körper. Mandy fühlte sich wie im Wachkoma, bekam alles mit, war aber nicht imstande, sich zu wehren – und inzwischen wollte sie sich auch gar nicht mehr wehren. Sie schloss die Augen und ließ ihn gewähren. Seine herrschende Art erregte sie dennoch mehr, als sie sich je hätte eingestehen können. Tom hatte sie längst schon aus ihrem Kopf verbannt. Sie fieberte Clay entgegen, konnte es kaum erwarten, diesen fremden Mann zu spüren.

Er griff sie bei den Hüften und zog ihren Schoß nach vorn, an den Rand der Pritsche. Bevor sie sich versah, drang er in sie ein. Hart. Gewaltig. Er schloss die Augen und keuchte lüstern. Ein Wimmern kam über ihre Lippen.

Sie spürte den Schmerz, aber bekam keinen Schrei zustande. Sie war wie gelähmt, starrte in sein nass geschwitztes Gesicht, ertrank in seinem fiebrigen Blick, hörte das lüsterne Stöhnen an ihrem Ohr und spürte, wie er sich tief in ihr bewegte. Fest umklammerten seine Hände ihre Fußgelenke. Dann ließ er sie los, doch sie zog die Beine an.

Er zwirbelte ihre Brustwarzen, so fest, dass es ihr wehtat. Sie betete, dass es nicht lange dauern würde.

Als er seine Zähne in ihre rechte Brust grub, kam wieder dieser kehlige Laut über ihre Lippen. Für mehr reichte ihre Luft nicht aus.

Sie spürte, wie feuchte Hitze in sie hineinschoss. Von einer Sekunde zur anderen erwachte sie aus dem Dämmerschlaf. Sie fragte sich, was sie, um Himmels willen, da getan hatte. Tränen traten in ihre Augen, sie wand das Becken, wollte sich ihm entziehen. Sie spürte sein Pulsieren tief in sich, war nicht imstande, sich von ihm zu befreien. Wie gelähmt lag sie vor ihm.

Clay zog sich nicht aus ihr zurück. Er grinste. Bevor sie sich wehren konnte, umklammerte er ihre Knie, drückte die Beine weit auseinander und drang noch einmal tief in sie ein. Sein Gesicht befand sich überdimensional vor ihren Augen. Jede Pore seiner Haut konnte sie erkennen wie die Kraterlandschaft eines fremden Planeten. Der Zopf hatte sich gelöst. Strähnig hingen ihm die Haare ins verschwitzte Gesicht. Sein Atem schlug ihr entgegen, warm, faulig, und sie spürte Übelkeit in sich aufsteigen.

Dann sauste sein Kopf herab. Er saugte an ihrem Hals, nagte an ihrer Haut. Tief vergrub er seine Zähne in ihrem warmen Fleisch, so tief, dass es wie Feuer brannte. Er biss kräftig zu und riss ein Stück Fleisch aus ihrer Kehle heraus. Der Schmerz breitete sich von ihrem Hals rasend schnell über ihren gesamten Körper aus und schien sie von innen heraus zu zerreißen.

Sie spürte, wie sie der Ohnmacht entgegensteuerte, unaufhaltsam, war nicht mehr in der Lage, bei Verstand zu bleiben. Grelle Lichtblitze blendeten sie. Sie versuchte noch einmal, sich ihm zu entziehen, doch er lachte nur. Lachte und schlug seine Zähne immer und immer wieder in ihren Hals. Wie ein Vampir.

Doch er wollte mehr als das Blut. Er wollte auch das Fleisch. Er biss sie wie besessen, saugte an ihrem pochenden Fleisch, riss Stücke aus ihrem Hals, kaute und ergötzte sich am Geschmack ihres Blutes, schluckte gierig herunter und vergrub sein Gesicht erneut in der klaffenden Wunde.

Immer und immer wieder biss er zu. Als er kurz von ihr abließ, sah sie sein blutverschmiertes Gesicht wie eine Fratze des Teufels über sich schweben.

Er war der Teufel, daran bestand kein Zweifel. Sie spannte die Muskeln an, doch vergeblich.

Mandy blickte angsterfüllt zur Zimmerdecke und fügte sich ihrem Schicksal. Sie spürte, wie die Kräfte ihren Körper verließen, fühlte, wie das Leben sie im Stich ließ und sehnte den Moment herbei, sterben zu dürfen.

Doch nur langsam schwand das Leben aus ihrem Körper. Ihr dauerte das Sterben schon viel zu lange. Als es endlich so weit war, empfand sie ihren Tod als Erlösung. Die Kräfte verließen die leblose Hülle ihres Körpers, ihre Augenlider flatterten ein letztes Mal, dann glaubte sie sogar zu spüren, wie die Seele ihren missbrauchten und geschundenen Körper verließ. Der Schmerz verebbte, das Brennen in ihrer Kehle ließ nach. Sie fühlte sich so leicht, als könnte sie schweben, glaubte, auf ihre tote Hülle herabblicken zu können.

Sie war einfach schwerelos.

20.05 Uhr

Blutüberströmt und nackt lag sie vor ihm. Die Augen im Augenblick des Todes angstvoll aufgerissen, den Mund wie zum stummen, angsterfüllten Schrei geöffnet. Ihre Kehle war eine einzige klaffende Wunde. Eine ganz schöne Sauerei hatte er da angerichtet, da gab es jetzt einiges zu putzen in seinem Atelier. Doch nur die Ruhe. Er wollte jede Sekunde mit ihr auskosten.

Als er von ihr abließ, war schon kein Leben mehr in ihr. Doch ihr Körper war noch warm, und fasziniert starrte er auf ihren Schoß. Sein Blick glitt über das, was von ihrem makellosen, Sonnenbank gebräunten Körper noch übrig war. Über ihren Bauch hinauf zu ihren erigierten Brustwarzen. Doch die Brüste hoben und senkten sich nicht mehr. Als er die tiefe Bisswunde an ihrem Hals betrachtete, spürte er, wie die Erregung erneut in ihm aufloderte. Er hatte sie mit mehreren Bissen getötet, hatte ihr Fleisch verschluckt, schmeckte es noch auf der Zunge, gemischt mit dem süßlich-metallischen Geschmack ihres Blutes.

Sie hatte gut geschmeckt. Zart und fein war ihr Fleisch, wie edler Thunfisch oder zartes Hühnchenfleisch. Sie war eine Delikatesse.

Seine Hände glitten erneut über den leblosen Körper der jungen Frau. Das Gefühl der Macht beherrschte ihn. Er hatte ihr gezeigt, wer das Sagen hatte. Er hatte über Leben und Tod bestimmt und sich für ihren Tod entschieden. Dieser Gedanke der Macht erregte ihn. Er berührte sich. Lange und immer heftiger.

Sie spürte nichts mehr von dieser Demütigung.

20.30 Uhr

Um diese Zeit trieben sich düstere Gestalten auf der Straße herum, und immer wieder blickte sie sich ängstlich um. Doch da war niemand, der ihr in der Dunkelheit der Hofeinfahrt in ihrem Rücken auflauerte. Feierabend, dachte sie erleichtert, als sie vor die Tore der alten Textilfabrik trat. Bizarr malte sich das Backsteingebäude vom Nachthimmel der Stadt ab. Im Hintergrund schälte sich das Gerüst der Schwebebahn aus dem Grau der Nacht. Ob die Bahn noch fuhr, wusste sie nicht, aber sicherlich hatten die Verkehrsbetriebe längst den Linienbusverkehr eingestellt. Sie schüttelte den Kopf, als sie sich an einen Zeitungsartikel erinnerte, in dem gestanden hatte, dass die Gelenkbusse der Stadt mit Sommerreifen ausgestattet waren. Kein Wunder, dass, sobald in der Stadt mehr als eine Flocke fiel, an jeder kleinen Steigung die Busse des öffentlichen Linienverkehrs quer standen, und nichts mehr ging.

Gut, dachte sie, gehe ich halt zu Fuß.

Der Fußmarsch an der frischen Luft würde ihr sicherlich gut tun, und so schrecklich weit bis zu ihrer Wohnung, die im Stadtteil Wichlinghausen lag, war es nicht.

Sie war mal wieder die letzte gewesen, hatte im buchstäblichen Sinne das Licht in der Firma ausgemacht, den hellblau geblümten, altmodischen Kittel gegen den dicken Wintermantel getauscht und wollte nur noch nach Hause. Eigentlich machte sie gern Spätschicht in der Fabrik. Man wurde nicht ständig beobachtet und abgelenkt, und auch die hohen Herren der Geschäftsleitung waren längst zu Hause und ließen sie in Ruhe ihre Arbeit machen.

Trotzdem überkam sie jetzt eine schwere Müdigkeit, die auch nicht verflog, als sie in der frischen Nachtluft stand. Ein wenig unschlüssig stand sie am Straßenrand der vierspurig ausgebauten Straße und lugte zur beleuchteten Bushaltestelle hinüber. Doch es gab keine Spuren im Schnee der Fahrbahn, die darauf schließen ließen, dass hier in der letzten Stunde auch nur ein einziger Bus gefahren war.

Ihre Wangen glühten, und sie freute sich auf ihre Wohnung und auf ihr Bett. Niemand erwartete sie. Walter war letztes Jahr gestorben. Verdammter Krebs. Sie fragte sich, warum die Menschen zum Mond fliegen konnten, warum sie alle Computer, die es auf der Welt gab, miteinander vernetzen konnten und sie fragte sich, warum es trotzdem kein Heilmittel gegen diese heimtückische Krankheit gab. Sie verfluchte die Ärzte, die mit der Behandlung von todkranken Patienten wahrscheinlich mehr Geld verdienen konnten als an einer effektiven Heilung. Die Einsamkeit griff mit eisigen Krallen nach ihr.

Vor die Tür ging sie selten nach Einbruch der Dunkelheit, denn sie wusste sehr wohl, dass die Welt schlecht geworden war. Das Verbrechen lauerte überall, und sie hatte nicht die geringste Lust darauf, eine Messerklinge in ihrem Rücken zu spüren. Immer wieder warf sie ängstliche Blicke über die Schultern, betrachtete jeden Schatten, der nach ihr zu greifen schien. Lena Hille wollte einfach nur schnell den Schutz ihrer Wohnung erreichen, spürte das Herz panisch in ihrer Brust schlagen und beschleunigte ihre Schritte.

Sie zog den Schal fester zu und machte sich, wie von einer unsichtbaren Macht getrieben, auf den Heimweg. Sie marschierte ein Stück der Friedrich-Engels-Allee entlang und registrierte, dass sie kein einziges Fahrzeug sah. Auf den Straßen herrschte kaum Verkehr. Eine matschige, grauweiße Schicht hatte sich über Wuppertal ausgebreitet. In den letzten Stunden war es ein paar Grad wärmer geworden, und der Schnee hatte sich so schnell, wie er gefallen war, in eine nasse Pampe verwandelt.

So weit ist es nun auch wieder nicht, machte sie sich Mut.

Ihre Schuhe waren schon nach den ersten Metern durchnässt, und sie fröstelte. Jeder Schritt erzeugte ein Patschen unter ihren Gummisohlen. Ein Fahrzeug näherte sich mit rasselnden Schneeketten.

War doch noch ein Bus unterwegs?

Hoffnung keimte in ihr auf. Der große Dieselmotor wummerte dumpf durch die leeren Straßen. Doch als sie sich umwandte, erblickte sie nur einen orangefarbenen Unimog der Straßenmeisterei. Und wer war der Mann hinter dem Steuer dieses Ungetüms? War es ein Psychopath, der im richtigen Moment das Steuer nach rechts riss und mit seinem tonnenschweren Gefährt zu einer tödlichen Gefahr würde?

Nein, es sind alles Menschen wie du und ich. Er arbeitet, macht seinen Job und ist sicherlich auch froh, wenn er zuhause bei seiner Frau und den Kindern sein kann. Das Rasseln des Schneeschiebers näherte sich unaufhaltsam, und Lenas Gewissen wurde von Zweifeln geplagt.

Wie schwer war es, sich ein solches Geschoss unter den Nagel zu reißen, um damit wehrlose Opfer zu überfahren? Sie war sicher, dass es keine Chance gab, wenn sie der Mann hinter dem Steuer erst einmal mit seiner schweren Schneeschaufel erwischt hatte. Als sie sich wieder umwandte, sah sie den kantigen Schneepflug auf sich zukommen. Der Motor dröhnte dumpf, die Rundumkennleuchte auf dem Dach der Kabine schleuderte ihren grellen Lichtschein an die Fassaden der umliegenden Häuser.

Der Unimog näherte sich rasselnd wie ein alter Armeepanzer und schob den Matsch vor sich her. Die Unterkante des eisernen Schiebers erzeugte immer wieder Funken, wenn der gehärtete Stahl auf einen Stein traf. Ein Mann, der brav seinen Dienst machte, um den Autofahrern eine gefahrlose Heimfahrt zu ermöglichen. Oder doch ein Verrückter, der das Fahrzeug entwendet hatte und nun alles niederwalzte, was sich ihm in den Weg stellte?

Lena Hille keuchte, als sie ihre Schritte beschleunigte. Im Laufen warf sie immer wieder Blicke über ihre Schultern. Sie wusste, dass man es auf sie abgesehen hatte.

Sie wusste es einfach. Nur nicht, warum.

Der Schneepflug näherte sich unaufhaltsam. Der Dieselmotor erinnerte sie an einen alten Panzer aus den Geschichten ihrer Vaters. Sie hatten Straßen passiert, die viel zu eng waren und alles niedergewalzt, was sich ihnen zur Wehr gesetzt hatte. Ihr Vater hatte immer erzählt, nie einen Fahrer darin entdeckt zu haben. Panzerfahrer verbargen sich unter der zentimeterdicken Stahlschicht ihrer fahrenden Waffen und erweckten für Außenstehende den Eindruck, bei dem Panzer handele es sich um ein führerloses Ungetüm, das nichts und niemand aufhalten konnte. Als sie kurz innehielt, vernahm sie das Rasseln der Ketten.

Doch es war kein Panzer der Besatzungsmächte – es war ein städtisches Räumfahrzeug.

Nicht mehr und nicht weniger.

Und der Unimog hatte sich bis auf wenige Meter ihrem Standort genähert. Lena Hille duckte sich atemlos in den Schatten eines Hauseingangs. Hier würde sie der Mann im Fahrerhaus sicher nicht entdecken.

Sicherlich würde er sich ein anderes Opfer suchen.

Das schwere Fahrzeug streute das Licht der gelben Rundumleuchte auf dem Dach rotierend in die Nacht. Geisterhaft brach sich der Lichtschein an den Fassaden der umliegenden Häuser. Vom Fahrer erkannte sie nicht mehr als eine Silhouette, dann war das schwere Räumfahrzeug auch schon vorbei.

Lena Hille atmete rasselnd aus. Sie spürte den brennenden Schmerz in der Brust. Es war höchste Zeit, dass sie zum Arzt ging. Seit einiger Zeit schien mit ihr etwas nicht zu stimmen. Diese Wahnvorstellungen und diese schrecklichen Schmerzen in der Brust peinigten sie. Doch sie hatte, ohne dass sie den Grund ihrer Beschwerden kannte, schreckliche Angst vor der Diagnose des Arztes. Panikattacken plagten sie immer wieder, und in diesen einsamen Winternächten, noch dazu nach Einbruch der Dunkelheit, fühlte sie sich ständig verfolgt und war sicher, eines Tages das Opfer eines Gewaltverbrechens zu werden.

Doch der Schneepflug entfernte sich. Das Rasseln des Schneeschiebers wurde leiser, auch das dumpfe Brummen des Dieselmotors verebbte in der Nacht. Die Schallglocke, die sich über der Stadt ausgebreitet hatte, verschluckte jedes Geräusch, und sie lauschte dem Patschen ihrer Wildlederstiefel, die sie sich im letzten Winter gekauft hatte. Schick und undicht.

Langsam beruhigte sich ihr Puls, und sie blickte dem tonnenschweren Räumgerät hinterher, ohne ihr Versteck zu verlassen. Das zuckende Licht des Unimog war soeben um die Ecke der Wichlinghauser Straße verschwunden, und das helle Rasseln schien in der schlafenden Stadt zu verebben. Sie marschierte weiter und erreichte die Fußgängerampel, die um diese Zeit abgeschaltet war.

Etwas am Straßenrand irritierte sie.

Da war es wieder, dieses unbestimmte Gefühl der Angst.

Die alte Dame spürte den Bleigürtel, der sich um ihre Brust legte. Eine nicht zu bestimmende Furcht streckte die kalten Krallen nach ihr aus.

Lena Hille blieb stehen und wandte den Kopf nach links. An dieser Stelle gab es einen kleinen, mit Büschen bewachsenen Grünstreifen, der Fahrbahn und Bürgersteig voneinander trennte. Sie hatte etwas gesehen. Als sie den Blick senkte, erstarrte sie. Sie blickte auf eine leblose Gestalt, die dort auf dem schmalen Grünstreifen lag.

Im ersten Augenblick dachte sie an eine Schaufensterpuppe, die hier jemand abgelegt hatte. Ungelenk standen die Gliedmaßen der Gestalt vom unbekleideten Torso ab. Die vermeintliche Puppe wirkte lebensecht. Die Haut war kein Kunststoff, die Augen, die klagend zu ihr aufblickten, waren keine Glasaugen. Dennoch war der Blick der zu Lebzeiten wunderschönen Augen gebrochen.

Bei der Person handelte es sich um eine Frau, daran bestand kein Zweifel. Sie war unbekleidet, bis auf schwarze Strümpfe und kniehohe Stiefel mit spitzen Absätzen.

Lena Hille stockte der Atem beim Anblick der regungslosen Gestalt.

Sie dachte sofort daran, dass die Frau dem ältesten Gewerbe der Welt angehören musste. Insgeheim hoffte sie inständig, dass ihr die Phantasie wieder einen Streich spielte und dass zu ihren Füßen doch eine lebensgroße, verdammt echt aussehende Puppe lag. Doch dafür war sie zu perfekt. Trotz ihrer Lage und den anklagenden Blicken war sie bildschön. So schön konnte keine Puppe sein, dachte sie in Panik und wandte sich um. Weit und breit war kein Mensch zu sehen, und es kam ihr vor, als würde sie sich auf einem fremden und bizarren Planeten befinden. Einer Parallelwelt, die ihrer Heimatstadt sehr glich. Doch es schien nur sie zu geben. War sie die Letzte einer aussterbenden Spezies?

Sie drehte sich wieder zu der Frau. Kein Laut kam über ihre durch die Winterluft spröde gewordenen Lippen. Sie beugte sich zu der leblosen Gestalt herab, wagte aber nicht, sie zu berühren.

Schlief sie?

Wenn, dann war sie vermutlich längst erfroren.

„Mein Gott“, entfuhr es ihr. Viel hatte sie schon mitgemacht in ihrem Leben, viel hatte sie erlebt und gesehen. Vorsichtig stieß sie die Frau mit der Schuhspitze an. Nichts geschah.

Lena Hille ging neben der fast unbekleideten Person in die Knie. Sie sank in den Schneematsch ohne zu spüren, dass die Knie ihrer Hose sofort durchnässt waren. Erst jetzt sah sie die tiefe, klaffende Wunde am Hals der Unbekannten. Man hatte die Frau ermordet. Bestialisch.

Ihr Oberkörper war voller Blut. Lena Hille, die einsame alte Arbeiterin, spürte, wie Übelkeit in ihr aufstieg.

„Mein Gott, mein Gott, mein Gott“, rief sie immer wieder, sprang auf und presste die Hände vors Gesicht. „Wer tut sowas?“ Von Panik erfüllt blickte sie an den Fassaden der umliegenden Häuser hoch. Niemand stand am Fenster und gaffte. Es war, als hätte sich die Welt gegen sie verschworen.

Auf der Straße näherte sich ein Taxi. Sie sprang auf die Fahrbahn und winkte mit beiden Armen. Der Fahrer witterte ein Geschäft und stoppte den Wagen. Schlingernd kam der tuckernde Mercedes auf der matschigen Fahrbahn zum Stehen.

Lena Hille schlug mit der flachen Hand auf die warme Motorhaube und umrundete den Wagen. „Schnell“, rief sie im Laufen. „Kommen Sie!“

Der Fahrer ließ die Seitenscheibe herunter. Er grinste freundlich. „N'abend junge Frau. Ziemlich kalt. Wo darf's hingehen?“

„Polizei“, stammelte Lena Hille. „Bitte rufen Sie die Polizei. Hier liegt eine tote Frau! Alles ist voller Blut!“

Lena Hille riss die Fahrertür auf und berichtete dem Fahrer von ihrem grausigen Fund. Der schaltete die Warnblinkanlage ein und löste den Sicherheitsgurt.

„Jetzt kommen Sie schon!“ Lena Hille zog ihn am Kragen seiner Jacke ins Freie. „Da liegt eine Tote! Rufen Sie die Polizei, verdammt noch mal!“

Der Taxifahrer ließ vor Schreck die Kupplung kommen und würgte prompt den Motor ab. Ohne weitere Fragen griff er nach seinem Handy und wählte den Notruf.

21.05 Uhr

Das Klingeln des Telefons weckte sie.

Die Hoffnung, dass der Klingelton aus dem noch laufenden Fernseher kam, vor dem sie mal wieder eingeschlafen war, bewahrheitete sich leider nicht. Dennoch dauerte es einen Augenblick, bis sie in der Wirklichkeit ankam und erwachte.

Franka Hahne schlug die Wolldecke, in die sie sich gehüllt hatte, zur Seite und richtete sich schlaftrunken auf. Die junge Kommissarin war mal wieder, wie so oft in letzter Zeit, vor dem Fernseher eingeschlafen. Der Job bei der Kripo schaffte sie. Dabei war sie im letzten Jahr gerade mal dreißig Jahre alt geworden. Sie fragte sich, wie das in zehn Jahren sein würde und gähnte herzhaft.

Das Klingeln des Telefons malträtierte ihren Schädel. Sorgenvoll versuchte Franka, die Schlaftrunkenheit abzuschütteln und griff nach dem Telefon. Sie fragte sich zuerst, wie fast immer, instinktiv, ob ihrer pflegebedürftigen Mutter etwas zugestoßen war.

Bis vor kurzem hatte die Kommissarin noch in Berlin gearbeitet. Doch jetzt wollte sie da sein für ihre Mutter, wollte ihr ein Stück von dem zurückgeben, was sie ihr gegeben hatte, als sie selber noch ein Kind gewesen und auf die Hilfe der Mutter angewiesen war. Die Dinge änderten sich, und aus dem kleinen Mädchen Franka war eine erwachsene, selbstbewusste Frau geworden, die sich täglich gegen männliche Kollegen behaupten musste.

Berlin war kein Zuckerschlecken gewesen, doch sie war hart im Nehmen, wollte in den Polizeidienst der Hauptstadt und hatte sich dort immer wieder bewiesen. Doch es hatte sie zurück in ihre Heimat im Bergischen Land gezogen. Der Grund war aber nicht die Tatsache, dass man in der Hauptstadt mit weitaus härteren Bandagen kämpfte als in der Heimat.

Edith Hahne war für Franka der Grund gewesen, sich zurück in ihre Heimatstadt versetzen zu lassen. Vier Jahre lang hatte Franka als Kripobeamtin in Berlin gearbeitet. Doch Berlin war ein hartes Pflaster, an allen Fronten kämpfte man dort, und zum Teil vergeblich, gegen das organisierte Verbrechen, gegen Drogen und die Prostitution. Das alles gab es in Wuppertal zwar auch, doch es war einige Nummern kleiner als Berlin, und im Vergleich zur Hauptstadt ging es hier fast beschaulich zu.

Nun lebte sie schon seit fünf Monaten wieder im Bergischen Land. Was soziale Kontakte betraf, war sie quasi neu in der Stadt. Viele ihrer alten Jugendfreundinnen waren weggezogen, glücklich verheiratet oder längst Mutter – sie hatten weder Zeit noch Interesse gehabt, sich mit Franka zu treffen. Also stand Franka in Wuppertal vor einem Neuanfang. Schon nach wenigen Wochen hätte sie fast ein Verhältnis mit Bernd Krüger, dem Kollegen von der Spurensicherung, angefangen. Er hatte ein Auge auf sie geworfen und machte keinen Hehl aus seiner Zuneigung zu der jungen Kommissarin. Doch Franka hatte es verstanden, ihn auf Distanz zu halten.

„Kommt Zeit, kommt Liebe – vielleicht", hatte sie ihm damals gesagt, als er ihr unumwunden eingestanden hatte, in sie verliebt zu sein. Krüger war ein netter Kerl: Anfang dreißig, groß, muskulös, strahlend blaue Augen und ein knackiger Hintern. Er war erfolgreich und beliebt bei den Kollegen, und er hatte einen großen Nachteil: Er war verheiratet.

Das schnurlose Telefon lag auf dem Tisch, und der aktivierte Vibrationsalarm ließ das Gerät nun mit dem Surren einer wütenden Hummel über die Tischplatte wandern. Franka sprang auf und angelte nach dem Telefon. Gestern erst hatte sie sich einen *Rammstein*-Song als Klingelton aufgespielt. Mit einem Blick auf das Display stellte Franka fest, dass der Anruf aus dem Präsidium kam.

Immerhin ist nichts mit Mutter, dachte sie erleichtert, während sie die grüne Taste drückte und sich meldete.

Am anderen Ende der Leitung war Michael Stüttgen. Ihr Kollege. So wie sie hatte er heute Bereitschaft im KK 11, dem Kommissariat für Brand- und Tötungsdelikte. Der Dienstplan des Polizeipräsidiums sah vor, dass jeweils zwei Kollegen Bereitschaft hatten; meist ein erfahrener Kommissar und ein junger Kollege. In diesem Fall war Franka die jüngere Kollegin. Im Arbeitsalltag waren sie ein Team, und wie so oft in letzter Zeit schob er eine Zusatzschicht. Sie wusste, dass Micha private Probleme hatte und auf das Geld angewiesen war, das ihm die Zusatzschichten brachten.

„Es gibt Arbeit", kam er ohne Umschweife auf den Punkt. „Die Kollegen von der Kriminalwache haben eben angerufen. Tut mir leid, aber ich fürchte, du musst deinen süßen Hintern noch mal in die Kälte der Nacht bewegen. Wir haben eine Leiche, weiblich, ziemlich übel zugerichtet ..." Er nannte ihr die Adresse und legte auf, ohne Frankas Antwort abzuwarten.

„Kein Problem, ich komme. Hatte sowieso nichts vor heute", maulte Franka und blickte kopfschüttelnd auf das Display, bevor sie das Handy zurück auf den Tisch legte. Sie erhob sich, verschwand im Bad, wusch sich das Gesicht und schlüpfte in die Klamotten, die sie sich bereitgelegt hatte. Für solche Fälle war sie stets gerüstet.

21.20 Uhr

Mit klammen Fingern saß sie eine Viertelstunde später hinter dem Lenkrad ihres alten Golf. Der kleine Motor erwachte trotz der eklig feuchten Kälte schon nach dem ersten Dreh am Zündschlüssel. Früher hatte der Wagen ihrem Vater Günter gehört. Nach dessen Tod hatte der Golf ein tristes Dasein in einer dunklen Garage gefristet. Nachdem Franka aus Berlin zurückgekommen war und kein Auto besaß, hatte ihre Mutter ihr die Schlüssel des alten Wagens, der einst der ganze Stolz der Familie gewesen war, plötzlich in die Hand gedrückt.

„Ich weiß, dass das Auto bei dir in guten Händen ist", hatte sie damals mit feucht schimmernden Augen gesagt. „Vati war immer sehr stolz auf den Golf – er war so etwas wie sein bester Freund." Zentralverriegelung, Klimaanlage, Airbags und Servolenkung – Fehlanzeige.

Das alles ging ihr durch den Kopf, während sie, dick vermummt, durch die nächtlichen Straßen der Schwebebahnstadt fuhr. Die Wischer kämpften gegen den Schneeregen an, der von einem eisigen Wind gegen die Scheibe gepeitscht wurde. Der Schneematsch auf der Fahrbahn schlug gegen die Radkästen des alten Golf. Während aus dem Radio leise Musik erklang, bereitete sich Franka auf den Anblick vor. Eine Frauenleiche, die, wie ihr Kollege es genannt hatte, grausam zugerichtet war. Details hatte er ihr am Telefon erspart. Einen Eindruck konnte sie sich ja gleich persönlich verschaffen. Sie war gespannt und rechnete mit dem Schlimmsten.

Das Polizeipräsidium an der Friedrich-Engels-Allee lag auf dem Weg, und kurz war sie versucht, in den dort bereitstehenden Dienstwagen umzusteigen. Da sie aber keine Zeit verlieren wollte, verzichtete sie darauf und fuhr mit dem Privatwagen direkt bis zum Ort des Geschehens.

Hier hatte die Chaos-Phase begonnen: Blaulicht zuckte gespenstisch durch die Nacht, in den umliegenden Wohnhäusern hingen die Neugierigen trotz der späten Stunde am Fenster und versuchten, einen Blick vom Ort des Geschehens zu erhaschen. Kollegen hatten Sichtschutztücher aufgehängt. Rotweiß schraffiertes Absperrband flatterte im Wind. Leistungsstarke Scheinwerfer tauchten die Szenerie in ein kaltes, grelles Licht. Mehrere Streifenwagen parkten kreuz und quer am Straßenrand, weiter vorn stand ein Notarztwagen. Funkgeräte quäkten durch die Nacht. Die Nachricht vom Fund einer Leiche hatte sich wie ein Lauffeuer verbreitet, und Micha hatte bereits die ersten Vorkehrungen getroffen. Eine Kollegin der Pressestelle war vor Ort, um sich um die anwesenden Journalisten zu kümmern. Damit sie den Kollegen der Kriminalwache den Rücken frei hielt. Für die Polizisten vom Streifendienst war der Einsatz hier so gut wie beendet. Sie hatten den Fundort der Leiche abgesperrt und waren damit beschäftigt, allzu neugierige Bürger auf die nötige Distanz zu halten.

Kaum, dass Franka den alten Golf hinter einem der blau-silbernen Streifenwagen abgestellt hatte, klopfte ein uniformierter Kollege an die Seitenscheibe.

„Sie können hier nicht parken", wurde sie mit wichtiger Miene belehrt. Wäre sie im zivilen Dienstwagen vorgefahren, wäre ihr diese Prozedur erspart geblieben. Doch anstatt zu antworten, hielt sie dem Streifenbeamten ihren Dienstausweis unter die gerötete Nase und stieg aus.

„Hab' nichts gesagt", murmelte er ein wenig kleinlaut und führte die junge Kommissarin zu der Stelle, wo die Leiche im Gebüsch gefunden worden war. Das zweiköpfige Team der Spurensicherung war bereits eingetroffen und huschte, bekleidet in dünnen, weißen Einmalanzügen, herum. Bernd Krüger, ihr Verehrer von der Spurensicherung, befand sich nicht unter ihnen, wie sie erleichtert feststellte. Franka war in Anbetracht der Uhrzeit und der äußeren Umstände weiß Gott nicht in Flirtlaune. Krüger lag vermutlich längst im Bett bei seiner Frau. Die Kollegen bedachten die junge Kommissarin mit einem Kopfnicken. Ein Polizeifotograf turnte herum und machte Aufnahmen vom Fundort der Leiche. Nachdem er seine Fotos geschossen hatte, wurde der leblose Körper mit einem faserfreien Tuch abgedeckt.

„Na, was für ein Anblick zu dieser späten Stunde“, rief eine Stimme hinter Franka. Sie wandte sich um und blickte in das eckige Gesicht ihres Kollegen Michael Stüttgen. Er hatte telefoniert und steckte grinsend sein Handy in die Jackentasche. Seine dunklen Haare waren zu lang, er war unrasiert, trug wie immer Boots und ein rot kariertes Baumfällerhemd, roch nach Zigarettenqualm und gab sich mit seinem äußeren Erscheinungsbild alle Mühe, nicht wie ein typischer Kriminalkommissar auszusehen. Wer ihn nicht kannte, hielt ihn eher für einen kanadischen Baumfäller als für einen Kommissar. Das Täuschungsmanöver gelang ihm in dieser nasskalten Nacht besonders gut, fand Franka und musste trotz der Situation lächeln.

„Micha“, sagte sie. „Wie immer vor mir da, wo etwas passiert.“

Er zog die Mundwinkel hoch. „Das gehört zum Job.“ Dann wurde er ernst, legte jovial einen Arm um Frankas Schulter und beugte sich zu ihr herab. „Hast du sie schon gesehen?“

„Die Leiche?“

„Ja.“

Franka schüttelte den Kopf. „Ich war gerade unterwegs, als ...“

„Sie sieht schlimm aus.“ Micha zog eine Packung Marlboro aus der Tasche seines Baumfällerhemdes, zog eine Zigarette heraus, strich sie glatt und zündete sie sich an. „So etwas kann kein gesunder Mensch tun“, fuhr er fort, während er den Rauch in den wolkenverhangenen Nachthimmel paffte. „Vermutlich wurde sie vergewaltigt, mit Wachs übergossen und ... totgebissen.“

„Was heißt das?“

„Der Typ, der das getan hat, hat ihr offenbar die Kehle zerfetzt. Sie ist elendig verblutet.“

„Kannibalismus?“

„Schon möglich.“

„Steht ihre Identität fest?“

„Noch nicht. Sie trägt nur Nylonstrümpfe und Stiefel, hat also keine Handtasche, keine Papiere, nichts dabei. Wir werden die Vermisstenmeldungen durchforsten müssen, fürchte ich.“

„Klingt nach einem Sexualverbrechen. Ich möchte sie sehen.“

„Dann hoffe ich mal, du hast noch nicht gegessen.“ Micha grinste schief und führte Franka zum Fundort der Leiche. Die Spurensicherung unterbrach ihre Arbeit, ein junger Kollege zog das Tuch, mit dem sie die Leiche abgedeckt hatten, zurück.

„Showtime", murmelte Micha in seinem Sarkasmus, der manchmal soweit daneben lag, dass es schmerzte. Franka wusste, dass er nach außen hin auffallend cool tat, wenn ihm etwas an die Nieren ging, und rechnete mit dem Schlimmsten.

Und sie tat gut daran. Sie betrachtete den Leichnam einer jungen Frau, sie schätzte sie auf Mitte zwanzig. Ihr langes blondes Haar umgab ihren Kopf wie eine Gloriole. Die Haut wirkte wächsern, die Lippen blutleer. Im Augenblick des Todes hatte sie die Augen weit aufgerissen. Der Mund stand einen Spalt breit offen. Ihr Körper war makellos, der Bauch durchtrainiert, die Brüste groß und fest. Zu Lebzeiten ist sie eine hübsche Frau gewesen, dachte Franka. Ihre Gliedmaßen standen in verrenkter Haltung vom Körper weg. Eine tiefe Wunde klaffte am Hals der Frau. Blut hatte ihren Oberkörper besudelt. Tatsächlich, so schien es, hatte der Täter ein Stück Fleisch aus ihr herausgebissen. Bei dem Anblick drehte sich Franka der Magen um.

„Mein Gott", kam es heiser über ihre Lippen. „Wer tut so etwas?"

„Ein kranker Kopf. Wir sollten keine Zeit verlieren, Franka."

„Wer hat sie gefunden?"

„Lena Hille, zweiundfünfzig, Witwe. Arbeitet in der Textilfabrik, hatte Spätschicht und war auf dem Heimweg, als sie die Tote fand."

„Ich will sie sprechen. Wo ist diese Lena Hille jetzt?"

„Zu Hause. Sie stand unter Schock, wurde vom Notarzt behandelt und von uns nach Hause gebracht. Wir können sie morgen besuchen, wenn es nötig wird, die Adresse haben wir."

„Was ist mit dem Opfer?", fragte Franka.

Micha zog ein letztes Mal an seiner Zigarette, schnippte den Stummel fort und trat ihn mit dem Absatz seiner Boots aus. „Der Notarzt schätzt ihren Todeszeitpunkt auf 20 Uhr, will sich aber noch nicht festlegen. Sie ist jedenfalls nicht hier gestorben", fuhr er fort. „Der Notarzt hat bereits festgestellt, dass sie schon tot war, als das Schwein sie hier ablegte. Ich warte jetzt auf die Jungs von der Rechtsmedizin, die können uns vielleicht mehr dazu sagen."

„Fundort ist also nicht gleich Tatort. Hat das denn niemand beobachtet?“

„Angeblich nicht, nein. Es ist wie immer: Alle stehen am Fenster, wenn ein Streifenwagen mit Blaulicht anhält, aber niemand will etwas gesehen haben, wenn jemand eine Frauenleiche hier ablegt.“

„Warum nur – ich meine, warum legt er sie ausgerechnet hier, an einer Hauptstraße, ab? Ich würde mein Mordopfer unauffälliger entsorgen.“ Gemeinsam gingen sie zum Straßenrand der Berliner Straße. Ein kleiner Grünstreifen trennte Bürgersteig und Fahrbahn voneinander. Kaum drei Meter vor der Haltelinie einer Fußgängerampel hatte der Täter sein Opfer abgelegt. Die Kollegen der Spurensicherung hatten den dunkelgrünen Sprinter so am Fahrbahnrand geparkt, dass der vorbeifließende Verkehr die Leiche nicht sehen konnte. Auf Höhe der toten Frau befand sich die seitliche Schiebetüre des Kastenwagens, mit dem die Kollegen der Spurensicherung ihre Ausrüstung zu den Einsätzen transportierten.

„Das kann ganz schnell gegangen sein“, erwiderte Micha und deutete mit dem Kinn auf die Schiebetür. „Er fährt mit dem Auto vor, hält kurz rechts an, öffnet die Tür und wirft die Leiche ins Gebüsch, um dann in der Nacht zu verschwinden. Vielleicht sogar mit einem blickdichten Lieferwagen, so wie der Wagen der Spurensicherung, das könnte passen. Die Ampel ist rot, er klettert nach hinten, öffnet von innen die Schiebetür und wirft sie aus dem Wagen. Er klettert wieder nach vorn auf den Fahrersitz, die Ampel wird grün, und er fährt weiter, als wäre nichts geschehen. Bei diesem Mistwetter kriegt davon keiner was mit.“

„Die Ampel ist um diese Zeit abgeschaltet. Die Stadt muss Strom sparen“, murmelte Franka nachdenklich. „Der Wagen des Täters muss also entweder vorgefahren sein, als die Ampel noch in Betrieb war, oder er hat angehalten, obwohl die Ampel aus und gar nicht rot war. Ich will trotzdem, dass alle Anwohner befragt werden“, erwiderte Franka. „Irgendjemand hat bestimmt ein auffälliges Auto gesehen und hat idealerweise das Nummernschild notiert.“ Sie grinste. „Wär’ doch ganz brauchbar, oder?“

Michas Blick glitt über die Fassaden der umliegenden Häuser. Überall hingen Neugierige an den Fenstern.

Der späte Einsatz der Kriminalpolizei und das Aufgebot an Pressefotografen, deren Blitze durch die Nacht zuckten, hatten die Menschen auf den Leichenfund aufmerksam gemacht. Die Gebäude stammten aus den 50er- und 60er-Jahren des letzten Jahrhunderts und beherbergten Mietwohnungen und kleinere Einzelhandelsgeschäfte. Gastronomie beschränkte sich in diesem Bereich der vierspurigen Straße auf Frittenbuden und Kioske, die alle schon geschlossen hatten.

Hier würden sie schätzungsweise gefühlte zehntausend Zeugenhinweise erhalten.

Micha seufzte gequält. „Zu schön, um wahr zu sein, Frau Kollegin. Aber wenn es dich beruhigt: Es sind schon Kollegen unterwegs in den umliegenden Häusern, um die Bewohner zu fragen, dauert aber wohl noch. Wir müssen das Ergebnis der Befragung abwarten, da beißt die Maus kein' Faden ab."

Franka nickte. Sie fürchtete, dass ihr Kollege Recht hatte. Der Gedanke, dass in dieser Stadt ein irrer Mörder herumlief, bereitete ihr Magenschmerzen.

21.30 Uhr

Schon vier Mal hatte er den Astra um den Block gelenkt, immer weit nach vorn gebeugt und an der Fassade des vergammelten Altbaus emporblickend. Inzwischen waren alle Fenster dunkel. Das konnte nur bedeuten, dass die Fotosession längst beendet war und dieser Künstler im Bett lag und schlief – hoffentlich alleine.

Mehrmals schon hatte er versucht, sie auf dem Handy zu erreichen, immer vergeblich. Schon beim ersten Klingeln schaltete sich die Mailbox ein – ein sicheres Zeichen dafür, dass ihr Handy abgeschaltet war.

Unter seine Wut und Eifersucht mischte sich jetzt Angst. Diese Mischung beflügelte seine Phantasie. Horrorvisionen tauchten vor seinem geistigen Auge auf. Gedanken, die ihn an den Rand des Wahnsinns brachten. War ihr etwas zugestoßen? In wessen Hände war sie da nur geraten?

Nachdem er bereits zum vierten Mal vor dem heruntergekommenen Fabrikgebäude stand, schaltete Tom Belter den Motor ab, löste den

Sicherheitsgurt und stieg aus. Er hasste das Patschen des Schneematsches unter seinen groben Sohlen und sehnte den Frühling herbei. Mit langen Schritten stapfte er durch die nasse Pampe auf den Eingang der alten Fabrik zu. Da der Schnee geschmolzen war, konnte er keine Fußspuren mehr im Schnee ausmachen. Eine Beleuchtung gab es nicht, oder sie war abgeschaltet. So zog er ein Feuerzeug hervor, um einen Blick auf das Namensschild neben dem Klingelknopf werfen zu können. Seine Hand zitterte, und er schirmte die kleine Flamme mit der Linken ab, um sie vor dem Wind zu schützen. Die Klingelschilder waren aus Kunststoff und von Flammen versengt worden. Fast unmöglich, etwas entziffern zu können. Vergeblich versuchte er sich an den Namen des Fotografen zu erinnern. Mandy hatte immer nur von einem „Clay" gesprochen. Da sie ihn jedoch im Internet kennen gelernt hatte, bezweifelte er, dass es sich dabei um seinen echten Namen handelte. Vermutlich war Clay nur einer dieser Nicknames, um seine wahre Identität zu verbergen. Dann konnte er sich die Mühe hier schenken.

Das Feuerzeug in seiner Hand war glühend heiß geworden. Er verbrannte sich die Finger, fluchte, ließ den Knopf des Feuerzeuges los, stand von einer Sekunde zur anderen im Dunkeln. Wütend stapfte er zum Wagen zurück und klemmte sich hinters Steuer. Innerhalb weniger Minuten waren die Scheiben von innen beschlagen.

Belter zog das Handy aus der Tasche und tippte die Nummer des Polizei-Notrufes ein. Übertrieb er es jetzt? Es dauerte nicht lange, und ein Beamter meldete sich.

„Mein Name ist Thomas Belter. Ich möchte meine Freundin als vermisst melden", sagte er mit zitternder Stimme, während er mit der freien Hand den Beschlag von der Windschutzscheibe fortwischte und wieder nach oben spähte. Dort rührte sich nichts.

„Wie heißt Ihre Freundin und wie sieht sie aus?" Die Stimme klang gelangweilt.

„Mandy Klimmek, sie ist siebenundzwanzig Jahre, schlank, hat lange blonde Haare, blaue Augen, hat eine Narbe über dem rechten Hüftgelenk, da ist sie als Kind mal mit dem Fahrrad gestürzt. Und ein Tattoo über dem Hintern." Er sagte dem Polizisten nicht, dass er dieses Tattoo hasste und es abschätzig immer als Arschgeweih bezeichnete.

„Wie lange vermissen Sie denn Ihre Freundin?“ Der Beamte am anderen Ende der Leitung klang desinteressiert. Er hackte auf einer Tastatur herum, durchsuchte scheinbar parallel die Vermisstenanzeigen.

„Seit ... seit rund zwei, zweieinhalb Stunden.“

„Da kann ich nichts für Sie tun, junger Mann.“ Das Hacken wurde unterbrochen, der Polizist in der Notrufzentrale seufzte gequält auf.

„Hören Sie – ich habe sie bei einem zwielichtigen Fotografen abgeliefert. Sie ... sie arbeitet als Model. Wir waren am Haus des Fotografen verabredet, eine uralte, baufällige Fabrik. Sie ist nicht da, und im Haus ist alles dunkel. Ich werde den Verdacht nicht los, dass ihr etwas zugestoßen ist.“

„Hatten Sie Streit?“

„Nun ja, Streit wäre übertrieben. Es hat mir nicht gepasst, dass sie mitten in der Nacht zu diesem wildfremden Mistkerl geht.“

„Es ist gerade mal Abend. Vielleicht handelt es sich hier eher um ein Eifersuchtsgeplänkel? Haben Sie schon mal darüber nachgedacht, dass Ihre Freundin mit Trotz auf Ihre Eifersucht reagieren könnte?“

„So etwas tut sie sicher nicht. Sagen Sie mal, sind Sie von der Polizei oder von der Seelsorge? Nehmen Sie jetzt diese verdammte Vermisstenanzeige auf?“

„Nein, werde ich nicht, junger Mann. Ich muss warten. Nach zweieinhalb Stunden kann ich unmöglich schon eine Fahndung einleiten, tut mir leid.“

„Dann schicken Sie wenigstens einen Streifenwagen vorbei und bitten Sie Ihre Kollegen, das Gebäude zu durchsuchen. Ich bin sicher, dass der Kerl meine Freundin in seiner Gewalt hat.“ Belter nannte dem Polizisten die Adresse, wo er Mandy abgeliefert hatte.

„Ohne richterlichen Durchsuchungsbeschluss dürfen wir nirgendwo rein, solange keine Gefahr im Verzug ist. Und die sehe ich hier nun wirklich nicht“, wurde Belter belehrt.

„Sie sollen keine Wohnungen durchsuchen, Sie sollen Ihre Kollegen vorbei schicken und hier nach dem Rechten schauen, mehr nicht.“

„Sie verlangen ernsthaft, dass ich eine Streifenwagenbesatzung vorbei schicke, die dann ein altes, wahrscheinlich sogar leer stehendes

Fabrikgebäude durchsucht, das möglicherweise sogar einsturzgefährdet ist?“ Der Polizist lachte verhalten.

„Sollte das der Fall sein, ist meine Freundin erst recht in Lebensgefahr, also schicken Sie Ihre Kollegen hierher!“

„Wenn sie ein Handy hat, versuchen Sie, die Dame anzurufen.“

„Das habe ich schon mehrfach getan. Sie hat ihr Handy ausgeschaltet.“

„Was meinen Verdacht bestätigt, dass sie nichts von Ihnen hören möchte. Bitte machen Sie sich keine Sorgen, ich bin sicher, morgen sieht die Welt schon ganz anders aus. Und um Ihre Sorge zu entkräften: Wenn da alles dunkel ist, dann hält sich Ihre Freundin bestimmt nicht mehr in dem Gebäude auf. Wir werden uns die alte Fabrik morgen, bei Tageslicht, einmal ansehen. Mehr kann ich Ihnen jetzt nicht zusichern.“

„Morgen kann es zu spät sein.“

„Das glaube ich nicht.“

„Sie haut nicht einfach so ab.“

Der Polizist am anderen Ende der Leitung schlug den Ton eines Grundschullehrers an. Beruhigend, beschwichtigend. Und vor allem scheute er sich vor unnötiger Arbeit. „Warten Sie trotzdem bis morgen. Vielleicht muss die Dame sich auch erst einmal beruhigen und eine Nacht darüber schlafen, wenn es wirklich Streit zwischen Ihnen gab. Und wenn Ihre Freundin morgen immer noch nicht aufgetaucht ist, wenden Sie sich an Ihre nächste Polizeidienststelle.“

„Danke.“ Tom drückte kopfschüttelnd den roten Knopf und feuerte das Handy in den Fußraum neben dem Beifahrersitz, wo es in seine Einzelteile zerfiel.

Er hatte es geahnt.

Dieser Typ war zurückgekommen, um seine Kleine abzuholen.

Zu spät, denn das Gebäude hatte er längst schon verlassen. Alle Spuren waren beseitigt. Er würde es ihnen nicht allzu leicht machen. Ein süffisantes Grinsen huschte um seine Mundwinkel. Es hatte ihm Spaß bereitet, dem Trottel dabei zuzuschauen, wie er das Gebäude durch die beschlagene Windschutzscheibe beobachtet hatte, wie er ausgestiegen war und scheinbar im Hauseingang nach einem Klingelschild gesucht, es aber nicht gefunden hatte und frustriert wieder in seine Karre eingestiegen war. Natürlich wusste er nicht, hinter welcher Tür seine Kleine verschwunden war. Er war machtlos. Sicher würde dieses Würstchen gleich die Bullen anrufen.

Doch er wusste, wie das System dort funktionierte. Sie würden ihm nicht helfen, würden ihm empfehlen, zu warten. Sie würde schon zurückkommen, würde man ihm sagen. Da könne er noch so rumheulen – in der Notrufzentrale hockte ein Beamter, der sich nicht die Bohne für einen eifersüchtigen Kerl interessierte, dessen Kleine sich für Sexfotos auszog, ob ihm das nun passte oder nicht. Jetzt sah er, wie im Opel ein geisterhaftes grünes Glühen durch das Wageninnere huschte. Er hatte also tatsächlich das Handy in der Hand.

Das Gespräch dauerte ein, zwei Minuten, dann sah er wieder das geisterhafte Leuchten des Handys durch den Wagen schwirren. Vermutlich hatte der Kerl das Teil wütend auf den Beifahrersitz geworfen.

Er grinste triumphierend. Er hatte es gewusst.

Sie würden ihm nicht helfen. Und alleine würde er nie erfahren, was mit seiner Kleinen passiert war.

Die Frage war nur, als wie hartnäckig sich der Kerl entpuppte. Er würde die Spur seines Mädchens sicher zurückverfolgen. Und sobald er einen Anhaltspunkt hatte, was mit Mandy passiert war, würde er mit den Bullen zurückkommen.

Sie würden ihn jagen, so wie damals.

Und sie würden ihn finden, über kurz oder lang, da machte er sich nichts vor. Er wollte nicht zurück in den Knast. Da würde er krepieren. Also gab es nur einen Weg, die wenigen Spuren, die den Typen zu ihm führen konnten, zu verwischen: Der Typ musste weg. Er musste für immer zum Schweigen gebracht werden. Eine andere Wahl gab es nicht.

Jetzt wurde der Motor des dunkelroten Astra gestartet. Der Wagen fuhr an. Nachdem der Opel um die nächste Straßenecke verschwunden war, startete auch er den Motor. Der Turbodiesel erwachte sofort zum Leben. Die ersten Meter fuhr er ohne Licht, dann erst schaltete er die

Scheinwerfer ein. Es kostete ihn nicht viel Mühe, die Verfolgung aufzunehmen. Sein Wagen war schnell, und es war ihm ein leichtes, mit dem Opel mitzuhalten. Sie überquerten eine alte Wupperbrücke und bogen auf die Bundesstraße 7 ein. Mandys Freund steuerte also nach Osten. Wie eine Insel aus Licht schälte sich die futuristisch anmutende Schwebebahnstation Kluse aus der Dunkelheit. Links daneben schien sich das dem Untergang geweihte Schauspielhaus an das hell erleuchtete Großkino zu ducken. Sie passierten den nostalgisch anmutenden Bau, in dem es bis vor Kurzem eine Disco gegeben hatte, die er selber oft besucht hatte. In seinen Nächten.

Diese verdammte Stadt war pleite. Sie wurde vom Land regiert und hatte ihre Macht über sich selbst schon vor langer Zeit verloren. Ihm kam der Songtext eines Wuppertaler Rappers in den Sinn, der seinem Ärger über die inkompetenten Politiker im Rathaus vor einiger Zeit mit einem Song Luft gemacht hatte. Zwei Milliarden Euro Schulden und 45.000 Arbeitslose, das war also aus der einst reichen Industriestadt geworden, die früher so gut vom Garn und Textil gelebt hatte. Eine Stadt zum Abhauen, dachte er grimmig.

Wuppertal stirbt, grübelte er. Und nicht nur Wuppertal.

Ja, Unrecht hatte der Rapper nicht, und er versuchte sich an den Namen des Sängers zu erinnern, der sich eigentlich immer mit seiner Heimatstadt verbunden gefühlt hatte. Meelman, richtig. Jahrelang hatte Meelman Tracks geschrieben, in denen er sich zu Wuppertal bekannt hatte. Und nun hatte sich das Blatt gewendet.

Während er sich im Fahrersitz zurücklehnte, lässig mit einer Hand fuhr, nahm er sich vor, im Internet nach anderen Titeln des Sängers zu suchen. Bestimmt gab es eine Website, auf der er sich präsentierte. Er hantierte am Autoradio herum und suchte nach passender Musik. Vergeblich, wie er feststellte. Auch auf dem Lokalsender der Stadt lief nichts Brauchbares. Wie immer. Nichts, das zu seiner Stimmung passen wollte. So drückte er den Knopf und schaltete die Kiste ab.

Der Fahrer im Opel schien es nicht sonderlich eilig zu haben, und so folgte er ihm in gebührendem Abstand. Um diese Zeit herrschte auch auf den Hauptstraßen der Stadt kaum Verkehr. Die Geschäfte der Innenstadt hatten inzwischen geschlossen. Immer wieder blitzte an einigen Stellen das grüne Stahlgerüst der Schwebebahn zwischen den Gebäuden durch. Während die Friedrich-Engels-Allee ihrem Namen in Unterbarmen noch alle Ehre machte und von alten Bäumen gesäumt wurde, die sich unter der Last des Schnees über der Fahrbahn zu verneigen schienen, so wurde die Straße bald breiter und größer. Sie passierten den Alten Markt. Wie mahnend erhobene Finger reckten sich knapp vierzig Meter hohe Doppel-H-Pylonen der Schwebebahnstrecke in den wolkenverhangenen Himmel.

Er klebte nicht an der Stoßstange des Astra, nahm sich Zeit. Immerhin wollte er nicht auffallen. Noch nicht.

Sein Herz schlug schneller, als sie die Stelle erreichten, an der er Mandy aus dem Wagen geworfen hatte. Natürlich war sie längst gefunden worden. Die Bullen waren da und schoben Dienst. Man hatte leistungsstarke Scheinwerfer aufgestellt und die rechte Fahrbahn gesperrt. Gaffer hatten sich eingefunden, und die Autos vor ihm wurden langsamer, um einen Blick vom Geschehen zu erhaschen.

Eine tiefe Befriedigung ergriff ihn, und er grinste breit, als er auf die linke Fahrspur wechselte, um den Ort des Geschehens zu passieren. Uniformierte und zivil gekleidete Polizisten liefen hektisch herum, einige von ihnen telefonierten. Die zivilen Einsatzwagen standen kreuz und quer am Straßenrand.

Er hatte ein Zeichen gesetzt, und sie würden sich wundern, zu welchen Taten er noch im Stande war. Ein breites Grinsen hatte sich auf seinem Gesicht festgemeißelt. Leider lag sie schon unter einem Leichentuch. Er hätte so gerne gesehen, wie der Schein der Straßenlaterne ihren Körper in wächsernes Licht getaucht und wie das Blut aus ihren Wunden sie rot bemalt hätte.

Es war ein so schönes Werk geworden.

Auch Belter fuhr langsam an der Stelle vorbei und verrenkte sich den Hals. Sah er etwas von seiner Freundin? Würde er Verdacht schöpfen und anhalten?

Es war eine bizarre Szenerie; überall Blaulicht und aufgescheuchte Polizisten, und die von ihm dort abgelegte Leiche bestimmte ihr Denken und Handeln. Der Gedanke hatte etwas.

Endlose Sekunden vergingen, und er hielt den Atem an.

Dann war Belter an der Fundstelle vorbei, hatte anscheinend keinen Verdacht geschöpft.

Der Wagen beschleunigte, und auch er gab wieder Gas. Er atmete tief durch und blickte in den Rückspiegel, wo sich der Fundort der Leiche immer weiter entfernte. Sein Puls beruhigte sich ein wenig.

Nachdem sie den Berliner Platz überquert hatten, gab Belter Gas, und er hatte Mühe, dran zu bleiben. Der schwere Wagen musste auf Drehzahl gehalten werden. Der Diesel surrte wie eine Nähmaschine.

Wusste dieser Idiot denn nicht, dass hier immer wieder die Geschwindigkeit gemessen wurde? Die Strecke in Richtung Schwelm verleitete viele Autofahrer zum Gas geben. So auch Belter.

Aber er ließ sich nicht abschütteln.

Eine Autobahnauffahrt flog an ihnen vorbei, dann wurde die Bebauung spärlicher. Er erinnerte sich daran, dass es hier, an der Stadtgrenze zu Wuppertal, früher mal ein Autokino gegeben hatte. Mit Freunden war er manchmal dort gewesen. Früher, als sie ihn noch nicht für verrückt gehalten hatten, dachte er in einem Anflug aus Wut und Wehmut.

Früher, als er sich seiner Begabung noch gar nicht so bewusst gewesen war.

Längst schon hatte er sich von seinem Leben als Sterblicher verabschiedet. Er schlich nachts über verlassene Friedhöfe und fühlte sich dort unendlich wohl. Dort, wo der Tod allgegenwärtig war. Er liebte den Atem des Todes, an jenem Ort, wo Menschen sich aus dem Leben verabschiedeten. Wuppertal hatte so viele wundervolle Plätze des Abschieds. Parkähnliche Anlagen, dichte Bäume, die ihm Schutz vor neugierigen Blicken boten, und Kapellen, bei denen nachlässige Friedhofswärter allzu gern vergaßen, abzuschließen und ihm so eine Bleibe für die Nacht in der Nähe der Verstorbenen boten.

Heute würde er keine Zeit finden, sich auf einem der zahlreichen Friedhöfe aufzuhalten. Er hatte zu tun, um die Polizei in die Irre zu führen. Schlafen konnte er tagsüber.

Er war zu einem Geschöpf der Nacht geworden.

Inzwischen hatten sie den Ortseingang von Schwelm erreicht. Verlassen lagen das Möbelhaus und der Baumarkt da, nur die grellen

Leuchtreklamen warfen ihren bunten Schein in die Dunkelheit und blendeten ihn. Er hasste dieses grelle Licht. Die Burger-Schmiede hatte noch geöffnet, aber wegen des miesen Wetters schien auch hier kaum Betrieb zu herrschen. Der Parkplatz war ziemlich leer.

Die kleinen Straßen von Schwelm, durch die der Astra nun rollte, waren ihm unbekannt. Er war selten hier. In einer Seitenstraße passierten sie ein Industriegelände. Auf dem Hof ragten Türme, aufgeschichtet aus roten Bierkästen, in den Nachthimmel. Das muss die Schwelmer Brauerei sein, dachte er, als er die markanten Kästen sah.

Kurz darauf hatte er sein Ziel erreicht. Der Astra rollte langsam über einen Platz, der von Restaurants und kleineren Geschäften umgeben war. Die meisten Fassaden der Häuser waren verschiefert und strahlten einen historischen Charme aus.

Belter suchte und fand einen Parkplatz und rangierte den alten Kombi in die freie Lücke. Noch immer hatte er nicht bemerkt, dass ihm ein unsichtbares Phantom bis hierher gefolgt war.

„Altmarkt", las sein Verfolger derweil den Namen des Platzes auf einem Schild.

Er lenkte seinen Wagen in gebührendem Abstand an den Straßenrand und wartete ab. Von hier aus konnte er ihn noch immer sehen. Er beobachtete, wie der Mann ausstieg und den Wagen abschloss. Ohne sich umzublicken, marschierte er über den Platz. Scheinbar fühlte sich Belter nicht verfolgt. Gut so.

Zwei mächtige Kirchtürme ragten hinter einer höher gelegenen Häuserzeile in den Himmel. Die Ziffernblätter der Uhren waren erleuchtet und rückten unaufhaltsam der vollen Stunde entgegen.

Belter erklomm die breiten Stufen, die zum Kirchplatz hinaufführten.

Was hatte das zu bedeuten? Wollte er jetzt in die Kirche?

Arbeitete er hier vielleicht sogar? Um diese Zeit? Kaum denkbar.

Er beschloss, abzuwarten. Nachdem Belter aus seinem Blickfeld verschwunden war, stieß er seinen Wagen in eine freie Parklücke und zog den Zündschlüssel ab. Er war seinem Opfer nicht hierher gefolgt, um es dann entwischen zu lassen. Im Fenster eines der Häuser ging Licht an. Es dauerte nicht lange, und er sah einen Schatten hinter den verschlossenen Gardinen umher huschen. Den Bewegungen nach musste er das sein.

Er beobachtete das Treiben in der Wohnung. Als sich die Tür eines winzig kleinen Balkons öffnete und sein Opfer sich über die Brüstung lehnte, bestätigte sich sein Verdacht. Der Typ wohnte in einem der Häuser an der Kirche. Von dort aus musste man einen stimmungsvollen, fast romantischen Ausblick auf die alten Fachwerkhäuser am Altmarkt haben. Beinahe wäre Melancholie in ihm aufgekommen. Er stieß sie ab.

Er war nicht hier, um eine Aussicht zu genießen.

Als die Glocken der Kirche zur vollen Stunde schlugen, zuckte er zusammen. Unheimlich hallte der Glockenschlag über die kleine Stadt, die wie im Dämmerschlaf dazuliegen schien. Sein Blick schweifte über die Fassaden der Häuser. Nur in wenigen Fenstern brannte noch Licht.

Oben zog sich Belter vom Balkon zurück und zog die Gardinen zu.

Am kalten, flackernden Lichtschein erkannte er, dass der Mann den Fernseher eingeschaltet hatte. Scheinbar wollte er noch nichts ins Bett. Wahrscheinlich wartete er auf seine Freundin. Sicher grübelte er noch ein bisschen.

Doch da konnte er lange warten. Und grübeln.

Ein Grinsen lag auf seinen Gesichtszügen, als er aus dem Wagen ins Freie trat. Die Hände in den Jackentaschen versenkt, näherte er sich dem Haus und blieb davor stehen, um es in aller Ruhe zu betrachten. Für Minuten, die ihm wie eine Ewigkeit vorkamen, stand er in der nasskalten Winternacht und schmiedete einen Plan, wie er den lästigen Zeugen aus dem Weg räumen könnte. Mandys Freund war zu einer Gefahr geworden, die er beseitigen musste.

Dazu war ihm jedes Mittel recht.

22.05 Uhr

An Schlaf war nicht zu denken.

Unruhig wanderte er durch die Wohnung, trat an das Wohnzimmerfenster, zog die Gardinen zur Seite und blickte aus dem Fenster. Die benachbarten Häuser wirkten leblos und trist. Die Schneehaube auf den am Straßenrand geparkten Autos schmolz und hatte sich in tropfende Matsche verwandelt. Der Mond hatte Mühe, die grauen Wolken zu durchdringen. Straßenlaternen tauchten den menschenleeren Platz in ein unwirkliches, kaltes Licht. In den Fenstern der gegenüberliegenden Häuser brannte kein Licht mehr. Sogar die Restaurants hatten geschlossen, weil bei diesem Wetter die Gäste ausblieben. Die Nachbarschaft schlief tief und fest, und er fühlte sich, als wäre er auf dem ganzen Planeten der letzte lebende Mensch.

Belter wandte sich vom Fenster ab und starrte auf sein Handy, das auf dem gläsernen Wohnzimmertisch lag. Er hatte es mit Mühe wieder zusammengesetzt, aber das Display hatte nach seiner wutentbrannten Schmetteraktion eine tiefe Macke.

Vielleicht wäre er besser zuerst in ihre Wohnung gefahren, bevor er die Bullen darauf ansetzte, überlegte er. Möglicherweise war Mandy wirklich sauer auf ihn und hatte es vorgezogen, die Nacht allein und in ihren eigenen vier Wänden zu verbringen. Sie neigte manchmal zu solchen Kurzschlussreaktionen, die sie aber nach wenigen Stunden schon wieder bitterlich bereute.

Belter überlegte, ob er noch einmal zurück nach Wuppertal fahren sollte. Mandy hatte Wert darauf gelegt, ihre eigene kleine Wohnung zu behalten. Sie wollte einen Ort, an den sie sich zurückziehen konnte, wenn ihr alles zuviel wurde. Das Dumme daran war, dass er keinen Schlüssel zu ihrer Wohnung besaß. Natürlich hatte er versucht, sie dort anzurufen, jedoch leider vergeblich.

Vielleicht war sie nach dem seltsamen Shooting auch zu einer ihrer Freundinnen gefahren. Er überlegte, wer für eine solche Aktion in Frage kommen könnte. Eigentlich nur Lisa. Die beiden hielten zusammen wie Pech und Schwefel.

Nach einem Blick auf die Armbanduhr war er sich nicht sicher, ob es eine so gute Idee war, Lisa Krämer jetzt noch anzurufen. Andererseits ...

Thomas zögerte.

Aber er hatte keine Wahl.

Entschlossen griff er zum Telefon und suchte die Nummer von Lisa Krämer, Mandys bester Freundin. Sie waren seit der gemeinsamen

Kindheit ein Herz und eine Seele. Sie tauschten Geheimnisse aus, von denen er nichts ahnte, was ihn manchmal wurmte. Aber, obwohl er sich das kaum eingestehen wollte: Es war besser, gewisse Dinge nicht zu wissen. Lisa machte auch keinen Hehl daraus, dass sie ihn nicht mochte. Vermutlich war sie nur neidisch, weil er in den letzten Monaten mehr Zeit mit Mandy verbracht hatte als sie, die beste Freundin. Er hatte es geschafft: Er hatte sie sich so lange schlecht gedacht, dass es jetzt nur noch schief gehen konnte.

Es tutete.

Irgendwann, nach dem achten oder neunten Klingeln, meldete sich eine verschlafene Frauenstimme. „Hallo?"

Als er schwieg, weil er gerade noch dabei gewesen war, sich die richtigen Worte zurechtzulegen, rief Lisa am anderen Ende der Leitung: „Soll das ein Scherz sein? Hallo, wer ist denn da?"

„Ich bin's, Tom." Hatte sie denn anhand der Nummer nicht gesehen, dass er es war, der sie aus dem Bett geklingelt hatte?

„Weißt du, wie spät es ist?" Da fiel ihm ein, dass sie um kurz nach vier raus musste. Für sie war zehn Uhr abends verdammt spät. Sie gähnte ungeniert in den Hörer.

„Mandy ist verschwunden."

„Bitte? Was heißt denn das? Hattet ihr Streit?" Sofort war sie wach. Vorwurf und Spott lagen in dieser Stimme und ein gewisser *Ich wusste, dass das mit euch nicht gut geht*-Unterton. Belter ging nicht darauf ein und erzählte ihr, was in der Nacht geschehen war.

„Und jetzt denkst du, dass dieser Fotograf ihr etwas angetan haben könnte?", schloss sie aus seinem Bericht. Sie klang völlig distanziert. Sie misstraute ihm, das fühlte er – nein, er wusste es.

„Ich habe Angst um Mandy. Manchmal weiß ich nicht, zu welchen Typen sie geht, um sich fotografieren zu lassen. Du weißt, was ich von ihren Gelegenheitsjobs als Model halte, und manchmal ist es mir einfach unheimlich, sie nachts zu irgendwelchen Typen zu fahren. Wer weiß – vielleicht ist ja irgendwann ein Perverser darunter."

„Deine Phantasie geht mit dir durch", erwiderte Lisa spöttisch und kicherte humorlos.

Er kam sich vor wie ein Idiot. Was tat er hier eigentlich? Belter versuchte, seine Gefühle zu verdrängen.

„Du weißt also nicht, wo sie sein könnte?“ Er hatte keine Lust, mit Mandys bester Freundin zu diskutieren.

„Nein“, kam es schnippisch zurück.

„Bitte, sei ehrlich: Ist sie bei dir, Lisa?“

„Du spinnst. Hast du wieder getrunken, Tom? Dann schlaf deinen Rausch aus. Morgen ist sie wieder bei dir, deine Mandy, jede Wette. Mach dich nicht verrückt. Gute Nacht.“

Ohne seine Antwort abzuwarten, hatte sie aufgelegt.

Thomas Belter starrte auf das Gerät in seiner Hand, schüttelte den Kopf und warf es wütend auf das Sofa. Diesmal blieb es ganz.

Plötzlich sehnte er sich nach einer Zigarette. Und das, obwohl er vor drei Monaten das Rauchen aufgegeben hatte. Mandy hatte es gehasst, wenn er nach kaltem Nikotin stank. Ihr zuliebe hatte er aufgehört. Manchmal aber sehnte er sich immer noch nach einer Zigarette. In Momenten, in denen er unter Stress stand. In denen er Sorgen hatte.

Dies war eindeutig so ein Moment. Durch die Diele marschierte er in die dunkle Küche, schaltete das Licht ein und fingerte auf dem Hängeschrank herum. Hier hatte er sich eine Packung Marlboro versteckt – für Notfälle. Doch die Packung war verschwunden. Vermutlich hatte Mandy sie gefunden und weggeworfen.

„Verdammt“, zischte er, wandte sich ab, trat an die Garderobe und zog sich den Mantel über. Dann würde er sich eben eine neue Packung aus dem Automaten ziehen. Sie war nicht da, also würde es sie auch nicht stören, wenn er nach Rauch stank. In der Manteltasche klimperte Kleingeld, er zählte vier Euro ab, griff nach dem Haustürschlüssel und war schon draußen. Die beiden Türme der Christuskirche waren stimmungsvoll angeleuchtet. Irgendwo plätscherte es. Der schmelzende Schnee auf dem Dach prasselte auf den Kirchhof. Belter hatte im Nu nasse Füße, stieg fluchend die Stufen zum Altmarkt herab und stand ein wenig unschlüssig vor den Parkbuchten. Das La Grappa auf der gegenüberliegenden Seite des Platzes hatte geschlossen. Also würde er den Weg zum Zigarettenautomaten auf sich nehmen müssen. Ein paar hundert Meter durch die Kälte.

Mit einem mürrischen Gesichtsausdruck stapfte Belter los.

Kaum ein paar Schritte gegangen, vernahm er ein Geräusch hinter sich. Er blieb wie angewurzelt stehen. Sein Puls raste. Als er sich umwandte, erblickte er einen hoch gewachsenen Schatten.

Der Typ hatte in etwa seine Größe und Statur, trug einen langen Mantel. Mehr sah Belter nicht von ihm.

„Haste mal Feuer?“ Die Stimme klang rau.

„Klar“, nickte er und fingerte in der Manteltasche herum. Plötzlich spürte er kaltes Metall an seiner Kehle. Er wollte zurückweichen, doch die Klinge eines Messers bohrte sich ruckartig in sein Fleisch. Ein krächzender Laut kam über seine Lippen.

Thomas Belters Atem ging rasselnd.

Ehe er sich versah, wurde er von einer kräftigen Hand gepackt und herumgewirbelt. Er taumelte, riss die Arme hoch und trat einen Schritt nach hinten. Sein Angreifer riss die Hand, mit der er das Messer hielt, zurück. Der Arm ruckte hoch und sauste jetzt geradewegs auf Toms Brust zu. Belter stand wie erstarrt da und war nicht in der Lage, der tödlichen Klinge auszuweichen. Im Augenwinkel sah er, dass in den Fenstern der gegenüberliegenden Häuser kein Licht mehr brannte. Er versuchte zu schreien, doch mehr als ein weiteres Krächzen kam nicht über Belters Lippen. Gebannt starrte er auf das riesige Messer. Das Gesicht des Angreifers war zu einer Fratze verzerrt. Die Klinge blitzte im Licht der Straßenlaternen. Im nächsten Augenblick erschien es Belter, als würde die Welt vor seinen Augen explodieren. Ein brennender Schmerz lähmte seinen Körper. Er riss die Arme schützend hoch, doch zu spät. Tief drang die Klinge in seinen Brustkorb. Er sah Sterne vor seinen Augen aufblitzen, spürte die Hitze, die sein Herz durchströmte und sackte kraftlos zusammen. Belter rang nach Atem, doch die Luft blieb ihm aus. Immer und immer wieder rammte der Fremde ihm die Messerklinge in den Oberkörper. Tom presste die Hände auf die Stelle, von der der Schmerz ausging.

Er spürte etwas Warmes, Klebriges ... Blut. Sein eigenes.

Bevor er sich versah, stach sein Peiniger weiter auf ihn ein. Röchelnd brach Belter zusammen und schlug rücklings auf dem Pflaster des Bürgersteiges auf, spürte den harten Schlag am Hinterkopf, der ihm den Schädel zu zerreißen schien, krümmte sich vor Schmerzen, doch der

Fremde warf sich auf ihn, riss ihm die schützenden Arme von der Brust fort und stach immer wieder zu.

Belter spürte, wie der klamme Matsch seine Kleidung durchdrang. Die nasse Kälte drohte seinen Körper zu lähmen. Er war dem Fremden ausgeliefert. Wie ein Gefangener in seinem eigenen Körper musste er machtlos mitansehen, wie sich der Messerstecher über ihn beugte. Sein Gesicht glich einer Maske.

Immer und immer wieder bohrte sich die blitzende Klinge des Messers in seinen Oberkörper und lähmte ihn immer mehr. Thomas spürte, wie die Kraft aus seinem Körper wich. Er kämpfte gegen die Ohnmacht an, doch lange konnte er sich ihr nicht mehr widersetzen. Sein gesamter Körper bestand aus einem einzigen, alles vernichtenden Schmerz. Er fühlte, wie sich die Messerklinge seines Angreifers immer wieder in seine Brust bohrte, spürte, wie seine Lungen durchlöchert wurden.

Als er den Geschmack seines eigenen Blutes im Mund schmeckte, wusste er, dass er den ungleichen Kampf verloren hatte. Seine Hände ruckten hoch, hin zu der Stelle, wo sich die Stichwunden befanden, und er fiel in einen dämmrigen Zustand. Seine Muskeln brannten, und Belter fühlte, wie das Leben aus seinem Körper wich.

Blitze tanzten grell vor seinen Augen. Ein asthmatisches Pfeifen entwich seiner Lunge. Dann wurde es dunkel um Belter, und er glaubte, ins Bodenlose zu stürzen.

Er hatte das Haus verlassen, um sich Zigaretten zu besorgen. Nun lag er, zerfetzt von einem übermächtigen Gegner, auf dem Bürgersteig, keine zehn Meter von der schützenden Haustür entfernt. Alles für eine einzige Zigarette.

Das Letzte, was durch seinen Kopf geisterte, war ein kurzer Satz. *Rauchen tötet*.

22.10 Uhr

Es dauerte einen Moment lang, bis er registriert hatte, dass sein Opfer den Kampf bereits verloren hatte. Wie im Wahn hatte er auf den Kerl eingestochen. Erst, als der Mann leblos vor ihm lag und sich ein feiner

Blutfaden den Weg aus dem Mundwinkel herunter zum Kinn bahnte, ließ er von ihm ab. Der gesamte Oberkörper des Mannes war eine einzige blutige Masse. Er wusste nicht, wie oft er die Klinge in die Brust des Mannes gerammt hatte, hatte die Hiebe gar nicht mehr gezählt, hatte es genossen, wie sich der wehrlose Körper immer wieder unter ihm aufgebäumt hatte. Erschöpfung stieg in ihm auf, als er sich mühsam aufrichtete und mit verächtlichem Blick auf den Kerl hinabblickte. Er hatte es geschafft. Die Hand, mit der er das große Messer umklammert hielt, zitterte. Schnell zog er ein Tuch aus der Innentasche seiner Jacke und wischte die blutverschmierte Klinge sauber. Dann ließ er Tuch und Messer wieder in der Tasche seines langen schwarzen Mantels verschwinden.

Er überlegte, ob er seine Zähne in das noch warme Fleisch seines Opfers schlagen sollte, um sich eine kleine Belohnung zu gönnen. Sekundenlang zögerte er und blickte auf die angeschwollene Halsschlagader des Toten. Fast glaubte er das Blut zucken zu sehen und leckte sich genießerisch über die Zunge. Als er kurz die Augen schloss und tief durch die Nase einatmete, war da noch ein Geruch neben der würzigen Schneeluft: Er roch das Blut seines Opfers und verspürte das Verlangen, dem er aber nicht nachgeben durfte. Nicht jetzt.

Es wäre töricht gewesen, in diesem Moment schwach zu werden. Er konnte es sich einfach nicht leisten, bei seiner Blutmahlzeit gesehen zu werden.

Nachdem er sich umgeblickt und davon versichert hatte, keinen ungebetenen Zeugen zu haben, beugte er sich über den Toten und griff ihm unter die Arme, um ihn unter das Vordach eines Wohnhauses zu ziehen. Dort angekommen, legte er Belter auf die Seite und breitete den Wintermantel, den der Tote trug, wie eine Decke über ihm aus.

Ein Spaziergänger, der zufällig vorbeikam, würde ihn für einen besoffenen Penner halten. Dann wäre er selbst längst weg.

Rasselnd ging sein Atem; er hätte nicht damit gerechnet, welch körperliche Schwerstarbeit er in dieser Nacht noch hatte leisten müssen. Sekundenlang stand er breitbeinig über seinem Opfer und ergötzte sich an dem Machtgefühl. Er hatte bereits zum zweiten Mal in dieser Nacht Herr über Leben und Tod gespielt und dem Tod den Vorrang gegeben.

Obwohl es sich bei seinem Opfer um einen Mann handelte, spürte er wieder die Erregung in sich aufsteigen.

Er hatte den Fremden besessen, war in sein Leben und Reich eingedrungen, um seinem kläglichen Dasein ein Ende zu bereiten. Nun war es Zeit, in seine Welt zurückzukehren, in die Welt der Finsternis.

Die Nacht war sein Reich. Und dennoch konnte er sich noch keine Ruhe gönnen.

Es gab noch viel zu tun, wollte er seine Spuren endgültig verwischen. Die Bullen würden ihn nicht finden, dafür würde er sorgen.

Schnell wandte er sich ab, blickte sich um. In den Fenstern der umliegenden Häuser brannte noch immer kein Licht. Niemand war geweckt worden, niemand hing neugierig am Fenster. Nachdem er sein Opfer mit einem letzten, mitleidigen Blick bedacht hatte, ging er gemächlich, ohne Eile, zu seinem Wagen, stieg ein und ließ den Motor an. Die Reifen drehten durch, als er die Kupplung kommen ließ. Aus dem Radio klang leise Musik. Er summte die Melodie mit. Langsam normalisierte sich sein Puls.

Er genoss es, wie der Wagen die Straße zurück nach Wuppertal zu fressen schien. Tief lehnte er sich in die Polster des Sitzes zurück und umklammerte das Lenkrad. Die Motorleistung faszinierte ihn immer wieder. Und es war schwer, den Fuß vom Gas zu nehmen, als er die Stadtgrenze von Wuppertal erreichte. Die B 7 war gut ausgebaut in diesem Teilstück und sogar der Winterdienst hatte ganze Arbeit geleistet.

Den roten Blitz, der die Nacht für den Bruchteil einer Sekunde in ein gleißendes Licht verwandelte, bemerkte er, als es bereits zu spät war. Der brennende Schmerz in den Augen war unerträglich für ihn, der das Licht so sehr verabscheute. Ein spitzer Schrei kam über seine blutleeren Lippen, als er das Tempo drosselte und die Augen zu schmalen Schlitzen zusammenkniff. Ihm war, als hätte man ihm die Klinge eines Messers in die Augen getrieben. Prompt verriss er das Steuer. Die Reifen schlidderten über den nassen Asphalt, der Wagen brach aus und raste auf eine Reihe abgestellter Lastwagen zu. Immer größer wurden die kantigen Aufbauten der schweren Fahrzeuge. Wie uneinnehmbare Festungen wuchsen die Lastwagen vor ihm in den Nachthimmel. Wild steuerte er gegen und konnte im letzten Sekundenbruchteil verhindern, mit einem der Trucks zu kollidieren. Langsam fuhr er weiter und lenkte den Wagen an den Straßenrand. Dort angekommen, ließ er die Kupplung los. Der Wagen vollführte einen letzten Hüpfer, bevor der Motor erstarb. Die plötzlich eintretende Stille rauschte in seinen Ohren. Er sank über dem Lenkrad zusammen und barg das Gesicht in den Händen. Grelle Lichtblitze tanzten wie Irrlichter vor seinen Augen, und der Schmerz schwand nur in quälender Langsamkeit aus seinem Kopf. Als er nach ein paar Minuten die Augen wieder öffnete, erkannte er sein Umfeld nur schemenhaft. Es dauerte fast eine Viertelstunde, bis er wieder normal sehen konnte und der Schmerz erträglich wurde.

Langsam nur registrierte er, dass er mit seinem Wagen in eine Radarfalle gefahren war.

22.25 Uhr

Sie hatten die Datenbänke der Vermisstenmeldungen durchforstet und nichts gefunden. Zig Fotos von jungen, blonden Frauen betrachtet, aber das Gesicht der Toten befand sich nicht unter ihnen.

Im Präsidium herrschte kaum Betrieb; nur die Kriminalwache und die Polizeiinspektion Ost waren rund um die Uhr besetzt. Franka hatte Kaffee aus dem Automaten auf dem Korridor des Präsidiums geholt. Nun saßen sie sich im Schein der kleinen Arbeitslampen an ihren Schreibtischen gegenüber und stierten ins Leere, während sie schweigend tranken. Micha hatte sich eine Zigarette angezündet und paffte. Das im Polizeipräsidium herrschende Rauchverbot ignorierte er; und Franka hatte keine Probleme damit.

Franka hatte die Füße auf den Schreibtisch gelegt und die Hände hinter dem Kopf verschränkt. „Wir stehen mit leeren Händen da, weil es bundesweit keine Vermisstenmeldung gibt, auf die die Beschreibung unseres Mordopfers zutrifft“, ärgerte sie sich. „Entweder vermisst sie niemand ... oder ...“

„Oder ihr Verschwinden ist noch niemandem aufgefallen, weil sie noch gar nicht vermisst wird“, führte Micha ihre Gedanken zu Ende und formte mit den Lippen kreisrunde Rauchkringel, die er an die hohe Decke des Büros blies.

„Dann haben wir eine kleine Chance“, bemerkte Franka, nahm die Füße von der Schreibtischplatte und griff schon zum Telefon. „Ich frage die Kollegen der Notrufzentrale, ob dort etwas eingegangen ist, das mit unserem Fall in Verbindung stehen könnte.“

„Tu, was du nicht lassen kannst.“ Micha paffte scheinbar gedankenverloren weiter und glaubte nicht an einen Erfolg. Er ahnte, was seine Kollegin vorhatte.

Es dauerte nur wenige Minuten, bis Franka den diensthabenden Beamten der Notrufzentrale am Apparat hatte. Ihre Wangen glühten, und sie kritzelte einige Notizen auf die Schreibtischunterlage. So plötzlich, dass Micha erschrak, schlug sie mit der flachen Hand auf den Schreibtisch.

Ihr Gesicht hatte eine tiefrote Färbung angenommen.

„Warum habt ihr nicht gleich reagiert?“, schrie sie in den Hörer und schüttelte den Kopf. „Ja, schon gut. Ich werde mich darum kümmern.“ Sie warf den Hörer des altmodischen Telefons auf die Gabel und stöhnte gequält auf.

„Das glaubst du nicht“, rief sie Micha zu. „Um 21.33 Uhr gab es einen Anruf, der für uns interessant sein könnte.“ Sie blickte auf ihre Notizen. „Der Anrufer hieß Thomas Belter. Er hat seine Freundin als vermisst melden wollen, doch da sie erst seit zwei Stunden verschwunden war, hat der Kollege ihn abgewiesen. Es sei keine Gefahr im Verzug gewesen, und für ihn klang das alles nach einer kleinen Eifersüchtelei. Ihr Name ist Mandy Klimmek, siebenundzwanzig. Sie arbeitet wohl gelegentlich als Model. Und sie hatte ein Shooting bei einem Fotografen namens Clay. Ort des Geschehens war eine alte Fabrik in der Wesendonkstraße. Die Tatzeit, die uns der Notarzt genannt hat, könnte in das Zeitfenster passen.“

„So spät abends geht sie zu einem Typen und lässt sich fotografieren? Das ist ja ein tolles Früchtchen“, murmelte Micha. Er zog am Rest seiner Zigarette und drückte den Stummel im Aschenbecher aus. „Da kann ich diesen Belter gut verstehen, dass ihm der Job seines Mädchens missfällt. Woher wissen wir, dass es sich bei dieser Mandy Klimmek um unsere Leiche handelt?“

„Wir wissen es gar nicht“, räumte Franka ein und massierte sich den

Nasenrücken. „Es ist nur eine Möglichkeit, die wir nicht außer Acht lassen sollten. Sie ist schlank und blond, hat blaue Augen. Insofern passt die Beschreibung auf unsere Leiche. Und sie hat eine markante Narbe über dem rechten Hüftgelenk und ein Arschgeweih."

„Franka!" Micha schnaubte vorwurfsvoll.

„Na ja, so ein blödes Tattoo halt. So was würde ich mir nicht für viel Geld stechen lassen, aber eine Menge Leute bezahlen ja sogar dafür."

„Och, es gibt tolle Tattoos ..."

„Wir schweifen ab. Also, zwei Identifikationsmerkmale hätten wir." Sie griff zum Hörer und telefonierte mit den Kollegen der Rechtsmedizin. Wenige Minuten später wusste sie, dass es sich bei der grausam zugerichteten Leiche tatsächlich um das Hobbymodel Mandy Klimmek handelte. Die markanten Merkmale fanden sich auch am Körper der Leiche. Also hatte der ängstliche Freund Recht behalten, als er seine Freundin als vermisst gemeldet hatte. Franka hatte Lust, dem Kollegen in der Notrufzentrale ein Disziplinarverfahren anzuhängen, weil er dem dringenden Verdacht von Thomas Belter nicht nachgegangen war. Doch sie war keine Nestbeschmutzerin und verzichtete auf weitere Schritte. Der Kollege in der Notrufzentrale hatte ihr die Handynummer gegeben, die sie nun wählte. Doch es meldete sich nur die Mailbox.

„Er hat das Handy aus."

„Das ist doch gar nicht so ungewöhnlich", erwiderte Micha und trank einen Schluck Kaffee. „Viele Leute machen nachts ihr Handy aus, um nicht gestört zu werden."

Franka schüttelte den Kopf. „Würdest du dein Handy abschalten, wenn du deine Freundin vermisst und dir Sorgen um sie machst?"

Er nickte und gab ihr recht. „Nein, wohl nicht. Dann müssen wir nochmal los."

Mit einem weiteren Anruf hatte Franka die Adresse von Thomas Belter erfragt. Er wohnte in Schwelm, der östlichen Nachbarstadt von Wuppertal.

„Wir sollten zu ihm fahren und uns von Thomas Belter ein Foto seiner Freundin zeigen lassen", schlug Franka vor.

„Und ihm gleichzeitig die Nachricht ihres Todes überbringen, wenn wir sie auf dem Foto identifiziert haben", brummte Micha und nahm die Füße von der Schreibtischkante. Der alte Bürostuhl, auf dem er saß, ächzte bedenklich. Er leerte seinen Kaffeebecher und beförderte ihn mit einem eleganten Wurf in den Papierkorb.

Franka riss sich wahrlich nicht darum, Angehörigen Todesnachrichten zu überbringen. „Fahren wir vorher noch an der alten Fabrik vorbei?", fragte sie, während sie sich erhob und die Mappe mit Schlüssel und Fahrzeugpapieren für einen der vier Dienstwagen an sich nahm.

Micha schlüpfte in das dicke Baumfällerhemd und steckte die Zigaretten und das Feuerzeug umständlich in die Brusttasche. „Nein", sagte er. „Das können wir auf dem Rückweg erledigen. Oder wir schicken einen Streifenwagen vorbei. Aber erstmal will ich keine Zeit verlieren."

22.50 Uhr

Franka hatte den silbernen Audi des KK 11 genommen, einen von vier zivilen Dienstwagen, die der Abteilung dauerhaft zur Verfügung standen und über Funk verfügbar waren. Die Temperatur war weiter gestiegen, und Regen hatte den Schnee nun vollends tauen lassen. Graue Matschfontänen wurden von den Reifen des unauffällig lackierten Dienstwagens durch die Luft geschleudert. Michas Blick war stur nach vorn gerichtet, während er fuhr.

Franka betrachtete ihn von der Seite. Sie kannte ihn gut genug, um zu wissen, dass er angestrengt nachdachte, und schwieg ebenfalls. Frankas Blick glitt nach vorn. Sie starrte auf die Scheibenwischer, die den nassen Schlamm in kurzen Intervallen von der Windschutzscheibe des Audi schwappen ließen. Das Haus, in dem Thomas Belter wohnte, lag am Altmarkt in Schwelm, einem historischen Platz, der um diese Zeit verlassen dalag. In kaum einem Fenster der umliegenden Gebäude brannte noch Licht, und auch die Restaurants, die den Platz tagsüber mit Leben erfüllten, waren geschlossen. Im Schritttempo steuerte Micha den Audi über das Kopfsteinpflaster, als er linkerhand eine Reihe von Parkplätzen erblickte. Er setzte kurzerhand den Blinker und parkte den Audi. Franka war bereits ausgestiegen und blickte sich auf dem Altmarkt um, als sie eine Gestalt im Schatten eines Hauseingangs liegen sah. Zusammengekrümmt wie ein Embryo im Mutterleib, der weite Mantel ausgebreitet wie eine Decke über dem Körper. Im ersten Augenblick dachte sie an einen Obdachlosen, der Schutz im überdachten Eingang des Hauses gesucht hatte, doch als sie näher trat, erkannte sie die Blutlache, in der der Mann lag. Der graue Schneematsch unter ihm hatte eine tiefrote Färbung angenommen. Ihr Pulsschlag beschleunigte sich, als sie sich zu Micha umwandte, der sich gemächlich näherte.

„Micha, verdammt, komm her!“, gellte ihre Stimme durch die Stille der Nacht. „Hier liegt einer.“

Micha beschleunigte seine Schritte und warf die Zigarette, die er sich gerade angezündet hatte, achtlos in den Matsch. Die Glut erlosch mit einem leisen Zischen. Seine Schuhe patschten laut durch den Schneematsch. Der Hüne ging neben Franka in die Knie und betrachtete die leblose Gestalt. Nachdem er dünne Einweghandschuhe übergezogen hatte, berührte er den Mann, der mit dem Rücken zu ihnen lag.

„Hallo“, rief er und rüttelte an der Schulter des Unbekannten. „Können Sie mich hören?“

Wie ein nasser Sack rollte die leblose Gestalt auf den Rücken. Der Oberkörper war eine einzige Wunde. Micha und Franka erkannten mit einem Blick, dass hier jede Hilfe zu spät kam. Der Mann hatte die Augen im Moment des Todes weit und anklagend aufgerissen, sein Mund stand einen Spalt breit offen. Wieder die offenen Augen. Wieder der offene Mund.

Vorsichtig öffnete Micha den Mantel des Toten und zog dessen Brieftasche hervor. Er klappte sie auf und fand seinen Personalausweis.

„Wir sind zu spät gekommen“, flüsterte er und richtete sich auf.

„Wovon sprichst du?“ Eine steile Falte hatte sich auf Frankas Stirn gebildet. Sie spürte, wie sich ihre Kopfhaut zusammenzog.

„Das hier ist Thomas Belter.“ Micha klappte die Brieftasche des Toten zu. „Ruf die Kollegen vom KK 11 in Hagen an – die sind zuständig für Schwelm. Sieht aus, als würden wir mit den Hagenern an einem gemeinsamen Fall arbeiten.“

23.20 Uhr

Mit blinder Wut steuerte er den Wagen durch die engen Straßen der Nordstadt, die ihn immer wieder an die Straßenschluchten in San Francisco erinnerten. Die Karre musste verschwinden, soviel stand fest. Sie hatten ihn geblitzt, als er in zu hohem Tempo die Stadtgrenze passiert hatte. Das hätte einfach nicht geschehen dürfen, hämmerte es immer wieder durch seinen Kopf. Spontan fiel ihm das Parkhaus am Karlsplatz ein. Von dort aus würde er mit einem der Linienbusse, die hier zu jeder Tag- und Nachtzeit anhielten, weiterkommen können.

Er überlegte, ob es sinnvoll war, den Wagen in der Tiefgarage für eine Zeit lang zu verstecken. Die Karre gehörte ihm nicht, also würde man ihn nicht zwangsläufig mit der Geschichte in Verbindung bringen. Es war ihm freigestellt, mitten in der Nacht mit dem Auto zu fahren, das tat er sonst schließlich auch. Das Radarfoto war im Kasten, er hätte einfach vorsichtiger sein sollen. Solange er bezahlte, würde es nicht zu einer Anhörung kommen. Kein Hahn würde nach ihm krähen. Eigentlich lief doch alles nach Plan.

Außerdem wusste er nicht, ob der Riesenwagen in das enge Parkhaus passte. Also verzichtete er auf unnötigen Aktionismus und steuerte die verfallene Gegend am Wupperufer an. Den Wagen parkte er in einer verlassenen Nebenstraße. Unbeobachtet erreichte er das düstere Gemäuer der alten Fabrik und blickte an der Fassade empor. Hier hatte er sein erstes Opfer gefunden. Sie hatte ihm gehört, und sie hatte ihm vorzüglich gemundet. Lange Zeit hatte er das Ritual vorbereitet. Fast bedauerte er es ein wenig, dass er sich nun einen anderen Wirkungsort suchen musste. Doch es war einfach zu gefährlich, den alten Kasten noch länger zu seinem Domizil zu machen. Dort würden sie seine Verfolgung aufnehmen und ihn zur Strecke bringen.

Er lächelte genießerisch, als er sich an den Geschmack ihres warmen, zuckenden Fleisches erinnerte, und leckte sich über die Lippen, als er an ihr Blut dachte.

Er wollte mehr.

Doch er würde bei Null anfangen müssen, darüber war er sich im Klaren. Hier würden noch in dieser Nacht alle Spuren verschwinden, denn nur so war er sicher, dass er sein Treiben ungehindert fortführen konnte. Es gab genug Frauen, die sich ihm hingaben. Und es war ein Kinderspiel, sie für seine Sache zu gewinnen. Doch das nächste Mal durfte es nicht mehr in der alten Fabrik geschehen. Der Aufwand, den er für sein Ritual betrieb, war hoch. Er durfte kein Risiko eingehen.

Er betrat das leerstehende Gebäude und marschierte die Stufen in das obere Stockwerk empor. Ich werde um eine weitere körperliche Betätigung heute Nacht wohl nicht herumkommen, dachte er, als er die Räume des Schreckens erreichte und sich an sein Werk machte. Ein teuflisches Werk.

23.30 Uhr

Die Spurensicherung war noch nicht eingetroffen, was Franka auf die längere Anfahrt der Kollegen aus Hagen schob. Lediglich der Notarztwagen parkte unweit des Tatortes. Franka und Micha standen ein wenig abseits des Geschehens. Streifenwagen parkten schräg auf den Bürgersteigen, und in fast allen Häusern am Altmarkt brannte nun Licht. Rotweiß schraffiertes Polizeiabsperrband flatterte im Wind. Streifenbeamte waren damit beschäftigt, die Gaffer auf Distanz zu halten. Franka hatte ein Déjà-vu, denn das alles hatte sie in dieser Nacht schon einmal gesehen. Jeder wollte etwas gesehen und gehört haben, und die uniformierten Kollegen waren damit beschäftigt, die Aussagen der mehr oder weniger vermeintlichen Zeugen aufzunehmen. „Großes Kino auf dem Dorf hier“, bemerkte Micha mit säuerlicher Miene. Sie wandten sich an den Notarzt. Dr. Gabriel, ein schlanker Endvierziger mit kurz geschorenem Haar und einer dünnen Brille, nickte ihnen zu. Gabriel führte Franka und Micha zu der Stelle, wo die Leiche, die man mit einem Tuch vor den neugierigen Blicken der Nachbarn schützte, gefunden hatte.

„Er wurde mit mehreren Messerstichen ermordet“, erklärte Dr. Gabriel. „Das Opfer hatte keine Chance. Das sind bestimmt zehn bis zwanzig Messerstiche; der Mörder muss wie im Wahn immer und immer wieder auf sein Opfer eingestochen haben.“ Der Mediziner zog die Mundwinkel nach unten und deckte den Leichnam wieder ab. „Was der Mann allerdings um diese Zeit hier draußen tat, weiß ich nicht.

Sein Mörder aber ist eine Bestie, das weiß ich."

„Hat der Mörder ihn ... gebissen?" Franka achtete auf jede Reaktion im Gesicht des Mediziners. Doch im Augenblick betrachtete er die junge Kommissarin nur fassungslos.

„Was wollen Sie hören?"

Micha schaltete sich ein. „Ob es Bisswunden gibt, ob der Mörder ihm mit den Zähnen die Kehle zerfetzt hat, ob er sein Fleisch gegessen hat, weiß der Geier." Er stapfte ungeduldig von einem Fuß auf den anderen und rieb sich die Hände. Ihm war kalt.

Gabriel blickte ihn betreten an. „Sagen Sie mal, sehen Sie zu viele Splatterfilme?"

„Ich würde nicht fragen, wenn ich keinen Grund hätte", entgegnete Micha wütend. Der unterschwellige Vorwurf in der Stimme des Notarztes prallte an ihm ab.

„Nein", murmelte Gabriel. „Nichts dergleichen. Aber eines steht fest: Derjenige, der das getan hat, war blind vor Wut oder wahnsinnig."

„Oder er wollte sicher sein, einen lästigen Zeugen aus dem Weg geräumt zu haben", überlegte Franka und tauschte einen Blick mit Micha. Er zuckte unmerklich die breiten Schultern.

„Haben Sie zufällig ein Handy bei ihm gefunden?", fragte er den Arzt.

Kopfschütteln.

„Dann besteht die Möglichkeit, dass es in seiner Wohnung liegt." Er zog Franka vom Fundort der Leiche weg. „Wir müssen uns in seiner Wohnung umsehen. Vielleicht finden wir dort einen Hinweis. Idealerweise liegt dort auch sein Handy."

„Wenn es derselbe Täter ist, ist das Mordmotiv klar", murmelte Franka, als sie außerhalb der Hörweite des Arztes waren. „Er hat Belter bis hierher verfolgt, um ihn zu töten. Vermutlich hatte er Angst, dass er ihm gefährlich werden könnte und hat deshalb einen zweiten Mord in Kauf genommen."

„Dumm gelaufen, denn jetzt sind wir erst recht hier", brummte Micha. „Der hält uns ganz schön auf Trab. Ein Leisetreter ist unser Freund nun wirklich nicht." Er dachte nach. „Wenn ich meine Spur verwischen möchte, wenn ich jemanden auf dem Gewissen habe, dann sehe ich zu, dass ich meine Leichen unauffälliger verschwinden lasse, als er es tut. Der ist doch nicht ganz dicht, Frau Kollegin." Er tippte sich bezeichnend an die Stirn.

„Wie dem auch sei – hoffen wir, dass er nicht noch mehrere lästige Zeugen hat, die er aus dem Weg räumen wird."

23.45 Uhr

Während die Kollegen des KK 11 aus Hagen mit der Sicherung des Tatortes beschäftigt waren, hatten sich Franka und Micha die Genehmigung geholt, Belters Wohnung besichtigen zu dürfen. Das Licht hatte Thomas Belter brennen lassen. Demnach hatte er nicht vorgehabt, länger wegzubleiben. Die Wohnung war einfach, aber geschmackvoll eingerichtet. Micha und Franka hatten sich dünne Einmalhandschuhe übergestreift, um die Wohnung von Thomas Belter nicht mit ihren eigenen Fingerabdrücken zuzupflastern.

Es gab einen fast rechteckigen Flur, der von einer Garderobe beherrscht wurde, die unter der Last unzähliger Jacken und Mäntel von der Wand zu stürzen schien. Franka erkannte darunter auch einige Frauenjacken. Sie machte Micha auf ihren Fund aufmerksam.

„Scheinbar hat Mandy Klimmek zumindest zeitweise bei ihm gewohnt", murmelte sie. Links zweigte eine schmale Küche ab. Eine Neonröhre an der Decke verbreitete mit einem monotonen Surren ihr grelles Licht. Die Küchenmöbel waren alt, aber in recht sauberem Zustand. Eine Korkwand mit Notizen, ein Kalender. Das Rollo war nicht heruntergelassen, und sie hatten durch das Küchenfenster freien Blick auf das massive Mauerwerk der Christuskirche, das um diese Zeit von grellen Scheinwerfen angestrahlt wurde. In der Spüle stapelte sich der Abwasch, und der Deckel des Mülleimers ließ sich nicht mehr schließen. Micha stand vor der Pinnwand und studierte die Zettel.

Einkaufszettel, Quittungen, die Visitenkarte eines Arztes. Er trat näher und erkannte, dass es sich bei der Karte von Dr. Martin Alberts um einen Gynäkologen handelte.

Dieser Alberts schien der behandelnde Frauenarzt von Mandy Klimmek gewesen zu sein. Micha zog die Nadel aus dem Kork und nahm die Karte an sich. Vielleicht war Dr. Alberts ihnen eine Hilfe.

Franka verließ die Küche. Erste Tür rechts, das Wohnzimmer. Der Fernseher lief ohne Lautstärke. Es flimmerte eine Talkshow über den Bildschirm, die wahrscheinlich am Mittag des vorherigen Tages schon einmal gelaufen war. Der Talkmaster präsentierte einer pubertierenden Mutter und dem pickeligen Vater eines Kindes den xten Vaterschaftstest. Franka seufzte. Die sollten sich langsam mal was Neues einfallen lassen.

Sie trat an das große Fenster und zog die Gardinen zurück. Ein winzig kleiner Balkon erlaubte den Blick auf den Altmarkt. Unten waren die Kollegen aus Hagen noch mit der Tatortsicherung beschäftigt. Sie hatten Scheinwerfer aufgestellt, die die ohnehin schon grausige Szenerie in ein kaltes Licht tauchten. Soeben fuhr ein Leichenwagen vor. Dunkel gekleidete Gestalten stiegen aus und zogen einen Zinksarg von der Ladefläche. Schweigend klappten sie ihn auf und entnahmen der Transportbox einen transparenten Plastiksack mit einem weißen Reißverschluss. Ein wenig unsicher näherten sich die Fahrer des Leichenwagens den Beamten der Kriminalpolizei. Aus der Ferne vermutete Franka, dass sie zum ersten Mal einen Ermordeten transportierten. Sie schüttelte den Kopf und wandte sich vom Ausblick auf den Altmarkt ab. Eine bizarre Szene, wie sie sie sogar in Berlin nicht erlebt hatte. Dies war ihre Heimat, und die Menschen, die hier lebten, waren offenbar genauso krank wie die Drogenjunkies in Berlin.

Der Täter hatte sein Opfer hier mitten auf dem Altmarkt überwältigt und ermordet. Er hatte damit rechnen müssen, dass er bei seiner Bluttat beobachtet wurde, doch das Risiko war er anscheinend eingegangen und nach dem kaltblütigen Mord unerkannt geflohen. Ein Gefühl der Ohnmacht überkam sie, denn sie würde liebend gern eine Fahndung nach dem Mörder herausgeben, aber ohne die Angaben eines Fahrzeugtyps, eines amtlichen Kennzeichens oder sogar einer Personenbeschreibung konnte sie sich die Mühe sparen. Der Mörder war auf freiem Fuß und hatte viele Chancen, unerkannt zu entkommen. Franka verdrängte den Gedanken und überlegte, wie der Täter wohl vorgegangen war.

Belter war kaum zehn Meter von der rettenden Haustür entfernt gestorben. Doch was hatte ihn zu später Stunde noch einmal aus dem Haus gelockt? Die Sorge um seine Freundin? Oder war er auf dem Weg zur Arbeit gewesen?

Als Franka sich umwandte, sah sie das Telefon auf dem Sofa liegen, fast so, als hätte er es achtlos dorthin geworfen. Sie durchquerte den Raum und ergriff das Handy. Es handelte sich um ein recht neues finnisches Fabrikat. Die Menüführung kannte sie von ihrem eigenen Modell, und so war es ein Leichtes für sie, die ein- und ausgehenden Verbindungen aufzurufen. Mehrmals hatte Belter vergeblich versucht, Mandy anzurufen, zuletzt um 22 Uhr. Im Ordner der ausgehenden Anrufe fand sie eine Lisa.

„Micha, ich habe sein Telefon gefunden."

„Wo bist du denn?"

„Hier – in der Stube."

Er tauchte im Türrahmen auf und grinste schief. „Es heißt Wohnzimmer", brummte er. „Warum sagt ihr Ossis eigentlich immer Stube?"

„Ich bin kein Ossi", wehrte sich Franka und gestand sich insgeheim ein, während ihrer Zeit in Berlin den Slang dieser Region in ihren eigenen Wortschatz übernommen zu haben, ohne es zu bemerken. „Ich habe in Berlin gearbeitet, mehr nicht. Aber warum feiert Köln eigentlich Karneval? Ihr seit doch das ganze Jahr über bekloppt", konterte sie, dann wurde sie wieder ernst. „Hier: Er hat wahrscheinlich unmittelbar, bevor er ermordet wurde, eine Lisa angerufen."

„Ich drücke schnell die Wahlwiederholung. Vielleicht kann sie uns einen wichtigen Hinweis geben." Aber Franka hatte kein Glück. Es sprang direkt Lisas Mailbox an. „Wahrscheinlich schläft sie schon. Notieren wir uns die Nummer auf unsere To-do-Liste für morgen", schlug Franka vor.

„Gut. Warst du schon in den anderen Räumen?"

„Noch nicht." Franka folgte ihm ins Schlafzimmer. Es gab einen zwei Meter großen Kleiderschrank mit einer Spiegelfront, ein französisches Bett, an dessen stählernem Kopfende sich Handschellen befanden.

„Aha", kommentierte sie. „Unser junges Paar hat wohl gern experimentiert."

Micha zog die Schubladen eines Nachtschrankes auf und fand zwei Dildos. „Und hier geht's weiter", grinste er.

„Du bist wohl neidisch", erwiderte Franka bissig.

„Nein, überhaupt nicht."

Sie wusste, dass Micha eine gescheiterte Ehe hinter sich hatte. Seine Frau lebte noch in Köln, und er hatte sich nach der Scheidung ins Bergische Land versetzen lassen, um die räumliche Distanz zu wahren. Nichtsdestotrotz traf er sich ab und zu noch mit seiner Exfrau, um mit ihr leidenschaftliche Nächte zu verbringen. Er machte keinen Hehl daraus, dass sie sich nach der Trennung besser verstanden als je zuvor und dass sie im Bett hervorragend harmonierten. Und experimentierten. Und fünfzig Kilometer waren eine recht überschaubare Distanz für Ex-Partner, die einfach ab und zu miteinander vögeln wollten.

„Hier, sieh mal", rief er jetzt, ohne auf Frankas Anmerkung einzugehen. Micha hatte ein in schwarzes Leder gebundenes Fotoalbum gefunden, das er durchblätterte. Die Fotos darin zeigten eine hübsche junge Frau mit blonden Haaren, allesamt geschmackvolle erotische Fotos.

„Das ist dann wohl unsere Mandy."

Franka blickte ihm über die Schulter und erkannte auf den Fotografien die Frau wieder, die sie ermordet am Rand der Berliner Straße gefunden hatten.

„Allerdings." Sie musste eine begehrenswerte Frau gewesen sein. Die Kommissarin kämpfte gegen die aufkeimende Wut gegen den Mörder an und widmete sich dem Kleiderschrank. Im rechten Fach hingen Hemden und Hosen ordentlich auf Bügeln, daneben einige Jacken. Auf dem Schrankboden reihten sich Herrenschuhe, allesamt blitzblank sauber, nebeneinander auf. Thomas Belter schien ein sehr ordnungsliebender Mensch gewesen zu sein. Links außen wurden Herren- und Damenkleidungsstücke aufbewahrt. Socken, T-Shirts, die üblichen Freizeitklamotten und Jogginganzüge, die sowohl von einem Mann, als auch von einer Frau getragen werden konnten. Franka nahm einen zweiteiligen Jogginganzug aus dem Fach und faltete ihn sorgfältig auseinander. „Größe zweiundfünfzig", murmelte sie. „Der dürfte wohl kaum der Klimmek gehört haben."

Micha brummte zustimmend und machte sich am mittleren Schrankfach zu schaffen. „Bingo“, grinste er.

Franka trat neben den Kollegen. Ihr Blick fiel auf Frauenkleidung. Jacken, Kleider und Blusen hingen auf Bügeln, Röcke und Hosen befanden sich, sauber gefaltet, auf dem Brett darüber. Von der Alltagskleidung bis hin zum „kleinen Schwarzen“ war alles vertreten. Franka begutachtete die Wäsche. Im obersten Fach fand sie Unterwäsche. Mandy Klimmek schien ein Faible für edle Spitzenwäsche gehabt zu haben. Die Kommissarin fand hauchdünne Slips und BHs, oft in rot und schwarz, aber auch andere Farben waren vertreten. Nylons, mit und ohne Halter, Bustiers und Corsagen – das volle Programm. „Dafür muss sie ein Vermögen ausgegeben haben“, vermutete Franka und verschloss den Schrank. In den anderen Fächern befanden sich die Kleidungsstücke ihres Freundes.

Micha schnalzte mit der Zunge. „Scheinbar hat sie Spaß am Sex gehabt und das Leben in vollen Zügen genossen.“ Er wandte sich zu seiner Kollegin um und deutete mit dem Daumen über die Schulter. „Das da“, sagte er dann, „ist jedenfalls das wahre Mekka für einen Wäschefetischisten.“

„Wie auch immer“, erwiderte Franka. „Immerhin war sie Model.“

„Und ihre Auftraggeber werden wir uns allesamt vorknöpfen müssen“, nickte Micha.

„Schade nur, dass uns ihr Freund keine Fragen mehr beantworten kann.“

„Um eben das zu verhindern, musste er ja sterben, da bin ich sicher.“

„Bestimmt gibt es ein Notizbuch, eine Kontaktliste oder Ähnliches.“

„Wenn es in dieser Wohnung einen Rechner gibt, nehmen wir ihn mit und lassen ihn durch unsere Spezialisten durchforsten“, schlug Franka vor. „Vorausgesetzt, die Hagener Kollegen spielen mit.“

„Ich kenne Günther vom Hagener KK 11 ganz gut, lass mich mal machen, er schuldet mir noch was.“ Mit einem vielsagenden Grinsen verließ Micha den Raum. Er brummte im Nebenraum herum. Franka folgte ihm zurück ins Wohnzimmer.

„Hier ist kein Computer“, bemerkte er, als Franka sich im Türrahmen aufbaute.

„Die Klimmek hat auch noch eine eigene Wohnung“, erinnerte sie ihn. „Hier war sie nämlich gar nicht gemeldet.“

„Du meinst ...?“

„Na ja, eigene vier Wände eben. Nicht jedes Paar, das zusammen ist, wohnt auch gleichzeitig zusammen.“ Jetzt grinste sie den Kollegen vielsagend an. „Das müsstest du ja am besten wissen.“

„Nächstes Thema“, brummte Micha.

„Wenn sie sich eine eigene Wohnung gehalten hat, ist es auch ziemlich wahrscheinlich, dass sie ihre Unterlagen dort aufbewahrt hat. Ich habe hier nicht einen einzigen Aktenordner gesehen, auf dem ihr Name stand. Und Ordner hat man doch – Versicherung, Mietverträge, Papiere für das Auto, so was halt.“

„Komm, ich glaube, hier haben wir alles gesehen.“

Franka hatte keine weiteren Einwände und folgte ihm. Das Handy, das sie auf dem Sofa gefunden hatte, nahm sie mit. Damit konnten sich die Kollegen der KTU auseinandersetzen. Hier gab es nichts mehr zu tun, und jetzt zog es sie ins Bett. Sie spürte, dass die nächsten Tage noch anstrengend genug werden würden.

Mittwoch

1.25 Uhr

Das alte Ledersofa, das er mit dem Lieferwagen vom letzten Sperrmüll besorgt hatte, tat ihm schon ein wenig leid, als er am Straßenrand inne hielt und den Feuerschein betrachtete, der gespenstisch durch die staubblinden Fenster in die nasskalte Nacht hinaus drang. Als oben im ersten Stockwerk die Flammen prasselten, genoss er den Schauer, der seinen Rücken herunter lief. Gespenstisch reflektierten die Scheiben den Feuerschein. Wahrscheinlich war es eine Frage der Zeit, bis die Feuerwehr hier eintraf und den Brand zu löschen versuchte. Vergeblich, stellte er mit einem tiefen Gefühl der Genugtuung fest, denn er hatte vernünftig vorgearbeitet. Das Feuer würde sich rasend schnell ausbreiten und alle verräterischen Spuren vernichten. Der Schauplatz hatte seinen Dienst getan und musste nun ein Raub der Flammen werden. Er hatte das Feuer so gelegt, dass niemand den Brand rekonstruieren konnte. Schließlich war er nicht dumm. Der Brandermittler, der das Gebäude wahrscheinlich erst im Morgengrauen betreten würde, hatte keine Chance, den Brandherd zu ermitteln. Sie würden ihm nichts nachweisen können und zu der Erkenntnis kommen, dass sie einem Phantom nachjagten.

Nichts würde auf seine Existenz hinweisen. Es war, als gebe es ihn gar nicht.

Er lebte nicht mehr in der Welt der Sterblichen.

Davon hatte er sich verabschiedet, als er den Pakt mit dem Teufel eingegangen war. Die Dämonen hatten ihn gerufen, und er war ihrem Ruf gefolgt. Das Gefühl, fortan als ein Geschöpf der Nacht durchs Leben zu geistern, erfüllte ihn mit tiefer Zufriedenheit. Mit Glück. Er war endlich im Reich der Nacht angekommen, lebte so, wie er es sich lange schon erträumt hatte und wollte nie wieder etwas mit den Normalsterblichen dieser Welt zu tun haben.

Als oben die erste Scheibe unter der enormen Hitze im Gebäude mit einem lauten Klirren zerbarst, wandte er sich vom Anblick auf die alte Fabrik ab und ging ohne übertriebene Eile zurück zu seinem Wagen.

8.05 Uhr

Nachdem sie ihre kleine Wohnung an der Tunnelstraße auf dem Rott erreicht hatte, waren ihr kaum zwei Stunden Schlaf geblieben. Mit Unterhemd und Slip bekleidet hatte sie sich auf das Bett fallen lassen und war innerhalb weniger Minuten in einen tiefen, traumlosen Schlaf gefallen. Keinen Gedanken hatte sie mehr an den rätselhaften Fall verschwendet, hatte nur daran gedacht, dass sie dringend Ruhe benötigte, weil sie in den kommenden Tagen fit sein wollte. So war Franka sofort in eine Tiefschlafphase eingetaucht und hatte sich wie gerädert gefühlt, als der Wecker sie wenig später in die Realität eines nasskalten Wintermorgens geholt hatte. Nach einer kurzen Dusche und zwei Tassen schwarzem Kaffee zu einer Stulle mit selbst eingemachter Marmelade ihrer Mutter waren die Lebensgeister in Franka zurückgekehrt, und um kurz vor acht hatte sie das Präsidium in Unterbarmen erreicht. Zeit, sich über ihre Einsamkeit Gedanken zu machen, hatte sie nicht gehabt.

Micha hockte bereits am Schreibtisch. Er rauchte ungeniert Kette, trank Kaffee aus dem Automaten und las die Bild-Zeitung. Als Franka die Tür hinter sich schloss und die Jacke über den Stuhl warf, blickte er auf.

„Tach.“ Er faltete die Zeitung zusammen und beugte sich über die Schreibtischplatte. Sein Grinsen war für die junge Kommissarin fast unerträglich. Franka fühlte sich wie gerädert. „Du hast wohl kein gemütliches Zuhause“, murmelte sie. An Michas Dreitagebart und an den dunklen Ringen unter den Augen erkannte sie, dass er scheinbar gar nicht mehr geschlafen hatte. Sie sank hinter ihren Schreibtisch und schaltete den Computer ein.

„Keine Zeit zum Pennen“, brummte Micha, als sie ihn darauf ansprach, und rieb sich durch das Gesicht. Die Bartstoppeln knisterten vernehmlich. „Hier boxt nämlich der Papst. Willi ist auf 180, und gleich ist Versammlung.“

„Das habe ich befürchtet.“

Willi Bever war der Erste Kriminalhauptkommissar und damit Abteilungsleiter des KK 11. Er war ein Teamplayer, doch er wurde nervös, wenn ein Täter ihm immer eine Nasenlänge voraus war.

„Schütt’ dir noch en Kaffe in den Kopp, dann bist du auch gleich putzmunter“, schlug Micha in rheinischem Dialekt vor. Manchmal verfiel er immer noch in den Akzent seiner Heimat.

„Komm“, sagte er mit väterlichem Unterton. „Ich geb’ einen aus.“ Er klimperte in der Hosentasche mit Kleingeld herum und ließ sie allein. Franka nutzte die Zeit, um ihre Mails abzufragen. Der Bericht der Düsseldorfer Rechtsmedizin stand noch aus. Alles andere hätte sie auch gewundert. Manchmal verging bis zu einer Woche, ehe der Abschlussbericht einer Obduktion vorlag. Kurz darauf kehrte er mit zwei Pappbechern zurück, bugsierte die Getränke vorsichtig zu den Schreibtischen. „Schwarz wie die Nacht, Frau Kollegin.“

„Danke.“ Franka ergriff den Becher, verbrannte sich die Finger, fluchte, pustete in die braune Brühe und trank in kleinen Schlucken. Über den Rand des Bechers blickte sie ihren Kollegen an. „Und“, fragte sie. „Was hast du getrieben, während ich geschlafen habe?“

„Nicht viel“, räumte er ein und steckte den neuen Becher in den bereits geleerten. „Ich habe mich im Internet umgesehen. Es gibt tatsächlich diese Fotobörsen, wo sich Models mit Fotografen verabreden können. Und die verdienen nicht schlecht. Zwei Stunden für fünfundsiebzig Euro, aber auch bis zu dreihundert sind drin, besonders im Erotikbereich. Je mehr Haut, desto mehr Kohle gibt es. Sie war übrigens hauptberuflich in einem Drogeriemarkt beschäftigt und hat da nicht übermäßig viel verdient. Wer weiß, vielleicht hat sie die Fotos auch nur gemacht, um sich ein teures Hobby leisten zu können.“

„Haben sich die Kollegen noch in der alten Fabrik umgesehen?“

„Das werden sie tun, sobald die Feuerwehr fertig ist.“

„Bitte? Wieso Feuerwehr?“

„Das Gebäude ist in den Morgenstunden ein Raub der Flammen geworden, um es mal so zu formulieren. Ich glaube, es ist müßig dir zu erklären, dass es sich offenbar um Brandstiftung handelt.“

„Der Täter ist ehrgeizig, wenn es darum geht, seine Spuren zu verwischen“, murmelte Franka und schüttelte den Kopf. Wer auch immer Mandy Klimmek und Thomas Belter auf dem Gewissen hat – er ging zum Vernichten von Beweisen im wahrsten Sinne über Leichen.

„Hast du etwas über einen gewissen Clay herausgefunden, der sich im Internet herumtreibt und junge Frauen nackt fotografiert?“

Kopfschütteln. „Es gibt keinen Clay in dieser Foto ... Community oder wie das neudeutsch heißt.“

„Offen gestanden wäre er ein Idiot, wenn er sich mit seinem wahren Namen im Netz bewegte“, überlegte Franka.

„Und in die Mitgliederbereiche der Foren kommt man nur, wenn man sich registriert. Und das kostet Geld. Vermutlich auch, um neugierige Schnüffler wie uns abzuhalten. Wir wissen also nicht, mit wem wir es zu tun haben.“ Micha seufzte und fuhr sich durch das Gesicht. Die Bartstoppeln raschelten leise. „Außerdem wird er kaum seinen wirklichen Namen verraten, wenn er sein Opfer ganz gezielt ausgewählt und getötet hat.“

„Du meinst, der Mord war von langer Hand geplant?“

„Die meisten Sexualverbrechen sind Spontantaten, aber diesmal ist es, glaube ich, anders.“

„Wie kommst du darauf?“

„Wir haben einen Fotografen, der zum einen dringend tatverdächtig ist, mindestens einen Mord begangen zu haben. Außerdem, so scheint es, ist er flüchtig. Gehen wir mal davon aus, dass er eine krankhafte Neigung hat, denn sonst hätte er sein Opfer wohl kaum dermaßen zugerichtet. Würde es sich um ein reines Vergewaltigungsdelikt handeln, dann hätte er sich jede x-beliebige Frau von der Straße schnappen können. Überfall, Vergewaltigung, Mord. Ende. Schnell, ungeplant und meist einem spontanen Trieb folgend. Hier aber hat der Mörder seine Tat vorbereitet. Er hat Kontakt zu dem Model aufgenommen, hat sie in sein Atelier eingeladen, hat seine Tat begangen, die Leiche entsorgt und anschließend auch noch den Freund der jungen Frau auf bestialische Weise ermordet, damit der uns keinen heißen Tipp mehr geben kann. Nein, Micha, das ist kein Sexualverbrechen im üblichen Sinne.“ Franka schüttelte den Kopf.

„Ich habe auch recherchiert. Einen ähnlich gelagerten Fall gab es bundesweit noch nicht. Aber wer weiß? Vielleicht ist der Name Clay, ob echt oder nicht, ein Hinweis darauf, dass es sich bei dem Täter um einen Briten oder um einen Amerikaner handelt. Das werde ich noch prüfen.“

„Wir sollten auf jeden Fall ...“ Franka wurde unterbrochen, als die Bürotür aufflog und ein Kollege Anfang dreißig den Kopf in den Raum steckte. Björn Hassner, er war ebenfalls Kommissar. „Der Alte wäre dann soweit – es kann losgehen.“

„Das ist mal ein Wort“, brummte Micha und erhob sich schwerfällig. „Auf geht’s zur Muppet-Show.“ Im Stehen leerte er seinen Becher und knüllte ihn zusammen, um ihn schwungvoll in den Papierkorb unter seinem Schreibtisch zu befördern. Seite an Seite mit ihm verließ Franka das Büro.

8.15 Uhr

„Eine riesengroße Sauerei ist das, was da letzte Nacht passiert ist“, bellte Willi Bever. Sein rundes Gesicht war puterrot. In seinem Büro gab es einen langen Besprechungstisch, der bei Einsätzen zweimal täglich von allen vierzehn Mitarbeitern besetzt wurde. Man traf sich meist einmal morgens und einmal am Abend, um die aktuellen Stände der laufenden Ermittlungen miteinander zu besprechen. In der Ecke des Büros stand ein Flipchart, daneben gab es eine altmodische grüne Schultafel, auf der Bever mit weißer Kreide die Dienstpläne eingetragen hatte. Wie Franka mit einem Seitenblick auf die Tafel feststellte, war sie bald wieder mit dem Schießtraining dran. Bever erhob sich und trat an das Flipchart.

Da Micha mit der Übernahme des Mordfalles in der Nacht zum Leiter der Mordkommission geworden war, übernahm Willi Bever, den alle im KK 11 nur „der Alte“ nannten, die administrativen Aufgaben im Präsidium. Die Mitarbeiter hatten sich in seinem Büro eingefunden. Bever hatte das gesamte KK 11 zum Brainstorming antreten lassen. In den meisten Fällen bildeten die Kollegen Zweierteams, wobei Bever darauf achtete, dass jeweils ein erfahrener Kollege mit einem jüngeren zusammenarbeitete.

Nun saßen sie alle am langen Tisch: Neben dem Duo Micha und Franka war noch der junge, schlaksige Björn Hassner, der aussah, als käme er eben aus dem Surfurlaub, mit dabei: Er war unrasiert, trug eine verblichene Jeans und ein buntes Hemd. Tatsächlich fuhr er einen uralten VW Bus, auf dessen Dach er das ganze Jahr über ein Surfboard spazieren fuhr. Trotz dieser Eigenschaften – oder vielleicht gerade deswegen – lagen ihm die Frauen nur so zu Füßen. Hassner arbeitete mit dem gut zehn Jahre älteren Sebastian Frank, Kriminalhauptkommissar, zusammen. Frank hatte eine in sich ruhende, aber wenn es darauf ankam sehr bestimmende Art. Die Kollegen wussten von ihm, dass ihm nichts über die Familie ging und er zuhause ein liebender Ehemann und liebevoller Vater eines dreijährigen Sohnes war. Ihnen gegenüber hatten Birgit Hanser und Henrik Mellinghaus am Tisch Platz genommen. Kriminalkommissarin Birgit Hanser war Mitte dreißig, trug das schwarze Haar sportlich kurz und wirkte in ihren etwas konservativen Kostümen immer ein wenig wie eine strenge Lehrerin. Viel wussten die Kollegen nicht von ihrem Privatleben, außer, dass sie alleine lebte und wahrscheinlich mit Männern nicht viel am Hut hatte. Mellinghaus hingegen war ein Ass in Internet- und Telefonrecherche.

Mit Ende dreißig war er geschieden worden; seine Ehe hatte nur ein Jahr lang gehalten. Seitdem stürzte sich Mellinghaus mit Übereifer in die Arbeit und hielt sich von den Frauen fern. Insofern war es eine Ironie, dass ausgerechnet er mit KK'in Hanser – so stand es auf dem Namensschild an ihrer Bürotür – ein Team bildete. Ohne Partner saß Georg Brackwede am Tisch; er gehörte eigentlich zur IT-Abteilung des Präsidiums. Da Computer und Handys aber eine immer größer werdende Rolle in der Kriminalität spielten und es fast keinen Mordfall mehr gab, in dem ein PC nicht wichtig war, hatte Bever ihn zum Team geholt. Somit hatte Brackwede den Vorteil, von Anfang an zu wissen, worum es ging, sollte er im Verlauf des Falles Rechner und Handys analysieren müssen. Die Spurensicherung des KK 11 war mit zwei Kollegen vertreten: Zum einen saß Werner Zielke, ein stiller Vertreter Anfang fünfzig, am Tisch. Als ältester „Spusi"-Mann war er der ruhende Pol der Abteilung; ihn brachte so schnell nichts mehr in Rage. Zielke freute sich schon seit zehn Jahren auf den Ruhestand, den er mit seiner Frau Else im Garten seines Hauses am Stadtrand genießen wollte. An seiner Seite saß Lars Ricken. Er hatte im letzten Jahr die dreißig überschritten und war für die technische Ausrüstung der Abteilung verantwortlich. Von Bernd Krüger dagegen fehlte jede Spur, was Franka ein wenig verwunderte. Am rechten Ende des Tisches, gleich neben der Tür, saßen noch zwei unbekannte Männer, die Bever mit zwei Sätzen als Kollegen des Hagener KK 11 vorstellte. Sie ermittelten im Tötungsdelikt Thomas Belter und kooperierten mit der Wuppertaler Kripo, da die beiden Morde offenbar im Zusammenhang standen.

Nachdem er den anwesenden Staatsanwalt Stefan Adler und die Kollegen aus Hagen begrüßt hatte, fasste er das noch in der Nacht erlangte Wissen zusammen:

„Wir haben einen offenbar psychisch gestörten Täter, der sein Opfer in einer Art Ritual getötet hat, indem er es zu Tode biss. Die Frau starb durch den enormen Blutverlust, das hat die erste Untersuchung der Rechtsmediziner ergeben, die in der Nacht am Tatort waren. Die Obduktion findet heute oder spätestens morgen statt; der endgültige Obduktionsbericht wird uns also erst in ein paar Tagen vorliegen. Aber zurück zum Tötungsdelikt: Nachdem der Täter den Leichnam der Frau an einer in jener Nacht wenig befahrenen Straße abgelegt hat, heftet er sich an die Fersen des Freundes der Frau, um auch ihn zu töten. Diesmal muss es schnell gehen – er tötet Thomas Belter mit mehreren Messerstichen in den Oberkörper. Nach vollbrachter Tat fährt der Täter zurück nach Wuppertal und kehrt zum Tatort zurück. Hier zündet er das Objekt an, in dem er die Tat verübt hat, wahrscheinlich, um Spuren zu verwischen. Da die Gegend nachts nicht stark frequentiert ist, dauert es eine Zeitlang, bis der Brand bemerkt wird. Zu diesem Zeitpunkt ist es bereits zu spät: Das Gebäude brennt beim Eintreffen der Feuerwehr in voller Ausdehnung, und die Kollegen können sich nur darauf beschränken, dass das Feuer sich nicht auf die angrenzenden Nebengebäude ausweitet.“ Bever hatte einige Namen und Notizen an das Flipchart gekritzelt.

Franka blickte sich im Raum um. Alle hatten Unterlagen vor sich liegen. Informationen zum Fall, die sie in aller Schnelle zusammengetragen hatten.

Bever marschierte durch sein Büro wie ein dozierender Professor. Er hatte die Hände hinter dem Rücken verschränkt und gab sich Mühe, ruhig zu bleiben.

„Ich bin froh, dass in den Zeitungen nur kurze Meldungen stehen. Nur im lokalen Radiosender haben sie schon ausführlicher über die rätselhaften Leichenfunde berichtet. Aber unsere Radio-Reporter sind ja bekanntlich nicht die Langsamsten. Aber vielleicht können wir sie ja noch ein wenig hinhalten, ich werde das gleich mit den Kollegen der Pressestelle abstimmen.“

„Keine Informationen also?“ Micha verschränkte die Arme hinter dem Kopf und lehnte sich weit zurück. „Keine PK, nichts?“

„Nein, vorerst nicht, wir müssen mauern, solange wir keinen konkreten Verdacht haben“, bestätigte Bever und ließ sich schwerfällig in den Stuhl am Kopf des langen Konferenztisches sinken. „Alles, was wir an Informationen rausgeben, könnte die laufenden Ermittlungen gefährden, da wir nichts über den Täter wissen. Ich will der Pressemeute was zum Beißen vorwerfen, aber wir haben nichts, rein gar nichts.“ Dann blickte er sich in der Runde um. „Oder irre ich mich?“

Sebastian Frank blätterte in einer Mappe und räusperte sich. Er hatte die Daten der Leiche vorliegen. Alle Blicke lagen jetzt auf ihm. „Bei der Toten handelt es sich um das Fotomodell Mandy Klimmek, siebenundzwanzig Jahre. Sie war ledig, hatte aber einen festen Freund, der ebenfalls das Opfer eines Mordanschlages wurde. Klimmek war die jüngere von zwei Schwestern, wohnte in einer Wohnung am Röttgen, allein. Sie arbeitete als Kassiererin, besserte sich ihren Lebensunterhalt aber mit sporadischen Jobs als Fotomodell auf. Schwerpunktmäßig arbeitete sie für Hobbyfotografen, meist im erotischen Bereich. Der Obduktionsbericht von Mandy Klimmek liegt noch nicht vor, aber die Kollegen der Rechtsmedizin haben sich bereits zum wahrscheinlichen Tathergang geäußert: Sie wurde vergewaltigt – man fand die DNA des Täters in der Vagina, im Anus und auf dem Gesicht. Oralverkehr hat nicht stattgefunden."

Bever winkte ab und fuhr fort. „Zum Zeitpunkt des Todes hatte sie Alkohol getrunken. Was ist mit K.O.-Tropfen?"

„Lassen sich nicht sicher nachweisen", erwiderte Frank mit zerknirschter Miene.

„Wenn dem so wäre, hat der Täter sie betäubt, um sich an ihr zu vergehen", stellte Franka fest, doch Sebastian Frank schüttelte den Kopf.

„So würde ich es nicht nennen", entgegnete er. „Der Alkoholgehalt in ihrem Blut war nicht hoch genug, um sie als betrunken zu bezeichnen." Er blätterte in seinen Unterlagen. „Hier steht, dass sie erst penetriert wurde, bevor ihr die Bisswunden zugefügt wurden."

„Dann ist also anzunehmen, dass sie nicht vergewaltigt wurde." Franka beugte sich über die blank polierte Tischplatte und blickte in die fragenden Mienen ihrer Kollegen. „Wenn sie nicht betrunken war, und außer den Bisswunden keine Anzeichen von äußerer Gewalt festgestellt wurden, drängt sich mir der Verdacht auf, dass sie freiwillig mit ihrem späteren Mörder geschlafen hat. Also doch K.O.-Tropfen?"

„Ich werde eine Haarprobe veranlassen, dann haben wir eine Chance, die K.O.-Tropfen nachhaltig festzustellen", schlug Bever vor.

Micha räusperte sich. „Wir brauchen eine Liste aller Fotografen, für die sie Modell gestanden hat."

„Das übernehme ich", nickte Birgit Hanser, die unauffällige, zierliche Frau mit kurzem schwarzem Haar. Sie machte sich eilig einige Notizen auf einem Block.

„Ich habe das Handy des Freundes sichergestellt und werde es gleich auswerten lassen. Vielleicht kann man durch die Kontakte Rückschlüsse ziehen“, meldete sich Franka zu Wort. „Vorausgesetzt, dass die Kollegen aus Hagen damit einverstanden sind?“ Sie blickte in die teilnahmslosen Mienen der Kollegen, die nun nickten und keine Einwände hatten.

„Womit wir beim zweiten Mord wären“, nickte Bever und zupfte an seiner Krawatte herum. „Dass die beiden Opfer ein Paar waren, dürfte feststehen. Auch wenn es nicht feststeht, so wäre es doch ein unglaublicher Zufall, wenn wir es hier mit zwei voneinander unabhängigen Tätern zu tun hätten.“

Schweigen war am Konferenztisch eingekehrt.

„Während die junge Frau missbraucht wurde, bevor der Täter ihr tiefe Bisswunden zufügte, denen sie schließlich erlag, starb ihr Freund durch zahlreiche Messerstiche in den Brustbereich. Er ist schlichtweg verblutet.“ Der Erste Kriminalhauptkommissar blickte in die Runde.

„Thomas Belter hatte offenbar Angst um seine Freundin“, vermutete Henrik Mellinghaus. „Das geht zumindest aus dem eingegangenen Notruf hervor. Demnach hatte er größte Bedenken gegen das Vorhaben, seine Freundin zu der besagten Adresse zu fahren und Mandy Klimmek mit dem Fremden alleine zu lassen.“

„Was ist mit dem Obduktionsbericht von Belter?“, fragte Micha.

„Ich warte darauf“, erwiderte einer der Hagener Kollegen. „Wir wissen ja jetzt schon, dass er aufgrund der Messerstiche verblutete. Wenn wir einen Zusammenhang beider Taten voraussetzen, wurde die Klimmek das Opfer eines sexuell motivierten Verbrechens, und ihr Freund musste demnach sterben, weil er zum lästigen Zeugen geworden war. Die Möglichkeit, dass es sich bei den beiden Morden um verschiedene Täter handelt, können wir, glaube ich, mit größter Sicherheit ausschließen. Sicherheit bringt uns allerdings ein Vergleich der DNA, das dauert aber wohl noch.“

„Wie gehen wir also vor?“, fragte Micha ungeduldig und drückte den Rücken durch.

„Wir werden das Handy auswerten und uns die Wohnung von Mandy Klimmek vorknöpfen", schlug Franka vor und zwinkerte Micha zu. Er grinste zustimmend.

Werner Zielke räusperte sich laut hörbar. „Es dürfte schwer werden, in der Brandruine der Fabrik die DNA des Täters zu finden. Dennoch werde ich gleich mal rüberfahren und sehen, ob es noch etwas gibt, das für uns interessant sein könnte. In einem solchen Fall könnten wir nachweisen, dass Mandy Klimmek tatsächlich in der Fabrik umgebracht wurde."

„Was ist mit ihrer Kleidung?", fragte Micha. „Ich meine, sie ist sicherlich nicht so nackt, wie wir sie gefunden haben, zu der Wohnung gelangt."

„Ihre Kleidungsstücke wurden wohl auch durch das Feuer zerstört. Aber wie gesagt, ich werde nach dem Meeting zur alten Fabrik fahren und mir einen Überblick verschaffen."

„Wir werden uns um das gesellschaftliche Umfeld von Thomas Belter kümmern und Sie dann umgehend informieren", meldete sich nun Kommissar Rieger aus Hagen zu Wort.

Bever war einverstanden. Er schlug die Mappe zu und erhob sich. „Wir treffen uns hier um 18 Uhr wieder." Für ihn war die Sitzung beendet. „Und dass mir keiner mit leeren Händen wiederkommt!"

9.15 Uhr

Die Wohnung lag am Röttgen in Elberfeld. Eine lieblose Ansammlung von Hochhäusern mit Waschbetonfassaden, die ein Architekt Ende der 1960er-Jahre auf einer Anhöhe am damals noch grünen Stadtrand verbrochen hatte. Entstanden war eine gesichtslose Trabantenstadt, die über ein Schwimmbad, eine Bücherei und über ein Einkaufszentrum verfügte. Doch der Glanz längst vergangener Zeiten war verblichen – jetzt kämpfte das Viertel mit den hohen Leerständen von Wohnungen und Ladenlokalen. Bislang hatten sich Stadt und Investoren vergeblich bemüht, dem Röttgen zu seinem alten Glanz zurück zu verhelfen.

Nachdem Franka den Wagen dreimal um den Block gelenkt hatte, fand sie eine freie Parklücke und rangierte den Audi zwischen einen

Lieferwagen und eine Reihe Müllcontainer, die offenbar zur Leerung an der Straßenrand geschoben worden waren. Sie stiegen aus und betrachteten die Gegend.

„Du musst dich doch wie im Osten fühlen“, brummte Micha, während sein Blick an den Wohnsilos entlang streifte. „Ist fast wie der Plattenbau drüben, was?“

Franka sparte sich eine Antwort und schlug das kleine Notizbuch auf, in dem sie die Anschrift von Mandy Klimmek notiert hatte.

„Von da oben aus hat man bestimmt eine tolle Aussicht“, bemerkte sie und deutete auf die eckigen Hochhäuser, die das Straßenbild in diesem Teil der Stadt prägten.

Micha winkte mit einem schiefen Grinsen ab. „Schönen Dank, ich hab' Höhenangst.“

Franka fröstelte und schlug den Kragen ihrer Steppjacke hoch. Immer, wenn sie müde war, fror sie erbärmlich. Doch diesmal kam ein eisiger Wind dazu, der zwischen den Häuserblöcken hindurch fegte. Die Luft roch nach Schnee, und sie sehnte den Frühling herbei. Seite an Seite stapften sie auf das Haus zu, in dem Mandy gelebt hatte.

Franka erinnerte sich daran, dass in einem dieser Häuser ihre Freundin Christina gewohnt hatte. Als Kind war sie oft hier gewesen und hatte sich nie sonderlich wohl gefühlt in diesen Häusern, die von einer kühlen Anonymität beherrscht wurden. Am liebsten war es ihr gewesen, wenn Christina sie bis zur Bushaltestelle gebracht hatte. Den Weg durch das riesige Treppenhaus und den Aufzug hinab hatte sie nur höchst ungern alleine zurückgelegt. Unwillkürlich fragte sich Franka, was aus Christina geworden war. Sicherlich war sie längst verheiratet und hatte Kinder. Manchmal sehnte sie sich nach einem gutbürgerlichen Leben, nach einem Leben, dass sie noch vor Kurzem als ödes Spießerleben bezeichnet hatte.

„Ist was?“, fragte Micha, dem nicht entgangen war, dass Franka zögerte.

Franka schüttelte den Kopf und lächelte. „Nein, nichts.“

„Dann komm.“

Kinder fuhren mit Fahrrädern durch die matschigen Pfützen, die sich auf dem Parkplatz gebildet hatten. Sie grölten, als sie das ungleiche

Paar sahen, doch die Polizisten nahmen keine Notiz von den Kids. Sie hatten den Eingang des Hochhauses erreicht und standen vor einem mächtigen Klingelbrett. Namen aus aller Herren Länder standen darauf. Franka deutete auf das Klingelschild mit dem Namen Klimmek.

„Wir sind jedenfalls richtig."

„Die Jungs von der Hausverwaltung lassen sich Zeit", stellte Micha fest und blickte demonstrativ auf die Armbanduhr. Bevor sie aufgebrochen waren, hatten sie sich mit dem Vermieter der Wohnung in Verbindung gesetzt, einer großen Immobilienfirma. Dort hatte man den Beamten jede mögliche Unterstützung zugesagt. Man hatte ihnen zugesichert, einen Haustechniker zu schicken, um die Polizisten in die Wohnung der Toten zu lassen.

Bevor Franka etwas erwidern konnte, tauchte ein untersetzter Mann um die fünfzig in einem grauen Kittel auf. An der Brusttasche seiner Arbeitskleidung prangte das Logo der Wohnungsbaugesellschaft. Am langen Arm schleppte er einen eisernen Werkzeugkoffer. Er nickte Franka und Micha knapp zu.

„Pünktlich wie die Maurer", grinste Micha und reichte ihm die Hand.

„Mahlzeit", brummte er.

Franka nickte. „Es geht um eine Wohnungsöffnung." Sie zückte den Kripoausweis. Der Mann warf einen schnellen Blick darauf, dann nickte er.

„Weiß Bescheid." Der Haustechniker zückte ein dickes Schlüsselbund und schloss die gläserne Haustür auf. Sie betraten das Haus und fanden sich in einem düsteren Flur wieder. Der Hausmeister wischte mit der flachen Hand über den Lichtschalter und ließ sich von Franka den Namen der Toten nennen. Nachdem er in einer Liste nachgeschaut hatte, murmelte er knapp „zwölfter Stock" und deutete mit dem Kinn zum Fahrstuhl. Sie betraten die enge Kabine des Lifts, Micha drückte den Knopf mit der beleuchteten Zwölf, und der Lift setzte sich rumpelnd in Bewegung. Auf dem Weg nach oben schwiegen sie sich an, dann stoppte der Aufzug im zwölften Stock, und sie standen im Treppenhaus. Wieder betätigte der namenlose Haustechniker den Lichtschalter und führte die Beamten zur richtigen Wohnungstür. Im Flur roch es nach angebranntem Mittagessen vom Vortag. Während aus einer Wohnung laute Musik in den nackten Flur dröhnte, war schräg gegenüber lautes Streiten in einer südländischen Sprache zu hören. Micha warf Franka einen schwer zu deutenden Blick zu. Sie zuckte die Schultern und sah dem Techniker dabei zu, wie er sich erst am Werkzeugkasten und dann am Schloss der Wohnungstür zu schaffen machte.

„Haben Sie keinen Zweitschlüssel?“, fragte Franka.

„Nein, ist verboten“, kam es kurz angebunden zurück. Der Techniker drehte ihnen den Rücken zu und werkelte an der Tür herum. Es dauerte keine Minute, bis es im Schloss knackte und die Tür mit einem leisen Quietschen nach innen aufschwang.

„Na bitte.“ Jetzt strahlte der Mann, offenbar selbst erstaunt über seine Fähigkeit, ein Türschloss zu knacken. „Das wär’s auch schon für mich.“ Er hielt das Klemmbrett mit dem Arbeitsauftrag in die Höhe. „Quittieren Sie mir, dass ich die Bude geknackt habe, und ich bin weg.“

„Kein Problem“, nickte Franka und zückte den Kugelschreiber. Sie unterschrieb den Wisch der Wohnungsbaugesellschaft, erhielt einen Durchschlag, dann schlug der Handwerker unglaublich plump die Hacken zusammen und verabschiedete sich. Als unten die Kabinentür des Aufzuges ins Schloss gefallen war, tippte Micha seiner jungen Kollegin auf die Schulter.

„Na denn“, murmelte er und deutete mit dem Kinn in die Wohnung. „Sesam öffne dich.“

„Hoffen wir, dass wir etwas finden, was uns eine heiße Spur bringt.“ Franka betrat den Korridor der Wohnung. Sie begannen mit der Durchsuchung der Wohnung von Mandy Klimmek. Es roch muffig; ein Zeichen dafür, dass hier schon seit Tagen nicht mehr gelüftet worden war. Vermutlich war sie schon lange nicht mehr hier gewesen. Franka erwischte sich bei dem Gedanken, zu hoffen, dass ihnen eine weitere unangenehme Überraschung erspart blieb.

Die Untersuchung der Wohnung ergab nichts Neues.

Mandy Klimmek hatte modern, aber einfach gelebt. Die einzigen Wertgegenstände waren die Stereoanlage und der Computer, der neben der Balkontüre im Wohnzimmer auf einem eisernen Computertisch stand. Micha fuhr den Rechner hoch.

„Die Kiste ist bestimmt passwortgesichert“, brummte Franka, die die Balkontür geöffnet hatte und ins Freie getreten war. Ein eisiger Wind fegte um die Mauern des Hauses. Schwere Wolken wurden nach Westen gefegt, und die Sicht auf das trostlose Elberfeld ließ sie schaudern.

„Hast du deinen Computer geschützt?“, fragte Micha, als sie wieder ins Wohnzimmer trat.

„Nein.“

„Siehst du. Das ist ein Frauenproblem. Ihr seid da viel leichtgläubiger als wir Kerle. Außerdem gibt es Passwörter nur in schlechten US-Krimis.“ Jetzt grinste er schief. „Wie heißen die Serien doch gleich? CIS, Schiss und Piss?“ Er lachte. Das Betriebssystem lief, und es hatte tatsächlich nicht nach einem Code gefragt. „Na bitte.“ Micha machte sich am Rechner zu schaffen, und Franka setzte die Besichtigung der Wohnung fort. Die Küche war klein, durch ein quadratisches Fenster fiel das graue Licht des Wintertages in den Raum. Links neben der Küche gab es ein Bad mit Wanne. Auf dem Spiegelschrank fand Franka einige Parfümflaschen.

Kein billiges Zeug, dachte sie anerkennend. Eine zweite Zahnbürste, die Thomas Belter gehört haben könnte, suchte sie vergeblich. Auch andere männertypische Utensilien wie Rasierzeug und Aftershave fand sie nicht. Das Bad gab nichts her, und so hielt sie sich ein weiteres Mal links und stand in dem fast quadratischen Schlafzimmer. Ein französisches Bett unter dem Fenster, an der linken Wand ein Schlafzimmerschrank mit Spiegelfront. Auf einer kleinen Kommode stand ein Fernseher mit DVD-Player. Einem inneren Impuls folgend, schaltete sie die Geräte an. In dem Abspielgerät befand sich eine DVD. Sie drückte die Starttaste. Kurz darauf sah sie ein junges Paar, das sich auf dem Bett wälzte und leidenschaftlichen Sex hatte. Die junge Frau trug halterlose Strümpfe, ansonsten war sie nackt. Sie spreizte die Beine und bedeutete ihrem männlichen Gespielen, sich zu ihr zu begeben. Er kniete vor ihr und barg den Kopf in ihrem Schoß. Kaum, dass er sie oral stimulierte, stöhnte sie hemmungslos und zog ihn ganz auf sich. Offenbar hatten sich die beiden für die Filmaufnahme ein Hotelzimmer gemietet.

„Was guckst du denn da?“, hörte Franka Michas Stimme aus dem Wohnzimmer. „Porno?“ Er lachte. „Warte, ich komm’ mit gucken!“ Tatsächlich näherten sich Schritte, und kurz darauf erschien seine massige Gestalt im Türrahmen. „Was geht denn da ab?“, fragte er grinsend und deutete mit dem Kinn auf den kleinen Fernseher.

„Das sind unsere beiden Opfer ... sehr lebendig.“

Das Grinsen auf seinem Gesicht verschwand, als er die beiden Gestalten auf dem Fernseher erkannte. „Stimmt, shit.“

„Scheinen recht lebensfroh gewesen zu sein. Umso seltsamer ist es, dass sie nachts zu irgendwelchen obskuren Fotografen geht. Belter war sicher rasend vor Eifersucht, und ich bin fast versucht, ihn unter Mordverdacht zu stellen.“

„Wenn er nicht selber tot wäre, könntest du damit sogar recht haben.“

Als sich das kopulierende Paar auf der Mattscheibe in die a-Tergo-Stellung begab und er sie von hinten nahm, hatte Franka genug gesehen. Sie war beileibe nicht prüde, aber die Tatsache, dass die beiden Menschen, die sich dort vergnügten, nicht mehr lebten, verlieh der Sache einen etwas makabren Charakter.

„Ich will seine DNA“, murmelte Franka. „Vielleicht finden wir einen Hinweis.“

„Du glaubst nicht ernsthaft, dass Belter seine Freundin ermordet hat, nachdem er sie noch mal gevögelt hat, oder?“

„Ich weiß nicht, was ich glaube. Aber solange wir keine heiße Spur zu unserem großen Unbekannten haben, greife ich nach jedem Strohhalm.“ Sie zückte das Handy und wählte die Nummer der Gerichtsmedizin. Belter lag just in diesem Moment auf dem Seziertisch.

„Er hatte in den letzten Stunden vor seinem Tod keinen Geschlechtsverkehr“, erklärte Kräfting, der Gerichtsmediziner. „Wenn er ungeschützten Sex hatte, wovon wir in diesem Fall ausgehen können, dann würden wir an seinen Genitalien auch Scheidensekret gefunden haben, was aber nicht der Fall ist. Warum willst du das wissen, Franka?“

„Es ist nur so eine Idee.“

„Wenn du ‚nur so eine Idee’ hast, dann steckt immer mehr dahinter. Ich werde unserem Freund hier noch mal auf den Busch klopfen. Aber erwarte den Bericht nicht vor heute Abend.“

„18 Uhr reicht mir völlig aus. Sagen wir: 17.55 Uhr.“ Franka unterbrach die Verbindung und berichtete Micha von dem Befund der Rechtsmedizin.

„Wir hätten, wenn es Belter war, zwar Mandy Klimmeks Mörder, aber noch lange nicht den von Belter“, murmelte Franka. „Ich weiß nicht, ob ich mich darüber freuen soll.“

„Das wäre plus minus null.“

„Eben.“ Franka öffnete den Schacht des DVD-Players und nahm die Silberscheibe an sich. Wie sie mit einem Blick feststellte, handelte es sich um einen selbst gebrannten Rohling. Da man im Film während des Aktes keine Änderung des Blickwinkels feststellen konnte, ging sie davon aus, dass das Paar die Kamera auf einem Stativ befestigt hatte, um sich dann selbst beim Sex zu filmen.

„Warum haben sie sich beim Sex gefilmt?“, fragte Franka.

„Vermutlich hat es ihnen den ultimativen Kick gegeben, sich danach dabei zusehen zu können, wie sie es miteinander treiben. Was meinst du, wie viele das machen.“

„Du meinst, nach dem Sex ist vor dem Sex?“

„Möglich. Das heißt, so wäre es, wenn sie den Film für ihre privaten Zwecke verwendet haben. Anders wäre es, wenn ...“

„Der Computer, das Internet.“ Franka schlug sich mit der flachen Hand vor die Stirn. „Vielleicht haben sie die Filme ins Netz gestellt. Womöglich, um ihr Gehalt aufzubessern. Vielleicht aber auch, um Kontakt zu bekommen.“

„Sie waren vielleicht Swinger?“ Micha wiegte den Kopf.

„Ich will nichts außer Acht lassen, Micha. Den Computer nehmen wir auf jeden Fall mit und schaffen ihn in die KTU. Die Kollegen sollen die Festplatte durchleuchten. Vielleicht finden wir dann einen Hinweis. Überall dort, wo Sex geschäftlich genutzt wird, kämpft man mit harten Bandagen.“

„Wenn ich dich recht verstehe, gehst du also wirklich davon aus, dass Belter seine Freundin getötet hat und uns auf eine falsche Fährte gelockt hat?“

„Ist nur so eine Vermutung, Micha. Ich kann genauso gut irren. Jedenfalls hat er von der Fährte ja jetzt selber nichts mehr.“ Franka warf einen Blick in den Schrank und öffnete auch die Fächer der Kommode. Doch außer einigen Sexspielzeugen und Dessous fand sie nichts mehr, was auf den Lebensstil des jungen Paares hindeutete.

„Wir werden auf jeden Fall eine Schufa-Auskunft einholen. Womöglich war sie hoch verschuldet und hat diesen Mist gemacht, um die Schulden bezahlen zu können."

Micha, der sich in der Wohnung umgesehen hatte, nickte. Nachdem er den Rechner heruntergefahren hatte, löste er die Kabel vom Gerät und klemmte sich das graue Gehäuse unter den Arm. „Dann mal Rückzug. Vielleicht haben die Kollegen von der IT mehr Glück. Aber bevor wir zurück ins Präsidium fahren, lad ich dich zu 'nem Happen ein."

Franka lachte. „Da sage ich nicht nein."

11.30 Uhr

„Ich kann dir nicht sagen, warum, aber ich kann mir nicht vorstellen, dass Belter seine Freundin auf dem Gewissen hat." Micha biss herzhaft in seinen Cheeseburger. Auf dem Weg vom Röttgen ins Polizeipräsidium hatten sie am Alten Markt Station gemacht, und er hatte seine Kollegin in das Fast-Food-Restaurant neben der Schwebebahnstation eingeladen. Den Wagen hatten sie unweit der Wupper am Gemarker Ufer abgestellt. Nun hockten sie auf den Plastikstühlen und kämpften sich durch die Verpackungsberge. Franka betrachtete, während sie aß, das Geschehen auf der großen Kreuzung. Seit wenigen Minuten war der Winter zurück in der Stadt der Wupper, und die ersten Schneeflocken taumelten auf das graue Asphaltband der B 7 hernieder. Sofort verlangsamten die Autofahrer ihr Tempo, und es bildete sich rasch eine Blechschlange, die sich in Richtung Oberbarmen und weiter hinten in Richtung Elberfeld schob. Dort, wo sich früher die Trasse der Straßenbahn befunden hatte, rollten nun Linienbusse über die Talachse. Eine Schulklasse stand gröhlend an einer der Haltestellen.

„Wenn es so war, dann hat er uns eine fast perfekte falsche Fährte gelegt", nahm Franka kauend den Faden auf und schob sich eine Hand voll Pommes Frites in den Mund. „Und wenn nicht, dann stehen wir trotzdem vor einem Haufen von Fragen."

„Wir werden uns die Familien der beiden vorknöpfen", schlug Micha mit vollem Mund vor.

„Das wird 'ne Arbeit für einen, der Vater und Mutter erschlagen hat, aber da müssen wir durch."

„Ich komme nicht davon los, dass die beiden offenbar so freizügig waren. Wir haben das Internet, wir haben den selbst gedrehten Sexfilm, und wir haben eine Tote, die mehrfach missbraucht wurde, bevor sie todgebissen wurde. Das klingt alles ziemlich krank."

„Wer beißt eine hübsche junge Frau zu Tode?" Micha biss in seinen Burger und putzte sich mit dem Handrücken die Sesamkrümel des Brötchens aus dem Dreitagebart. „Ein Freak, der auf Horrorfilme steht? Jemand, der zu viel Splatter gesehen hat? Ein Monster, ein Kannibale?"

„Ich glaube, die Richtung stimmt. Vielleicht sollten wir mal unseren Sektenbeauftragten fragen. Möglicherweise gab es in der Vergangenheit ähnliche Fälle, die aber glimpflicher abgingen." Franka schob sich den Rest ihres Burgers in den Mund, spülte mit Cola nach und putzte sich die Lippen mit der Papierserviette ab. Plötzlich erhellte ein Lächeln ihr Gesicht. „Komm schon", rief sie Micha zu, der noch kaute. „Es gibt viel Arbeit!"

„Ich werde mich bei der Gewerkschaft beschweren, wenn du mich meine Pause nicht beenden lässt", zeterte er und folgte Franka zum Dienstwagen. Die Zigarette nach dem Essen konnte er sich schenken.

12.00 Uhr

Nachdem sie den Rechner von Mandy Klimmek bei den IT-Spezialisten abgeben hatten, suchten sie Kommissar Wolfgang Peterberg vom Drogendezernat auf. Peterberg war Anfang vierzig und zwei Köpfe größer als Franka. Zu einer verwaschenen Jeans trug er einen orangefarbenen Kapuzenpulli aus Fleece. Mit dem lockeren Kleidungsstil hatte er sich seiner Klientel angepasst. Da er offenbar gerade Mittagspause hatte, hielt er eine aufgeklappte Tageszeitung in den Händen. Seine Füße lagen lässig auf der Schreibtischkante. Als Franka und Micha eintraten, faltete er die Zeitung zusammen. Das Papier raschelte vernehmlich, und Franka sah die fette Zeile auf der ersten Seite. „Fangt die Bestie von Wuppertal!“, stand dort als reißerischer Aufmacher. Also gab es doch eine Zeitung, die die Geschehnisse der letzten Nacht groß ausgeschlachtet hatte. Jetzt würde es nicht mehr lange dauern, bis sie sich mit den Journalisten herumärgern mussten, fürchtete Franka und unterdrückte einen Seufzer. Sie hoffte, dass der Pressesprecher auf Zack war und ihnen den Rücken freihielt.

„Mahlzeit!“ Peterberg betrachtete seine Besucher. „Was kann ich für euch tun, Kollegen?“

„Es geht um Ritualmord“, kam Franka ohne Umschweife auf den Punkt und setzte sich unaufgefordert auf einen der beiden freien Besucherstühle vor Peterbergs Schreibtisch. Micha tat es ihr nach und verschränkte die Arme hinter dem Kopf.

„Ah, die Sache mit der Frau, die todgebissen wurde.“ Peterberg nickte und deutete auf die Zeitung. „Die Aasgeier von der Presse haben alles rausgeholt, das muss man denen schon lassen. Aber zurück zum Täter: Das muss wirklich ein Monster gewesen sein.“ Er nahm die Füße von der Schreibtischkante. „Und jetzt seid ihr auf den Trichter gekommen, dass es sich um einen Ritualmord handeln könnte, der seinen Ursprung ausgerechnet im Sektenmilieu hat?“

„Ich dachte an Satanisten, Kannibalismus oder so was in der Richtung“, erwiderte Franka. „Hast du da etwas für uns? Einen Fall aus der Vergangenheit, der sich so oder ähnlich zugetragen hat?“

„Satanisten gehen anders vor“, winkte Peterberg ab und machte sich an seinem Computer zu schaffen. „Sie schänden Gräber, exhumieren Leichen, vergehen sich an den Totenschädeln, schlachten Hühner und trinken das Blut der Tiere – so was eben.“

„Und sie vögeln ihre weiblichen Opfer“, fügte Micha hinzu. „Sie vögeln sie während ihrer perversen Messen auf dem Altar, vor den Augen der anderen.“

„Die Tote wurde vergewaltigt?“ Peterbergs Kopf tauchte hinter dem Monitor auf. Franka und Micha nickten stumm.

„Dann sieht die Sache allerdings etwas anders aus.“ Der Kollege klickte mit der Maus herum, fand aber offenbar nichts und lehnte sich in seinem Stuhl zurück. „Nichts Vergleichbares in der letzten Zeit. Ich habe aber hier nur die Daten aus NRW."

„Du meinst, der Täter könnte eine ähnliche Tat schon mal in einem anderen Bundesland begangen haben?

„Das kommt oft vor, deshalb würde ich es nicht ausschließen."

„Kannst du die Daten der anderen Bundesländer bekommen?"

„Ich müsste mit dem BKA sprechen, die Kollegen in Wiesbaden haben alles auf dem Server und wissen bestimmt mehr als wir. Das dauert aber etwas."

„Worauf wartest du noch?", fragte Micha. Er sprang auf und bedeutete Franka, ihm zu folgen. „Komm schon, ich will wissen, was die Auswertung von Belters Handy ergeben hat!"

„Um 18 Uhr ist unser Meeting", rief Franka, an Peterberg gewandt. „Bis dahin muss ich wissen, ob es sich bei der Bestie um einen Wiederholungstäter handeln könnte. Kriegst du das hin?"

Peterberg grinste breit. „Klar, Kollegen, kein Problem." Doch Franka und Micha waren schon draußen. „Gut, danke für die schnelle Hilfe", murmelte Peterberg und seufzte, als er zum Telefon griff und die Nummer vom Bundeskriminalamt in Wiesbaden wählte.

12.10 Uhr

Die Kollegen der Technik hatten eine Liste der Anrufe erstellt, die mit Belters Handy geführt worden waren. Sowohl die ein-, als auch die ausgehenden Anrufe waren mit dem Namen des jeweiligen Teilnehmers aufgeführt. Micha blätterte in den Unterlagen. „Jetzt werden wir erfahren, ob Belter Kontakt zu seinem Mörder gehabt hat."

„Du glaubst also doch, dass es zwei Mörder waren?" Franka ließ sich auf den Stuhl hinter ihrem Schreibtisch nieder.

Micha nahm sich jetzt endlich die Zeit, eine Zigarette zu rauchen. Frankas missbilligenden Blick ignorierte er und studierte die Einträge, die ihr die Kollegen aus der KTU mitgegeben hatten. „Ich will es mir nur nicht so leicht machen wie Bever und möchte nichts außer Acht lassen", erwiderte er paffend. Er blätterte in der Liste. „Zuletzt taucht hier eine Lisa Krämer auf. Belter hat mit ihr telefoniert, unmittelbar bevor er umgebracht wurde. Damit ist das bestätigt, was wir letzte

Nacht schon in Belters Wohnung vermutet haben. Vielleicht ist diese Lisa Krämer eine Geliebte von Belter."

„Das kann sie uns bestimmt selbst beantworten." Franka kramte ihren Zettel hervor und griff zum Telefon.

Sie erzählte der jungen Frau nur das Nötigste. Nur, dass sie sie wegen Thomas Belter und Mandy Klimmek sprechen mussten, mehr nicht. Lisa Krämer zeigte sich kooperationsbereit. Ja, sie habe in zwei Stunden Zeit.

14.50 Uhr

Das Haus an der Straße Weinberg in Elberfeld war nicht zu übersehen. „Hier wohnt 'ne Maus in 'nem grünen Haus", reimte Micha und amüsierte sich wie ein kleiner Junge. Die knallgrüne Fassade leuchtete im Grau des Winternachmittages. Ein bunter Fleck in der winterlichen Tristesse, dachte Franka. Während die Fassade in einem hoffnungsvollen Grün gestrichen war, gab es ein frisch gedecktes, knallrotes Dach und quietschgelbe Fensterrahmen. Nachdem Franka den Audi auf der gegenüberliegenden Straßenseite geparkt hatte, überquerten sie die Straße.

Ein Linienbus quälte sich die steil ansteigende Straße hinauf. Immer wieder drehten die Antriebsräder im Schnee durch, und Franka fragte sich, wo die Streufahrzeuge blieben.

Micha studierte unterdessen die Namen am Klingelbrett. „Da ist sie: L. Krämer." Er betätigte den Knopf und wartete. Es dauerte einen Augenblick, dann summte der Türöffner, und Micha warf seine massige Gestalt gegen die hellgraue Haustür. Drinnen roch es nach frischer Farbe und Reinigungsmitteln. Vermutlich legte der Hausbesitzer größten Wert auf Sauberkeit. Oben wurde eine Wohnungstüre geöffnet. „Ja bitte?", schallte eine Frauenstimme durch das Treppenhaus. Micha und Franka eilten nach oben. Im zweiten Stockwerk standen sie ein wenig außer Puste vor einer etwa fünfundzwanzigjährigen Frau mit kurzen dunklen Haaren, die im Rahmen der Wohnungstür lehnte. Sie war schlank, trug einen weiten Pulli und eine bequeme, graue Jogginghose. An den Füßen trug sie alberne Plüschpantoffeln mit Gesichtern. Würde sie sich anders kleiden und dezentes Make-up tragen, wäre sie eine hübsche junge Frau, dachte Franka.

Nun verschränkte Lisa Krämer die Arme vor der Brust.

Sofort zeigte Franka ihr den Dienstausweis. Frau Krämer? Wir haben telefoniert. Mein Name ist Franka Hahne von der Kripo Wuppertal, das ist mein Kollege, Kommissar Stüttgen. Dürfen wir kurz hereinkommen?

Lisa Krämer nickte. Im gleichen Augenblick wich jede Farbe aus ihrem Gesicht und sie zögerte keine Sekunde. „Ist den beiden etwas zugestoßen?“ Die zierliche Frau zitterte am ganzen Leib.

„Dürften wir zuerst einen Moment hereinkommen?“ Micha, dem die Reaktion der jungen Frau nicht verborgen geblieben war, räusperte sich.

Lisa Krämer gab den Eingang frei und führte die Beamten in ihre Wohnung. „Bitte gucken Sie sich nicht um – ich habe noch nicht aufgeräumt heute.“

„Das ist kein Problem“, erwiderte Franka lächelnd und dachte mit einem schlechten Gewissen an ihre eigenen vier Wände, die sie auch schon seit Tagen aufräumen wollte. Doch das musste wohl noch warten. Jedenfalls so lange, wie der oder die Mörder von Belter und Klimmek frei herumliefen und möglicherweise schon bald ein neues Opfer suchten – und am Ende fanden.

Sie waren im Wohnzimmer angekommen, und durch die hohen Fenster fiel das milchige Licht des Tages in den Raum. Auf dem Sofa lag eine Wolldecke, die Lisa Krämer schnell wegnahm und zusammenfaltete. Der Fernseher lief – irgendeine Talkshow. Schauten eigentlich alle Leute dieselbe Scheiße? Lisa Krämer schnappte sich die Fernbedienung von dem gläsernen Wohnzimmertisch und schaltete die Flimmerkiste ab. „Nehmen Sie doch Platz. Ich hatte Frühschicht heute und habe mich ein wenig hingelegt.“

„Danke.“ Micha und Franka setzten sich; ihre Gastgeberin zog sich einen knallroten Sitzsack heran und ließ sich hinein sinken. „Also“, sagte sie und stützte das Gesicht in die Hände. „Was ist mit Thomas und Mandy?“

„Woher kannten Sie die beiden?“, fragte Micha ausweichend.

„Mandy kenne ich seit meiner Kindheit. Wir sind so was wie beste Freundinnen." Sie lächelte und wandte sich Franka zu. „Sie als Frau müssten wissen, was ich meine." Dass Micha in der Vergangenheit gefragt hatte, war ihr nicht aufgefallen.

Franka nahm den Faden auf und lächelte. „Beste Freundin? Das bedeutet, keine Geheimnisse zu haben, im Café über Männer lästern, stundenlange Telefonate, und so weiter."

„Genauso ist es." Die junge Frau nickte.

„Und Thomas Belter?"

„Naja, Sie wissen ja, dass man zum Freund der besten Freundin manchmal ein ... nun, gespaltenes Verhältnis hat. Ich weiß nicht, woran es liegt, vielleicht deshalb, weil man befürchtet, der Freund könnte das eigene Verhältnis stören. Aber ich will ehrlich sein: Ich mag ihn nicht sonderlich. Er ist ziemlich besitzergreifend und sieht es nicht gern, wenn ich mit Mandy mal einen Weiberabend mache." Plötzlich stockte Lisa Krämer. Sie rang mit den feingliedrigen Händen, blickte zu Boden, dann ruckte ihr Kopf hoch, und sie sah die Kommissare mit bangem Blick an. „Ist was mit Mandy?"

„Ihre Freundin ist tot. Es tut uns sehr leid, Frau Krämer." Micha sprach in ruhigem Tonfall. Er hasste es, solche Botschaften zu überbringen, doch das gehörte nun mal zum Job. „Sie wurde heute Nacht das Opfer eines Gewaltverbrechens. Die näheren Umstände möchte ich Ihnen ersparen."

„Steckt ... steckt Tom dahinter?" Tränen sammelten sich in den rehbraunen Augen von Lisa Krämer. „Ich wusste, dass dieser Mann nicht gut für sie ist. Aber dass er zu so einer Tat imstande ist ... dieses ... Schwein!" Sie ballte die Hände zu Fäusten.

„Wir wissen nicht, ob er sie umgebracht hat. Deshalb sind wir hier. Wir wissen aber, dass er letzte Nacht mit Ihnen telefoniert hat."

„Er hat mich gefragt, ob sie hier bei mir ist."

„Demnach hat er sie vermisst?"

„Vermutlich sollte es so aussehen."

„Frau Krämer, bitte verrennen Sie sich da nicht in eine Sache. Oder haben Sie einen konkreten Anhaltspunkt, der Sie annehmen lässt, dass Thomas Belter in der Lage war, seine Freundin zu töten?"

„Nein ... jedenfalls nicht direkt.“ Sie schüttelte den Kopf und senkte die Stimme. „Er hat mich gefragt, ob Mandy bei mir war. Sie hatten wohl etwas Zoff.“

„Zoff?“ Franka beugte sich vor.

„Sie war mit einem Fotografen verabredet, wahrscheinlich für Nacktfotos. Es war ihm immer ein Dorn im Auge, wenn sie sich für andere Männer auszog.“

Franka erinnerte sich an den selbst gedrehten Sexfilm. „War Belter denn so konservativ?“

„Nein, das nicht. Aber sehr eifersüchtig. Er konnte regelrecht ausrasten, wenn jemand seiner Freundin zu nahe kam.“ Lisa Krämers Kopf ruckte hoch. Sie blickte ihre Besucher mit tränenverschleiertem Blick an. „Haben Sie ihn festgenommen, weil er unter Mordverdacht steht?“

„Das wird leider nicht möglich sein“, antwortete Franka. „Auch Thomas Belter wurde letzte Nacht das Opfer eines Gewaltverbrechers. Direkt vor seinem Haus in Schwelm wurde er getötet.“

„Oh mein Gott.“ Lisa Krämer sprang auf und wanderte durch das Wohnzimmer. Am Fenster blieb sie stehen und blickte hinab auf die Straße. Das Schneetreiben wurde dichter, direkt vor dem Haus hatte ein Lkw Schwierigkeiten, die steil ansteigende Straße, die zur Autobahn führte, hinaufzukommen. Der hubraumstarke Dieselmotor dröhnte wie ein gequältes Tier. Lisa Krämer beobachtete das Geschehen auf der Straße und wandte den Polizisten den Rücken zu. „Ich kann mich nicht daran erinnern, wann es um diese Jahreszeit zuletzt so geschneit hat. Glauben Sie an eine weiße Weihnacht in diesem Jahr?“

Weder Franka noch Micha antworteten. Sie wussten, dass sich Lisa Krämer abzulenken versuchte. Doch vergeblich, denn die Wirklichkeit streckte bereits wieder die eiskalten Krallen nach ihr aus. Immerhin hatte sie ihre beste Freundin verloren, und es dauerte ein paar Minuten, bis sie die Nachricht vom Tode Mandy Klimmeks verarbeitet hatte. Regungslos stand sie am Fenster und blickte scheinbar gedankenverloren hinaus. Am Zucken ihrer Schultern konnten Franka und Micha erkennen, dass sie leise weinte.

„Wer tut so etwas?“, fragte sie, ohne sich umzuwenden.
„Das möchten wir auch gern wissen, Frau Krämer, deshalb sind wir hier.“
Die junge Frau drehte sich zu den Polizisten um. Ein wütendes Funkeln lag in ihren Augen. „Wollen Sie damit vielleicht sagen, dass ich unter Mordverdacht stehe?“
„Nein, das natürlich nicht, aber wir erhoffen uns von Ihnen, etwas über die beiden Mordopfer zu erfahren. Leider können wir weder Thomas Belter noch Mandy Klimmek befragen.“
„Fragen Sie mich. Mandy kannte ich gut, Tom eher nicht. Ich weiß nur, dass er, wie gesagt, rasend vor Eifersucht war. Mandy war hübsch, sehr hübsch. Kein Wunder, dass die Männer auf sie flogen. Oft haben sie Mandy angemacht, wenn ich mit ihr unterwegs war. Aber sie ist Tom niemals fremdgegangen.“
„Niemals?“
„Nein. Niemals.“
Franka dachte an die Spermaspuren, die der Gerichtsmediziner am Leichnam von Mandy Klimmek gefunden hatte. Sie war gespannt, ob das Sperma die gleiche DNA aufwies wie die von Thomas Belter. Dagegen sprach jedoch die Tatsache, dass Belter unmittelbar vor seinem Tod keinen Geschlechtsverkehr mehr gehabt hatte.
„Sie war ziemlich ... nun, offen, wenn Sie verstehen.“
„Nein, ich fürchte, ich verstehe nicht ganz.“
„Sie liebte heißen Sex. Tom zwar auch – er war wohl ständig ... scharf auf Mandy.“ Jetzt lächelte Lisa Krämer. „Na ja, verstehen kann ich ihn, so gut, wie seine Süße aussah. Aber er wollte sie nicht teilen.“
„Wie kommen Sie darauf?“ Micha beugte sich weit vor und hing an den Lippen der jungen Frau. Er war sicher, dass er etwas Wichtiges erfahren würde. Es musste voran gehen in dem Fall.
„Mandy wollte unbedingt mit ihm in den Swingerclub.“
„Sie stand auf Partnertausch?“
Schulterzucken. „So offen hat sie das nie zugegeben, aber ich glaube, sie war voyeuristisch veranlagt. Sehen und gesehen werden eben. Jedenfalls hat sie mir erzählt, dass sie es mal ausprobieren wollte. Hier in Wuppertal gibt es ja einen Club, der muss irgendwo in der Nähe

vom Zoo sein. Und in Solingen, in der Nähe von Schloss Burg. Da kommen sie aus Hamburg hin, aus Frankfurt, aus allen Ecken des Landes.“ Sie hatte im Internet recherchiert. „Für hundert Euro Eintritt pro Paar kann man sich in den Läden den ganzen Abend amüsieren. Aber Tom hatte keinen Bock auf Zuschauer oder sogar auf Partnertausch. Deshalb hatten sie auch mal Streit, ist noch gar nicht so lange her.“

„Sie schienen recht locker im Umgang mit ihrem Liebesleben gewesen zu sein“, hakte Franka noch einmal nach.

„Relativ“, erwiderte Lisa Krämer und winkte ab. „Ich weiß nur, dass sie eine ganze Batterie Sexspielzeuge besaßen und auch mal experimentiert haben. Aber alles hatte seine Grenzen, dafür hat Tom schon gesorgt, da bin ich mir ziemlich sicher.“

„Können Sie sich vorstellen, dass Belter gewalttätig wurde, wenn Mandy Klimmek diese Tabus doch einmal gebrochen hat?“

Erneutes Schulterzucken. „Ich weiß es wirklich nicht. Wir konnten uns eben einfach nicht leiden, das war so. Allerdings habe ich von Mandy nicht gehört, dass er ihr Prügel oder sonst was angedroht hat.“

„Wissen Sie, ob es Angehörige gibt?“

„Mandy hatte Zoff mit ihren Eltern, die waren ihr zu spießig. Es gibt noch eine Schwester, ich weiß aber nicht, wo sie wohnt. Und Tom ... warten Sie mal, er hatte einen guten Freund, so einen dicken Kumpel, Sie wissen schon.“

„Haben Sie einen Namen oder eine Adresse für uns?“ Franka erhob sich. Sie hatte genug gehört. Vorerst. Das Gehörte musste sie erst einmal verdauen.

„Er heißt Bernd Wiesinger. Ich habe ihn nur ein einziges Mal gesehen, und das hat mir auch gereicht. Ein widerlicher Kerl. Den Blick, mit dem er mich damals angegafft hat, werde ich nie vergessen. Dass Männer uns Frauen angaffen, kennen wir ja, aber so, wie der Typ mich beäugt hat, das war die reinste Fleischbeschau. Ist, glaub ich, auch irgendwo im Rotlichtgewerbe tätig, aber das können auch Gerüchte sein. Tom hatte damals mal versucht, mich mit diesem Widerling zu verkuppeln.“ Sie schüttelte sich angewidert.

„Bernd Wiesinger, sagten Sie?“ Micha kritzelte den Namen in sein Notizbuch, bevor er Franka ein Zeichen gab.

„Ja, aber mehr kann ich Ihnen nicht über ihn sagen, ich habe ihn ja auch nur kurz kennen gelernt."

„Das müsste schon reichen, danke. Wir haben das Handy von Herrn Belter sichergestellt. Wenn die beiden so gute Freunde waren, dann ist seine Nummer sicherlich dort abgespeichert."

„Wie Sie meinen." Lisa Krämer begleitete die Beamten zur Tür.

„Eine letzte Frage noch." Micha war im Flur stehen geblieben. Lisa Krämer blickte ihn fragend an.

„Wo waren Sie letzte Nacht, als Belter sie angerufen hat?"

„Hier", sagte sie schnell. „Hier in meiner Wohnung. Ich habe geschlafen, weil ich Frühschicht im Betrieb habe. Und zunächst war ich ziemlich sauer, dass Tom mich mitten in der Nacht anrief. Er hat mich gefragt, ob Mandy bei mir sei. Sie hatten Streit, weil sie zu diesem komischen Fotografen gegangen ist. Vermutlich dachte er, dass sie sich nach dem Shooting bei mir ausweint."

„Das war aber nicht der Fall?"

„Nein. Ich weiß nicht, wo Mandy letzte Nacht war und was sie getan hat." Tränen sammelten sich in Lisa Krämers braunen Augen. Sie schüttelte ungläubig den Kopf. „Ich kann es einfach nicht begreifen", schluchzte sie.

Franka, die bereits im Treppenhaus stand, wandte sich noch einmal zu der jungen, fast unscheinbaren Frau um. Sie reichte ihr ihre Visitenkarte. „Hier", sagte sie. „Sollte Ihnen noch etwas einfallen, dann zögern Sie nicht, mich anzurufen. Notfalls auch in der Nacht. Und wenn Sie Hilfe brauchen ..."

„Danke, nein. Ich komm schon klar." Schnell wurde die Tür ins Schloss gedrückt. Es rasselte, und die Polizisten hörten, wie eine Sicherheitskette vorgelegt wurde.

„Und jetzt?", fragte Franka, als sie wieder unten auf der Straße standen.

„Bernd Wiesinger", brummte Micha und vergrub die Hände in den Taschen seiner Jeans. Ein kalter Wind trieb unheilvolle Wolken über das Land. Die Autos, die sich den Weinberg hinauf quälten, fuhren bereits mit Licht, und dick vermummte Gestalten marschierten eilig nach Hause. „Dieser Wiesinger scheint etwas zu wissen, wenn du mich fragst. Also müssen wir versuchen, an seine Adresse zu kommen, was aber in Anbetracht der Tatsache, dass wir Belters Handy haben, eine leichte Übung sein wird."

„Wenn nicht, fragen wir die Kollegen von der Sitte. Sicherlich ist er dort kein unbeschriebenes Blatt mehr, wenn er im Rotlichtmilieu eine Nummer ist."

„Das passt irgendwie nicht", erwiderte Micha. „Wenn Thomas Belter so gar kein Freund der Swingerclubs war, wie Lisa Krämer behauptet, dann hat man doch keinen besten Freund, der sich im Milieu bewegt."

Seite an Seite stapften sie zum Wagen. Ihr Atem erzeugte kleine Wolken.

„Und was hältst du von dieser Lisa Krämer?"

Micha schloss den Wagen auf und schnappte sich den Handfeger, um den Audi vom Schnee zu befreien. Sie stiegen ein, diesmal klemmte sich Micha hinter das Steuer. Die Antriebsräder an der Vorderachse drehten kurz durch, dann setzte sich der Dienstwagen in Bewegung.

„Weiß nicht so recht, ehrlich gesagt. So ein unbescholtenes Kind, wie sie vorgibt, scheint sie mir nicht zu sein. Ich denke, sie war mitunter ziemlich egoistisch, wenn es um den Kontakt zu ihrer besten Freundin ging."

„Das sehen wohl alle Kerle so", lachte Franka und schnallte sich an. Nachdenklich kaute sie auf der Unterlippe. „Aber vielleicht hast du gar nicht mal Unrecht. Nur: Macht sie das zur Mörderin?"

„Du glaubst doch nicht, sie hätte Belter aus dem Weg geschafft?" Micha schüttelte den kantigen Schädel, während er sich an der nächsten Ampel nach links einordnete. Die Schwesternstraße war bereits geräumt worden, und sie kamen gut bis zur Rudolfstraße voran.

„Das wären niedere Gründe und die kommen hier glaube ich erstmal nicht in Betracht. Außerdem könnten wir das Telefonat zwischen Belter und ihr zurückverfolgen. Das Handy ließe sich orten, und somit würde sie auffliegen, wenn sie sich während des Telefonates beispielsweise in Schwelm aufgehalten hätte."

Franka nickte. Den Rest der Fahrt verbrachten sie schweigend. Jeder hing seinen Gedanken nach. Nachdem Micha den Wagen auf den Hof des Präsidiums gesteuert hatte, suchten sie sofort die Kollegen in der Technik auf. Sie wollten wissen, ob die Durchleuchtung von Mandy Klimmeks Computer etwas ergeben hatte. Tatsächlich hatten sich die Fachleute den Verlauf des Internet-Browsers angesehen und waren zu dem Schluss gekommen, dass sie sich oft in den verschiedensten Foren bewegt hatte.

„Sie scheint ein ziemliches Luder gewesen zu sein“, grinste Georg, der vor dem Rechner saß. Georg Brackwede war Ende dreißig, hatte zu lange und ungepflegt wirkende Haare und trug eine Brille. Der weiche Stoff seines Pullovers spannte sich über einem imposanten Bierbauch.

„Das haben wir auch schon herausgefunden“, erwiderte Micha und zog sich einen Stuhl heran, um sich falsch herum darauf niederzulassen. „Sie war als Model tätig und hat wohl auch erotische Fotos machen lassen – sehr zum Unmut ihres Liebsten, wie du dir vorstellen kannst.“

Georg nickte. „Naja, sie hat schon einige scharfe Bilder von sich auf der Festplatte. War ein hübsches Ding, euer Opfer. Schade drum. Nun denn, wenn ihr mögt, drucke ich euch die Fotos aus.“

„Nicht nötig“, sagte Micha schnell. „Uns interessiert, wo sie sich im Internet bewegt hat.“

„Natürlich hat sie Kontakt zu einigen Fotografen aufgenommen. Es gibt unzählige Mails.“

„Bingo“, freute sich Micha und zwinkerte Franka verschwörerisch zu. „Jetzt haben wir eine echte Spur!“

„Freu dich nicht zu früh“, warnte ihn seine Kollegin. Franka vergrub die kalten Finger in den Taschen ihrer gesteppten Winterjacke. Sie fror immer noch und hoffte, sich keine Erkältung einzufangen. Das konnte sie jetzt am wenigsten gebrauchen. Sie wandte sie an Georg. „Wie sieht es aus mit den Foren? Hat sie viel gechattet?“

„Allerdings.“

„Aber die einzelnen Beiträge kann man nicht mehr lesen, wenn man den Verlauf betrachtet“, brummte Micha.

„Du kannst es nicht“, grinste Georg. „Und Franka kann es auch nicht. Aber das unterscheidet uns eben voneinander. Ich verdiene Geld damit, dass ich so ziemlich alles rekonstruieren kann, was jemals mit dieser Kiste hier veranstaltet wurde." Georg klopfte mit den Knöcheln seiner rechten Hand auf das graue Gehäuse des PCs.

„Dann sag mir, um was es in den Chats ging."

„Chats lassen sich nur über die Betreiber der Internetforen rekonstruieren, nicht über den Rechner, da bin auch ich machtlos und muss mich erst mit den Betreibern der Foren in Verbindung setzen."

„Dann sag den Forenbetreibern einen schönen Gruß von uns, sie sollen alles ausspucken, was interessant für uns ist", konterte Micha.

„Und ich will einen Ausdruck aller Chats, den Verlauf und die verdammten Fotos, die sie im Umlauf hatte." Franka wandte sich zum Gehen. „Und Datensicherungen aller Filme. Sie hatte Filme drauf, hab ich recht?" Jetzt grinste sie wissend. An seinem Gesichtsausdruck erkannte Franka, dass Georg die Sexfilme bereits entdeckt – und wohl auch gesichtet – hatte.

„Alle?" Georg stand auf. Eine steile Falte stand auf seiner hohen Stirn. „Das dauert Tage, bis alles ausgedruckt ist. Die Kiste hat 'ne Ein-Terrabyte-Festplatte, da ist Einiges drauf."

„Dann sag der Festplatte und deinem Drucker, sie sollen sich gefälligst beeilen." Damit war Franka draußen. Sie brauchte dringend einen heißen Kakao aus dem Automaten. Im Büro angekommen, telefonierte Micha bereits mit der Rechtsmedizin.

„Ich muss nochmal los", murmelte er und streifte die Jacke wieder über. „Die Obduktion von Mandy Klimmek beginnt gleich; ich hole Adler von der Staatsanwaltschaft ab und fahre mit ihm zur Uniklinik."

Die Rechtsmedizin war in der Düsseldorfer Uniklinik untergebracht; und das Gesetz wollte es so, dass der Leiter der Mordkommission und der ermittelnde Staatsanwalt bei der Sezierung der Leiche anwesend waren. Gemeinsam mit den beiden Gerichtsmedizinern, die die Obduktion vornahmen, konnten sie ihren Wissensstand ergänzen. Dennoch sah Franka ihrem Kollegen an, dass er sich an diesem ungemütlichen Vormittag andere Dinge vorstellen konnte, als bei einer Obduktion zuzuschauen. Einmal hatte er ihr gestanden, dass ihm dabei regelmäßig schlecht wurde, und sie hatte ihm versprechen müssen, niemandem davon zu erzählen.

Die Zeit bis 18 Uhr verging nach Frankas Geschmack viel zu schnell. Nachdem sie Stüttgen „viel Spaß“ gewünscht hatte, war Micha brummend aus dem Büro verschwunden. Franka telefonierte mit den Kollegen der Sitte; dort war Bernd Wiesinger in der Tat kein unbeschriebenes Blatt mehr. Hauptkommissar Schimpf sicherte ihr seine Unterstützung zu, sollte diese notwendig werden.

18.00 Uhr

Das Team rund um Hauptkommissar Bever fand sich mit gespannten Mienen pünktlich am runden Tisch im Büro des Chefs ein. Franka bemerkte gleich, dass Krüger wieder fehlte. Nur Zielke und Ricken saßen mit ihnen am Tisch. Auch die Kollegen des Hagener KK 11 glänzten durch Abwesenheit. Micha Stüttgen war vor wenigen Minuten aus Düsseldorf zurückgekehrt. In seiner Begleitung befand sich Staatsanwalt Adler, der immer wieder diskret auf das Ziffernblatt seiner Armbanduhr schielte. Vermutlich wartete seine Frau mit dem Abendessen auf ihn.

„Und?“, fragte Bever in die Runde. „Wie ist der Stand der Dinge?“

Sebastian Frank zuckte die Schultern und tauschte einen unsicheren Blick mit Björn Hassner, seinem Teamkollegen. Dann räusperte er sich. „Wie heute Morgen besprochen, haben wir uns mit den Hagenern noch einmal die Wohnung von Thomas Belter zur Brust genommen. Und, um offen zu sein, haben wir dort keinen relevanten Hinweis auf die beiden Morde gefunden. Allerdings gab es ein handgeschriebenes Telefonverzeichnis, das uns die Kollegen zur Verfügung gestellt haben. Die Liste werden wir morgen abarbeiten. Vielleicht befindet sich unter den Einträgen jemand, der uns einen heißen Tipp geben kann.“

„Bei unserem Besuch der besten Freundin des ersten Opfers konnten wir in Erfahrung bringen, dass Thomas Belter mit einem gewissen Bernd Wiesinger befreundet war, der offenbar im Milieu aktiv ist und auch bei den Kollegen von der Sitte bereits auffällig wurde“, trug Franka vor. „Details zu seiner Karriere folgen.“

„Glaubst du an einen Zusammenhang?“ Bever hatte die Augen zu schmalen Schlitzen verengt.

„Es würde Sinn machen, da Mandy Klimmek ein, sagen wir, ausschweifendes Leben führte und sehr offen für alles Mögliche gewesen sein muss. Unsere IT-Spezialisten befassen sich mit dem PC der Toten. Sobald die Festplatte gespiegelt und ausgewertet ist, werden wir die von ihr geführten Chats rekonstruieren und so ableiten können, ob sie sich mit ihrem späteren Mörder im Internet verabredet hat."

Frank fuhr fort: „Die Befragung von Belters Nachbarn in Schwelm hat nicht wirklich etwas ergeben. Die Anwohner sind ... etwas schwierig. " Frank grinste gewinnend, als er die missbilligende Miene seines Vorgesetzten sah. „Aber möglicherweise steht sogar der Name des Mörders in diesem kleinen Buch."

Bever wiegte den Kopf. „Okay, bleibt da am Ball." Ein Blick in die Runde. „Weiter?"

„Die Wohnung der Toten enthält für die Angestellte eines Drogeriefachmarktes nichts Besonderes", meldete sich jetzt Franka zu Wort. „Nichts, was sie mit ihrem Einkommen nicht bestreiten konnte. Die Möbel sind neu, aber nicht hochwertig, im Grunde billig. Der Computer ist dagegen auf dem neuesten Stand, und auch die Stereoanlange ist recht edel. Ansonsten aber hat sie offenbar recht bescheiden gelebt." Franka blätterte in ihren Unterlagen. „Es gibt kein Fahrzeug, das auf ihren Namen zugelassen ist."

Bever stützte das Kinn in die Hände. „Worauf willst du hinaus?"

„Ich will damit sagen, dass sie sich nicht aus finanzieller Not ausgezogen hat. Wie wir wissen, war sie ja als Model für erotische Aufnahmen tätig, wohl im semiprofessionellen Bereich. Ein Model verdient in diesem Segment zwischen hundert und dreihundert Euro. Sie hat diese Shootings offensichtlich nicht aus Geldnot gemacht, sondern, weil sie Spaß daran hatte."

Franka überlegte, ob sie den Kollegen von dem selbst gedrehten Sexfilm erzählen sollte, entschied sich aber dagegen. Das gehörte hier nicht her, und sie wollte die junge Frau auch nicht mehr als nötig diffamieren. Ihr tragisches Schicksal war schlimm genug, und immerhin sprachen sie bei Mandy Klimmek von einem Mordopfer, das auf grausamste Weise zu Tode gekommen war.

„Was ist, wenn sie verschuldet war?"

„Wir haben ihre Bankkonten geprüft und eine Schufa-Auskunft einholen lassen – der entsprechende Beschluss liegt vor. Sie hatte einen kleinen Kredit, mit dem sie wohl die erste Ausstattung ihres eigenen Haushaltes finanziert hat. Das Darlehen ist aber fast komplett getilgt, und das Konto war so gut wie nie überzogen. Ich frage euch, Kollegen, was hat sie mit dem Geld, das sie sich nebenbei verdiente, gemacht?"

„Urlaub", rief Mellinghaus nun. „Was, wenn sie ein Faible für teure Fernreisen hatte?"

„Dann hätten wir darauf irgendwelche Hinweise in ihrer oder in Belters Wohnung gefunden. Alte Tickets, Souvenirs, Fotoalben, Ansichtskarten und solche Dinge. Aber nichts dergleichen ist uns aufgefallen." Micha schüttelte den Kopf.

„Tauchen entsprechende Summen denn nicht auf ihren Kontoauszügen auf?", mischte sich nun auch Birgit Hanser ein.

„Nein, das ist ja das Seltsame." Wieder schüttelte Micha den Kopf. „Ich habe mir ihre Wohnung genau angesehen. Hätte sie so etwas wie einen Sparstrumpf gehabt, dann wäre er mir sicherlich aufgefallen."

„Ich resümiere", unterbrach Bever die Diskussion. „Unser Mordopfer Nummer eins hatte ein geregeltes Einkommen, mit dem es auch über die Runden kam und seinen bescheidenen Lebensunterhalt problemlos bestreiten konnte. Dennoch hat die Frau als Fotomodell im erotischen Bereich gearbeitet, aber wohl nicht aus Geldnot. Da diese Jobs in der Regel zwar recht anständig bezahlt werden, aber meist in bar, tauchen ihre Honorare nirgendwo auf."

„So ist es", bestätigte Franka, die noch einmal ihre Mappe durchgeblättert hatte. „Also stellt sich uns die Frage, was sie mit dem Geld getan hat. Vielleicht gibt es ein Geheimversteck in der Wohnung, das wir nicht entdeckt haben – so was ist nie auszuschließen."

Micha zog die Lippen herunter. „Vielleicht hat sie es Belter gegeben. Er war nicht einverstanden damit, dass sie diese Fotos machte. Möglicherweise hat sie ihm das Geld gegeben, als kleine Entschädigung sozusagen."

„Dann müsste das Geld ja bei ihm auftauchen", überlegte Franka. „Überprüft das bitte morgen."

„Es gibt da eine gewisse Lisa Krämer. Sie war Mandy Klimmeks beste Freundin. Das Verhältnis zwischen Klimmek und Belter hat sie stets mit Argwohn betrachtet. Uns hat sich eher der Eindruck aufgedrängt, dass sie ein Problem mit Belter hatte, weil er ihr die beste Freundin wegnahm, als diese eine feste Beziehung mit Mordopfer zwei einging."

„Hat sie ein Alibi?" Bevers Kopf ruckte hoch.

„Allerdings. Sie hatte am nächsten Tag Frühschicht und war deshalb zu Hause. Es gab ein Telefonat zwischen Belter und ihr, da er seine Freundin bei Lisa vermutete. Das war aber nicht der Fall. Wir haben das Telefon überprüft und die entsprechenden Daten beim Netzbetreiber eingeholt. Lisa Krämer befand sich tatsächlich in ihrer Wohnung an der Straße Weinberg. Sie hat uns die Wahrheit gesagt und kommt als Täterin nicht in Frage." Franka hatte das alles von einem Zettel abgelesen. Kurz vor dem Meeting hatte sie die angefragten Daten von Lisa Krämers Mobilfunkbetreiber erhalten. Somit gab es eine Tatverdächtige weniger.

Bever wandte sich an Mellinghaus und Hanser. „Gibt es Neuigkeiten zum abgebrannten Fabrikgebäude?"

Birgit Hanser räusperte sich. „Grundstück und Gebäude gehören einer Immobilienfirma, KBI, was für Klaus Baumann Immobilien steht. Nach Angaben des Vermieters stand das Objekt schon lange leer. Die Gegend ist nicht attraktiv für Jungunternehmer, und ein Investor denkt darüber nach, am Wupperufer neu zu bauen. KBI liegt ein Kaufangebot für das Grundstück vor."

„Also sollte die Fabrik über kurz oder lang abgerissen werden", murmelte Bever und machte sich Notizen am Flipchart. „Wie steht es um die finanzielle Situation von KBI?"

„Also, Baumann war nicht darauf angewiesen, durch den Brand seine Versicherung in Anspruch zu nehmen."

„Eine heiße Sanierung fällt demnach flach?" Micha grinste.

„Aller Wahrscheinlichkeit nach ja. Obwohl sich Klaus Baumann oft an der Grenze der Legalität bewegt und häufig mit den Anwälten seiner Gegner zu kämpfen hat, steht es finanziell ganz gut um ihn."

„Wir werden ihm morgen einen Besuch abstatten", beschloss Micha und warf Franka einen Blick zu.

„Die Brandursache steht übrigens inzwischen fest: Es war Brandstiftung. Der Täter hat gewusst, was er tut und den Brand so gelegt, dass er sich innerhalb kürzester Zeit ausbreiten konnte und das Gebäude verwüstet hat. Wahrscheinlich kam ein Brandbeschleuniger zum Einsatz. Beim Eintreffen der Feuerwehr brannte das Gebäude bereits in voller Ausdehnung", berichtete Henrik Mellinghaus.

„Was ist mit diesem Baumann – hat er ein Alibi für die Tatzeit?", fragte Micha.

„Allerdings", nickte Mellinghaus. „Und ich glaube nicht, dass er den Brand selber legen würde. Sicherlich hat er Helfer für die Drecksarbeit – sollte entgegen unserer Vermutungen doch er hinter dem Brandanschlag stecken."

Schweigen kehrte am Besprechungstisch ein, dann meldete sich Hanser zu Wort. „Es scheint, als hätte sich dort jemand eingeschlichen, um die Fotos zu machen, und dann schnell wieder unterzutauchen."

Bever blickte erst Micha Stüttgen, dann Staatsanwalt Stefan Adler an. „Was hat denn die Obduktion ergeben?"

Adler, ein ruhiger Mittvierziger mit ergrauten Schläfen und im korrekten Anzug, räusperte sich, drückte den Rücken durch und blickte in die Runde. „Todesursache war in der Tat der Biss des Täters in die Kehle seines Opfers und der damit verbundene hohe Blutverlust. Fest steht nun auch, dass die Tote unmittelbar vor der Tat Geschlechtsverkehr hatte, wie wir bereits wissen. Inzwischen habe ich mit den Kollegen in Hagen Rücksprache gehalten. Die DNA, die bei Mandy Klimmek gefunden wurde, stimmt nicht mit der ihres Freundes überein, insofern erhärtet sich unser Verdacht, dass Mandy Klimmek Opfer einer Sexualstraftat wurde, bevor der Täter sie tötete."

Stille war am Besprechungstisch eingekehrt.

„Die am Opfer festgestellte DNA wurde sichergestellt und wird mit den bundesweiten Datenbänken abgeglichen. Sollten wir eine Übereinstimmung feststellen, haben wir den Täter." Adler klappte seine Mappe zu und lächelte. „Also drücken Sie uns die Daumen."

„Wir werden morgen noch mal zur alten Fabrik fahren und sehen, ob wir in der Brandruine weitere DNA-Spuren finden. Uns fehlt noch eine Feinanalyse: Hautschuppen, Fasern und so weiter. Möglicherweise taucht der Täter dann ja schon in unserer Datenbank auf.“ Mellinghaus blätterte in seinen Unterlagen. „Das sieht schlecht aus, da das Gebäude völlig verwüstet wurde“, erwiderte er.

„Ich will nichts unversucht lassen.“ Micha blickte sich in der Runde um. „Wo ist eigentlich Krüger?“, fragte er und zwinkerte Franka zu.

„Krüger hat Urlaub, aber die Kollegen sind auch ganz fit“, erwiderte Bever ohne aufzublicken. „Demnach decken sich eure Beobachtungen mit der Aussage von Thomas Belter, die er während des Notrufes gemacht hat. Die Klimmek hat sich also tatsächlich in der Fabrik aufgehalten. Ob sie dort aber auch getötet wurde, ist fraglich, wenn auch sehr wahrscheinlich.“

„Ich denke, dass uns morgen auch die Auswertung von Mandy Klimmeks PC vorliegt, dann haben wir sicherlich weitere Anhaltspunkte. Außerdem habe ich Peterberg, unseren Sektenbeauftragten, befragt, ob ihm ein ähnlich gelagerter Fall bekannt ist. Um einen Ritus handelt es sich aber offenbar nicht, die Datenbank des BKA hat nichts Vergleichbares ausgespuckt.“

Franka fühlte sich todmüde. Ihre Knochen taten ihr weh, und sie sehnte sich nach einem heißen Erkältungsbad, einem Grog und dem warmen Bett.

19.20 Uhr

„Ah, hier läufst du rum!“

Franka blieb auf der Stelle stehen. Sie war nach der Besprechung bei Hauptkommissar Bever nur noch schnell in ihr Büro geeilt, um den Rechner auszuschalten und um ihre Jacke und die Tasche zu holen. Morgen früh musste sie fit sein. Der Autoschlüssel klimperte schon in ihrer rechten Hand, als sie auf dem Korridor des Präsidiums stand und Georgs Stimme hörte. Er kam etwas atemlos angelaufen und wedelte mit einem dicken Aktenordner. „Hier“, keuchte er und tippte auf die Unterlagen. „Der erste Schwung.“

„Der erste Schwung – von was?“

„Na, du wolltest doch die Auswertung vom Rechner von Frau Klimmek haben. Hier ist der erste Schwung.“ Er grinste stolz.

„Und morgen kommt der Rest – versprochen."
„Ich bin eigentlich auf dem Heimweg."
„Das ist ja prima. Vielleicht kannst du mich ein Stück mitnehmen? Renate hat das Auto, weil sie heute zur Kinderärztin musste, und ..."
Franka rollte mit den Augen. Heute blieb ihr aber auch gar nichts erspart. Die Kinderkrankengeschichten ihres Kollegen hatten ihr gerade noch gefehlt. Sie nahm ihm den Ordner aus der Hand.
„Beeil dich, ich will einfach nur nach Hause, bin total platt."
„Du bist ein Schatz", rief Georg und machte auf dem Absatz kehrt. „Ich hole nur schnell meine Sachen!" Er stürmte davon. Franka hörte sein gut gelauntes Pfeifen auf dem kahlen Korridor des Präsidiums und trat schon mal ins Freie. Gedankenverloren stand sie auf der oberen Stufe der breiten Treppe und blickte auf die Friedrich-Engels-Allee herunter. Der Schnee war wieder nicht liegen geblieben, und der Verkehr floss recht zügig. Georg war ein netter Kollege, aber mitunter recht anstrengend. Sie war jetzt schon froh, wenn er wieder ausstieg und sie ihre Ruhe hatte. Der Tag war lang, die vorige Nacht viel zu kurz gewesen, und sie spürte, dass sie etwas ausbrütete. Krank werden konnte sie, wenn der Fall erledigt war.
„So, da bin ich schon. Du, ich find' das total super, dass du mich mitnimmst, dann muss Renate nicht noch mal los bei diesem Sauwetter, und ..."
„Georg", unterbrach Franka den Kollegen. Georg, der den lieben langen Tag in seinem Büro hockte und die Technik von irgendwelchen elektronischen Geräten knacken musste, hatte scheinbar ein Defizit an Kommunikation. Doch dieses Defizit musste er nicht innerhalb der nächsten fünf Minuten bei ihr ausgleichen. „Hast du denn schon mehr über den Rechner von Mandy Klimmek rausbekommen?" Sie waren an ihrem Wagen angekommen, den sie in der Druckerstraße abgestellt hatte. Eine matschige Rest-Schneeschicht bedeckte das Dach des Golf.
Georg nickte. „Das war eine Lebefrau, sag ich dir. Kein Kind von Traurigkeit, wie es meine Mutter früher immer nannte."
„Mach es nicht so spannend", rief Franka. „Was ist los mit dem Computer?" Sie schloss die Türen auf und klemmte sich hinter das Lenkrad. Der Motor sprang mit der ersten Drehung am Zündschlüssel

an. Georg ließ sich auf den für seine Gestalt viel zu kleinen Beifahrersitz sinken. „Wie ihr ja schon rausgefunden habt, war die Frau als Sexmodel tätig. Sie war in unzähligen Foren angemeldet, und auch auf den Datenbanken diverser Fotografen taucht sie immer wieder mit ihren Bildern auf.“

„Sie hat, glaube ich, eine Karriere als Model angestrebt – also hauptberuflich, meine ich“, überlegte Franka, legte den ersten Gang ein und fuhr los. Obwohl es noch nicht sehr spät war, herrschte kaum noch Betrieb auf den Straßen. Es war ein ungemütlicher Abend in der Stadt, und wer bei diesem Sauwetter nicht unbedingt raus musste, blieb lieber zuhause. Franka fröstelte und sie sehnte sich nach einem heißen Bad und einem Erkältungstee. Ihre Glieder schmerzten, und im Hals machte sich ein trockenes Kratzen breit.

„Mit solchen Fotos kann man sich eine ernsthafte und seriöse Karriere als Fotomodell aber ganz schnell versauen“, antwortete Georg. „Ich habe in einem Forum gelesen, dass unter den Fotografen einige Lustmolche unterwegs sind, die zwar ein hohes Honorar bieten, aber der Vorteil für das Model ist eher temporär. Sie hat zwar im Augenblick mehr Geld in der Tasche, wird aber danach nicht mehr gern gebucht – jedenfalls nicht von seriösen Aktfotografen.“

„Was denkst du? Ist sie auf einen solchen Fotografen reingefallen? Ich könnte mir vorstellen, dass sie die Szene ganz gut kannte. Dumm scheint sie nicht gewesen zu sein. Vielleicht war sie extrem zeigefreudig, übrigens sehr zum Ärger ihres festen Freundes.“

„Es gibt viele Fotografen, die so was wie die Setkarten ihrer Models online stellen. Aber daran kann man nicht unterscheiden, ob es sich um einen einigermaßen seriösen Fotografen handelt.“

„Das scheint mir ein ziemlich tiefer Sumpf zu sein“, murmelte Franka. Sie ahnte, dass sie auch zuhause keinen Abstand zum Job gewinnen würde. Immerhin lag der dicke Aktenordner, den Georg ihr in die Hand gedrückt hatte, auf der Rücksitzbank und wartete darauf, gelesen zu werden.

„Allerdings. Es ist nicht meine Aufgabe, aber ich würde euch raten, all diese Fotografen, die hier unterwegs sind, mal auf die Nerven zu gehen.“

„Woher weiß ich, wo welcher Fotograf sitzt und arbeitet?"

„Ich habe eine Liste ausgedruckt", strahlte Georg. „Ist alles in dem Ordner. Übrigens kannst du mich da vorne an der Kreuzung raus lassen, den Rest schaffe ich zu Fuß."

„In Ordnung." Franka setzte den Blinker und steuerte den Wagen an den Straßenrand. Georg löste schwerfällig den Sicherheitsgurt und schälte sich aus dem Wagen. Draußen angekommen, hielt er den Kopf noch mal ins Wageninnere, grinste und sagte: „Dank dir fürs Mitnehmen. Und mach dir einen schönen Feierabend. Versuch mal abzuschalten." Damit knallte er die Tür zu und stapfte hinaus in die nasskalte Nacht.

Als Franka anfuhr, seufzte sie. „Leichter gesagt als getan."

19.40 Uhr

Natürlich hatte sie den Aktenordner nicht im Wagen liegen lassen. In ihrer Wohnung angekommen, drehte sie zunächst einmal die Heizung in allen Räumen an und zog die Gardinen zu. Auf die trostlose Szenerie da draußen hatte sie keine Lust mehr. Franka ging zur Stereoanlage und legte eine CD ein. Die leise Musik, die aus den Boxen drang, entspannte sie und brachte sie auf andere Gedanken.

Sie spürte Hunger. Sie heizte den Backofen vor, schenkte sich ein Glas Rotwein ein und ließ sich ein Erkältungsbad mit Eukalyptuszusatz einlaufen. Während der Ofen vorheizte und die Wanne einlief, entkleidete sich Franka und suchte im Schlafzimmer nach dem flauschigen Hausanzug. Als sie nackt vor dem Spiegelschrank stand, betrachtete sie ihren Körper im diffusen Licht der kleinen Nachttischlampe. Sie sah eine schlanke Frau mit berufsbedingt sportlicher Figur und vollen Brüsten. Ihre Nase hatte sie als Kind schon als zu lang empfunden. Die braunen Augen bildeten einen Kontrast zu dem langen, pechschwarzen Haar, das sie meist offen trug und das sich nun an ihre nackten Schultern schmiegte. Nur selten band sie die Haare zu einem Zopf oder machte sich mit einer Spange einen Pferdeschwanz. Die Lippen waren ein wenig zu dick, wie sie fand, doch die Männer, mit denen sie zusammen gewesen war, hatten immer von ihrem sinnlichen

Kussmund geschwärmt. Alles Auslegungssache, dachte sie amüsiert, während sie sich ansah.

„So übel sehen Sie gar nicht aus, Frau Kommissarin", grinste sie und überlegte, ob sie selbst Spaß daran haben könnte, sich auf diese Weise fremden Männern zu präsentieren. So nackt. So pur. Wohl eher nicht. Sie war nicht prüde und liebte auch guten Sex – den richtigen Mann an ihrer Seite vorausgesetzt – aber in einer Hinsicht war sie sehr altmodisch, und dazu bekannte sie sich auch: Sex war eine Sache zwischen zwei Personen. Niemand hatte das Recht, sie dabei zu beobachten, sie nackt zu betrachten. Sie konnte nicht nachvollziehen, was in Mandy Klimmek vorgegangen war. Fest stand nur, dass ihr die Neigung, sich offen zu zeigen, zum Verhängnis geworden war. Sie hatte Thomas Belter immer und immer wieder verletzt, indem sie sich ausgezogen hatte, um sich von anderen Männern ansehen zu lassen und deren Fantasie zu beflügeln.

Ein altes Sprichwort kam ihr in den Sinn: Wer sich in Gefahr begibt, der kommt darin um. Dieser Spruch traf für Mandy Klimmek wohl genau ins Schwarze. Gleichermaßen ärgerte sich Franka jetzt darüber, dass es offenbar so schwer war, die Spur des letzten Mannes, mit dem sich Mandy Klimmek getroffen hatte, zurückzuverfolgen. Er schien äußerst intelligent zu sein und seine Taten lange vorher zu planen. Es war nichts Außergewöhnliches, dass Mörder hochintelligente Zeitgenossen waren, aber in einem Zusammenhang mit einer Sexualstraftat kam das doch eher selten vor.

Nachdem Franka sich im Spiegel betrachtet und ihren Gedanken nachgehangen hatte, schlüpfte sie in den gemütlichen Hausanzug und marschierte in die Küche zurück. Der Ofen hatte seine Betriebstemperatur erreicht. Schnell schob sie die Pizza aufs Blech und nippte an ihrem Rotwein. Es dauerte nur wenige Minuten, bis es in ihrer kleinen Küche herrlich duftete. Sie drehte das Wasser der Wanne ab, legte ein Badetuch bereit und ging zurück in die Küche, wo sie sich am Küchentisch niederließ. Dort lag der Ordner, den sie von Georg bekommen hatte. Sie konnte nicht anders, setzte sich an den Tisch, zog den rechten Fuß unter den Hintern und schlug die Akte auf. Wahllos blätterte sie in den Ausdrucken. Es gab Protokolle von Mandy Klimmeks

Internetaktivitäten, E-Mail-Adressen und einigem mehr. Franka erhob sich, ging ins Wohnzimmer und kehrte mit ihrem Laptop zurück an den Küchentisch. Sie klappte das kleine Gerät auf und ging ins Internet.

Sie gab testweise den Namen einer Domain ein, der ihr bei der Durchsicht aufgefallen war. Sie landete auf einer Datenbank, die Modelle an Fotografen und andersherum vermittelte. Franka klickte sich durch die Seiten und fand einige Setcards. Teilweise schön und ästhetisch, teils einfach nur auf Nacktheit bedacht, nur, um männliche Betrachter dazu zu bewegen, sich in die Mitgliedsliste des Anbieters eintragen zu lassen. Das war es nicht, was Franka wollte. Sie löste sich von der Arbeit und blickte in den Backofen. Der Käse der Pizza war goldgelb und an den Kanten leicht braun – genauso liebte sie es. Sie erhob sich und schob die Pizza auf einen runden Holzteller. Nachdem sie sich Besteck geholt hatte, ließ sie sich wieder am Küchentisch nieder. Jetzt erst bemerkte sie, wie groß ihr Hunger war und sie schlang die Pizza viel zu schnell hinunter. Zwischen den Bissen spülte sie immer wieder mit einem Schluck Rotwein nach.

Während sie aß, arbeitete sie weiter. Auf der Internetseite gab es die Möglichkeit, einen Fotografen zu finden, sie gab Fotografen aber auch die Möglichkeit, ein Model zu finden. Als Franka sich durch die Fenster klickte, fand sie auch eine Seite, auf der man gegen Bezahlung seinen selbstgedrehten Porno einstellen konnte. Sofort dachte sie wieder an die DVD, die sie am Vormittag in der Wohnung von Mandy Klimmek gefunden hatte. Hatte sie den Film nur gedreht, um ihn ins Netz zu stellen? Wie hatte sie Belter dann davon überzeugen können, bei diesem Spiel mitzumachen? Vermutlich hatte sie ihm vorgegaukelt, den Film drehen zu wollen, um ihn anzumachen. Dass er sich selber beim Sex mit seiner Freundin bald schon im Internet würde bewundern können, davon hatte Belter vermutlich nichts geahnt, denn sonst hätte er bei diesem Spielchen wohl kaum mitgemacht.

Aber warum hatte sie so gehandelt?

War es ihr nur ums Geld gegangen, oder wollte sie ihre Neigungen ausleben? So wie es aussah, war sie entsprechend veranlagt gewesen. Die unzähligen Seiten im Netz und die teils mit Werbefenstern zugemüllten Foren begannen Franka zu nerven. So komme ich nicht weiter, dachte sie seufzend und verputzte den Rest ihrer Pizza Funghi. Danach räumte sie den Teller und das Besteck in die Spüle. Hier stapelte sich der Abwasch der letzten beiden Tage. Franka nahm sich vor, morgen endlich zu spülen und begab sich ins Bad. Es roch angenehm nach Eukalyptus. Die Heizung lief, und so zog sie sich aus und ließ sich in die Wanne gleiten.

Sie schloss die Augen, atmete tief ein und spürte unter dem starken Eukalyptusduft, wie sich das Volumen ihrer Lungen zu verdreifachen schien. Endlich konnte sie wieder gut durchatmen. Ihre Nase wurde frei, und sie genoss das Bad. Die Wärme tat ihr gut. Sie ließ die Hände durch das Wasser gleiten und versuchte abzuschalten.

Doch der Fall ließ ihr keine Ruhe.

„Hobbyhuren", murmelte sie, während das heiße Badewasser ihren Körper umschmeichelte. Diesen Begriff hatte sie auf einer der anstößigen Seiten gelesen. Was war eine Hobbyhure? Eine Frau, die Sex gegen Geld mit Männern hatte, oder eine Frau, die sich prostituierte, um ihren eigenen Trieb mit vielen wechselnden Partnern auszuleben? Die Variante, dass Mandy Klimmek um jeden Preis der Welt ein Model werden wollte, gefiel ihr deutlich besser. Einige wenige Schauspieler, die heute bekannt waren, hatten früher Pornofilme gedreht. Warum sollte es bei der Klimmek anders sein? Vielleicht hatte sie wirklich gerade am Anfang einer Karriere als Model gestanden. Andererseits war sie für eine Laufbahn als Fotomodell eigentlich schon zu alt gewesen. In diesem Beruf fängt man früher an, manche schon mit vierzehn, aber nicht mit siebenundzwanzig. War es die Lust daran, sich nackt in Szene zu setzen, gewesen, die ihr Handeln bestimmt hatte?

Wenn sie nymphoman veranlagt gewesen war, dann wunderte sich Franka auch nicht darüber, dass sie mit anderen Männern geschlafen hatte. Vielleicht für Geld, vielleicht auch nur, um ihre eigene Lust zu befriedigen.

Franka wollte nichts außer Acht lassen. Was, wenn sich Mandy Klimmek in einem dieser Foren für Hobbyhuren eingetragen hatte, was, wenn sie sich mit einem vermeintlichen Kunden getroffen hatte, der nichts anderes vorhatte, als sie zu töten, nachdem er sich an ihr vergangen hatte? Das würde dann auch für die Tatsache sprechen, dass sie nicht misshandelt wurde, sondern den Sex gebilligt, ja, gewollt hatte. Dass das Ende des Abends sich so blutrünstig gestaltet hatte, davon hatte sie sicher nichts geahnt.

Kaum war Franka aus der Wanne gestiegen, hatte sich abgetrocknet und war in ihren Hausanzug geschlüpft, da saß sie auch schon wieder vor ihrem Laptop und recherchierte. Diesmal gab sie „Hobbyhure" als Stichwort ein. Nach ein bisschen Sucherei landete sie in einem entsprechenden Forum. Hier gab es ein Verzeichnis, wo sich die Anbieterinnen steckbriefähnlich vorstellen konnten, mit allen Vorlieben und Tabus. Auch eine Verlinkung zur eigenen Homepage war möglich, so die betreffende Dame denn eine hatte. Frankas Augen brannten, als sie sich durch die Angebote klickte. Es waren über dreißig Seiten, bis sie auf das briefmarkengroße Bild einer blonden Frau stieß, die sich verführerisch auf einem breiten Bett räkelte. Und es war ein Wort, das Franka ihre Müdigkeit vergessen ließ: Wuppertal stand dort, daneben die Postleitzahl.

„Nancy verwöhnt dich gegen ein kleines TG", las Franka die Überschrift. Nancy, dachte sie. Mandy nannte sich also im Internet Nancy. Klang ähnlich, machte also Sinn. Trotzdem glaubte sie nicht, dass Mandy Klimmek sich ihr Taschengeld, ihr TG, mit Prostitution aufbesserte. Frankas Hand zitterte leicht, als sie den rechten Mittelfinger über den Trackpad ihres Notebooks schob und die Vergrößerung des Fotos anwählte. Es dauerte einen Augenblick, bis sich ein neues Fenster öffnete, und Franka trommelte nervös auf der Tischplatte herum. Dann sah sie die blonde Schönheit in Bildschirmgröße. Ihr Gesicht war mit einem Fotobearbeitungsprogramm verfremdet worden. Vermutlich wollte sie so sicherstellen, dass sie niemand erkannte, vor allem aber Thomas Belter nicht. Doch eines hatte sie vergessen: Das Tattoo auf dem Rücken. Es war so auffallend, das Franka es auch jetzt wiedererkannte. Somit stand fest, dass Mandy Klimmek nebenbei angeschafft hatte. Dass ihr Freund von ihrem Tun gewusst hatte, wagte Franka zu bezweifeln. Unter der Anzeige stand eine Kontakt-E-Mailadresse und das, was Nancy für Geld alles tat. Franka sicherte die Seite im Favoritenordner, dann schaltete sie den Laptop aus und leerte das Weinglas. Was hatte Nancy-Mandy mit all dem Geld gemacht, das sie eingenommen hatte? In welcher Verbindung stand das Modeln mit der Tätigkeit als ... Hobbyhure? Das Wort kam Franka widerwillig über die Lippen. Aber es hatte sich in ihr festgesetzt. Die Gedanken rasten ihr durch den Kopf, aber sie war todmüde und etwas wackelig auf den Beinen, was sicherlich auch an dem Wein lag, den sie getrunken hatte. Franka schaltete das Licht aus und wankte unter permanentem Gähnen hinüber ins Schlafzimmer, zog sich aus und krabbelte unter die Bettdecke. Kaum, dass sie die kleine Nachttischlampe gelöscht hatte, war sie auch schon eingeschlafen.

21.30 Uhr

Er erwachte erst lange, nachdem sich die Dunkelheit über dem Land ausgebreitet hatte und die Lichter der Stadt angegangen waren. Er trat an das Fenster, von dem aus er auf die viel befahrene Hauptstraße hinunter blicken konnte. Eine Schwebebahn zog wie ein beleuchteter, metallener Lindwurm seine Bahn am lindgrünen Gerüst. Gegen Abend hatte erneut Schneefall eingesetzt und die Stadt mit einer puderzuckerdünnen, weißen Schicht überzogen. Die Autos auf der Straße kamen nur im Schritttempo voran. Vermutlich hatten diese Idioten keine Winterreifen und gerieten bei der ersten Schneeflocke, die auf der Straße liegen blieb, ins Schlingern – oder sie schissen sich in die Hosen vor Angst, an einem Laternenpfahl zu landen.

Ihm war es egal, er musste nicht raus in dieser Nacht.

Die Wohnung war ihm besorgt worden, um hier für ein paar Tage Unterschlupf zu finden. Vielleicht würde er es riskieren, morgen in die eigenen vier Wände zurückzukehren.

Heute hatte er nichts vor. Endlich hatte er seine Tötungsfantasien ausgelebt, endlich war er dem Drang, Blut zu trinken und warmes, pulsierendes Menschenfleisch zu essen, nachgekommen. Er hatte Macht gehabt über Leben und Tod. Und er hatte sich für den Tod entschieden. Seine Gier war gestillt. Zwei Opfer in der letzten Nacht, das war kein schlechter Schnitt. Der Gedanke an das, was er mit der hübschen Mandy getan hatte, genügte, um ihn zu erregen. Aber er hatte sich in der Gewalt. Eine lange Suche war in der letzten Nacht für ihn zu Ende gegangen: Die Suche nach seinem eigentlichen Ich. Er hatte sich schon seit langem anders gefühlt, ohne zu wissen, was ihn vom Großteil seiner Mitmenschen unterschied. Es hatte damit begonnen, dass er die Menschen in seinem persönlichen Umfeld plötzlich anders gesehen hatte. Auf einmal war ihm das, was er als vertrautes Umfeld kennen gelernt hatte, fremd und irrwitzig erschienen. Er hatte begonnen, Fragen zu stellen. Die Welt, in die er hineingewachsen war, war ihm fremd geworden, sinnlos erschienen.

Er hatte es das Erwachen genannt – sein Erwachen, das Erwachen eines neuen Egos. Eine Veränderung hatte tief in ihm stattgefunden, und er hatte sich zu Dingen und Personen hingezogen gefühlt, die er vorher nie beachtet oder für völlig realitätsfern erachtet hatte. Zwischenzeitlich war er tief verunsichert gewesen und hatte viel nachgedacht und viel gelesen.

Dann hatte er diese Seite im Internet gefunden.

Es gab viele Menschen, denen es ähnlich erging wie ihm selber.

Sein neues, anderes Wesen hatte er plötzlich bewusster empfunden.

Hatte er früher die Sonne angebetet, so konnte er nunmehr kaum die nächsten Vollmond-Nächte abwarten. Friedhöfe, ein Ort der Trauer und des Vergehens, zogen ihn magisch an.

Omne initium difficile est ...

Aller Anfang ist schwer. So hatten sie ihn empfangen und ihm den Weg in die neue Welt des Seins gewiesen. Er hatte sich bald schon zurechtgefunden in seinem neuen Leben und mied seitdem den Tag.

Und er war sehr schnell viel weiter gegangen als die anderen.

Jetzt ist es an der Zeit, alte Freundschaften zu pflegen, dachte er sich mit einem diabolischen Grinsen auf den Lippen, als er das dunkle Wohnzimmer durchquerte und den Computer einschaltete. Das blaue Flimmern des 21-Zoll-Monitors war die einzige Lichtquelle im Raum. Während sich der Rechner ins Internet einwählte, ging er in die Küche und nahm sich eine Flasche trockenen Rotwein aus Tarragona mit. Er griff mit der anderen, freien Hand, nach einem Korkenzieher und einem Glas, dann kehrte er ins Wohnzimmer zurück, entkorkte die Flasche, schenkte sich das Glas ein, hielt es vor den Bildschirm und erfreute sich an der tiefroten Farbe des Weines.

Rubinrot, dunkel und geheimnisvoll, dachte er. Wie Blut ...

Er schwenkte das Glas und nippte von dem Wein, bevor er seine Lieblingsseite im Netz aufsuchte. Mit wenigen Mausklicken arbeitete er sich zum Chatroom vor. Als er gefunden hatte, wonach er gesucht hatte, grinste er zufrieden. Der Spaß konnte beginnen.

23.50 Uhr

„Kommst du ins Bett, Schatz?“

Rebecca fuhr erschrocken herum. Die Flasche Sekt war fast leer, dafür war der Aschenbecher neben der Computertastatur randvoll. Ihr Mann stand lächelnd im Türrahmen. Gut sah er aus im schummrigen Licht der kleinen Wohnzimmerlampe. Er war im Bad gewesen; sie hatte das Rauschen der Dusche und seinen schlechten, aber leidenschaftlichen Gesang gehört. Nun trat er, lediglich mit einem Badetuch bekleidet, das er sich um die Hüften geschlungen hatte, näher und hauchte ihr einen Kuss in den Nacken. Sie bekam eine Gänsehaut. Er wusste ganz genau, wie empfindlich sie am Hals war. Allzu gern nutzte er ihre Schwäche. Sie legte den Kopf schräg und schloss die Augen, genoss seine Liebkosungen. Er duftete gut.

Sie hatte den Abend alleine vor dem Computer verbracht. Wie so oft hatte Roland Spätschicht gehabt. Er arbeitete als Busfahrer und er mochte seinen Beruf nur leidlich. Der Job war nicht besonders gut bezahlt, aber wenigstens sicher, und so waren sie in der Lage, sich die Dreizimmerwohnung am Rande des Wuppertaler Zooviertels zu leisten. Seit einem halben Jahr waren sie jetzt verheiratet, und Rebecca wünschte sich nichts so sehr wie ein Kind von ihm. Doch Roland war skeptisch. Er hatte sie bekniet, noch zu warten, zumindest so lange, bis sie eine größere Wohnung hatten. Ihren Job als Kassiererin im Drogeriemarkt würde sie im Mutterschaftsurlaub auch nicht mehr ausüben können, und wenn ihr Gehalt ebenfalls wegfiel, würde es finanziell eng werden. Zähneknirschend hatte sie zugestimmt. Immerhin war sie erst achtundzwanzig. Und solange sie vor ihrem dreißigsten Geburtstag Mutter wurde, fühlte sie sich jung genug. Die Zeit, während der er mit dem Bus durch die Stadt fuhr, verbrachte Rebecca am Rechner und suchte Kontakt zu gleichgesinnten Menschen in ihrer Nähe. Schon seit ihrer Kindheit liebte sie die Nacht und die Dunkelheit. Vampire faszinierten sie. Das Blut ihrer Mitmenschen zog sie in ihren Bann.

Sie fühlte sich manchmal ... anders.

Ihr Mann kannte dieses Selbstbild seiner Frau, nahm es aber nie ernst. Er kaufte ihr alle paar Wochen neue Vampirromane, von denen es ja reichlich gab, und damit hatte es sich. Er betrachtete diese Ansicht seiner Frau als etwas verschroben, aber immerhin – er lebte mit ihrer Macke. Aber er tat es nicht gern.

Seine Lippen lösten sich von ihrer Haut. Er betrachtete ihre Gänsehaut im diffusen Licht und knabberte sanft an ihrem Hals. Sie bebte, griff nach hinten. Ihre Hände glitten unter das Handtuch, das er sich nach dem Duschen um die Hüften geschlungen hatte. Sie tastete über die muskulösen Oberschenkel ihres Mannes immer höher. Das Handtuch fiel zu Boden, und sie drehte sich auf dem Bürostuhl um. Seine Hände fuhren durch ihr Haar, während sich sein Becken ihrem Mund entgegenstreckte. Seine Leidenschaft erregte sie, und sie konnte es kaum erwarten, ihn ganz zu spüren. Doch noch war es nicht so weit. Sie wollte ihn ein bisschen quälen, wollte, dass er das Gehirn abschaltete und nur ihr gehörte. Sie wollte sein Denken und Handeln beherrschen, wollte Macht haben über ihn.

Plötzlich schlug er die Augen auf. Sein Blick ruhte auf dem Computerbildschirm. Sanft, aber bestimmt löste er sich von ihr und drückte sie fort. Eine steile Falte hatte sich auf seiner Nasenwurzel gebildet. Die buschigen Augenbrauen schienen zu einem durchgehenden Strich zusammenzuwachsen.

„Königin der Nacht?“ Er runzelte die Stirn.

„Das ist mein Nickname.“

„Und der Name ist Programm?“ Roland schüttelte missbilligend den Kopf. „Bist du wieder in einem deiner ... Foren?“, fragte er. Mit abwertender Miene betrachtete er den Monitor, den er ihr letztes Jahr zu Weihnachten gekauft hatte. Sie liebte das Internet, und während er diesen so genannten neuen Medien ein wenig skeptisch gegenüberstand, so beherrschte Rebecca das weltweite Netz fast schon blind. Sie wusste, welche Seiten sie anzuwählen hatte, um das zu finden, wonach sie suchte. Nach Gleichgesinnten.

„Du weißt, was ich im Internet suche“, sagte sie und blickte zu ihm auf. Ihre Stirn war glühend heiß, und es dauerte einige Sekunden, bis sie in der Wirklichkeit angekommen und der Zauber der Leidenschaft wie weggeblasen war.

„Ja.“ Seine Stimme klang kalt, emotionslos. „Du bist die Königin der Nacht“, spottete er.

„Und du weißt, dass ich mir das alles nicht einbilde.“

„Wer ist der Typ, mit dem du da chattest?“ Wieder ein Blick auf den Monitor. „Dark Lord nennt er sich also. Wer ist er? Ein Werwolf? Ein Vampir? Ein … Zombie?“ Roland lachte verbittert auf.

Jetzt blickte sie sich doch zu ihm um. „Ein ... Freund.“ Sie schluckte. „Er ist wirklich nur ein Freund, und du musst keine Angst haben, Roland. Wirklich nicht.“

Er beugte sich über sie und studierte die letzten Einträge im Chatfenster. „Das soll also nur ein Freund sein?“, brummte er.

„Ja.“

„Du erzählst ihm mehr über deine Gedanken und Gefühle als du mir erzählst, wenn ich das hier richtig sehe“, stellte Roland fest. „Er hat dich geil gemacht. Deshalb hast du meinen Schwanz in den Mund genommen. Du machst die Augen zu und stellst dir vor, dass er es wäre. Und wenn wir im Bett gelandet wären, hättest du dir auch vorgestellt, dass er es ist, der dich fickt, nicht ich, stimmt’s?“ Seine Stimme klang verbittert, wütend und enttäuscht zugleich.

„Das ist Unsinn“, erwiderte sie leise. Tränen sammelten sich in ihren grünen Augen. Rebecca zitterte.

„Wenn es nicht so ist, dann frage ich mich, warum du den ganzen Abend vor dem Rechner sitzt und dich mit wildfremden Kerlen unterhältst.“

„Du weißt genau, warum ich das tue“, erwiderte sie.

„Wann hörst du endlich auf mit dem Scheiß?“, fragte er wütend. „Du bist kein Vampir, so was ist der größte Unsinn, und so was gibt es nicht!“

„Woher willst du das wissen?“, fragte sie trotzig. „Ich fühle mich so seit meiner Kindheit, und das, was ich hier …“, sie deutete mit dem Daumen auf den Monitor, „… das, was ich hier suche, sind lediglich Leute, die genauso empfinden wie ich.“

„Spinner sind das“, grollte Rolands Stimme durch die dunkle Wohnung. „Grufties, Verrückte, Sektenheinis. Was weiß denn ich? Die treiben sich nachts auf Friedhöfen rum, schlachten Hühner und trinken deren Blut. Ist es das, was dich geil macht?“ Er blickte sie zornig an, und als Rebecca nicht antwortete, fuhr er fort: „Du bist so blöd, dich diesen Perversen anzuvertrauen.“

„Clay ist nicht pervers“, schrie sie. „Er versteht mich wenigstens. Er denkt und er handelt genau wie ich. Er ist wie ich. Eine Sache, die du wohl nie verstehen wirst.“

„Und deshalb machst du jede Nacht diese dämlichen Rollenspiele? Deshalb bildest du dir ein, zu den Geschöpfen der Nacht zu gehören? Deshalb betrügst du mich mit diesem ... Kerl?“ Er spie ihr das Wort ins Gesicht, und sie wich verängstigt und zugleich verärgert zurück. Doch er hatte noch nicht genug. „Das ist kindisch, Rebecca. Und das weißt du. Es gibt keine Vampire, und du bist erst reicht keines dieser Nachtgeschöpfe, wie du es so gern nennst.“ Er winkte ab. „Aber bitte – tu, was du nicht lassen kannst. Ich möchte dir nicht im Weg stehen. Werde glücklich mit deinem geisteskranken Blutsauger.“ Roland wandte sich kopfschüttelnd ab und verschwand im Schlafzimmer. Sie hörte, wie er sich am Kleiderschrank zu schaffen machte und erhob sich. Kleinlaut und plötzlich von Schuldgefühlen geplagt folgte sie ihm. Roland hatte sich angezogen. Seine Augen funkelten wütend, als er sie ansah.

„Was hast du vor?“, fragte sie.

„Ich werde dir nicht mehr im Weg stehen“, erwiderte er gallig.

„Und ich werde dich nicht aufhalten.“ Tränen schimmerten in ihren Augen. „Ich hatte gehofft, dass du mehr Verständnis hast für meine Lage, schluchzte sie.“

„Ich hatte gehofft, dass du eines Tages vernünftig wirst.“ Er marschierte an ihr vorbei, zog sich in dem kleinen Flur die Jacke über und nahm den Haustürschlüssel vom Brett. „Ich halte es nicht aus. Werd dir erstmal klar über das, was du bist und was du willst, dann können wir überlegen, ob es eine Zukunft gibt für uns.“ Ohne sie eines weiteren Blickes zu würdigen, verließ er die Wohnung. Dass seine Frau gerade weinend im Flur zusammenbrach, bekam Roland schon nicht mehr mit. Zu tief hatte sich der Schmerz der Eifersucht in sein Herz gefressen.

Donnerstag

0.10 Uhr

Sie antwortete nicht. Mehrfach hatte er sie schon aufgefordert, ihm zu antworten. Er wollte ein Treffen mit ihr vereinbaren, sehen, ob sie wirklich auf einer Wellenlänge lagen. So wie es aussah, war Rebecca eine dankbare Sklavin. Sie würde sich ihm widerstandslos hingeben und ihm willig ein Blutopfer bringen, daran bestand jetzt schon kein Zweifel. Er hatte sich vorbereitet auf sein nächstes Opfer, wusste längst, wie sie mit bürgerlichem Namen hieß und wo sie wohnte. Das tat er immer, so auch bei Rebecca. Einmal hatte sie ihm sogar ein Foto als Mail-Anhang geschickt. Sie war ein hübsches Ding, hatte lange rote Haare, ausgeprägte Wangenknochen, eine kerzengerade Nase, grüne, katzenhafte Augen und volle Brüste. Ihre Haut war angenehm blass, wirkte wächsern, und Schminke hatte Rebecca nicht nötig. Er hätte sich fast in sie verliebt. Unwillkürlich rief er das Foto auf, das sie ihm zugeschickt hatte. Ein Treffen wollte er nicht mehr auf die lange Bank schieben, und wenn er vorsichtig agierte, würde sie ihm vielleicht sogar mehrmals dienen.

Rebecca war, so schien es, eine leichte Beute.

Doch nun antwortete sie nicht.

Unruhe ergriff von ihm Besitz, er sprang vom Schreibtisch auf und wanderte durch seine dunkle Wohnung. Trat an das Fenster, zog die blickdichten Gardinen einen Spalt breit auseinander und blickte hinaus in die Nacht. Dicke Schneeflocken taumelten zu Boden wie Betrunkene, und es hatte sich bereits eine geschlossene Schneedecke auf der Fahrbahn gebildet. Mit dem Transporter konnte er unmöglich noch einmal losfahren.

Die bunte Weihnachtsbeleuchtung in den Fenstern des gegenüberliegenden Hauses betrachtete er mit unverhohlenem Spott. Wie albern die Menschen doch in jedem Jahr wurden, wenn es auf Weihnachten zuging. Der Stern im Wohnzimmerfenster gegenüber blinkte in wechselnden Farben und warf den kitschigen Lichtschein hinaus in die Winternacht, wo der jungfräulich frische Schnee ihn reflektierte.

Rebecca meldet sich nicht mehr, hämmerte es in ihm. Er musste nach ihr sehen. Eilig ging er zur Garderobe, stieg in die schweren schwarzen Lederstiefel und schlüpfte in den langen Mantel, bevor er die Wohnung verließ. Auf der Straße angekommen, verharrte er einen Augenblick und atmete tief durch. Sekundenlang erinnerte er sich an seine Kindheit, an den Moment, als er auf den ersten Schnee gewartet hatte. Die kalte klare Winterluft hatte bereits nach Schnee gerochen, so jedenfalls hatte er es immer empfunden. In der Schule saß er dann ungeduldig in seiner Bank, konzentrierte sich nicht auf den Unterricht und blickte ununterbrochen aus dem Fenster, stets in der Hoffnung, dass der Schnee nicht schmelzen möge, bevor er nach Hause gehen und sich auf den Schlitten setzen konnte. Er war einst fast normal gewesen.

Kindheitserinnerungen, die ihm in diesem Moment wie die Filmsequenz aus einem völlig anderen Leben vorkamen. Er schüttelte ganz leicht den Kopf, während er durch den Schnee stapfte und dem Knirschen unter den groben Sohlen seiner Schuhe lauschte. Es war ein weiter Fußweg zur Wohnung von Rebecca, doch er nahm ihn gern in Kauf.

Fast konnte er ihr Blut schon riechen.

1.20 Uhr

Sie hatte den Rest der Sektflasche geleert. Roland war nicht heimgekommen. Wahrscheinlich war er bei seinem Bruder, um dort die Nacht zu verbringen. Er verstand sie einfach nicht, und Rebecca bezweifelte zum ersten Mal, nach gerade einmal einem halben Jahr Ehe, ob er wirklich der Mann war, mit dem sie alt werden wollte. Zwischen ihnen lagen Welten.

Sie gestand es sich ein: Sie sehnte sich nach einem Mann wie Clay. Er fühlte wie sie, zeigte Verständnis für sie.

Rebecca überlegte, ob sie sich noch eine Flasche Sekt öffnen sollte. Morgen hatte sie Spätschicht im Drogeriemarkt, und sicherlich würde sie die Situation, in der sie sich befand, unter Alkoholeinfluss besser ertragen können. Ein wenig schlaftrunken erhob sie sich vom Computer und durchstreifte die dunkle Wohnung. Durch das Fenster in der Küche fiel der breite Lichtstreifen der Straßenlaterne vor dem Haus in den Raum und ermöglichte ihr auch ohne Licht, sich zu konzentrieren. Die Wohnung fühlte sich leer und einsam an, und der Streit mit Roland bohrte sich wieder in ihr Bewusstsein. Rebecca lehnte im Türrahmen und blickte in die Leere des Raumes. An der Kühlschranktür hatte sie zahlreiche Postkarten befestigt, die sie sich aus den verschiedensten Urlauben an die eigene Adresse geschickt hatten. Ein wehmütiges Lächeln huschte um ihre Mundwinkel, als sie an die zahlreichen schönen Stunden dachte, die sie mit Roland verbracht hatte. Ein großer Urlaub war aus finanziellen Gründen nie drin gewesen, aber immer wieder hatte er sie mit einem verlängerten Wochenende überrascht, hatte sie aus dem grauen und tristen Alltag entführt. Wie lange hatte er das schon nicht mehr getan?

Waren sie einander gleichgültig geworden? Und wenn ja, wann war das eigentlich passiert?

Ihre Sorgen waren ihm egal, da war sie sicher, und wenn er müde von der Schicht heimkam, war er schlecht gelaunt und oft wortkarg. Es lag am mangelnden Fachverstand seiner Fahrdienstleiter, die unmöglich einzuhaltende Fahrpläne erstellt hatten, es lag an schlecht gelaunten Fahrgästen, die ihn wegen weniger Minuten Verspätung zur Rechenschaft zogen und es lag an den Idioten auf der Straße, die ihm mit seinem schweren Linienbus in den oft engen und überfüllten Straßen der Stadt das Leben schwer machen. Es lag immer an irgendwelchen anderen.

„Das da draußen ist ein Kampf“, pflegte Roland in solchen Situationen immer zu sagen, wenn ihm der Alltag besonders übel mitgespielt hatte. Doch auch sie hatte Probleme und Sorgen. Privat und im Job. Der Druck der Konzernleitung wurde fast täglich härter, die Bezirksleiter der Drogeriemarkt-Kette schikanierten die Filialleitungen und die wiederum gaben den Druck von oben an die Verkäuferinnen weiter.

Es war kein Wunder, dass sich immer wieder Kunden über unfreundliche Kassiererinnen und mangelnde Beratung beschwerten. Das führte dann wieder zu Reklamationen, die dem Bezirksleiter zu Ohren kamen, der sich dann die entsprechende Filialleitung zur Brust nahm und sie ermahnte, ihre Mitarbeiterinnen besser zu motivieren.

Es war eine Farce, ein Teufelskreis, und glücklich war Rebecca in dem Job schon lange nicht mehr. Doch daran, zu kündigen, wagte sie nicht einmal zu denken. In der Zeit, bis sie eine andere Stelle gefunden hatte, würde ihr Gehalt fehlen und sie somit in eine kleine persönliche Finanzkrise reißen. Roland hätte da sicherlich nicht mitgespielt.

Und so machte Rebecca täglich eine Faust in der Kitteltasche, hörte sich geduldig die oft ungerechtfertigten Maßregelungen der Filialleitung und des Bezirksleiters an, ließ das Nörgeln der Kunden über sich ergehen und schwor sich, dass es sicherlich bald besser würde. Spätestens dann, wenn sie einen anderen, einen besseren Job hätte.

Aber wann, um Himmels Willen, wäre das der Fall?

Rebecca hatte die kleine Küche durchschritten und stand nun am Kühlschrank. Fast zärtlich strich sie über die bunten Postkarten, die Roland und sie sich selber geschickt hatten. Dann öffnete sie den Kühlschrank und nahm eine Flasche Rotwein heraus, die sie eigentlich mit Roland hatte trinken wollen. An einem gemütlichen und romantischen Abend.

Doch Roland war nicht da.

Ihre Probleme hingegen schienen allgegenwärtig zu sein. Rebecca nahm die Flasche heraus und warf die Kühlschranktür zu. Blind fand sie den Korkenzieher in der Besteckschublade, setzte ihn an den Flaschenhals und betätigte den Hebel. Es dauerte nicht lange, bis die Flasche entkorkt war.

Just in dem Moment, als der Flasche ein leises Plopp entwich, glaubte Rebecca ein Geräusch hinter sich vernommen zu haben. Sie hielt inne und lauschte in die Dunkelheit der Wohnung. War es Roland, der zu ihr zurückgekommen war? Rebecca ging mit der entkorkten Flasche in der rechten und dem Korkenzieher in der linken Hand hinaus in den Flur, der ihr wie das Maul eines Ungetüms entgegen gähnte. Nein, hier hatte sich nichts verändert, auch die Wohnungstür öffnete sich nicht. Enttäuscht wandte sie sich um und suchte in der Küche ein Glas. Als sie kein Weinglas fand, zuckte sie gleichgültig die Schultern und nahm eines der Saftgläser aus dem Hängeschrank über der Spüle.

Der Wein gluckerte in das Glas, als sie zum zweiten Mal ein Geräusch hinter sich vernahm.

Rebecca erstarrte. Sie setzte die Flasche ab und hielt den Atem an. Die Wohnung lag in einem Altbau aus der Gründerzeit, der nach dem Krieg wieder aufgebaut worden war. Der Dielenboden machte, besonders in den ruhigeren Nachtstunden, immer wieder seltsame Geräusche, die vermuten ließen, dass sich jemand in der Wohnung aufhielt. Oft schon hatte Rebecca einen Geist vermutet, der in den vier Wänden des jungen Paares sein Unwesen trieb. Sie war dem Okkulten sehr zugetan und glaubte auch an übernatürliche Phänomene. Roland hingegen lachte sie sofort aus, wenn sie von ruhelosen Seelen berichtete, denen es aus einem bestimmten Grund verwehrt war, ins Jenseits einzutreten.

„Holz arbeitet halt“, sagte er immer wieder, um sie zu beruhigen. „Dann macht es Geräusche – aber das ist kein Grund, an einen Spuk in unserer Wohnung zu denken.“

Er war ein durch und durch rationell denkender Mensch und hatte nichts für diesen Hexenkram, wie er es gern spöttisch nannte, übrig.

Rebecca lauschte in die Finsternis und hörte nichts mehr. Sie nahm das Saftglas und trank einen Schluck Wein. Der Rotwein schmeckte wie Samt in ihrer Kehle und mundete herrlich. Sie schloss genießerisch die Augen, als sie wieder ein Geräusch vernahm, das eindeutig nicht von den knarrenden Dielen stammte. Sie bekam Angst. Ihr Herz schlug bis zur Kehle. Sie sehnte sich nach Roland.

Als sie ein wildes Flügelschlagen hinter sich vernahm, wirbelte sie herum und verschüttete dabei einen Schluck Wein, der einen unansehnlichen Kranz auf dem Fußboden bildete. Fast wie Blut, dachte sie, als sie zum Küchenfenster blickte, wo sie einen schwarzen, huschenden Schatten am Glas gesehen hatte. Glühende Augen blickten ihr entgegen, und deutlich erkannte sie die winzigen spitzen Zähne.

Sie schrie auf, und um ein Haar hätte sie das Glas fallen lassen.

Rebecca glaubte zu träumen. Dann drehte die Fledermaus, die sich offenbar verirrt hatte und immer wieder gegen das Glas des Küchenfensters geflogen war, ab und verschwand in der Nacht. Rebecca blickte ihr nach und sah die ruckartigen Flugbewegungen.

Als sie an das Fenster trat und auf die Straße herabblickte, sah sie eine hochgewachsene Gestalt, die sich in den Schatten eines Hauseinganges duckte. Sie war groß und schlank, was durch den langen schwarzen Mantel mit den breiten Schultern noch mächtiger wirkte. Vom Gesicht der Gestalt konnte sie nichts erkennen, da es im Schatten einer breiten Hutkrempe lag. Starr vor Schreck wandte sich Rebecca vom Fenster ab. Als sie sich ein wenig beruhigt hatte und wieder hinab blickte, war die hoch gewachsene Gestalt in Schwarz wie vom Erdboden verschwunden.

Sie hatte sich in Nichts aufgelöst.

8.30 Uhr

In der Nacht war die Temperatur abgefallen, und es hatte erneut geschneit. Diesmal war der Winterdienst auf Zack gewesen und war mit allen Streufahrzeugen so zeitig ausgerückt, dass es nicht zu einem morgendlichen Chaos im Berufsverkehr gekommen war. Am frühen Morgen hatte ein frischer Ostwind die grauen Wolken, die über der Stadt gelegen hatten, vertrieben. Als Franka das Präsidium betrat, fühlte sie sich immer noch wie gerädert. Die Nacht war viel zu kurz gewesen, sie hatte zu viel getrunken und schleppte eine Erkältung mit sich herum.

Im Büro hing eine schwere Qualmwolke. Franka hüstelte und wedelte sich bezeichnend mit der Hand vor dem Gesicht herum.

„Die Raucher sind auch schon anwesend“, bemerkte sie gereizt, als sie Micha mit einer Zigarette im Mund an seinem Arbeitsplatz antraf.

Sofort drückte er die Kippe im Aschenbecher aus, sprang auf und riss die Fenster auf, um zu lüften.

„So empfindlich am frühen Morgen, Frau Kollegin?“, fragte er mit schlechtem Gewissen. Er setzte sich wieder, brummte ein kleinlautes „Tach erstmal“ und schlürfte lautstark von seinem Kaffee.

Als Franka den schweren Aktenordner auf den Tisch warf und sich an ihren Schreibtisch setzte, betrachtete sie ihren Kollegen. Es war ihr jetzt unangenehm, ihn angemeckert zu haben.

Micha schien auch eine kurze Nacht hinter sich zu haben. Der Dienst schlauchte ihn zusehends. Er war gestern kurz vor ihr aus dem Präsidium verschwunden und hatte wohl ein paar Stunden Schlaf nachholen wollen. Vergeblich, wovon die dunklen Ringe unter seinen Augen nun kündeten. Auch für eine Rasur hatte es nicht mehr gereicht. Aber immerhin trug er eine neue Jeans und ein frisches Baumwollhemd.

„Guten Morgen", erwiderte Franka in versöhnlichem Tonfall. Die Sonne meinte es gut an diesem Morgen. Staubpartikel tanzten in den Strahlen, die ins Büro fielen. Franka musste niesen, zog ein Taschentuch hervor und putzte sich die Nase. Nachdenklich betrachtete sie ihren verschlafen wirkenden Kollegen. „Also, den Feierabend hast du aber auch nicht sonderlich genossen, wie es scheint."

„Kann mal wohl sagen", brummte Micha. Er gähnte ungeniert. „Die Nacht war viel zu schnell vorbei."

„Das kam mir auch so vor", lächelte Franka und tippte ihr Passwort ein. Während die Sanduhr auf dem Bildschirm ihr signalisierte, dass das System hochfuhr, erinnerte sie sich an diese Nacht, die sie mit zu viel Wein und dem dicken Aktenordner verbracht hatte, um Licht ins Dunkel des Falles zu bekommen.

„Mir hat die Sache keine Ruhe gelassen." Sie zeigte ihm den Ordner, den Georg ihr gestern mitgegeben hatte.

„Da hast du dich noch durchgeackert?", fragte Micha und zog ungläubig die Mundwinkel nach unten.

„Nein, danke, dafür hat meine Konzentration nicht gereicht. Hab nur mal quergelesen und bin an einigen Hinweisen hängen geblieben, die wir heute verfolgen können. Trotzdem hatte ich keine Ruhe, deshalb habe ich selber Recherchen angestellt. Ich bin auf einige Seiten gegangen, die Mandy Klimmek mit ihrem Rechner auch öfters besucht hat. Und jetzt halt dich fest: Sie hat neben ihrer Fotogeschichte auch noch angeschafft."

„Wie – angeschafft?" Micha leerte den Kaffeebecher, presste ihn zusammen und warf ihn mit einem eleganten Schwung in den Papierkorb.

„Sie hat als Prostituierte gearbeitet. Ich habe ihren Eintrag in einem Forum für sogenannte Hobbyhuren gefunden. Mit Foto. Das Foto war verfremdet, sodass man ihr Gesicht nicht erkennen konnte, aber ich habe sie zweifelsfrei an dem Tattoo erkannt."

„Sie hatte einen festen Freund", erinnerte Micha die Kollegin.

„Was sie offenbar nicht davon abhielt, ein Doppelleben zu führen. Ich frage mich, ob Belter von ihrem Treiben wusste. Wenn ich an Lisa Krämers Aussage denke, dann war er rasend vor Eifersucht. Er hat es ja schon gehasst, wenn seine hübsche Freundin sich für ein Fotoshooting ausgezogen hat. Ich kann mir nicht vorstellen, dass er es tolerierte, dass sie mit anderen Männern ins Bett ging – für Bezahlung noch dazu."

„Und um das Geld schien es ja vordergründig gar nicht zu gehen. Das ist allerdings ein Hammer, Franka." Micha kratzte sich am Hinterkopf. „Ich frage mich, was ihre Motivation war."

„Vielleicht war sie nymphoman veranlagt."

„Schade, dass ich sie nicht zu Lebzeiten kennen gelernt habe", grinste Micha und fing sich dafür einen bösen Blick ein.

Im nächsten Augenblick flog die Bürotür auf. Willi Bever steckte den Kopf ins Büro und murmelte einen Gruß. Dass er auf 180 war, erkannten Franka und Micha an seiner tiefroten Gesichtsfärbung. Er trat näher. „Seht euch das mal an", wetterte er und warf den beiden die aktuellen Tageszeitungen auf den Tisch. Franka und Micha warfen einen Blick auf die Schlagzeilen.

NRW jagt die Bestie – wer steckt hinter dem grausamen Mord an Mandy K.?

Der Vampir von Wuppertal – die Polizei ist machtlos!

9.25 Uhr

Nach dem morgendlichen Treffen in Bevers Büro hatte Micha den Dienstwagen aus der Fahrbereitschaft abgeholt. Franka, die noch kurz bei Georg in der KTU gewesen war, sank auf den Beifahrersitz. Heute standen auch ein paar Besuche bei Leuten an, die mit Mandy Klimmek in Kontakt gestanden hatten. „Zuerst fahren wir bei dem abgebrannten

Haus vorbei, ich will sehen, ob die Spusi noch was rausgefunden hat", erklärte Micha. Franka hatte keine Einwände, und so erreichten sie die Ruine nach knapp zehnminütiger Autofahrt. Der Löschzug, der den Brand in der unheilvollen Nacht vergeblich bekämpft hatte, war abgerückt. Nur noch eine Brandwache war anwesend. Und ein ziviler Wagen der Kripo. Rotweiß schraffiertes Absperrband flatterte im Wind. Sie stiegen aus und standen auf dem kleinen Vorhof der alten Fabrik, als sie den Lieferwagen der Spurensicherung erblickten.

„Da sind die Jungs ja schon", freute sich Micha. „Vielleicht konnten sie in dem Trümmerhaufen noch etwas Brauchbares finden."

„Ich liebe deinen Optimismus", lächelte Franka süffisant, die sich nach vorn gebeugt hatte, um die Reste des Gebäudes durch die Windschutzscheibe anzusehen.

„Komm schon, worauf wartest du, wir essen zeitig!" Micha buffte sie in die Seite, löste den Sicherheitsgurt und sprang in die Kälte. Franka folgte ihm. Obwohl die Temperatur gefallen war, empfand sie die Luft heute als angenehm und klar, was sicherlich an dem wolkenlosen Himmel über der Stadt lag. Röche es nicht noch nach beißendem Qualm, sie hätte ganz tief durchgeatmet. Ein Feuerwehrmann näherte sich den Beamten und fragte sie nach ihren Wünschen. Mann kannte sich vom Sehen, deshalb blieb es Franka und Micha erspart, die Dienstausweise zu zücken. Sie fragten nach Ricken und Zielke.

„Die sind im Gebäude", erwiderte der Feuerwehrmann und schob sich den Helm in den Nacken. Sein Gesicht war rußgeschwärzt, und er wirkte übernächtigt.

„Die müssen lebensmüde sein, die Ruine ist bestimmt einsturzgefährdet", murmelte Franka nachdenklich und richtete den Blick auf die Reste des verkohlten Gemäuers.

Der Brandmeister schüttelte den Kopf und lächelte. „Dann wäre da niemand drin. Die Substanz des Gebäudes ist stabil, wenn auch mit Vorsicht zu genießen."

Micha hatte schon sein Handy am Ohr. „Ja, Tach, Kollegen, wäre schön, wenn ihr mal kurz runterkommen könntet. Ich häng nämlich an meinem Leben und habe keinen Bock, von den schwarzen Trümmern begraben zu werden. Dafür kriegt ihr Geld, ich aber nicht." Er grinste.

Das ist sein typischer rheinischer Humor, dachte Franka und schmunzelte. „Prima. Ich freu mich auf euch." Damit legte er auf und ließ das Telefon in der Innentasche seiner Jacke verschwinden.

„De Zoch kütt gleisch", kündigte er in breitestem Kölsch an.

„Ich frage mich immer wieder, wer dich überhaupt ernst nehmen kann, du verkappter Karnevalsprinz", erwiderte Franka und gab sich Mühe, ernst zu bleiben. Als sie an den Resten der Fassade der Fabrik hochblickte, zog sich ihre Kopfhaut zusammen.

Ihre Aufmerksamkeit wurde wenig später auf zwei Gestalten in weißen Overalls gelenkt. Sie schälten sich ein wenig mühsam den Weg durch die verkohlten Trümmer nach draußen. Als sie auf dem Bürgersteig ankamen, nahmen sie die Atemschutzmasken ab und bedachten Franka und Micha mit einem Kopfnicken.

„Und, wie isses, Kollegen?", fragte Micha mit jovialem Unterton und zog die zerknautschte Packung Marlboro aus der Hemdtasche. „Ich weiß nicht, wie es euch geht, ich muss mir erstmal eine rauchen." Die Kollegen tauschten einen Blick miteinander und schenkten sich eine passende Antwort.

Franka kam zur Sache: „Habt ihr schon was rausgefunden?"

„Dass es Brandstiftung war, steht einwandfrei fest", antwortete Zielke. Er war der ältere der beiden Kollegen. „Wie wir uns schon dachten, kam ein Brandbeschleuniger zum Einsatz – wahrscheinlich Benzin, aber das kennst du ja schon aus dem ersten Bericht. Das Feuer breitete sich rasend schnell in der Wohnung aus und griff dann auf das Treppenhaus über, wo es das ganze Gebäude in Mitleidenschaft zog."

„Sonst irgendwelche interessanten Spuren?"

„Da liegt alles in Schutt und Asche, da ist nichts mehr zu holen." Ricken, dieser etwas schlaksige Bursche, winkte ab. „Die Sache mit der DNA könnt ihr euch von der Backe putzen, tut mir leid."

„Nichts für ungut", erwiderte Franka und zuckte die Schultern. So konnten sie also nicht mit letzter Sicherheit nachweisen, dass Mandy Klimmek wirklich in eben diesem Fabrikgebäude ermordet worden war. Aber viel schlimmer war, dass sich der Täter weiterhin auf freiem Fuß befand und sich womöglich bereits ein neues Opfer gesucht hatte. Ihnen lief die Zeit davon.

„Aber eine andere Sache ist sehr seltsam“, rief Zielke ihnen hinterher. Franka und Micha blieben wie angewurzelt stehen und fuhren herum.

„Habt ihr schon mal davon gehört, dass es in einer seit Jahren leerstehenden Fabrik eingerichtete Räume gibt?“

„Wie meinst du das denn?“, fragte Micha mit zusammengekniffenen Augen.

„So, wie ich es sage“, grinste Zielke. „Ich will damit sagen, dass in der Halle, in der das Feuer ausgebrochen ist, Möbel gestanden haben. Wir haben die völlig verbrannten Reste von einem Sofa, einem Tisch und einer Art Liege gefunden. Auch fünfarmige Kandelaber waren vorhanden.“ Wieder grinste er schief. „Da hat es sich jemand richtig gemütlich gemacht.“

„Vermutlich ein Obdachloser“, bremste Micha Frankas aufkommende Euphorie aus.

„Nein, das glaube ich nicht, das sollte schon aussehen wie eine Wohnung. Oder hast du schon mal einen Obdachlosen gesehen, der sich große Bilder an die Wand hängt?“ Als sich Franka und Micha ratlos anblickten, setzte Zielke nach: „Bilder von nackten Frauen, wohl bemerkt.“

Franka glaubte sich verhört zu haben. „Du machst Witze.“

Der Kollege der Spurensicherung schüttelte den Kopf. „Dafür ist die Situation zu ernst.“ Er deutete mit dem Daumen über die Schulter auf das abgebrannte Gebäude. „Seht es euch selber an!“

„Muss das sein?“, seufzte Micha, der eine Feuerphobie hatte und es hasste, abgebrannte Wohnungen und Gebäude zu besichtigen. Doch auch das gehörte manchmal zum Job, und so fügte er sich seinem Schicksal und streifte den weißen Overall, den ihm Zielke reichte, ohne Murren über.

Zu dritt betraten sie das alte Gebäude, Ricken blieb unten. Bereits im Treppenhaus schlug ihnen beißender Rauchgeruch entgegen, und Micha verzog das Gesicht. Zielke empfahl ihm, den Mundschutz zu benutzen, und sie erklommen die rußgeschwärzten Treppen ins erste Stockwerk, die neben einem großen Lastenaufzug nach oben führten.

Hier angekommen, erreichten sie eine große Halle, die durch Trennwände in mehrere Räume abgeteilt worden war. Von den Trennwänden ragten nur noch kümmerliche Fragmente zur hohen Decke. An den Resten der Zargen konnten die Beamten erahnen, wo sich die Türen befunden hatten. Es gab eine Art Korridor, von dem aus man drei Räume abgezweigt hatte.

„Hier", rief Werner Zielke und bückte sich, um einen verbrannten Gegenstand aufzuheben. „Die Reste einer Schwarzweiß-Fotografie. Leider ist nicht mehr viel zu erkennen."

An den Rändern kräuselte sich das hochglänzende Großfoto, über dem eine Rußschicht lag, die Zielke vorsichtig mit seinem behandschuhten Finger abwischte. Die Beamten betrachteten die Reste des großes Fotos, das das Profil einer nackten Schönheit zeigte, ohne ihr Gesicht Preis zu geben. Eines konnten sie klar erkennen: Der Fotograf hatte sich mit der Ausleuchtung sehr viel Mühe gegeben und war gekonnt mit Licht und Schatten umgegangen, um die weiblichen Formen seines Models vorteilhaft zu betonen und es geheimnisvoll wirken zu lassen.

Franka betrachtete die Reste des großes Bildes. „Das ist ein echtes Kunstwerk", staunte sie.

„Keine Pornografie also", stimmte ihr Werner Zielke zu.

„Das muss nicht bedeuten, dass dieses Foto auch vom Täter stammt", brummte Micha. „Ebenso gut kann er sich Fotos aufgehängt haben, die jemand anders, vielleicht sogar ein Freund von ihm, gemacht hat. Ich glaube, das hat nichts zu bedeuten."

„Wenn doch, dann muss er Spuren hinterlassen haben", gab Franka zu bedenken. „Ich meine, wer so etwas hinkriegt, der muss in der Branche einen Namen haben. So was kann kein ambitionierter Hobbyfotograf, der sich Models in Hobbyhuren-Foren im Internet aussucht."

Zielke setzte die Führung durch das Gebäude fort. „Dort war wohl sein Wohnzimmer", erklärte er mit ausgestrecktem Zeigefinger. Die glaslosen Scheiben erinnerten an die Augen eines Ungetüms. Der Eindruck wurde durch die schwarzen Wände noch unterstrichen. Ein kalter Wind fegte in die Halle. Dort, wo sich die Trennwände befunden hatten, ragten verschmolzene Stahlträger wie die Rippen eines toten Dinosauriers bizarr in den Raum. Der Lack auf dem Stahl hatte sich gekräuselt und war nur noch an den Ecken zu sehen, ansonsten stand das nackte Metall im Raum, dass aufgrund der hohen Luftfeuchtigkeit innerhalb weniger Stunden Rost angesetzt hatte.

„Er hat es sich gemütlich gemacht", murmelte Franka, die in einem großen Klumpen aus geschmolzenem Kunststoff die Reste eines Fernsehers erkannte. Auch ein Sofa hatte es gegeben, sie erkannten einen Haufen Asche davor, der scheinbar ein Tisch aus Holz gewesen war, und stießen auf die gespenstischen Reste eines Sessels.

„Und nebenan war sein Schlafzimmer. Es gab diese eisernen Armleuchter und eine Art Liege."

„Dann wird er darauf wohl die junge Frau misshandelt und getötet haben", kam es über Frankas Lippen. Vor ihrem inneren Auge begann ein Film abzulaufen. Sie sah Mandy Klimmek, wie sie die Fabrik betrat und von einem geheimnisvollen, gesichtslosen Mann in dessen Räume geführt wurde. Sie unterhielten sich, tranken etwas. Dann begannen sie mit dem Fotoshooting. Sie war unbekleidet und posierte nach seinen Anweisungen. Schließlich verging er sich an ihr. Sie hatte keine Chance, denn ihre Schreie wurden in dieser Gegend nicht gehört. Körperlich war er der zierlichen Mandy Klimmek sicher weit überlegen, also musste der Täter ein leichtes Spiel gehabt haben. Er missbrauchte sie und biss sie schließlich zu Tode.

„Alles klar, Mädchen?" Micha blickte sie besorgt an, als Franka aus den bedrückenden Gedanken erwachte und ihm ein mattes Lächeln schenkte.

„Ja", nickte sie. „Alles klar. Ich habe mir nur eben vorgestellt, wie es abgelaufen sein könnte." Sie berichtete Zielke und Micha von ihrer Vorstellung. Zielke hörte aufmerksam zu und nickte andächtig.

„Da drüben war übrigens die Küche", erklärte er dann. „Dort gab es einen Kühlschrank und sogar eine Kaffeemaschine. Es war wohl eine von diesen modernen Apparaten, die man mit Kaffee-Pads füttern muss, eins von diesen holländischen Dingern."

„Das würde bedeuten, dass er Elektrizität hatte", murmelte Franka nachdenklich.

„Aber welcher Idiot schaltet in einem leerstehenden Gebäude den Strom nicht ab?" Micha schüttelte den Kopf.

„Ein technischer Defekt als Brandursache scheidet aus“, erstickte Zielke die Gedanken des Kollegen im Ansatz. „Der Brandverlauf ist typisch für eine Brandstiftung, und außerdem waren wir bereits unten im Keller. Dort liegt der Energieraum. Der Täter besaß definitiv keinen Anschluss an die hauseigene Elektrizität. Ich habe bereits mit den Stadtwerken telefoniert – sie haben alle zur Versorgung mit Strom nötigen Aggregate vor langem ausgebaut.“ Zielke grinste. „Und trotzdem hatte er einen Fernseher, einen Kühlschrank und eine Kaffeemaschine. Und nun seid ihr dran.“

Franka hatte keine Ahnung, was das zu bedeuten hatte. Sie wusste nur, dass ihr das Phantom, dem sie hinterher jagten, immer unheimlicher wurde.

9.45 Uhr

„Und jetzt?“, wollte Micha wissen, nachdem sie die Begehung der Brandruine beendet hatten.

„Fahren wir zu Baumann. Scheint ein krummer Hund zu sein.“ Franka blätterte in ihren Notizen, die sie sich vorhin gemacht hatte. „Wohnt und arbeitet in Nächstebreck, am Rand zu Sprockhövel.“

Franka las ihm die Adresse vor, und Micha nickte stumm.

„Also, statten wir ihm einen Besuch ab.“

Sie stiegen in den Dienst-Audi und fuhren los. Als die Heizung Wärme abgab, spürte Franka, wie die Kälte langsam von ihr abfiel. Sie betrachtete die Häuser der Stadt, wie sie an ihr vorbeizufliegen schienen und dachte über den rätselhaften Fall nach. Sie fahndeten nach einem Phantom, einer zwielichtigen, aber gefährlichen Gestalt, die nachts ihr Unwesen trieb und vor nichts zurückzuschrecken schien.

Inzwischen hatten sie das Getummel der Stadt hinter sich gelassen. Der Audi rollte stadtauswärts, und obwohl sie nur wenige Höhenmeter zurückgelegt hatten, lag hier bereits mehr Schnee. Auf den Bürgersteigen waren dick vermummte Gestalten damit beschäftigt, Schnee zu räumen. Die in der Nacht frisch gefallene weiße Pracht glitzerte in der Morgensonne. Über die Straße Mollenkotten gelangten sie in den Norden der Stadt. Links befand sich ein Hotel der gehobenen Kategorie und rechterhand lud im Sommer ein Golfplatz zum Verweilen ein. Idylle am Stadtrand, die durch den frisch gefallenen Schnee wie ein Wintermärchen wirkte. Doch war Franka gar nicht romantisch zumute. Der Rundgang durch die ausgebrannte Fabrik hatte sie nachdenklich werden lassen. Der Täter hatte sich scheinbar wochenlang und akribisch auf seine schreckliche Tat vorbereitet, um dann alle Spuren ebenso gründlich zu vernichten.

„Ich frage mich, ob wir Baumann in den Kreis der Tatverdächtigen einreihen können", sagte sie, an Micha gewandt. „Als Hausbesitzer hat er einen Schlüssel zu der Fabrik. Hinzu kommt, dass es nicht einmal auffallen würde, wenn er seinen eigenen Besitz betritt. Lass uns mal überlegen. Baumann spekuliert mit Immobilien. Es gibt offiziell keinen Mieter, der Mandy in der Fabrik hätte empfangen können. Aber hätte dieser Baumann irgendeinen Grund, Mandy Klimmek zu töten? Wohl eher nicht. Die beiden kannten sich vermutlich nicht einmal."

„Es sei denn, dieser Baumann ist auch der Fotograf, den wir suchen", überlegte Micha, ohne den Blick von der Fahrbahn zu nehmen. Da ihn der frische Schnee blendete, hatte er sich eine Sonnenbrille aufgesetzt. „Er ist im Internet auf der Suche nach einem Opfer. Sie soll jung und hübsch sein. Und natürlich nicht prüde und bereits Erfahrungen mit der erotischen Fotografie gemacht haben. Für jemanden, der fit ist im Internet, ist das eine der leichtesten Übungen, zumal Geld für diesen Baumann wohl keine Rolle spielt. Ich könnte mir vorstellen, dass er ein Doppelleben führt: Zum einen der aalglatte Geschäftsmann, nicht sonderlich beliebt, aber wohl erfolgreich, zum anderen hat er gesellschaftliche Probleme und abnorme sexuelle Vorlieben. Aber zurück zum möglichen Tathergang: Er sucht und findet sein zukünftiges Opfer im Internet, er vereinbart Honorar und Termin mit ihr und sucht nun nach einer Location für sein Verbrechen. Was liegt bitte schön näher, als sie in eines seiner leerstehenden Objekte einzuladen? Er hat freie Hand, besitzt einen Schlüssel und kann in dem Gebäude tun und lassen, was er will."

Franka atmete tief durch, dann zog sie das Handy aus der Jackentasche und wählte die Nummer des Präsidiums. „Franka hier", sagte sie, nachdem sich Mellinghaus gemeldet hatte. Der Kollege war gemeinsam mit Hanser für die Recherche zuständig. „Ich brauche alle Informationen über unseren Freund Klaus Baumann, über den wir heute Morgen beim Meeting schon gesprochen haben. Er ist in der Immobilienbranche tätig und nicht überall beliebt. Ich will alles über ihn wissen, was du auf die Schnelle zusammentragen kannst, wenn möglich, in den nächsten zehn Minuten." Ohne eine Antwort abzuwarten, drückte sie den roten Knopf und wählte eine andere Nummer. Diesmal ließ sie sich mit Georg aus der KTU verbinden. „Der Ordner mit den Unterlagen über Mandy Klimmeks Rechner liegt in meinem Büro. Vielleicht kannst du mal die Kiste einschalten und nach einem Klaus Baumann durchforsten?"

„Das ist das geringste Problem", antwortete Georg. „Was ist mit ihm?"

„Wir prüfen die Möglichkeit, ob er der Fotograf ist, der sich mit Mandy Klimmek zu ihrem finalen Shooting getroffen hat. Und jetzt kommst du ins Spiel."

„Du glaubst nicht ernsthaft, dass Baumann sich mit seinem realen Namen auf die Suche nach einer Frau gemacht hat, oder?"

„Dann finde seinen Nicknamen heraus."

„Womöglich sollte der Clay lauten", lachte Georg.

„Das wäre zu viel des Guten."

„Ich schließ den Kasten noch mal an und melde mich dann."

„Prima, dank dir." Franka beendete das Gespräch und legte das Handy in die Mittelkonsole des Dienstwagens. Mittlerweile hatten sie Nächstebreck, den nördlichsten Teil der Stadt, erreicht. Sie wollten die Gunst der Stunde nutzen und den Überraschungseffekt auf ihrer Seite haben. Es gab einen Kreisverkehr, der in den Eichenhofer Weg führte.

„Hier ist es", rief Franka, als sie die Hausnummer am mannshohen schmiedeeisernen Zaun entdeckt hatte. Eine Hecke hinter dem Zaun hielt allzu neugierige Blicke ab.

Franka blätterte in ihren Unterlagen, als das Telefon in der Konsole vibrierte. Am anderen Ende der Leitung war Mellinghaus. Er hatte Neuigkeiten.

„Ein ziemlich windiger Hund, der immer an der Grenze der Legalität unterwegs ist", eröffnete Mellinghaus das Gespräch. „Er hat in der

Vergangenheit schon oft mit Immobilien spekuliert und die Häuser fallen lassen, sobald er die Subventionen eingestrichen hatte."

„Hängen da nicht Auflagen dran? Ich meine, es kann doch nicht jeder, der einen Kredit von seiner Bank bekommt, ein altes Gebäude erwerben, staatliche Gelder kassieren und das Haus dann fallen lassen wie eine heiße Kartoffel."

„Hast du eine Ahnung, was da alles im Argen liegt?" Mellinghaus lachte trocken auf. „Es gibt immer wieder Gesetzeslücken, die Typen wie dieser Baumann auszunutzen wissen, glaub mir."

„Ist er straf- oder zivilrechtlich aktenkundig?"

„Nur wegen zu schnellen Fahrens. Er scheint seine Rechte ganz gut zu kennen und weiß, wie weit er gehen darf. Trotzdem hatte er schon zig Klagen laufen. Von ehemaligen Mietern und Geschäftspartnern, die sich von ihm betrogen fühlten. Aber Baumann hat wohl einen fähigen Anwalt, der ihn aus allem heraus boxt. Den Gerüchten nach heißt es, dass er die Mieter, die ihre vier Wände nicht verlassen wollen, auf die harte Tour entfernen lässt."

„Was soll das heißen?"

„Na ja, er schickt ein paar schwere Jungs vorbei, die die Wohnung in Kleinholz verwandeln und den Mietern so nahe legen, sich doch schnell nach einer anderen Bleibe umzusehen. Nachweisen konnte man ihm aber bislang trotzdem nichts."

„Na prima. Da haben wir uns ja einen tollen Gegenspieler ausgesucht", seufzte Franka. „Egal, wir sind jetzt da und werden ihm mal ein paar unbequeme Fragen stellen."

10.05 Uhr

Baumanns Büro lag im unteren Geschoss einer Villa im Niemandsland zwischen Wuppertal und Sprockhövel. Das Gebäude strahlte eine schlichte Eleganz aus, die beim ersten Betrachten klar machte, dass man hier nicht bei der Modernisierung des altehrwürdigen Gebäudes gespart hatte. Eine Zufahrt führte zum Portal der Villa, die von einem parkähnlich angelegten Garten umgeben war. Die breiten Stufen, die hinauf zum Eingang führten, waren bereits vom Schnee befreit.

Micha parkte den Wagen neben einem schwarzen Mercedes der S-Klasse. An den Initialen auf dem Kennzeichen des Fahrzeuges konnten die Kommissare erkennen, dass der Herr des Hauses anwesend war.

„Na dann“, seufzte Micha und stieg aus. „Auf ins Abenteuer.“

Franka nickte und folgte ihm. In der Nachbarschaft heizte man offenbar mit Kohle – der würzige Rauchgeruch hing schwer in der ansonsten klaren Winterluft. Während Frankas Blick noch auf dem Park lag, der bis zur Straße heranreichte, betätigte Micha bereits die Klingel. Im Haus ertönte ein dumpfer Gong. Es dauerte nicht lange, und drinnen eilten Schritte zur Tür. Nachdem geöffnet worden war, blickten die Beamten in das blasse Gesicht einer Frau Anfang vierzig. „Ja bitte?“

Dezentes Make-Up, die kastanienroten Haare hatte sie sich hinter dem Kopf zusammengebunden. Sie trug ein modisches Kostüm, das ihre schlanke Figur vorteilhaft betonte. Ein feiner Parfümgeruch umgab sie. Wahrscheinlich handelte es sich um die Hausherrin, tippte Franka und zückte ihren Dienstausweis.

„Guten Tag, mein Name ist Franka Hahne von der Kripo Wuppertal, das ist mein Kollege, Kommissar Stüttgen. Wir hätten ein paar Fragen an Herrn Baumann.“

„Es waren bereits Kollegen da, die ihn befragt haben. Gestern.“ Ihre Stimme klang emotionslos und abweisend. Sie betrachtete die Kommissare wie lästige Insekten und machte aus ihrer Abneigung keinen Hehl. „Und wir haben ihnen schon alles gesagt.“

„Wir haben trotzdem noch ein paar Fragen an ihn“, sagte Micha nun und rang sich ein freundliches Lächeln ab.

„Mein Mann ist nicht da, tut mir leid. Am besten vereinbaren Sie einen Termin, anstatt unaufgefordert hier zu erscheinen.“ Die Frau zog spöttisch die Mundwinkel nach oben, und Franka deutete die Grimasse als ein Lächeln. „Er ist ein viel beschäftigter Mann, müssen Sie wissen.“

„Wir sind auch viel beschäftigt. Und weil wir mitten in den Ermittlungen zu einem Mordfall stecken, konnten wir unser Kommen leider nicht telefonisch ankündigen“, bemerkte Franka freundlich. Micha hatte sich demonstrativ umgedreht und blickte auf den schweren Mercedes, der in der Einfahrt parkte.

„So so, er ist nicht da?", fragte er ungläubig, ohne sich umzudrehen. „Aber das ist doch sein Wagen dort, oder irre ich mich?" Als er sich jetzt zu der Frau umblickte, erkannte er ein leichtes Zucken in ihrem Gesicht.

„Er ist zu Fuß unterwegs", sagte Frau Baumann, nachdem sie ihre Fassung zurückgewonnen hatte. „Jeden Morgen geht er zur Post und schaut nach dem Postfach. Das lässt er sich nicht nehmen."

„Ist doch prima", freute sich Micha. „Dann kann es ja nicht so lange dauern. Wir warten einfach hier auf ihn."

„Wie Sie wünschen", kam es schnippisch zurück. Die Tür wurde ganz geöffnet, und die Beamten konnten eintreten. Im Innern des Hauses erwartete sie die gleiche schlichte Eleganz, die das Haus schon von außen ausstrahlte. Eine moderne Treppe führte in die oberen Stockwerke, und neben der Treppe gab es eine kleine Ledersitzgruppe. Eine moderne Stehlampe in der Ecke verbreitete ein diffuses Licht. Auf einem kleinen Tisch lagen Zeitschriften. Magazine für Immobilien und Architektur. Wahrscheinlich empfing Baumann hier seine Klienten.

„Nehmen Sie Platz." Die Dame des Hauses deutete auf die Sitzecke. „Möchten Sie etwas trinken?"

„Ein Tee wäre prima." Franka ließ sich auf das Sofa sinken.

„Kaffee, schwarz, bitte", sagte Micha und ließ sich mit einem gedehnten Seufzer auf einen der beiden Sessel sinken. Er blickte Frau Baumann nach, die schweigend in der Küche verschwand und dort mit Geschirr hantierte. Unter das Klappern des Geschirrs mischte sich eine Stimme. Frau Baumann sprach leise – aber zu wem? Sie telefonierte. Wahrscheinlich rief sie ihren Mann an, um ihn vorzuwarnen. Franka tauschte einen Blick mit Micha, der die Schultern zuckte. Schnell erhob sich Franka, durchquerte die Halle und blieb lauschend vor der Tür, hinter der Frau Baumann verschwunden war, stehen. Gedämpft drang ihre Stimme an Frankas Ohren.

„Keine Ahnung, was die wollen. Ja ... komm einfach her und frag sie. Ich halte mich da raus, nein, absolut nicht ... Ja, bis gleich."

Stille kehrte ein, und Franka kehrte zur Sitzgruppe zurück. „Sie hat ihn gewarnt", flüsterte sie Micha zu.

„Von mir aus. Das hilft ihm auch nicht weiter", bemerkte Micha leise und blickte sich um. Dann griff er nach einem der Hochglanzmagazine und blätterte desinteressiert darin herum. Franka betrachtete gedankenverloren die großen Gemälde an den Wänden. Kurze Zeit später erschien die Dame des Hauses wieder auf der Bildfläche. Sie trug ein kleines Silbertablett, das sie nun auf dem Tisch absetzte. Darauf befanden sich eine Tasse mit Tee und ein etwas rustikal anmutender Kaffeepott, jeweils gab es Gebäck dazu.

„So", sagte sie, jetzt ein wenig freundlicher. „Dann lassen Sie es sich schmecken. Mein Mann dürfte auch gleich da sein."

Die Kommissare bedankten sich und schlürften ihre Getränke. Das Klimpern des kleinen Löffels im Teeglas erfüllte das Haus. Kaum, dass sie den ersten Schluck getrunken hatten, wurde die Tür mit einem Schlüssel geöffnet. Ein großer Mann im teuren Maßanzug erschien und betrachtete seine Besucher. Unter dem Arm klemmte eine kleine Ledertasche. „Ah", sagte er und klopfte sich den Schnee von den Schuhen. „Wir haben Besuch." Seine Überraschung war gespielt, und er war ein schlechter Schauspieler.

Als wenn du das noch nicht wüsstest, durchzuckte es Franka, doch sie schwieg und erhob sich. Im gleichen Augenblick erschien seine Frau.

„Da bist du ja schon. Wir haben Besuch, die Herrschaften sind von der Kripo und möchten dich noch einmal sprechen."

„Danke, Karla." Baumann betrachtete seine Gäste mit einem Lächeln und ließ die Hände in den Hosentaschen verschwinden. „Dann werde ich mich mal unserem Besuch annehmen."

Karla Baumann nickte und verschwand in einem angrenzenden Zimmer. Franka und Micha erhoben sich. „Guten Tag Herr Baumann, Hahne von der Kriminalpolizei. Mein Kollege Kommissar Stüttgen. Wir haben noch ein paar Fragen an Sie."

„Ich habe Ihren Kollegen gestern schon ...", setzte er an. Seine Miene verdunkelte sich schlagartig.

„Das wissen wir, Herr Baumann, aber diesmal geht es leider nicht ausschließlich um ein ausgebranntes Gebäude.

„Hm", brummte Baumann und nickte halb verstehend. „Dann kommen Sie bitte mit in mein Büro. Ich habe allerdings gleich Termine und nur wenig Zeit, um ..."

„Es wird nicht lange dauern", versprach Micha und erhob sich nun ebenfalls. Sie folgten Baumann quer durch die Empfangshalle, durch ein Vorzimmer. Der Schreibtisch war verwaist.

„Ihre Mitarbeiterin ist nicht da?", wunderte sich Micha.

„Sie hat sich krank gemeldet. Kein Wunder, bei diesem Wetter."

Die Verbindungstür zwischen dem Vorzimmer und Baumanns Büro stand offen. Sie führte in ein fast dreißig Quadratmeter großes Büro, das von einem schweren Mahagonischreibtisch beherrscht wurde. Baumann warf die Ledertasche auf den Tisch und ließ sich ächzend in den Ledersessel hinter seinem Schreibtisch sinken. „Nehmen Sie Platz", sagte er gefällig und deutete auf die beiden ebenfalls mit schwarzem Leder bezogenen Schwingstühle.

„Ich stehe lieber", erwiderte Micha, doch Franka kam der Aufforderung nach und setzte sich. Baumann verschränkte die Hände hinter dem Kopf und lehnte sich weit zurück.

„Also – was kann ich für Sie tun?"

„Da gehen ja schreckliche Dinge vor in einem Ihrer Objekte", eröffnete Franka das Gespräch.

„Darauf habe ich keinen Einfluss", entgegnete Baumann schlagfertig. „Ich bin nur heilfroh, dass durch den Brand niemandem etwas zugestoßen ist. Später werde ich in die Stadt fahren und mir einen Überblick verschaffen." Seine Miene glich einer Maske.

„Es soll Brandstiftung gewesen sein. Haben Sie den Täter festgenommen?" Er bedachte Franka mit einem durchbohrenden Blick, dem sie jedoch mühelos standhielt.

„Leider nicht. Wir haben noch ein paar Fragen zum Mord an der jungen Frau." Franka beugte sich vor und achtete auf jede Regung in Baumanns Gesicht. Doch er hielt auch ihrem Blick stand, legte die Fingerspitzen beider Hände aneinander und führte die Hände zu den Lippen. Seine Miene wirkte verschlossen und ausdruckslos. Aber in seinen Augen funkelte es. „Ich sagte bereits, dass ich den Kollegen gestern Rede und Antwort gestanden habe. Die Wohnung, in der sich das schreckliche Verbrechen ereignet hat, stand zum Tatzeitpunkt leer – wie auch das Gebäude. Ich habe Ihren Kollegen Einblick in meine Unterlagen gewährt."

Franka fixierte Baumann mit ihrem Blick. „Sie sprachen von einer Wohnung, aber dabei handelt es sich doch um eine alte Fabrik?“

„Nun, die ehemalige Produktionshalle war seit Längerem durch Trennwände wie eine Wohnung mit entsprechend großen abgetrennten Räumen hergerichtet. Ich habe sie zeitweise an Studenten oder an Künstler vermietet, die offenbar ein Faible für den morbiden Charme dieses alten Fabrikgebäudes haben. Tagsüber hat man mit den hohen Decken und den großen Fenstern viel Licht, und Maler haben dort ihre Kunstwerke vollendet.“ Er winkte lächelnd ab. „Allesamt namenlose Nachwuchskünstler, die von einer großen Karriere träumten. Niemand hat die Halle lange angemietet, sie waren schon bald wieder verschwunden.“ Der Spott in seiner Stimme blieb Franka und Micha nicht verborgen.

„Wer war der letzte Mieter und wann endete der Mietvertrag?“ Micha baute sich an Baumanns Schreibtisch auf.

„Das habe ich Ihren Kollegen gestern alles schon berichtet. Sie haben die Unterlagen kopiert und mitgenommen. Sprechen Sie nicht mit Ihren Kollegen?“

Langsam nervte Franka die arrogante Art des Immobilienmaklers. Sie wechselte das Thema.

„Sagt Ihnen der Name Mandy Klimmek etwas?“

„Ja, die Kollegen sagten mir, dass das der Name der Frau war, die umgebracht wurde. Ein schreckliches Verbrechen, wenn Sie mich fragen, und ich wundere mich immer wieder, wozu Menschen in der Lage sind.“

„Kennen Sie eine Nancy?“

Baumann fuhr unmerklich zusammen. In seinem Augenwinkel zuckte ein Nerv. Schließlich hatte er sich wieder unter Kontrolle und schüttelte den Kopf.

„Nie gehört, tut mir leid.“

Franka spürte, dass er log. Doch sie ging nicht darauf ein. Wenn ihm der Name Nancy etwas sagte, dann hatte Baumann vielleicht zum Kundenstamm der jungen Frau gehört, vermutete sie.

Da sie keinerlei Beweis für ihre Mutmaßung hatte, wechselte sie das Thema.

„Und das Feuer? Das Gebäude ist fast bis auf die Grundmauern niedergebrannt, Herr Baumann. Personen kamen dabei nicht zu Schaden, denn die Fabrik stand, wie Sie uns eben noch einmal bestätigt haben, seit langem leer. Wie unsere Ermittlungen ergeben haben, soll auf dem Gelände demnächst neu gebaut werden."

„Was wollen Sie mir unterstellen?"

„Nichts, Herr Baumann, gar nichts. Wir sind nur hier, um Fakten zu sammeln."

Klaus Baumanns Augen sprühten Funken. Seine Stimme war gefährlich leise, als er antwortete: „Dann hören Sie mir mal gut zu: Auch, wenn die Fabrik alt war, ist mir Schaden entstanden. Aber das wird die Versicherung regeln.

„Gestatten Sie mir eine Frage: Stecken Sie in finanziellen Schwierigkeiten?"

„Was erlauben Sie sich", platzte es aus Baumann heraus. „Sie wollen mir doch nicht etwa Versicherungsbetrug unterstellen?"

„Noch einmal: Ich unterstelle gar nichts, ich frage, und Sie antworten, so einfach ist das."

„Ich werde nichts mehr sagen ohne meinen Anwalt, Sie drehen mir ja eh einen Strick aus meinen Aussagen." Seine flache Hand fuhr mit voller Wucht herab auf die Tischplatte. Es schepperte dumpf, und Micha, der kurz die Aussicht zum Park genossen hatte, fuhr auf dem Absatz herum. Bevor er etwas sagen konnte, ergriff Franka das Wort. Sie musste sich zur Ruhe zwingen. „Gut, Sie sind zu keiner Aussage verpflichtet. Zurück zum Zustand des Fabrikgebäudes vor dem Brand, der mutwillig gelegt wurde, soviel steht inzwischen fest."

Baumann ging nicht darauf ein.

Winzige Schweißperlen standen auf seiner hohen Stirn, und seine Bewegungen wirkten plötzlich fahrig. Er fühlte sich in die Enge getrieben wie ein wildes Tier, das von den Jägern eingekesselt worden war.

„Die Hallen im ersten Obergeschoss standen leer und waren dennoch möbliert?", mischte sich Micha jetzt ein.

„Das habe ich Ihnen doch eben schon erklärt: Es ist gar nicht so ungewöhnlich. Ich habe die Räumlichkeiten schon des Öfteren an Studenten vermietet, die froh waren, die Wohnung möbliert übernehmen zu können."

„Sie sagten, die Wohnung in der Halle stand leer. Wie lange war das der Fall?"

Baumann legte den Kopf schräg und schien angestrengt zu überlegen. „Wenn Sie das genaue Datum benötigen, muss ich in meinen Unterlagen nachschauen. Oder Sie fragen Ihre Kollegen."

„Bitte." Franka vermutete, dass er gestern Hanser und Mellinghaus mit genau den gleichen Daten abgespeist hatte, doch sie ließ ihn gewähren. „Ich würde es gern von Ihnen erfahren."

Der Immobilienhai seufzte, als wäre es ihm zu viel, seinen Computer zu beanspruchen, beugte sich schwerfällig vor und rief das entsprechende Programm auf. Er klickte ein paar Mal mit der Maus, schüttelte den Kopf, runzelte die Stirn, dann erhellte sich seine Miene.

„Na also", strahlte er. „Ich drucke es Ihnen aus, dann können Sie sich gleich an den letzten Mieter der Wohnung wenden, sollten Sie weitere Fragen haben."

„Danke." Franka gab sich einsilbig. Sie stellte sich gerade vor, wie dieser elegant gekleidete, weltgewandte Mann nackt und nass geschwitzt auf der wehrlosen Mandy Klimmek lag und sie missbrauchte. Ekel stieg in ihr auf, und Franka hatte Mühe, ihre Abneigung gegenüber Baumann zu verbergen. Noch war gar nichts bewiesen, sie hatten nicht einmal eine heiße Spur, also musste sie vorsichtig mit ihren Äußerungen sein. Sie erinnerte sich an die Worte des Kollegen Mellinghaus. Scheinbar hatte Baumann pfiffige Anwälte. Trotzdem, so nahm sie sich vor, würde sie sich an ihm nicht die Zähne ausbeißen.

„So, bitte schön." Baumann hatte sich erhoben und war zum Drucker gegangen. Auf einem Blatt Papier hatte er die Daten der Wohnungsnutzung zusammengetragen.

Micha stand indessen scheinbar teilnahmslos am großen Fenster des Büros und blickte wieder hinaus in den verschneiten Park. „Schön haben Sie es hier", sagte er, ohne sich zu Baumann umzudrehen.

„Freut mich, dass es Ihnen gefällt." Baumann trat neben ihn und verschränkte die Arme hinter dem Rücken. „Dafür habe ich auch lange genug gearbeitet." Seine wurstförmigen Finger waren in einem sehr hektischen Spiel verwickelt. Franka ahnte, dass dies ein unterschwelliger Ausdruck von Nervosität war.

Klaus Baumann riss sich vom Anblick des Parks los und drehte sich zu Franka um.

„Haben Sie eine Idee, wer das Fotomodell auf dem Gewissen haben könnte?“, fragte sie.

„Also hören Sie mal“, wetterte der Geschäftsmann. „Das klingt ja, als wäre ich in einem Verhör. Wenn das so weitergeht, muss ich Sie auffordern, mein Haus unverzüglich zu verlassen und meinen Anwalt anrufen.“

„Das können Sie gern tun, wenn Sie dafür einen Anlass sehen, Herr Baumann.“ Micha kehrte mit einem süffisanten Lächeln die Handflächen nach oben. „Die Entscheidung liegt freilich bei Ihnen.“

„Diese Unverschämtheiten verbitte ich mir!“ Baumanns rundes Gesicht hatte eine puterrote Färbung angenommen. Er stemmte die Hände in die Hüften wie ein wütendes Mütterlein und stampfte durch sein Büro, um schließlich mit einem Ächzen auf den Stuhl zu sinken. „Ich bin ein hart arbeitender Geschäftsmann. Dass in der Wohnung eines meiner zahlreichen Immobilienobjekte ein derartiges Verbrechen geschieht, nein, das hätte ich niemals erwartet. Aber dass Sie hier auftauchen und mich beschuldigen ...“

„Wir beschuldigen niemanden, Herr Baumann“, stellte Franka klar. „Unser Auftrag ist es lediglich, den Mord an Mandy Klimmek aufzuklären.“ Bewusst verschwieg sie den Mord an Thomas Belter. Eines nach dem anderen, sagte sie sich insgeheim. „Und da sich dieser Mord in einem leer stehenden Gebäude zugetragen hat, das Ihnen gehört, fragen wir uns, wer einen Schlüssel zu diesem Objekt hat.“

„Verschwinden Sie.“ Er stierte ins Leere wie ein beleidigtes Kind.

Franka warf Micha einen Blick zu. Zeitgleich erhoben sie sich. Franka legte ihm eine ihrer Visitenkarten auf den Schreibtisch. „Hier, falls Ihnen doch noch etwas einfällt. Rufen Sie mich an. Tag und Nacht.“

Baumann hüllte sich in Schweigen und strafte seinen ungebetenen Besuch fortan mit Ignoranz. Franka und Micha waren Luft für ihn. So begaben sie sich zur Tür. Dort angekommen, wandte sich Franka noch einmal zu ihm um.

„Eine Frage noch, Herr Baumann."
Sein Kopf ruckte hoch. „Was?"
„Wo waren Sie in der Nacht, bevor die Fabrik abbrannte?"
„Warum wollen Sie das wissen?"
„Bitte beantworten Sie meine Frage."
„Ich war hier, zuhause. Fragen Sie meine Frau, wenn Sie mögen."
„Danke, das wird nicht nötig sein." Franka gab Micha ein Zeichen, dann waren die beiden Kommissare draußen.

10.25 Uhr

„So ein verlogener Drecksack", platzte es aus Franka heraus, kaum, dass sie das pompöse Haus des Immobilienhais verlassen hatten. „Er lässt nichts und niemanden an sich heran, und er mauert, wo er kann."

„Psst", machte Micha und führte sie zum Dienstwagen. Er befürchtete, dass sie noch nicht außer Hörweite waren. „Komm erstmal zum Wagen."

Franka ballte die Hände zu Fäusten und zwang sich selber zur Ruhe. Erst, als sie im Auto saßen, fluchte sie weiter. „Ich bin sicher, dieses Arschloch hat die Klimmek auf dem Gewissen, und wahrscheinlich sogar Thomas Belter auch. Er wollte sich einen unbequemen Zeugen aus dem Weg schaffen, Micha."

„Wir können ihm nichts beweisen. Gar nichts. Es war ein Gespräch, mehr nicht." Er startete den Motor, warf einen letzten Blick auf den S-Klasse-Mercedes von Baumann, prägte sich das Kennzeichen ein – keine schwere Übung – und legte den Rückwärtsgang ein. Während er den Audi zurück zur Straße rangierte, murmelte er: „Ich bin deiner Meinung. Dieser Kerl ist nicht koscher. Außerdem hat er sich ziemlich geziert, uns die Liste mit den Wohnungsmietern auszuhändigen."

„Vielleicht stimmt was mit den Abrechnungen nicht." Er hatte die Straße erreicht und blickte Franka an. „Was machen wir mit der Liste?"

Franka seufzte. „Was sollen wir damit machen? Wir müssen jedem Hinweis nachgehen. Trotzdem könnte ich meinen Hintern darauf verwetten, dass die Liste das Papier nicht wert ist, auf dem sie gedruckt ist."

„Wir sollten sein Alibi für die betreffende Nacht überprüfen“, überlegte Micha und ließ den Wagen langsam durch den Ort rollen.

„Er ist verheiratet, und er war bei seiner Frau.“

„Das behauptet er. Was, wenn er nicht bei ihr war? Würde sie ihn decken, wenn wir sie fragen würden? Uns ist nicht bekannt, wie es um die Ehe der beiden steht. Und wenn es so war, wie wir annehmen, dann hat er sich die Zeit mit einer hübschen jungen Frau vertrieben. Einer Frau, die angeschafft hat. Ich hätte große Lust, Baumann erkennungsdienstlich behandeln zu lassen. Fingerabdrücke, DNA, das volle Programm. Allein schon wegen seiner unmöglichen Art. Und wenn er seine dreckigen Finger an Mandy Klimmek hatte, dann haben wir ihn. Und glaub mir, Baumann hat Dreck am Stecken und ist bestimmt nicht der brave Ehemann, den er uns eben vorgespielt hat.“

„Du meinst, er hat die Klimmek auf einer entsprechenden Seite im Internet kennengelernt?“

„Ich könnte es mir gut vorstellen, Franka. Und ich könnte mir vorstellen, dass seine Frau das nicht gutheißen würde, wenn wir sie mit der Wahrheit konfrontieren.“

Die kleinen Häuser des Eichenhofer Weges flogen an ihnen vorüber. Am Kreisverkehr angekommen, nahm Micha die zweite Ausfahrt und bog in die Schmiedestraße ein. Franka griff zum Telefon und wählte Georgs Nummer. Von ihm gab es noch nichts Neues.

„Wenn die beiden in Kontakt zueinander standen, dann ist es sehr wahrscheinlich, dass er einen Nickname benutzt hat. Und den herauszufinden, kann dauern.“

„Was ist mit der Benutzerkennung, dieser TP oder IP, oder wie ihr Computerfritzen das nennt?“

„Die lässt sich zuordnen, ist aber auch nur ein vager Hinweis.“

„Und ich dachte, sobald man sich im Internet bewegt, hinterlässt man seine Spuren“, entgegnete Franka ein wenig enttäuscht. „Diese Benutzerkennung ist doch so was wie ein Personalausweis oder habe ich das beim letzten Lehrgang für Internetkriminalität falsch verstanden?“

Georg lachte leise auf. „Nein, das war schon richtig, was die euch da beigebracht haben. Allerdings gibt es Möglichkeiten, das alles zu umgehen. Möglichkeit eins: Er setzt sich in ein x-beliebiges Internetcafé und legt sich eine imaginäre E-Mail-Adresse zu. Dann kann er im Grunde genommen tun und lassen, was er will. Wenn wir seine Spur zurückverfolgen, stoßen wir dabei auf die Adresse des Internetcafés, mehr nicht. Möglichkeit zwei wäre, dass er sich eines ziemlich neuen Trojaners bedient. Wie du ja vielleicht weißt, sind Trojaner Computerviren. Bei dieser Art von Trojanern nutzt Baumanns Computer einen fremden Rechner als Server. Das heißt, er schleust sich in ein x-beliebiges System ein und geht von dort aus ins Netz. Wenn wir jetzt die Adresse zurückverfolgen, geraten wir an einen unbescholtenen Bürger, der gar nichts davon bemerkt hat, dass sein Rechner gehackt wurde. Die dritte Möglichkeit wäre die Nutzung von W-Lan. Heutzutage kann fast jeder Rechner schnurlos ins Netz. Dazu ist eine entsprechende Karte im Rechner verbaut, die gleichermaßen Sender und Empfänger ist. Theoretisch könnte Baumann mit einem Laptop durch die Straße fahren und seinen Rechner ein unverschlüsseltes W-Lan-Netz suchen lassen. Glaub mir, das dauert in der Stadt keine Minute, bis du zig unverschlüsselte Zugänge findest, über die du unerkannt surfen kannst. Und auch hier merkt das keine Sau." Georg holte Luft. „Und Möglichkeit vier ist, sich bei einem Anonymisierungsdienst einzutragen. Dann landen die Daten niemals da, wo sie eigentlich landen sollten. Glaub mir, da gibt es die geilsten Programme, um völlig unerkannt zu surfen. Ehrlich gesagt, habe sogar ich da Probleme, an die gewünschten Informationen zu kommen, Franka. Und außerdem …" Er redete mal wieder ohne Punkt und Komma, und unwillkürlich musste Franka schmunzeln. „Also, du siehst, ganz so einfach ist das mit der IP nicht mehr heutzutage."

„Aber es muss doch eine Möglichkeit geben ..." So leicht wollte Franka nicht aufgeben. „Kannst du bitte die E-Mails prüfen? Sollte es zu einem Treffen zwischen Mandy Klimmek und Baumann gekommen sein, dann muss dazu was auf dem Rechner auftauchen."

„Es sei denn, sie haben nur die Nummern ausgetauscht und den Rest telefonisch besprochen."

„Dann taucht zumindest eine Telefonnummer auf, die wir zurückverfolgen können." Die Kommissarin ließ nicht locker. Sie hätte ihren alten Golf darauf verwettet, dass Baumann hinter den beiden Morden

und der Brandstiftung in seinem eigenen Haus steckte.
„Ich werde sehen, was ich tun kann“, versprach Georg.
„Danke. Wir sind am späten Nachmittag im Präsidium.“
„Vielleicht habe ich bis dahin etwas herausgefunden.“
„Georg, du bist ein Schatz.“
„Lass das nicht Renate hören.“ Er lachte und legte auf.
Micha war rechts ran gefahren und hatte versucht, dem für ihn sehr einseitigen Telefonat zuzuhören. Franka berichtete ihm mit wenigen Sätzen, dass es nicht ganz leicht werden würde, Baumann aufgrund seiner Internetaktivitäten dingfest zu machen.
„Wir müssten Baumanns Computer einziehen. Vielleicht findet Georg dann etwas.“
„Wir können nicht so einfach seinen Rechner sicherstellen“, bremste Franka ihn. „Wenn Baumann so schlau ist wie ich befürchte, dann besitzt er sicherlich einen Zweitrechner, möglicherweise sogar ein Notebook, mit dem er überall ins Netz gehen kann. Nein, so leicht macht er es uns bestimmt nicht. Und wir haben nicht mehr als diese eine Vermutung.“
Micha nickte und rieb sich nachdenklich den Nasenrücken.
„Also, Frau Kollegin: Was schlägst du vor?“
Franka lächelte matt und blätterte in der Mappe, die auf ihren Knien lag. Es war eine To-do-Liste mit den Dingen, die sie heute unbedingt abarbeiten mussten. „Wir haben da noch die Schwester von Mandy Klimmek, Petra Ziegler. Sie ist verheiratet, zwei Kinder. Mein Gott, ich weiß gar nicht, ob die Kollegen sie vom Tod ihrer Schwester unterrichtet haben. Wenn ich mich recht erinnere, hatten die beiden kaum Kontakt untereinander.“ Sie nannte Micha die Anschrift, er programmierte das Navi, und die Fahrt konnte weitergehen.

10.50 Uhr

„Ich hatte eben Besuch. Natürlich die Kripo. Das war zu erwarten.“
Ruhelos wanderte er durch den Raum und presste das Telefon fest ans Ohr. Natürlich hatte er mit gedämpfter Stimme gesprochen. Seine Frau musste nicht unbedingt mitbekommen, was hier los war. Jetzt

musste er sich erst einmal um die geschäftlichen Dinge kümmern, bevor sie aus dem Ruder liefen und er den Überblick verlor. Eine Schwäche durfte er sich nicht leisten.

„Was weiß ich, wovon die wissen. Und vor allem, wie die auf so einen Blödsinn kommen. Vermutlich wird denen die Fantasie auf der Polizeischule anerzogen, keine Ahnung. Ja. Ärger kann ich keinen gebrauchen. Und ich entlohne dich fürstlich dafür, dass du mir den Rücken freihältst. Also erwarte ich entsprechende Leistung." Baumanns Gesprächspartner wand sich wie ein Aal im Netz, doch Baumann ließ nicht locker. „Kümmer dich um die Angelegenheit, und wenn es geht, ein wenig dezenter als das letzte Mal. Diesmal haben wir es mit der Kripo zu tun, die sind nicht dumm." Baumann legte eine Pause ein und lauschte ins Haus. Die Bürotür war zu, und Karla klapperte in der Küche mit Geschirr herum. Offenbar bereitete sie das Mittagessen vor.

„Ich erwarte, dass du mir noch heute Vollzug meldest." Für ihn war das Gespräch beendet. Baumann drückte den roten Knopf auf dem Telefon und warf das Gerät auf den Mahagonischreibtisch. Kopfschüttelnd trat er ans Fenster und blickte hinaus in den Park. Sein Puls raste, und die Adern an seinen Schläfen pochten vor Erregung. So weit hatte es nicht kommen dürfen, hämmerte es in seinem Schädel. Hatte er es denn nur mit Stümpern zu tun?

Baumann zuckte zusammen, als die Bürotür geöffnet wurde. Karla steckte den Kopf in den Raum. Sie lächelte. Er hatte sie gar nicht kommen hören und erschrak. Nur mühsam brachte er ein halbwegs liebevolles Lächeln zustande. Karla trat näher und küsste ihn. „Alles klar bei dir?" Besorgt strich sie ihm über die erhitzte Stirn.

„Ja, alles in Ordnung, Engelchen. Nur ein wenig Ärger in der Stadt, aber das soll uns nicht weiter stören. Ich werde das später regeln." Sein Lächeln wirkte gequält, und er hoffte, dass seine Frau es nicht bemerkte.

„Wir können in einer halben Stunde essen."

„So früh?"

„Du hast es so gewollt, hast doch mittags den Termin in der Stadt", erinnerte sie ihn mit einem sanften Lächeln. Karla kannte seine Termine. Zumindest die beruflichen. Sie vergaß nie etwas, und in diesem Augenblick bezweifelte Baumann, ob das immer gut war.

11.20 Uhr

Das Haus der Familie Ziegler lag am Ende einer Sackgasse in Wuppertal-Ronsdorf. Einst war es in den Siebzigerjahren als Flachdach-Bungalow gebaut worden und sicherlich der ganze Stolz seiner Besitzer gewesen. Hinter einem kleinen Vorgarten führte eine Treppe hinauf zum Eingang, der unter einem kleinen Vordach lag. Nichts Besonderes, aber immerhin sehr sauber, stellte Franka fest, als sie das Haus betrachtete. In der Einfahrt parkte ein Skoda Oktavia.

Sie klingelte. Drinnen schlug ein Hund an, der aber schnell von einer Frauenstimme beruhigt wurde. Nach einer knappen Minute öffnete sich die Haustür, und eine Frau Anfang dreißig blickte die Besucher fragend an. Sie war blond, trug die Haare aber kürzer, als es Mandy getan hatte. Zu einem modischen Strickpulli hatte sie eng anliegende Jeans und Hausschuhe an. Sie betrachtete die Besucher mit einer Mischung aus Neugier und Misstrauen.

Die Ähnlichkeit mit ihrer Schwester war nicht zu übersehen. Die Frau war ungewöhnlich blass und hatte dunkle Ringe unter den Augen, die auch das Make-up nicht zu retuschieren vermochte. Ihre blauen Augen wirkten irgendwie … verheult.

„Ja bitte?“

„Frau Ziegler? Mein Name ist Hahne von der Kripo Wuppertal, das ist mein Kollege, Herr Stüttgen.“ Franka lächelte freundlich. „Dürfen wir vielleicht kurz reinkommen?“ Sie zeigte der Frau ihren Dienstausweis, doch die warf keinen Blick darauf und bat die Besucher herein. Drinnen duftete es nach Mittagsessen. Schweigend führte sie Franka und Micha in die Küche. Sie setzten sich. Auf dem Herd standen Töpfe. „Es ist eine schwere Zeit“, sagte Frau Ziegler. Ihre Augen schimmerten feucht. Dunkle Ringe lagen unter ihren Augen. Sie wirkte völlig übernächtigt.

„Unser herzliches Beileid“, murmelte Micha. Dann wusste sie also schon vom Tod ihrer Schwester, dachte er erleichtert.

„Jetzt beginnen die ganzen Formalitäten, ich habe so was noch nie gemacht.“

„Wie geht es Ihnen?“ Franka hatte die fahrigen Bewegungen der Frau bemerkt. Ihre feingliedrigen Hände zitterten, die Mundwinkel zuckten und im Augenwinkel konnte sie einen Nerv zucken sehen. Petra Ziegler war extrem blass, und sie wirkte krank.

„Ich schlafe schlecht, seit einigen Wochen schon. Vermutlich liegt es daran, dass ich meine Arbeit verloren habe. Jetzt bin ich sozusagen eine Fulltime-Hausfrau und Mutter zweier Kinder. Mein Körper hat sich noch nicht an die Umstellung gewöhnt." Sie lächelte. „Aber da muss ich durch, Einzelschicksal."

„Sie sollten einen Arzt konsultieren."

„Das habe ich längst getan. Dr. Jürgens rät mir, die Ernährung umzustellen. Und er hat mir ein Schlafmittel verschrieben, das ich nachher abholen muss."

Franka und Micha beobachteten die junge Frau, die sich ums Essen kümmerte. „Die Kinder kommen gleich aus der Schule, und dann erwartet sie bereits das fertige Essen", murmelte sie. „Sie mögen das." Jetzt spielte der Ansatz eines Lächelns um ihre Lippen. Es war offensichtlich, dass sie sich in den Alltag flüchtete und den Gedanken an ihre ermordete Schwester auszublenden versuchte.

Dann drehte sie sich um und lehnte sich an die Arbeitsplatte. „Aber deswegen sind Sie sicherlich nicht hier", murmelte sie. „Wahrscheinlich kommen Sie wegen meiner Schwester."

Micha nickte schweigend.

„Gibt es neue Erkenntnisse? Haben Sie das Schwein?" Solche Worte hatten Franka und Micha von der brav wirkenden Frau nicht erwartet, doch in Anbetracht der Situation konnten sie die Wut von Petra Ziegler nachvollziehen.

„Wir haben erste Hinweise, und vorsichtig ausgedrückt auch erste Verdachtsmomente, suchen aber derzeit nach den Beweisen, um dann weitere Schritte einzuleiten", antwortete Franka ein wenig ausweichend. „Wir sind eigentlich hier, um Sie zu Ihrer Schwester zu befragen. Wie war das Verhältnis zwischen Ihnen? Und was für ein Mensch war Mandy?"

Tränen sammelten sich in Petra Zieglers blauen Augen. Sie wandte sich um und wendete das Fleisch in der Pfanne, bevor sie sich wieder den Beamten widmete. „Mandy war zuhause bei unseren Eltern immer das Nesthäkchen, und ich war manchmal eifersüchtig auf meine kleine

Schwester. Zu mir waren unsere Eltern immer viel strenger, Mandy hatte mehr Freiheiten. Und die hat sie dann, später, auch ausgenutzt."

„Inwiefern?"

„Sie traf sich schon mit Jungs, als sie zwölf war. Ich glaube, ihren ersten richtigen Freund hatte sie mit dreizehn, wenn Sie verstehen was ich meine?"

„Sie war dreizehn, als sie das erste Mal mit einem Jungen geschlafen hat?", half Franka ihr weiter. Petra Ziegler nickte. Ihr Blick glitt ins Leere. Sie weinte lautlos, zupfte sich ein Taschentuch aus der Hosentasche und schnäuzte sich die Nase. Nachdem sie eine Entschuldigung gemurmelt hatte, fuhr sie fort. „Sie hat die Jungs nie ernst genommen, hat die Freunde gewechselt wie andere Leute die Unterwäsche. Es war ihr wichtiger, mit Jungs herumzumachen, als eine anständige Lehre zu machen."

„Und Ihre Eltern? Haben sie das Verhalten von Mandy gebilligt?"

„Natürlich nicht. Mein Vater war Polizei-Beamter im Streifendienst. Und meine Mutter war Vorarbeiterin in einer Fabrik. Sie waren vorbildliche Bürger – nach damaligen Maßstäben jedenfalls. Dass Mandy so aus der Art schlug, war ihnen ein Dorn im Auge. Doch sie scherte sich einen Dreck um die Ansichten unserer Eltern. Es sei ihr Leben, hat sie immer gesagt, wenn Mutter sie auf ihr Verhalten angesprochen hat."

„Und dann war es aus mit dem Familienfrieden?", vermutete Micha und streckte die Füße unter dem Küchentisch aus.

„Allerdings. Unsere Eltern stritten immer öfters mit Mandy und mussten machtlos zusehen, wie ihnen die Zügel entglitten. Je älter Mandy wurde, umso geringer wurde der Einfluss, den sie auf ihr ehemaliges Nesthäkchen ausüben konnten. Mandy ging unbeirrt ihren Weg. Sie schmiss eine Lehre als Apothekenhelferin und nahm einen Aushilfsjob nach dem anderen an. Dass sie an ihrem achtzehnten Geburtstag von zuhause auszog, war nur konsequent."

„Und wie kamen Sie mit der leichtlebigen Art Ihrer Schwester klar?"

„Es war ihr Leben, und ich hatte es lange schon aufgegeben, den Moralapostel raushängen zu lassen", lächelte Petra Ziegler und verschränkte die Arme vor der Brust. „Als ich achtzehn war, lernte ich

Max kennen. Wir heirateten noch im selben Jahr, und zwei Jahre später wurde ich zum ersten Mal schwanger. Max hat einen gut bezahlten Job, also zögerten wir nicht, das Haus zu kaufen. Natürlich war das Mandy alles viel zu spießig. Sie war nicht gern hier zu Besuch, und wenn überhaupt, dann trafen wir uns irgendwo in einem Café oder Restaurant, um zu reden. Irgendwann erzählte sie mir von Thomas. Mit ihm sei alles anders, und er sei der Mann ihrer Träume. Und ich muss ehrlich sagen: So glücklich und verliebt hatte ich meine Schwester noch nie zuvor im Leben gesehen." Ein versonnenes Lächeln lag auf Petra Zieglers Gesicht. Sie rührte in den Töpfen. „Doch das Glück hielt nicht lange an. Bald schon betrog sie Thomas. Er ahnte nichts davon, und ich habe mehr als einmal mit dem Gedanken gespielt, ihm reinen Wein über meine Schwester einzuschenken."

„Haben Sie ihm etwas von den Seitensprüngen erzählt?"

„Nein, ich habe es einfach nicht übers Herz gebracht. Er war doch viel zu gutmütig. Er liebte Mandy über alles, und es hätte ihm sicherlich das Herz gebrochen, wenn er gewusst hätte, was seine süße Prinzessin, wie er sie immer genannt hatte, eigentlich trieb, wenn sie nicht zusammen waren."

„Er war sehr eifersüchtig." Obwohl es eine Frage sein sollte, klang es eher wie eine Feststellung.

„Oh ja, allerdings", nickte Petra Ziegler. „Er lebte für Mandy, und er verlangte das Gleiche von ihr. Sie hat ihm allerdings nie das zurückgegeben, was er ihr bot. Wie gesagt, ich hatte auch Probleme mit Mandys Lebenseinstellung. Für sie waren die Männer nichts als ein Zeitvertreib. Und ich bin sicher, dass sie auch mit Thomas nicht alt geworden wäre. Der Mann, mit dem sie den Rest des Lebens verbringen würde, war noch nicht geboren."

„Das klingt, als wären die beiden trotzdem seit einer Ewigkeit zusammen gewesen", bemerkte Micha und streckte die Beine von sich.

Petra Ziegler lächelte. „Es kam einem wirklich so vor, und wenn man nichts von Mandys Doppelleben wusste, dann hätte man denken können, die beiden seien das perfekte Paar gewesen. Aber ich schweife ab. Nein, sie waren seit rund vier Monaten zusammen. Länger nicht."

„Sagt Ihnen der Name Clay etwas?"

„Clay ... und weiter?“

„Das wissen wir leider auch nicht. Clay war der Fotograf, mit dem sie sich am letzten Abend verabredet hat. Wahrscheinlich war der Name nicht echt, aber das wissen wir nicht, deshalb gehen wir jeder Spur nach. Es ist durchaus denkbar, dass besagter Clay ihr Mörder ist. Vermutlich ist ihm auch der Mord an Thomas Belter zuzuschreiben.“

„Soweit ich weiß, kannte sie ihre Fotografen aus diversen Internet-Foren. Vermutlich hat dieser Clay einen Nickname benutzt, um seine wahre Identität zu verbergen.“

„Das vermuten wir auch. Manchmal nutzt man diesen Nickname auch im Sprachgebrauch, deshalb hatten wir gehofft, Sie würden einen gewissen Clay kennen.“

„Leider nicht, nein.“

Franka hatte genug gehört. Sie erhob sich.

Micha tat es ihr nach. „Vielen Dank, dass Sie uns Ihre Zeit geopfert haben.“

„Keine Ursache, wenn ich dazu beitragen kann, dass man dieses verdammte Dreckschwein hinter Schloss und Riegel bringt.“ Petra Ziegler schüttelte wütend die Fäuste und brachte die Beamten zur Tür. Dort angekommen, zog Franka ihre Karte hervor und überreichte sie der Frau. „Falls Ihnen noch etwas einfällt, scheuen Sie sich nicht, mich anzurufen. Natürlich werden Ihre Hinweise streng vertraulich behandelt.“

„Ist gut.“

Dann waren die Kommissare draußen. Graue Wolken hatten sich vor die Wintersonne geschoben. Die ländliche Gegend wirkte plötzlich kalt und abweisend. Franka fröstelte. Schweigend stapften sie nebeneinanderher zum Wagen.

„Und?“, fragte Micha, als sie im Auto saßen. „Was denkst du über Petra Ziegler?“

„Fest steht, dass sie die Lebensweise ihrer Schwester sehr kritisch betrachtet hat. Und fest steht auch, dass sie von den schnell wechselnden Männerbekanntschaften ihrer Schwester wusste. Dennoch hat sie dicht gehalten und ihre Schwester nicht bei Belter angeschissen.“

„Blut ist dicker als Wasser“, zitierte Micha eine alte Lebensweisheit.

„Und sie waren Schwestern, da petzt man nicht.

„Ich frage mich, ob Petra Ziegler auch davon wusste, dass ihre Schwester eine Prostituierte war."

„Wohl kaum. So etwas passt gar nicht in ihr geordnetes Leben, Franka. Ich könnte mir vorstellen, dass sie die Freier ihrer Schwester einfach für ständig wechselnde Liebhaber hielt. Petra Ziegler ist vielleicht einfach zu brav – oder zu naiv, um zu denken, dass ihre werte Schwester eine Hure war."

„Ich denke, Mandy Klimmek war wirklich nymphoman veranlagt. Um ihren Trieb auszuleben, hat sie nebenbei angeschafft und diese Nacktfotos gemacht. Trotzdem steht die Frage im Raum, was sie mit dem Geld getan hat, das sie damit eingenommen hat."

„Wir müssen noch mal nachforschen, möglicherweise hatte sie ein Konto im Ausland. Irgendwo muss die Kohle ja geblieben sein."

„Wir sollten uns diesen Freund von Thomas Belter zur Brust nehmen, diesen seltsamen Bernd Wiesinger. Vielleicht weiß er mehr."

Micha hatte keine Einwände. Er trat das Gaspedal des Dienstwagens tiefer durch.

Es gab viel zu tun.

11.55 Uhr

Als der Schlüssel in die Haustüre gesteckt und schnell umgedreht wurde, zuckte sie zusammen. Mit klopfendem Herzen fuhr sie auf dem Absatz herum. Ihr Mann Max stand im kleinen Flur und drückte die Tür hinter sich ins Schloss. Er lächelte, doch seine Miene wirkte maskenhaft, falsch und aufgesetzt. Fast bereitete er ihr Angst. Schneeflocken hatten sich in seinem dichten Haar verfangen und schmolzen jetzt in der warmen Luft. Seine Wangen waren rot. Max trat näher, beugte sich vor und hauchte ihr mit mechanischen Bewegungen einen Kuss auf den Mund. Seine Lippen waren kalt und hart. Sie wäre um ein Haar zurückgewichen.

„Was machst du denn schon hier?", fragte sie schließlich, nachdem sie die erste Überraschung über sein plötzliches Auftauchen verarbeitet hatte.

„Du freust dich gar nicht.“ Das war eine Feststellung, und in seiner Stimme schwang Bedauern mit. Das Lächeln verschwand aus seinem Gesicht.

„Doch, schon, aber es ist ...“, stammelte sie und spürte, wie ihr das Blut bis unter die Haarspitzen schoss. Sie mied seinen Blick und rührte in den Töpfen. Mit einem hektischen Blick auf die Küchenuhr an der Wand stellte sie fest, dass die Kinder in einer halben Stunde nach Hause kommen würden.

„... zu früh?“ Max kicherte. „Ich habe früher Feierabend gemacht, um dich zu überraschen.“

„Na, das ist dir gelungen.“

„Ich war noch in der Apotheke und habe dein Medikament abgeholt.“ Er zog eine kleine Tablettenpackung aus der Tasche und legte sie auf die Arbeitsplatte der Küchenzeile. „Hier“, sagte er. „Damit wirst du durchschlafen können.“ Er kaute nachdenklich auf der Unterlippe. „Heute Abend habe ich aber noch einen Termin in der Zentrale. Die Geschäftsleitung kommt, um ... ist auch egal, ich möchte dich nicht langweilen.“

„Tust du nicht. Wir können auch gleich essen.“ Sie trat hinter ihn und schlang ihre Arme um seine Hüften. Er ging nicht auf ihre Bemerkung ein, trat an das Küchenfenster und blickte hinaus in die graue Winterlandschaft. Verlassen lag die Straße da. Aus den Schornsteinen der umliegenden Häuser kräuselte sich der Rauch in den bewölkten Himmel. Eine Katze schlich sich durch den Schnee, eine alte Frau führte einen angeleinten Dackel hinauf zur Talsperre.

„Schön, dass du da bist“, sagte sie leise.

„Was wollten die?“, fragte Max leise, ohne sich zu seiner Frau umzudrehen.

„Was? Wer?“

„Du weißt genau, wen ich meine. Der Mann und die Frau. Sie sind mir entgegengekommen. Waren sie bei dir?“

„Ach so, die beiden Polizisten.“

„Schon wieder die Bullen?“

„Ja, es ging noch mal um Mandy und Thomas. Du klingst ja fast, als würde es dich stören, dass sie Mandys Mörder suchen.“

„Sie sollen ihn nicht hier suchen, nicht bei uns. Unser Haus ist anständig. Ich will nicht, dass sie zu uns kommen und das Haus in den Dreck ziehen. Ich möchte nicht, dass wir uns im Dunstkreis des Mörders bewegen. Sie sollen uns nicht verdächtigen ..."

„Aber das tun sie auch gar nicht", erwiderte sie, ein wenig erschrocken über die schroffe Art ihres Mannes. Was war nur los mit ihm? Seit Tagen schon war er so seltsam zu ihr. Er arbeitete viel, und wenn er dann spät abends nach Hause kam, war er meist kurz angebunden und müde. Kaum, dass sie mehr als drei Sätze miteinander gewechselt hatten, ging er ins Bad und machte sich bettfertig. Schlief schnell ein, um in den frühen Morgenstunden schon wieder das Haus zu verlassen. So wie in der letzten Zeit kannte sie ihren Mann von früher gar nicht. Schon mehrmals hatte sie überlegt, ob er sich eine Geliebte zugelegt hatte, mit der er jetzt seine Zeit verbrachte. Sie konnte schlecht überprüfen, ob er tatsächlich so viel arbeitete, wie er immer behauptete.

Max drehte sich langsam zu ihr um und blickte ihr tief in die Augen.

„Was hast du ihnen erzählt?"

„Wie Mandy so war."

„Und noch?"

„Nichts und noch. Was stört dich daran, wenn die Polizei ihre Arbeit tut, um den Mord an meiner Schwester aufzuklären? Manchmal verstehe ich dich nicht, wirklich." Petra blickte ihren Mann vorwurfsvoll an. Und sie fragte sich plötzlich, wo er die letzten Stunden verbracht hatte.

„Wo steht denn dein Auto?", fragte sie zaghaft, fast so, als fürchtete sie sich vor seiner Antwort. Da er im Außendienst tätig war, bekam er von seinem Arbeitgeber einen Dienstwagen gestellt. So konnte sie den Skoda der Familie nutzen, um damit private Erledigungen zu machen und die Kinder zum Sport zu fahren, während er mit dem Geschäftsfahrzeug unterwegs war.

Er arbeitete als Bezirksleiter einer großen Drogeriemarktkette, die derzeit expandierte. Zahlreiche neue Filialen wurden gebaut und mussten eingerichtet werden. Er war nun auch für die Erstausstattung der neuen Läden verantwortlich. Manchmal war er tagelang unterwegs und rief sie aus irgendwelchen Hotels an. Aber sein Job war gut bezahlt und relativ sicher. Überall entstanden auf der so genannten „grünen Wiese“, am Rande der Städte, neue Einkaufszentren. In diesen Parks war meist auch eine neue Verkaufsstelle der Kette vorgesehen, für die er arbeitete.

Sie ziehen alles aus den Städten ab. Sie pressen sie aus wie eine Apfelsine, dachte sie unwillkürlich.

In seiner Position wäre es ein Leichtes für ihn gewesen, seiner Schwägerin Mandy einen Job in einer seiner Filialen zu besorgen. Warum hatte er es nicht getan?

Der Wagen ist in der Werkstatt, ich habe mir ein Taxi genommen“, erwiderte er tonlos und strich ihr sanft durch das Haar. „Und ich habe früher Feierabend gemacht, weil ich bei dir sein wollte. In den letzten Tagen habe ich oft genug bis spät in die Nacht arbeiten müssen.“ Jetzt drehte er sich zu ihr um und blickte ihr lächelnd in die Augen. „Ich habe fast vergessen, wie schön meine Frau ist“, bemerkte er leise. Er beugte sich zu ihr herunter, und sie spürte, wie ihre Knie weich wurden. Er schaffte es immer wieder, sie in seinen Bann zu ziehen. Ihre Zweifel, ob er tatsächlich Überstunden geschoben hatte, schmolzen dahin wie Butter in der Sonne. Sanft berührten seine Lippen ihren Mund, erst zögernd, dann immer leidenschaftlicher küssten sie sich. Max schickte seine Hände auf Wanderschaft. Sie glitten unter ihren Pulli, schoben den BH zur Seite und massierten ihre Brüste. Petra ließ es geschehen, hatte sich schon viel zu lange nach seiner Liebe und Zuneigung gesehnt. Während er sich an ihrer Kleidung zu schaffen machte, strich sie ihm den Mantel von den Schultern, löste seinen Krawattenknoten und knöpfte ihm das Hemd auf. Wie gut er duftet, dachte sie voller Verlangen und zog ihn ins Schlafzimmer. Um ein Haar hätte sie vergessen, die Herdplatten auszuschalten.

13.30 Uhr

„Und was machen wir jetzt?“, fragte Micha und putzte sich den Mund an einer Papierserviette ab. Auf dem Weg zum Polizeipräsidium hatten sie in einer Imbissbude angehalten. Er winkte der Bedienung und beglich die Rechnung.

„Dafür revanchier ich mich“, lächelte Franka und leerte ihre Cola. „Am liebsten würde ich jetzt zurück zu Baumann fahren und ihn mitnehmen.“

„Er hat ein Alibi“, erinnerte Micha sie.

„Eins, das wir noch nicht überprüft haben. Wie gesagt, am liebsten würde ich ihn erkennungsdienstlich behandeln lassen. Und dann bin ich gespannt, ob seine Fingerabdrücke und seine DNA schon irgendwo in unserem großen Rechner auftauchen. Jede Wette, dass er Dreck am Stecken hat.“

Micha nickte. „Da geh ich mit. Wenn da nicht seine neunmalklugen Anwälte wären, die es jedes Mal schaffen, Baumanns Kopf aus der Schlinge zu ziehen.“ Micha bezahlte mit einem Zwanzig-Euro-Schein, gab einen Euro Trinkgeld und verstaute das Portemonnaie in der Jackentasche. Sie erhoben sich und begaben sich zum Ausgang der Imbissbude. Draußen fegte ihnen ein eisiger Wind in die Gesichter. Franka schlug den Kragen ihrer Jacke hoch.

„Diesmal ist er einen Schritt zu weit gegangen“, murmelte sie, während sie sich in den Beifahrersitz fallen ließ. „Mord und Brandstiftung sind Straftaten, das ist keine kleine Gaunerei mehr. Ich wage zu bezweifeln, dass seine Anwälte mit den Vorwürfen fertig werden.“

„Die wir erstmal erbringen müssen“, erwiderte Micha und startete den Motor. „Fühlen wir als nächstes diesem obskuren Bernd auf den Zahn?“

Franka warf einen Blick auf die Armbanduhr, überlegte und schüttelte schließlich den Kopf. „Nein, fahr noch mal zurück nach Nächstebreck.“

Micha legte die Stirn in Falten. „Was willst du denn da noch mal?“

„Die Sache mit Baumann lässt mir keine Ruhe. Ich möchte sein Alibi überprüfen.“

Micha zuckte die Schultern, suchte eine geeignete Stelle zum Wenden und fuhr zurück in den kleinen Vorort. Er hoffte, dass Franka den richtigen Riecher hatte, denn die Zeit rannte ihnen förmlich davon.

13.50 Uhr

Langsam fuhr Micha durch Nächstebreck. Wieder blickten die Menschen auf den Bürgersteigen dem zivilen Dienstwagen voller Neugier nach. Micha trommelte auf dem Lenkrad herum. „Ich weiß ehrlich gesagt nicht, was wir hier wollen."

„Verlass dich einfach auf meine weibliche Intuition", lächelte Franka.

Micha seufzte. „Ich wünschte, wir Kerle hätten auch so eine dumme Ausrede, wenn wir unseren Urinstinkten folgen."

„Tut ihr Männer das nicht sowieso euer ganzes Leben lang?"

„Schönen Dank auch, Frau Kollegin." Er grinste breit. „Der Mann, der Neandertaler. So denkst du also, du alte Emanze!"

Franka buffte ihn ins Bein. „Sei nicht traurig, aber es ist nun mal so, dass wir Frauen manchmal die empfindlicheren Antennen haben."

„Jetzt erzähl mir noch, dass wir Männer das Auslaufmodell der menschlichen Evolution sind."

„Das hast du gesagt."

„Und du ..."

Franka brachte ihn mit einer einzigen Handbewegung zum Schweigen und zeigte nach vorn. Ein schwerer Wagen kam ihnen in einem rasenden Tempo entgegen. Mercedes S-Klasse in Schwarz, und das Kennzeichen erkannten die Beamten auch sofort wieder.

Klaus Baumann erkannte sie nicht. Konzentriert blickte er nach vorn, hatte dabei ein Handy am rechten Ohr und schien gerade etwas in den Hörer zu brüllen. Dann war er auch schon am unauffällig lackierten Audi der beiden Kommissare vorüber. Franka drehte sich auf dem Beifahrersitz um und blickte dem Mercedes hinterher, der in überhöhtem Tempo in Richtung Ortsausgang unterwegs war.

„Der hat es aber eilig", bemerkte Franka. „Gut für uns, wenn der Kater nicht im Haus ist, tanzen bekanntlich die Mäuse auf dem Tisch."

„Jetzt wär ich gern Streifenpolizist", erwiderte Micha, der den Mercedes im Rückspiegel beobachtete. „Überhöhte Geschwindigkeit innerhalb einer geschlossenen Ortschaft und Telefonieren ohne Freisprecheinrichtung. Mindestens drei Punkte, wenn du mich fragst."

„Das klingt lächerlich für einen Mann, der zwei Morde begangen hat."

„Franka, bitte verrenn dich da nicht in einer Sache. Noch ist nichts bewiesen. Und nur aufgrund seiner unsympathischen Art können wir Baumann nicht wegen Doppelmordes verhaften – leider."

Die Kommissarin nickte und zwang sich, ruhig zu bleiben. Sie vermisste ihr nüchternes Denken, seitdem sie Baumann begegnet waren. Da war etwas in seinem Blick gewesen, das ihr sagte, dass ihm ein Menschenleben nichts bedeutete. Und dass er nicht zögern würde, einen Menschen, der ihm lästig wurde, aus dem Weg zu räumen. So, wie er ein Haus, das ihm nichts mehr bedeutete, einfach in Brand steckte. Oder wenigstens in Brand stecken ließ, denn vermutlich hatte er für die Drecksarbeit seine Lakaien.

„Und was machen wir jetzt?"

Franka blickte ihren Kollegen nachdenklich an. „Auf zu Karla Baumann. Zeit für ein Gespräch von Frau zu Frau."

Micha verkniff sich einen Kommentar, legte aber den Gang ein und fuhr zum Anwesen der Familie Baumann. Manchmal war es besser, sich seinem Schicksal zu fügen. Das galt auch für den Leiter einer Mordkommission.

14.00 Uhr

Niemand beobachtete ihn, als er die Mietwohnung aufschloss und betrat. Im dunklen Korridor roch es muffig. Vielleicht sollte er mal lüften, dachte er, doch das hatte Zeit. Er fieberte der Nacht entgegen. Jetzt ging er in das kleine Wohnzimmer. Neben der Couch stand der Computertisch. Er zögerte. Spürte, wie die innere Unruhe wuchs. Lenkte sich ab, indem er die blickdichten Vorhänge, die bis zum Boden reichten, einen Spalt breit auseinander zog. Es war ein grauer Tag, trostlos und trist. Nebel hing über der Stadt, und es war nicht richtig hell geworden heute. Die Autos fuhren mit Licht, an den Straßenrändern hatte sich ein unansehnlicher Schneematsch gebildet. Er fröstelte und zog die Vorhänge wieder zu. Starrte wieder zum Rechner. Dann ließ er sich auf den Stuhl vor dem Computertisch sinken und schaltete den Computer ein. Wie gebannt starrte er auf den Monitor und sah zu, wie das System bootete. Als der Desktop sichtbar war, ging er ins Internet.

Seine Finger zitterten leicht, Schweißperlen standen auf seiner Stirn. Er sehnte sich nach einem Opfer, hielt es nicht mehr lange aus. Doch diesmal hatte er nicht viel Zeit, um seine Tat vorzubereiten. Er sehnte sich nach warmem Blut, nach pochenden Adern und frischem, pulsierendem Fleisch. Der Gedanke an den Moment, in dem er seinem inneren Zwang zum ersten Mal gefolgt war, ging ihm nicht mehr aus dem Kopf. Insgeheim hatte er gehofft, diesen Druck dann endlich los zu sein, doch die Sehnsucht nach einer Wiederholung wuchs seitdem immer mehr.

Er hatte eine halbe Stunde Zeit. Nachdem er sich in seinen Chatraum eingeloggt hatte, durchsuchte er die Liste der Leute, die online waren. Sein Gesicht wurde starr, denn hatte er gefunden, wonach er gesucht hatte. Sie war da. Er hatte sie längst als nächstes Opfer auserkoren. Es gab kein Zurück mehr für sie, da war er sicher. Jetzt war es nur noch eine Frage der Zeit, wann die Falle zuschnappte. Er war reif für ein neues Opfer. Je schneller, desto besser. Er konnte es kaum erwarten.

15.05 Uhr

„Entschuldige, ich weiß, ich bin zu spät." Rebecca wirkte gehetzt, als sie in den Laden stürmte. Ihre Wangen waren rot von der draußen herrschenden Kälte, und ihr Atem ging rasselnd. „Ich hatte ein Problem, und mein Mann war nicht da, als ..." Der Duft von Seife und Waschmitteln hing schwer in der Luft, und sekundenlang wurde sie von dem gleißenden Neonlicht der Deckenbeleuchtung geblendet.

„Schon gut, schon gut, krieg dich wieder ein." Die untersetzte Endfünfzigerin, die mit verschränkten Armen tatenlos hinter der Kasse des kleinen Drogeriemarktes hockte, winkte mit einem mütterlichen Lächeln auf den Lippen ab. „Auf mich wartet doch keiner zuhause." Sie öffnete die Tür des Kassenstandes und schälte sich schwerfällig aus dem Stuhl. Im Laden herrschte so gut wie kein Betrieb, und Gisela hatte Frühschicht geschoben. Sie wechselte sich mit Rebecca ab, arbeitete auf Vierhundert-Euro-Basis. Der Leiter der Drogeriemarktkette setzte in letzter Zeit vermehrt auf die so genannten Minijobs, da er so geschickt um die Abgabe der Sozialleistungen herumkam. Rebecca war froh, als Vollzeitkraft bezahlt zu werden, denn damit hatte sie das Los gezogen, zumindest gesetzlich versichert zu sein.

„Bist du alleine?“ Rebecca blickte durch die Gänge des Marktes. Im hinteren Teil war eine Mutter damit beschäftigt, die Angebote von Klopapier und Haushaltsrollen zu vergleichen. In der Sitzvorrichtung des Einkaufswagens saß ein kleines Kind, das sich neugierig zu Rebecca umblickte.

„Nee, unser Detektiv ist auch gerade gekommen.“ Gisela winkte ab. „Er hockt schon hinten im Büro und guckt Fernsehen.“ Sie deutete mit dem Kinn auf die kleinen Überwachungskameras, die an verschiedenen Orten im Laden befestigt waren. Da sich die Ladendiebstähle in der letzten Zeit gehäuft hatten, hatte sich der Bezirksleiter dazu entschlossen, einen Ladendetektiv zu engagieren. „Aber wenn der erst nachmittags hier auftaucht, bringt das nichts, wenn du mich fragst.“

„Die Herren in der Geschäftsleitung wissen schon, was sie tun“, erwiderte Rebecca. „Ich geh schnell nach hinten und zieh mich um, dann bin ich da, und du kannst nach Hause.“

„Mach ruhig, Mädchen. Wie gesagt, ich habe alle Zeit der Welt.“ Gisela lächelte gutmütig und zog im Regal für Kindernahrung die Ware vor. „Ich halte hier die Stellung, bis du soweit bist.“

„Danke.“ Rebecca eilte durch die Gänge in den hinteren Teil des Ladens, wo sich das Büro und der Pausenraum für die Angestellten befanden. Als sie die Tür mit der Aufschrift „Zutritt nur für Personal“ passiert hatte, blickte sie in zwei erschrockene Augen.

„Haben Sie mich nicht über die Videoüberwachung kommen sehen?“, fragte Rebecca und deutete auf die vier kleinen Schwarzweißmonitore, die der Ladendetektiv auf einem Brett über dem Schreibtisch aufgestellt hatte. Die Bildschirme zeigten verschiedene Gänge des kleinen Marktes. „Doch, schon“, murmelte der Detektiv nun. „Aber ich ... nun ... ich war abgelenkt, weil das Telefon geklingelt hat.“

„Na, Sie sind mir ja ein Detektiv.“ Rebecca schmunzelte und verschwand im angrenzenden Pausenraum. Den Ladendetektiv konnte sie nicht zuordnen. Der Bezirksleiter wechselte diese Leute oft aus, und es kam selten vor, dass der gleiche Detektiv zweimal die gleiche Filiale überwachte.

Im Pausenraum gab es drei Blechspinde, in denen die Angestellten ihre persönlichen Dinge unter Verschluss aufbewahren konnten. Sie zog die Jacke aus und hing sie an den Haken, um sich den weißen Kittel, der frisch gewaschen und gebügelt für sie bereit hing, überzustreifen. Nachdem sie ihr Aussehen im Spiegel überprüft hatte, war sie einsatzbereit. Ein letztes Mal dachte sie an die aufregende letzte Stunde. Roland war zur Arbeit gewesen, als sie sich im Chat mit dem geheimnisvollen Unbekannten getroffen hatte. Sie hatte dem geheimnisvollen Unbekannten eröffnet, dass ihr Mann überhaupt nicht sehr begeistert davon war, dass sie sich im Internet einem wildfremden Menschen anvertraute. Doch dieser Fremde fühlte wie sie, er dachte wie sie. Bald schon würde er sich mit ihr treffen.

Sie solle sich von ihrem Ehemann nicht unterkriegen lassen, hatte er ihr empfohlen. Seine Eifersucht sei kindisch und entbehre jeder Grundlage.

Er würde sie mitnehmen zu einem Treffen von Gleichgesinnten. Für ihn war es keine Frage, dass Vampire nicht nur in Büchern und Filmen existierten. Er war der Ansicht, dass Vampire zum wirklichen Leben gehörten und eine kleine Gruppe am Rande der Gesellschaft wären. Keine *Untoten*. Keine *Monster*. Das wiederum hatte Rebecca zum Anlass genommen, um sich über ihre eigenen Empfindungen Gedanken zu machen. Sie selber hatte in der Vergangenheit schon öfters bemerkt, dass sie die Hälse ihrer Mitmenschen magisch anzogen, dass der Gedanke an leidenschaftliche Bisse sie in einen eigenartigen Taumel versetzten. Mehrmals hatte sie sich schon gefragt, ob sie vielleicht nicht ganz normal sei.

Der Fremde hatte ihr gesagt, dass es nicht anstößig sei, sich nach dem Blut der Mitmenschen zu sehnen. Ihm erginge es ähnlich, und da würden sie nicht alleine stehen, nur, dass sich in den seltensten Fällen Menschen mit ihren wahren Sehnsüchten auseinandersetzen würden. Der Gedanke daran jagte Rebecca auch jetzt, Stunden nach dem Gespräch, einen Schauer über den Rücken. Doch so sehr sie sich vor dem Fremden fürchtete, so sehr faszinierte sie auch seine geheimnisvolle Art. Sie konnte es kaum erwarten, ihn einmal persönlich kennen zu lernen.

Nur Roland durfte um Himmels Willen nichts davon erfahren, dass sie sich mit diesem Mann traf. Er würde rasen vor Eifersucht. Sie war froh, dass er nach seinem Wutausbruch überhaupt wieder zurück gekommen war.

Mit einem Knall schlug Rebecca nun die eiserne Tür des Spindes zu und ließ das Vorhängeschloss einrasten. Jetzt war sie in der Realität angekommen. Zeit, Clay zu vergessen.

15.05 Uhr

Bin gleich zurück. Ein Zettel mit dieser Aufschrift hing an Karla Baumanns Tür. Vielleicht hatte sie den Postboten informieren wollen. Aus *gleich* war eine Stunde geworden und kurz, bevor Franka die Aktion abbrechen wollte, tauchte die Hausherrin auf.

„Sie schon wieder?“, fragte sie Franka verwundert, als sie aus einem Taxi stieg und den Eingang betrat. Sie wirkte betrunken.

„Darf ich mit reinkommen?“

Die Hausherrin blickte an der Kommissarin vorbei. „Und was ist mit Ihrem Kollegen? Ist er diesmal nicht mit von der Partie?“

„Er hat einen anderen dringenden Termin.“

„Kommen Sie.“

Franka folgte ihr in das große Wohnzimmer der Villa. Es gab eine Fensterfront, von der man hinaus in den weitläufigen Garten blicken konnte. Das Mobiliar im Raum bestand aus antiken Stücken. Im Kontrast dazu standen der riesige Flachbildschirm an der rechten Wand und die kleine Hifi-Anlage auf dem gläsernen Tisch neben der Ledercouch. An den Wänden hingen imposante Gemälde. Die gesamte Einrichtung wirkte teuer und gediegen. Alles hier roch nach Reichtum.

„Möchten Sie etwas trinken?“ Karla Baumann stand neben einer Minibar. Während sie Eiswürfel in ein Glas klimpern ließ und sich einen Scotch eingoss, blickte sie ihren Gast fragend an.

„Nein danke, ich bin im Dienst.“

„Wie Sie meinen. Ich habe auch Wasser, Limonade, Saft.“

„Dann nehme ich einen O-Saft.“

„Gern.“

Die Hausherrin schenkte der Kommissarin ein Glas Orangensaft ein und reichte es ihr. Franka trank in kleinen Schlucken. Karla Baumann setzte das Glas an und kippte den Whisky in einem Zug hinunter. Dann schüttelte sie sich und schenkte sofort nach. „Sie sind bestimmt wegen Klaus hier. Hat er wieder dreckige Geschäfte gemacht?"

„Wieder?"

„Er arbeitet immer wieder an der Grenze der Legalität, das ist nichts Neues. Aber das gehört zu seinem Job, denn im Bau- und Immobiliengeschäft wird mit harten Bandagen gekämpft. Nur wer wirklich gut ist und weiß, wie man sich in diesem Haifischbecken bewährt, kann langfristig überleben."

„Er scheint zu wissen, wie es geht."

„Und ob. Allerdings ist er nicht immer der nette Junge, den viele seiner Geschäftspartner in ihm gern sehen würden. Aber darauf kann er verzichten. Er ist gut in seinem Job." Karla Baumann füllte ihr Glas erneut und nahm einen tiefen Schluck.

„Gestatten Sie mir eine persönliche Frage?"

„Schießen Sie los."

„Wie steht es um Ihre Ehe?"

„Worauf wollen Sie hinaus?" Karla Baumanns Augen hatten sich zu schmalen Schlitzen verengt. Sie leerte das Glas und drehte es in den Händen. Franka bemerkte, dass Karla Baumanns Finger zitterten.

„Das kann ich Ihnen nicht sagen – noch nicht. Ich bitte Sie um Ihr Vertrauen."

„Also gut. Wir sind verheiratet. Wir kennen uns seit fünf Jahren, und manchmal ist Klaus nicht auszuhalten. Wenn es im Geschäft schlecht läuft, schafft er es nicht, seine Sorgen zu vergessen. Manchmal lässt er die Wut an mir aus. Ich bin ihm nicht böse deshalb. Trotzdem ..." Sie füllte ihr Glas zum dritten Mal. „Es gibt Momente, da hasse ich ihn."

„Kennen Sie seine Termine?"

„Nein – oder glauben Sie, ich will wissen, wann er sich mit seiner Geliebten trifft?" Sie stierte in ihr Glas und lachte humorlos auf. „Nein, es gibt Dinge, die will ich gar nicht wissen."

Franka spürte, dass sie log. „Das heißt, er betrügt Sie?"

„Tun das nicht alle Männer?“ Ihre Zunge wurde schwer, eine Folge des zu schnell getrunkenen Alkohols. Franka schwieg, und so fuhr Karla Baumann verbittert fort. „Aber ich lasse ihm seine Freiheiten. Dafür genieße ich das Luxusleben an seiner Seite. Natürlich tut es weh, dass er mich betrügt, aber ich kann damit leben. Ich weiß, dass er immer wieder zu mir zurückkehrt.“

„Was macht Sie da so sicher?“

„Ich weiß es einfach.“

„Wo war Ihr Mann in der vorletzten Nacht?“

Karla Baumann zögerte einen Moment, ehe sie antwortete. Doch dann gab sie sich einen Ruck. „Nicht bei mir jedenfalls. Er hatte einen Termin in Wuppertal. Ich weiß es, weil ich mich an diesem Tag mit einer Freundin getroffen habe. Wir waren essen und haben über alte Zeiten gesprochen. Als ich irgendwann kurz vor Mitternacht nach Hause kam, war mein Mann noch immer nicht zurück. So ging ich alleine ins Bett. Da ich den Abend über viel Wein getrunken hatte, war ich ziemlich müde und bin schnell eingeschlafen. Am nächsten Morgen war Klaus dann da; ich weiß allerdings nicht, wann er nach Hause gekommen ist.“

Franka hatte genug gehört. Die Ehe der Baumanns schien nichts weiter zu sein als eine Interessengemeinschaft. Er sorgte dafür, dass sie das Leben sorgenfrei und in vollen Zügen genießen konnte, und er genoss, dass er zuhause von einer Frau erwartet wurde, die ihm so etwas wie eine harmonische Ehe vorgaukelte. Sie lächelte Karla Baumann an, die plötzlich gar nicht mehr so erhaben und elegant wirkte, was sicherlich nicht nur an den drei Gläsern Whisky lag, die sie jetzt schon in der kurzen Zeit getrunken hatte. Die Ehefrau des Baulöwen wirkte unsicher und in ihrem Stolz verletzt, auch, wenn sie sich Mühe gab, das nicht zu zeigen.

Karla Baumann zuckte zusammen, als im Haus eine Tür ins Schloss flog. Schritte näherten sich schnell, dann betrat Klaus Baumann das Wohnzimmer. Als er Franka erblickte, verdüsterte sich seine Miene. „Sie schon wieder?“, blaffte er die Kommissarin an. „Was wollen Sie?“

„Ich hatte noch ein paar Fragen an Ihre Frau, Herr Baumann. Aber ich wollte gerade gehen.“ Franka hielt seinem Blick stand. Baumann nickte und betrachtete seine Frau missbilligend. Sie stellte das leere Glas auf die kleine Anrichte und lächelte ihn unsicher an. „Hallo mein Traummann!“ Ihre Stimme war bereits schwer, dennoch war der Spott, den sie an den Tag legte, nicht zu überhören. Sie zwinkerte Franka verschwörerisch zu.

Baumann trat näher. Er roch ihre Alkoholfahne und wedelte sich bezeichnend mit der Hand vor dem Gesicht herum. „Du bist betrunken“, stellte er unumwunden fest.

„Ich habe nur ...“ Sie setze zum Protest an, doch er brachte sie mit einer herrischen Geste zum Schweigen.

„Ich will nichts hören. Am besten legst du dich hin, um deinen Rausch auszuschlafen.“ Es war keine Empfehlung, es klang wie ein Befehl. Karla Baumann widersprach nicht.

Sie wandte sich Franka zu. „Ich bringe Sie zur Tür.“ Leicht schwankend durchquerte Karla Baumann die Halle des Hauses. Franka betrachtete die bedauernswerte Frau. Im Eingang blieb sie stehen und reichte Frau Baumann eine Karte. „Hier“, sagte sie. „Falls Ihnen noch etwas einfällt, rufen Sie mich an.“

Karla Baumann blickte sich um. Von ihrem Mann war nichts zu dsehen. „Ich weiß, warum Sie hier sind“, flüsterte sie. „Sie denken, er hat etwas mit dem Mord zu tun.“

„Liege ich denn damit richtig?“

„Obwohl wir verheiratet sind, ist er voller Rätsel für mich. Einerseits traue ich ihm keinen Mord zu, aber andererseits ...“

„Ist noch etwas, Frau Kommissarin?“ Baumann war in der Halle erschienen und hatte sich mit verschränkten Armen im Rahmen der Wohnzimmertüre aufgebaut.

„Nein, alles in Ordnung, machen Sie sich keine Sorgen.“ Franka zwinkerte Karla Baumann zu, dann war sie wieder an der frischen Luft. Es war, als fiele eine zentnerschwere Last von ihren Schultern.

Über den Eichenhofer Weg war sie zur Schmiedestraße spaziert. Micha hatte es sich in einem Café gemütlich gemacht und wartete auf Franka. Als sie das kleine Café betrat, blickte er neugierig auf. „Und? Was hat das Frauengespräch gebracht? Hat ja lange genug gedauert.“

Franka berichtete ihm von ihrer unfreiwilligen Wartezeit. „Und als es interessant wurde, erschien der Hausherr und machte es ungemütlich." Franka setzte sich und bestellte einen heißen Kakao. „Karla Baumann lebt im goldenen Käfig. Und sie geht davon aus, dass er sie betrügt. Und er war in der Mordnacht definitiv nicht bei seiner Frau."

„Somit hat er gelogen, als wir ihn nach seinem Alibi befragt haben."

„Darauf wollte ich hinaus. Seine Frau weiß nicht, wo er war, sie vermutet aber wohl einen erneuten Seitensprung ihres werten Gatten."

„Wenn er kein Alibi hat, dann ..."

„... ist er unser Mann", nickte Franka und musste ihre Aufregung unterdrücken. „Er hat uns belogen, und sein vermeintliches Alibi hat sich in Luft aufgelöst."

Micha deutete auf die Liste, die Baumann ihm mitgegeben hatte. „Ich habe mir mal die Namen der Hausbewohner angesehen. Leider ohne Ergebnis. Nichts deutet darauf hin, dass hier irgendetwas schief gelaufen ist. Fakt ist jedoch, dass die Wohnung im letzten Jahr von vier Mietern genutzt wurde, die nach kürzester Zeit wieder von der Bildfläche verschwunden waren. Gegen keinen der Leute liegt etwas vor, das habe ich schon recherchiert."

„Dann fahren wir jetzt ins Präsidium und berichten Bever, was Sache ist. Dann soll er beim Richter einen Haftbefehl beantragen, und wir bringen Baumann in U-Haft."

„Du glaubst nicht ernsthaft, dass Bever da mitspielt?"

„Warum sollte er zögern? Ihm ist auch daran gelegen, dass der Mörder von Mandy Klimmek und Thomas Belter hinter Schloss und Riegel kommt. Er hat sicher keinen Bock darauf, dass sich das LKA in die Sache einmischt."

„Na", seufzte Micha und winkte der Bedienung, um die Rechnung zu begleichen. „Das will ich erstmal aus seinem Mund hören."

16.25 Uhr

„Wie stellt ihr euch das vor?" Bever tigerte aufgebracht durch sein Büro. Die ganze Abteilung hatte sich dort versammelt, um die Ergebnisse des Tages zu besprechen. Franka und Micha hatten Bever sofort um einen Haftbefehl für Baumann gebeten, nachdem sie ihm berichtet hatten, was sie in Erfahrung gebracht hatten. Doch der Hauptkommissar sträubte sich gegen diesen Schritt. Er rang mit den Händen und schüttelte den Kopf. „Ich kann Baumann nicht einfach so mir nichts, dir nichts abführen lassen. Er ist ein guter Freund unseres Oberbürgermeisters, wusstet ihr das nicht?“

„Nein, aber das tut auch nichts zur Sache, wenn es sich bei dem ehrenwerten Herrn Baumann um einen zweifachen Mörder handelt, der ein Doppelleben führt. Und dass er bei seinen Geschäften schon mal über Leichen geht, ist hinlänglich bekannt. Seit langem.“

„Hören wir erst, was Ihre Kollegen zu berichten haben“, wiegelte Bever ab und übergab an Björn Hassner. „Ich bin die Liste durchgegangen, die Georg uns vom Rechner der Klimmek ausgedruckt hat. Demnach ist erwiesen, dass Mandy Klimmek tatsächlich nebenbei angeschafft hat.“ Er blätterte einmal mehr in dem Ordner, den Franka ihm übergeben hatte. Plötzlich wurden seine Augen groß wie Unterteller.

„Hier ist ein Eintrag, der auf Baumanns IP hinweist. Demnach hatte Klaus Baumann tatsächlich Kontakt zu Mandy Klimmek!“, rief Hassner aufgeregt.

„Da haben wir es!“ Franka schlug auf die Tischplatte. „Worauf warten wir noch?“

„Als Vermieter von offiziell leer stehendem Wohnraum ist Baumann selbstverständlich im Besitz des Schlüssels.“ Micha blickte sich in der Runde um. „Oder gab es Einbruchspuren?“

Birgit Hanser schüttelte den Kopf. „Nein, nichts dergleichen.“

Björn Hassner tauschte einen schnellen Blick mit seinem Teamkollegen Sebastian Frank, der sich räusperte. „Was, wenn dieser Baumann tatsächlich ein gemeingefährlicher Triebtäter ist? Er ist intelligent, wohlhabend und führt ein nach außen hin normales Leben. Das passt in das Profil eines Serientäters. Ich denke, wir sollten nicht so lange warten, bis er noch einmal zuschlägt. Immerhin hat er mit größter Wahrscheinlichkeit auch Thomas Belter auf dem Gewissen – nur, weil er ihm gefährlich werden könnte. Ich gehe davon aus, dass er auch vor einem weiteren Mord nicht zurückschrecken wird.“

„Aber nach wie vor steht nicht fest, dass es sich um ein und densel-

ben Mörder handelt", warf Hanser mit skeptischer Miene ein.
„Ich kann Baumann observieren lassen", schlug Bever vor.
Micha schüttelte den Kopf. „Das ist zu unsicher, Chef."
Franka trommelte nervös mit den Fingern auf dem Tisch herum. Sie hatte genug gehört und wollte nicht länger diskutieren. „Möglicherweise hat Baumann Wind bekommen und taucht unter. Es besteht Fluchtgefahr, Willi."
Der Hauptkommissar rang sichtlich mit sich selbst. Er fürchtete sich vor den Konsequenzen, sollte Baumann wider Erwarten nicht hinter den beiden Morden stecken. Bever bezweifelte keine Minute, dass er in einem solchen Fall einpacken konnte. Schließlich nickte er, stieß sich von der Fensterbank ab und trat an seinen Schreibtisch. Er griff nach dem Hörer und wählte die Nummer des diensthabenden Richters. „Ich benötige einen Haftbefehl."

17.30 Uhr

„Und was machen wir zwei Hübschen jetzt mit dem angebrochenen Abend?", fragte Micha, als sie draußen auf dem Gang standen. Bever hatte veranlasst, dass Baumann durch Streifenbeamte abgeholt und ins Präsidium gebracht wurde. Seine Befragung würden Kollegen übernehmen. Für Micha und Franka war es an der Zeit, mal ein paar Stunden Abstand von der Sache zu gewinnen. Außerdem fehlten ihnen ein paar Stunden Schlaf. Müde war Franka dennoch nicht. „So richtig freuen kann ich mich über den Erfolg nicht", gab sie zu und brachte ein mattes Lächeln zustande.
„Du zweifelst plötzlich?"
„Ich weiß nicht, ob ich zweifle. Wenn wir uns irren, kommen wir in Teufels Küche, soviel steht fest. Baumann ist ein Buch mit sieben Siegeln, aber was, wenn wir trotzdem auf dem Holzweg sind und der Mörder nach Baumanns Festnahme immer noch frei herumläuft?"
„Dann bleibt zu hoffen, dass nicht noch ein unschuldiger Mensch sterben muss", erwiderte Micha. Er fummelte die zerknautschte Zigarettenpackung aus der Hemdtasche hervor und zündete sich einen Glimmstängel an. Das Rauchverbot im Dienstgebäude ignorierte er

wie immer. „Komm, ich lad dich zum Essen ein, und wir versuchen, den Fall geistig abzuschließen."

Franka zögerte. Eigentlich wollte sie sich heute mal wieder um ihre Mutter kümmern. Ob sie dabei aber abschalten konnte, wagte sie selber zu bezweifeln. Vielleicht war es gar keine schlechte Idee, den Abend mit ihrem Kollegen zu verbringen. Micha war ein lieber Kerl.

„Na gut", stimmte sie lächelnd zu. „Aber du bezahlst."

„Das kriege ich hin", grinste Micha und führte sie aus dem Präsidium.

19.10 Uhr

Rebecca schloss den Laden ab und aktivierte die Alarmanlage. Eine kleine rote Leuchtdiode im Innern des Ladens begann zu blinken, ein Signal, dass die Anlage nun scharf war und mögliche Einbrecher von ihrem Vorhaben abhielt. Der Drogeriemarkt lag im Einkaufszentrum am Elberfelder Röttgen. Hier kannte kaum jemand seinen Nachbarn. Anonymität beherrschte das Straßenbild. Hier wollte ich niemals leben, dachte sie und freute sich auf ihre Wohnung, die direkt am Rande des vornehmen Zooviertels lag. Dort bestimmten hochherrschaftliche Villen aus der Gründerzeit das Straßenbild. Man achtete und respektierte einander.

Nachdem der letzte Kunde pünktlich um halb sieben den kleinen Drogeriemarkt verlassen hatte, konnte sie die Kasse abrechnen, den Detektiv nach Hause schicken und die Ware in den Regalen zum letzten Mal an diesem Tag vorziehen. Danach hatte sie noch einige Angebote für den nächsten Tag vorbereitet und den Personaleinsatzplan, den „PEP", wie die Tabelle intern genannt wurde, für die nächste Woche erstellt. Durch diese Vertretungsaufgabe fühlte sie sich fast so wichtig wie die Marktleiterin, dabei waren ihre Gestaltungsmöglichkeiten sehr beschränkt.

Jedes Sonderangebot, jedes Plakat, sogar die Anordnung der Waren im Laden, wurden vom Konzern vorgegeben. Und die Filialleiterin hatte wiederum einen äußerst pedantischen Bezirksleiter vor der Nase, der die Richtigkeit der Ausführungen in den Filialen, für die er zuständig war, stets und mit allergrößter Sorgfalt überwachte.

Doch für heute hatte Rebecca soweit alles Wesentliche erledigt. Der pedantische Obermotz konnte zufrieden sein. Sie freute sich auf den wohlverdienten Feierabend. In den gegenüberliegenden Wohnhäusern brannte bereits Licht. Die Anwohner saßen vermutlich gerade beim Abendessen zusammen oder sahen fern. Wind war aufgekommen und wehte kleine Schneeflocken um die Häuserecken. Wenn es so weiter schneite, würde die Stadt über Nacht im Schnee versinken.

„Das war ja wohl nichts heute."

Erschrocken fuhr sie herum und blickte in ein grinsendes Männergesicht. „Wovon reden Sie?"

„Die Quote", lächelte er. „Die Diebstahlquote. Ich habe nicht viel erreicht."

„Was machen Sie denn noch hier?"

„Arbeiten. Das heißt, jetzt habe ich Feierabend." Sein Grinsen wirkte wie eine Maske. Er stand nahe hinter ihr. Sein Mundgeruch wehte ihr wie eine Wolke aus Fäulnis entgegen. Angewidert wich Rebecca einen Schritt zurück und prallte mit dem Rücken gegen die gläserne Front des Marktes, in dem jetzt nur noch die Notbeleuchtung brannte. Um diese Zeit herrschte in diesem Teil der Stadt kaum noch Betrieb auf den Straßen.

Rebecca kam sich einsam und verlassen vor.

Und diesem Kerl irgendwie ... ausgeliefert. „Was wollen Sie?", stieß sie hervor und spürte, wie ihr das Blut ins Gesicht schoss. Der kalte Wind, der um die Hausecken fegte, brannte auf ihrer Haut. Sie kam sich trotz der dicken Bekleidung nackt vor. Und hilflos. Rebecca spürte, wie ihr Herz zu rasen begann. Der Detektiv war ihr unheimlich. Schon den ganzen Nachmittag über hatte er sie immer so seltsam angeschaut, wenn sie im Büro aufgetaucht war. Abschätzend, taxierend. Lüstern. Wie ein Stück Fleisch. Und jetzt kam er ihr viel zu nah.

„Nehmen Sie mich ein Stückchen mit? Sie haben doch ein Auto, oder?"

„Ja, das heißt, es ist das Auto meines Mannes." Rebecca versuchte, Distanz zu schaffen. Dennoch erinnerte sie sich mit einem unguten Gefühl an Rolands Flucht aus dem Haus. Er war zu Fuß gegangen, wohl, weil in der Nacht Neuschnee eingesetzt hatte, der das Fahren unmöglich gemacht hatte, und erst in den frühen Morgenstunden heimgekehrt. Da sie immer mit dem Wagen unterwegs war, hatte Rebecca sich auch heute nicht gescheut, von dem fahrbaren Untersatz ihres Mannes Gebrauch zu machen.

„Von mir aus." Er grinste immer noch. Zuckte die Schultern und zog dann gleichgültig die Mundwinkel nach unten. „Wo steht Ihr Auto?" Da war diese Selbstsicherheit in seiner Stimme, die einfach keinen Widerspruch duldete. Er sprach seelenruhig, grinste und grinste. Doch diese Freundlichkeit, diese beinahe stoische Ruhe war nichts außer einer gefährlichen Fassade, das wusste Rebecca.

„In der Tiefgarage." Ihre Stimme vibrierte, und als sie den Ladenschlüssel in der Handtasche versinken ließ, überlegte sie, ob sie nach der kleinen Sprühdose mit dem Pfefferspray greifen sollte, die Roland ihr für genau solche Fälle besorgt hatte. Normalerweise war sie nicht ängstlich. Doch dieser Detektiv war ihr vom ersten Augenblick an unheimlich gewesen. Und er wurde immer unheimlicher.

„Gehen wir?"

„Wohin denn?"

„Sie sagten, der Wagen steht in der Tiefgarage." Er lächelte freundlich, vielleicht eine Spur zu freundlich, fand Rebecca. Sie wich seinem Blick aus und marschierte los, die Hände tief in den Manteltaschen versenkt. Ein Bus rollte mit röhrendem Motor an ihnen vorbei. Eine Insel gleißenden Lichtes, das kurz die Tristesse, in der sie sich, wie nach einer Mondlandung, befanden, durchschnitt. Gut zwanzig Fahrgäste saßen gemeinsam im Bus, sahen vielleicht das seltsame Paar, ohne wirklich von ihm Notiz zu nehmen. Rebecca wusste, als der Bus um die nächste Straßenecke verschwunden war, dass sie diesem unheimlichen Mann ausgeliefert war.

Er war stehen geblieben.

„Was ist? Frieren Sie nicht?"

Der Detektiv lächelte. „Ich wette, Sie können sich nicht einmal an meinen Namen erinnern." Es klang nicht vorwurfsvoll. Plötzlich klang das Timbre seiner Stimme angenehm und sympathisch.

Er spielt seine Rolle perfekt, dachte Rebecca. Doch sie lächelte ein wenig verlegen. „Stimmt. Helfen Sie mir?“

„Friedmann, Mark Friedmann. Macht nichts. Nennen Sie mich ruhig Mark, Rebecca.“ Eine Hand kam zum Vorschein.

Rebecca zögerte, dann ergriff sie seine Hand. „Tut mir leid. Namen sind nicht gerade meine Stärke.“ Sein Händedruck war fest, doch er schmerzte nicht. Sie mochte Männer mit festem Händedruck.

„Nicht schlimm. Tun Sie mir einen Gefallen?“

Sie hatten den Eingang der unbeleuchteten Tiefgarage erreicht und waren stehen geblieben. Der Wind fegte Schnee auf die Betonrampe der Zufahrt. Rebecca fröstelte. „Welchen?“

„Trinken Sie etwas mit mir? Nicht jetzt, nicht hier. Ich habe nichts gegen dieses Viertel, aber ich würde vorschlagen, wir suchen uns eine kleine gemütliche Bar in der Stadt.“

„Mein Mann erwartet mich.“

„Ich werde Sie nicht lange beanspruchen, vertrauen Sie mir.“

Rebecca zögerte. Sie überlegte, ob es gut war, wenn sie sich nach dem gestrigen Streit mit Roland heute schon mit einem anderen Mann in eine Bar setzen würde.

Nein, es war nicht gut. Es war eine Scheißidee. Aber eine reizvolle.

Er hatte getobt vor Eifersucht. Grundlose Eifersucht. Sie hatte eindeutig diese Neigung, und das wusste er. Darüber hatte sie sich mit einem Fremden im Chat ausgetauscht. Nicht mehr, aber auch nicht weniger. Und sie war offen zu Roland gewesen. Er wusste von ihren Geheimnissen, hatte sie ausgelacht und das alles als Unsinn abgetan. Ein schwerer Bleigürtel legte sich um Rebeccas Brust, als sie an die Szene dachte, die er ihr gestern gemacht hatte, bevor er verschwunden war. Am nächsten Morgen hatte sie ihn schlafend auf der Couch vorgefunden. Sie hatten kaum ein Wort miteinander gewechselt. Rebecca wusste nicht, wo und mit wem er die Nacht verbracht hatte. Und sie wusste nicht, wann er nach Hause gekommen war. Fest stand nur, dass er es vorgezogen hatte, alleine auf der unbequemen Couch im Wohnzimmer zu schlafen, anstatt sich zu ihr in das große Doppelbett zu legen.

Das alles spukte ihr jetzt im Kopf herum. Ihr schlechtes Gewissen wurde vertrieben von einem gewissen Trotz. Wenn Roland schon grundlos eifersüchtig ist, dann würde sie ihm jetzt einen Grund geben. Natürlich wollte sie nichts von diesem Friedmann. Und dennoch ging eine eigenartige Faszination von diesem Mann aus. Er zog sie mit seinen Blicken aus und gleichermaßen in den Bann. Nein, sie würde ihren Mann nicht mit Mark Friedmann betrügen, aber es konnte nicht schaden, ihm einen Denkzettel zu verpassen.

„Warum eigentlich nicht", sagte sie schließlich lächelnd und ging vor ihm die Rampe zur Tiefgarage hinunter. Die Bewegungsmelder schalteten die Beleuchtung ein. Neonröhren flackerten auf, dann war das Parkdeck in ein gleißendes Licht getaucht. Auch wenn es hier keine Videoüberwachung gab, würde sie von dem Detektiv nichts zu befürchten haben. Rebecca Klein war sich ihrer Sache plötzlich sehr sicher. Und sie freute sich darauf, mit diesem geheimnisvollen Mann gleich schon in einer Bar zu sitzen. Roland würde schon sehen, was er davon hatte.

Als sie in ihrem Wagen saßen und Rebecca über die verschneite Hans-Böckler-Straße nach Westen fuhr, räusperte sich ihr geheimnisvoller Beifahrer. „Das ist mir jetzt unangenehm", murmelte er mit schuldbewusster Miene. „Aber ich habe einen Termin völlig vergessen."

„Also kein Drink in einer Bar?"

„Ich fürchte, daraus wird heute nichts."

„Schade." Rebecca lächelte zu ihm herüber.

„Nun bin ich spät dran. Könnten Sie mich an einer Adresse abliefern, die auf Ihrem Heimweg liegt?"

„Natürlich, gern." Rebecca nickte und wunderte sich insgeheim, woher dieser Mann wusste, wo sie wohnte. Wahrscheinlich hatte er im Personalordner im Büro herumgeschnüffelt.

Er weiß, wo ich wohne, hämmerte es in ihrem Schädel. Er kann mir dort auflauern.

Sie verdrängte die düsteren Gedanken und ließ sich von Friedmann die Anschrift nennen, zu der sie ihn fahren sollte. Rebecca fragte sich noch, was er um diese Zeit in einem verlassenen Industriegebiet zu tun hatte.

19.30 Uhr

Nachdenklich blickte er den Rücklichtern des Wagens nach, die in der Dunkelheit wie Irrlichter verschwanden. Er war alleine. Die Zeit hatte nicht ausgereicht, doch er wäre seinem Verlangen, Rebecca zu seinem Opfer zu machen, um ein Haar erlegen. Immer wieder hatte er im Auto auf ihre Halsschlagader gestarrt. Sie war ihm so nahe gewesen wie noch nie zuvor. Es wäre so einfach gewesen, sich zu ihr herüber zu beugen und die Zähne in das warme Fleisch ihrer Halsbeuge zu schlagen.

Der Gedanke an ihre zarte, blasse Haut ließ ihn erschauern.

Langsam nur beruhigte sich sein Puls, doch er zwang sich zur Ruhe. Er musste vernünftig sein und die Dinge nacheinander angehen. Zunächst musste er die Spuren seiner letzten Sklavin beseitigen, bevor er sich ein neues Opfer suchen konnte. Wäre da nur nicht diese Gier nach dem warmen Blut und Fleisch einer jungen Frau.

Er seufzte gequält und setzte seinen Weg zu Fuß fort. Das Rauschen der nahen Autobahn schwappte gleichmäßig an seine Ohren. Kein Mensch war weit und breit zu sehen, und er war sicher, den Ort des Geschehens gut ausgewählt zu haben.

Der nächste Akt seines grausigen Schauspiels konnte beginnen.

Obwohl es in diesem Teil des Industriegebietes kaum Straßenlaternen gab, fand er sich recht gut in der Dunkelheit zurecht. Vielleicht war es auch Einbildung, aber er glaubte, dass sich sein Sehvermögen bei Nacht und Dunkelheit in den letzten Tagen stark verbessert hatte. Kaum zu glauben, dass er vor wenigen Wochen noch nachtblind gewesen war, dachte er triumphierend. Ja, er war zu einem Wesen der Nacht geworden, und er würde eine Blutspur durch die Stadt ziehen. Junge, willige Opfer fanden sich immer wieder. Und hätte er nicht diese wichtige Verabredung, dann hätte er sich jetzt schon intensiv dieser wunderschönen Rebecca gewidmet.

Als er an seinem Ziel angekommen war, registrierte er, dass in dieser Gegend kaum noch Schnee lag. Er schlug den Kragen seines dunklen Mantels hoch und stapfte auf das verlassene Gebäude zu. Es gab noch viel zu tun, bevor er sich wieder mit einer Frau vergnügen konnte. Erst die Arbeit, dann das Vergnügen. Er hatte Zeit.

20.10 Uhr

Wenn es in Wuppertal schneite, dann blieb die weiße Pracht meist nicht lange liegen. So war es auch heute. Nach dem erneuten Wintereinbruch am Morgen war die Temperatur gestiegen und hatte den Neuschnee, der in der Nacht gefallen war, in eine nasse Pampe verwandelt.

Die Straße Deutscher Ring verlief an dieser Stelle fast parallel zur Autobahn 46 in Richtung Westen. In dem kleinen Industriegebiet im Wuppertaler Ortsteil Varresbeck herrschte kaum Verkehr um diese Uhrzeit, und Baumann hatte diesen Termin bewusst an das Ende seines Tagespensums gelegt.

Ein seltsames Treffen zwischen ihm und einem geheimnisvollen Interessenten. Baumann fragte sich nicht, woher der potenzielle Käufer an seine Nummer gekommen war – für ihn zählten nur die Ergebnisse. Der Mann arbeitete für einen tschechischen Konzern und war von seinem Kunden beauftragt worden, das Industriegelände zu begutachten, und, sollte es den Anforderungen der Tschechen genügen, auch zu erwerben. Die Leute, die hinter dem Geschäft standen, interessierten Klaus Baumann nicht im geringsten, er war froh, wenn er das Objekt endlich los wurde. Für die alte, baufällige Fabrik interessierte sich schon seit Jahren niemand mehr. Der Boden war schadstoffbelastet und müsste mit viel Aufwand abgetragen werden. Eine kostspielige Angelegenheit, die viele potenzielle Kunden davon abgehalten hatte, das Gelände zwischen Varresbeck und Sonnborn zu kaufen. Die Fabrik war ein Fall für die Abrissbirne. Die Zufahrt zum Gelände lag in einer kleinen verlassenen Seitenstraße. Während Baumann das Tempo seines Mercedes drosselte und die schwere Limousine auf das unbefestigte Grundstück steuerte, fragte er sich, welcher Idiot sich für dieses Areal interessieren konnte. Zwischen dem brüchigen Asphalt war Unkraut durchgekommen, und tiefe Schlaglöcher säumten den Weg zum Fabrikgelände. Glaslose Fenster wirkten wie die leblosen Augenhöhlen eines Ungetüms. Graffitis bedeckten die Backsteinfassade, und eine nur angelehnte Eisentür schwang im Wind und erzeugte ein unheimliches Quietschen.

Wahrscheinlich trieben sich hier nach Einbruch der Dunkelheit Jugendliche herum, um ihrem Alkohol- und Drogenkonsum zu frönen.

Ihm war es egal, zerstören konnten sie ja nicht mehr viel.

Baumann schaltete den Motor ab und warf einen Blick auf die Uhr im Armaturenbrett. Er hatte sich um zehn Minuten verspätet. Dennoch hatte sein Geschäftspartner den Treffpunkt noch nicht erreicht, denn Baumann erblickte kein anderes Fahrzeug. Er entschloss sich, einige Minuten zu warten. Wenn er ein lukratives Geschäft witterte, konnte er sich durchaus gedulden. Baumann zog den Schlüssel aus dem Zündschloss und wuchtete die Fahrertür auf. Ein eisiger Wind fegte ins Wageninnere. Längst schon hatte sich die Dunkelheit über dem Land ausgebreitet. Der Schnee schimmerte grau im herrschenden Zwielicht. Von der Straße fiel das Licht der Straßenlaternen auf den Firmenhof. Baumann stieg aus, verriegelte den Wagen und schlug den Kragen seines dicken Wintermantels hoch. Seine Schuhe waren im Nu durchnässt, und er fluchte ungestüm und war froh, dass ihm dabei niemand zuhören konnte. Klaus Baumann stapfte durch den Schnee hinüber zu den ehemaligen Bürogebäuden der alten Fabrik und schaltete seine Taschenlampe an. Auch hier waren die Scheiben der Fenster von Vandalen eingeschlagen worden.

Sie hatten sich in einem Büro ein Feuer gemacht und in die Ecke geschissen, stellte der Immobilienhai angewidert fest. Scherben knirschten unter jedem Schritt, den er tat. Baumann versenkte die linke Hand in der Tasche seines Mantels und betrat das Gebäude. In einer Ecke war Gerümpel aufgetürmt. Beißender Uringestank kroch in seine Nase, und er schüttelte angeekelt den Kopf. Vermutlich diente der alte Kasten Pennern als Unterschlupf bei diesem Sauwetter. Baumann hielt es hier nicht länger aus und trat wieder ins Freie. Nachdem er die feuchtkalte Winterluft tief in seine Lungen aufgesogen hatte, betrat er die Fabrikationshallen durch ein gähnendes Loch in der Mauer. Hier hatte sich einst ein Rolltor befunden. Die beklemmende Atmosphäre umfing ihn. Die Deckenkonstruktion war baufällig, und als er ein Geräusch hinter sich vernahm, blickte er sich um. Doch er war alleine hier, und so setzte er seinen Weg fort. Auch in der ehemaligen Produktionshalle lag überall Unrat. Irgendwelche Schweine hatten die Halle benutzt, um säckeweise Müll hier abzuladen. Es stank nach Fäulnis, und die Balken der Konstruktion machten einen maroden Eindruck.

Plötzlich begann seine Taschenlampe zu flackern. Verdammt, die Batterien. Sie erlosch schließlich ganz. Vorsichtig arbeitete er sich in Richtung Ausgang vor. Angewidert rümpfte er immer wieder die Nase, als er plötzlich eine Stimme hinter sich vernahm.

„Da sind Sie ja, Baumann."

Er zuckte zusammen und wirbelte auf dem Absatz seiner italienischen Designerschuhe herum. Baumann sah eine hoch gewachsene Gestalt, die sich aus einer dunklen Nische schälte. Das Gesicht seines Gegenübers konnte er nicht erkennen, da es von der Dunkelheit verschluckt wurde. Die Gestalt trug einen langen schwarzen Mantel und einen ebenfalls schwarzen Hut mit breiter Krempe. Er wirkte wie ein Geist auf Baumann.

„Oh, habe ich Sie erschreckt?" Der Besucher lachte, und es klang spöttisch.

„Nein, haben Sie nicht." Baumann gab seiner Stimme einen festen Klang. Von so einem Blödmann wollte er sich nicht ins Boxhorn jagen lassen. „Ich habe Ihren Wagen gar nicht gesehen und wusste nicht, dass Sie schon hier sind."

„Ich bin zu Fuß."

„Bei diesem Wetter?"

„Warum nicht?" Der Fremde trat näher. Den Kragen seines langen Mantels hatte er aufgestellt, die Hände in den Manteltaschen verborgen. Breitbeinig baute er sich vor Baumann auf. „Mir macht das Wetter nichts aus. Ich bin es gewohnt, bei Wind und Wetter an der frischen Luft zu sein."

„Sie werden sich den Tod holen", fürchtete Baumann.

„Und wenn schon. Ich habe keine Angst vor dem Tod."

Baumann hatte den lauernden Unterton in der Stimme seines Gegenübers gehört. Eine Alarmglocke schlug tief in seinem Innersten an.

„Sie interessieren sich also für das Gelände?", wollte Baumann zum geschäftlichen Teil überleiten. „Ich kann Ihnen einen guten Preis machen."

„Das will ich hoffen. Immerhin muss die alte Fabrik dem Erdboden gleich gemacht und die im Boden vorhandenen Schadstoffe müsen abgetragen werden. Das wird ein Vermögen kosten."

„Ich merke, Sie haben sich bereits informiert."

„Das tue ich vor jedem Geschäft."

„Sehr vernünftig. Haben Sie sich auch schon umgesehen?"

„Das wird nicht nötig sein." Der Fremde zog eine Hand aus der Manteltasche. In seiner Faust schimmerte ein metallischer Gegenstand. Baumann blickte fassungslos in die Mündung einer Waffe, die nun auf ihn gerichtet war. Seine Kehle war von einer Sekunde zur anderen wie ausgedorrt. Er schluckte trocken und spürte, wie sein Herz ihm bis zum Hals klopfte. Er war sich darüber im Klaren, dass er hier draußen in dieser Einöde keine Chance hatte. Niemand würde ihm zu Hilfe kommen können, niemand würde den tödlichen Schuss hören. Einen Moment lang spielte er mit dem Gedanken, das Handy hervorzuziehen und die Polizei zu rufen. Doch auch das würde ihm nicht das Leben retten können.

„Was haben Sie vor?", keuchte er heiser.

Sein Gegenüber lachte. „Können Sie sich das nicht denken, Herr Baumann?"

„Aber ... warum?"

„Denken Sie nach, Mann. Sie sind zu einer Gefahr geworden. Die Polizei schnüffelt bei Ihnen herum. Glauben Sie ernsthaft, ich möchte etwas riskieren? Wenn Sie singen, ist es eine Frage der Zeit, bis die Bullen mich am Arsch haben. Nein, das möchte ich nicht riskieren."

„Wer sind Sie, verdammt noch mal?"

„Das tut überhaupt nichts zur Sache. Es wird nicht wehtun, vertrauen Sie mir." Der dunkel gekleidete Mann trat näher. Ein Lichtstrahl fiel durch eines der glaslosen Fabrikfenster und traf sein Gesicht. Jetzt wusste Baumann, mit wem er es zu tun hatte. Und er wusste, dass er das Spiel verloren hatte. Diesmal spielte sein Mann fürs Grobe sein eigenes Spiel. „Oh mein Gott", kam es über seine Lippen. „Sie?"

„Ja, ich. Es musste ja eines Tages so kommen. Aber ich will es kurz machen, schließlich habe ich noch einiges vor heute Abend." Die Hand, die die Waffe umklammert hielt, schnellte hoch. Baumann beobachtete starr vor Schreck, wie sich der Finger, der am Abzug lag, krümmte. Im nächsten Augenblick sah er das Mündungsfeuer in der Dunkelheit aufblitzen. Noch bevor er die Druckwelle des Schusses spürte, bohrte sich ein brennender Schmerz in seine Brust. Er wurde von der Wucht des Projektils zurückgeworfen und fühlte, wie seine Beine unter ihm nachgaben. Baumann fasste sich an die Brust und spürte etwas Warmes und Klebriges zwischen seinen Fingern – sein Blut. Blitze tanzten vor seinen Augen, dann fiel er nach hinten. Den harten Aufschlag spürte er bereits nicht mehr.

Klaus Baumann würde keine Geschäfte mehr machen.

20.20 Uhr

Er hatte es schnell hinter sich gebracht. Sekundenlang stand er da und ergötzte sich am Anblick des toten Baumann. Er hatte ihn eliminiert. Der große Klaus Baumann lag leblos und in verrenkter Haltung vor ihm. Im Moment des Todes hatte sein Opfer, die Hand an die getroffene Brust drückend, die Augen in nackter Panik weit aufgerissen.

Fasziniert betrachtete er sein Werk.

Die Bilder, die er von Baumann aus der Zeitung kannte, manifestierten sich vor seinem geistigen Auge: Baumann händeschüttelnd mit dem Oberbürgermeister, der überall dorthin lächelte, wo eine Kamera klickte. Baumann bei der Schlüsselübergabe eines Millionenprojektes, gemeinsam mit dem Innen-, dem Verkehrsminister und dem Oberbürgermeister. Breitestes Pressegrinsen. Zumindest bei den Politikern war das so falsch wie die Versprechen, die sie vor der letzten Wahl abgegeben hatten. Baumann an der Seite des dauergrinsenden Oberbürgermeisters, beide mit albernen Bauarbeiterhelmen auf den Köpfen, und damit beschäftigt, ein weiteres Projekt, das Baumann aus dem Boden gestampft hatte, freizugeben.

Das alles war nun vorbei, und der Oberbürgermeister würde sich einen neuen besten Freund suchen müssen, mit dem er in die Kameras der Fotografen strahlen konnte. Kurz überlegte er, ob er auch den Oberbürgermeister aus dem Weg räumen sollte.

Er fühlte sich unglaublich gut dabei und betrachtete den toten Baumann, der fast alle Politiker der Stadt geschmiert hatte, um seine Träume zu verwirklichen.

Schluss damit.

Nun lag er tot vor ihm. Er glaubte, das feine Netz der verzweigten Adern unter der dünnen Haut erkennen zu können und bildete sich ein, den süßen Duft des noch warmen Blutes riechen zu können. Er starrte auf Baumanns Halsschlagader, die nie wieder pulsieren würde.

Wieder einmal hatte er über Leben oder Tod bestimmt.

Hatte sich für den Tod entschieden, hatte das Gefühl unbestimmter Macht genossen und weidete sich jetzt an dem Anblick des toten Immobilienhais. Wie armselig er nun zu seinen Füßen lag – er, der reiche und von sich überzeugte Klaus Baumann. Was nutzte ihm seine Macht jetzt noch? Nichts, sein ganzes Geld hatte ihn nicht davor schützen können, ein Opfer zu werden.

Er war versucht, vor ihm in die Knie zu gehen und das warme Blut zu trinken. Doch diesmal war sein Opfer kein Sklave gewesen. Sein Tod war nötig geworden. Er wollte kein Risiko eingehen. Und Baumann war zu einem Risiko geworden. Schlimm genug, dass die Bullen bei ihm aufgetaucht waren. Anfangs war es ihm recht gewesen, dass die Spur der Kripo zu Baumann geführt hatte. Aber der Vorteil hatte sich zu einer Gefahr entwickelt. Und er konnte sich kein Risiko leisten.

Kein Opfer im eigentlichen Sinne, kein Opfer, um seinen Durst nach Blut zu stillen.

Schnell ließ er die Pistole in der Manteltasche versinken. Er ging neben Baumanns Leichnam in die Hocke und durchsuchte seine Taschen. Dann hatte er gefunden, wonach er gesucht hatte: Den Wagenschlüssel. Er nahm ihn an sich und verließ das alte Gebäude, ohne Baumann noch eines Blickes zu würdigen. Es galt, keine Zeit zu verlieren. Die Karre musste verschwinden. Eilig betätigte er den elektronischen Türöffner, stieg ein, verschaffte sich einen Überblick über die auf den ersten Blick komplizierten Bedienelemente der Limousine und startete den Motor. Ein tiefes Wummern durchlief den schweren Wagen. Das war schon etwas anderes als seine alte Kiste. Er legte einen Gang ein und betätigte den Knopf der Handbremse. Als er das Gaspedal antippte, vollführte der Mercedes einen Satz nach vorn.

Im nächsten Augenblick setzte Schneefall ein. Dicke Flocken taumelten im Abendwind zur Erde und schienen auf den Wagen zuzufliegen. An der Zufahrt zur Straße stoppte er den schweren Wagen.

Verlassen lag das kleine Industriegebiet da. Gut so, dachte er, denn ungebetene Zeugen konnte er jetzt nicht gebrauchen. Er trat das Gaspedal bis zum Bodenblech durch. Der Motor heulte auf, und nur die Antischlupfregelung konnte verhindern, dass die Antriebsräder des Mercedes auf dem glatten Untergrund durchdrehten. Gierig fraßen sich die Lichtlanzen der Scheinwerfer durch die Dunkelheit. Es galt, keine Zeit zu verlieren. Sein Plan stand.

Er führte die Bullen hinters Licht.

20.50 Uhr

Sie hatten es sich an einem der Tische im hinteren Teil des Restaurants gemütlich gemacht. Nach dem Essen gönnte sich Franka noch einen trockenen Rotwein, während Micha sich ein Bier bestellt hatte. Bewusst hatten sie es vermieden, über den Fall zu sprechen.

„Und deine Frau lebt noch in Köln?"

„Meine Ex-Frau", korrigierte Micha sie lächelnd. „Ja, sie lebt in einer dieser anonymen Siedlungen am Rand von Köln-Porz. Es gibt wirklich schönere Ecken in Köln, aber nun ja. Und das Kuriose ist, dass wir uns seit unserer Scheidung besser verstehen als zu Zeiten unserer Ehe. Vielleicht liegt es daran, dass der Druck von außen, immer ein perfektes Ehepaar zu sein, von einem abfällt, wenn man der Sache vor Gericht ein Ende bereitet hat."

„Du triffst sie noch regelmäßig?"

„Regelmäßig ist übertrieben. Aber so ein-, zweimal im Monat fahre ich nach Hause, um dort nach dem Rechten zu schauen. Und dann treffen wir uns und lassen alte Zeiten aufleben." Er grinste vielsagend.

„Ihr schlaft miteinander?" Franka drehte das Weinglas zwischen den Fingerspitzen und lächelte ihn an.

„Das auch, ja." Micha trank von seinem Bier, wohl, um die peinliche Situation zu entschärfen. „Und das Verrückte ist, dass es auch mit dem Sex viel besser klappt als früher. Wir treffen uns, manchmal nehmen wir uns auch ein Hotelzimmer, und dann tun wir es, ja. Und weißt du was? Es macht richtig Spaß!"

„Das bezweifle ich keine Sekunde", lächelte Franka.

„So, genug Bettgeschichten ausgeplaudert“, lachte Micha. „Jetzt zu dir. Verliebt? Verlobt? Verheiratet?“

„Weder noch.“ Sie nippte von ihrem Wein und leckte sich genießerisch über die Lippen. Eine sehr sinnliche Bewegung, die Micha nicht verborgen geblieben war, wie sie an seinem Blick feststellte. Sie arbeiteten erst seit wenigen Wochen als Team zusammen, und heute sah er in seiner Kollegin zum ersten Mal die hübsche junge Frau, die sie eigentlich im Privatleben war. Nur leider ging das viel zu oft im Alltag unter.

„Es gab den einen oder anderen Freund, aber leider bin ich alleine zurzeit.“ Sie seufzte sehnsüchtig. „Ich glaube, es liegt einfach am Job. Wer wie wir Tag und Nacht auf Standby ist, der kann kaum eine glückliche Langzeitbeziehung führen. Und irgendwie hatten meine Freunde selten Verständnis, wenn ich nachts einen Anruf erhielt und zum Tatort musste.“

Micha nickte, schwieg aber. Ihm war es während seiner Ehe mit Gabi nicht anders ergangen. „Dann gibt es eigentlich nur eine einzige Alternative: Wir sollten ein Paar werden. Wir bringen das nötige Verständnis für den Beruf auf und haben noch ganz nebenbei das große Glück, dann auch gemeinsam arbeiten zu dürfen.“

Franka lachte leise. „Ich stelle mir gerade das dumme Gerede der Kollegen im Präsidium vor, wenn wir jeden Morgen händchenhaltend im Büro auftauchen und uns bei den Treffen in Bevers Büro immer wieder verliebte Blicke zuwerfen und unter dem Tisch miteinander füßeln.“ Sie kicherte und winkte ab. „Außerdem käme ich wohl kaum damit klar, wenn du an den Wochenenden nach Köln fährst, um dich dort mit deiner Exfrau zu vergnügen.“

„Dann würde ich dich einfach mitnehmen“, lachte Micha. „Und wir könnten dann gemeinsam ...“ Weiter kam er nicht, denn er verspürte ein dumpfes Vibrieren in seiner Brust. Es dauerte einen kurzen Moment, bis er realisiert hatte, dass es sich dabei um sein Handy handelte, dass im Lautlos-Modus in der Innentasche seiner Jacke steckte. „Mist“, murmelte er und zog das Telefon hervor. Als er einen Blick auf das Display warf, verfinsterte sich seine Miene. „Das Präsidium.“

„So viel zum Thema Standby“, seufzte Franka. Soeben war es ihr doch tatsächlich gelungen, den Fall um die ermordete Mandy Klimmek und Thomas Belter zu verdrängen. Nun wurden sie in die kalte Realität zurückgeholt.

Das Telefonat dauerte nur eine Minute. Und erleichtert wirkte Micha nicht gerade, als er das Telefon wieder in der Jacke verschwinden ließ. „Es gibt Neuigkeiten."

„Mach es nicht so spannend."

„Das waren die Kollegen von der Kriminalwache. Sie haben Baumann nicht angetroffen."

„Was soll das heißen?"

„Er ist nicht zuhause. Und seine Frau hat keine Ahnung, wo er abgeblieben sein könnte. Jetzt läuft eine Fahndung nach ihm und nach seinem Wagen."

„Er ist untergetaucht", fluchte Franka. „Verdammt. Wir haben zu lange gezögert. Ich wusste es."

„Es ist eine Frage der Zeit, bis er uns ins Netz geht, also reg dich nicht auf. Wenn wir morgen ins Präsidium kommen, sitzt er bestimmt schon in U-Haft und wartet auf seine Vernehmung." Micha lächelte ihr beruhigend zu und drückte ihre Hand.

„Dein Wort in Gottes Ohr", erwiderte sie, denn so recht glauben konnte sie nicht an Michas Prophezeiung. Für sie war der Abend gelaufen.

21.05 Uhr

Das Tuten des Freizeichens begann ihn zu nerven.

Obwohl sein Partner stets darauf bestand, auf dem Laufenden gehalten zu werden, schien er sich an diesem Abend nicht sonderlich für das Geschäft zu interessieren. Nach dem zwölften Signal wurde endlich abgehoben.

„Schläfst du schon?", schnaubte er wütend.

„Was willst du? Ich habe dir schon tausend Mal gesagt, dass du mich nicht zuhause anrufen sollst." Die Stimme am anderen Ende der Leitung klang gepresst. Er flüsterte, und die Zischlaute drangen überlaut durch das Telefon.

„Leck mich. Sollst schließlich wissen, dass ich nicht tatenlos unterwegs bin, um mir die beschissene Landschaft anzusehen. Da hätte ich wahrlich Besseres zu tun.“ Er kicherte. „Also gut, pass auf, ich will es kurz machen. Baumann stört uns nicht mehr. Und um seine Karre habe ich mich auch gekümmert. Also schwing deinen Arsch hierher und hol mich ab.“

„Du spinnst. Ich kann jetzt hier nicht weg. Wo steckst du überhaupt? Deine Nerven möchte ich haben, ehrlich. Was soll meine Frau denken?“

„Lass dir was einfallen. Komm her, ich kann unmöglich den ganzen Weg vom Parkhaus aus zu Fuß zurücklegen.“

„Dann guck, wie du klar kommst. Das mit Baumann ist dein Part, da halte ich mich raus. Ich habe keinen Bock darauf, dass man uns in Verbindung bringt. Dann können wir uns beide auch gleich freiwillig bei den Bullen melden. Mein Gott, manchmal hast du wirklich den Arsch auf!“

„Also kann ich nicht mit dir rechnen?“

„Sitzt du auf deinen Ohren? Wir hören morgen voneinander. Gute Heimreise!“ Es klickte im Hörer, dann ertönte ein monotones Tuten. Er hatte einfach aufgelegt.

„So ein blödes Arschloch“, murmelte er wütend und ließ das Handy verschwinden. „Du wirst schon sehen, was du davon hast. Pisser.“ Er verließ das Parkhaus, spuckte in den Schnee und stapfte weiter bis an eine Straßenecke. Immer wieder versanken seine Füße im Schneematsch. „Sitzt in der warmen Bude, während ich mir hier den Arsch abfriere“, fluchte er. Er blieb stehen und orientierte sich. Ein Taxi arbeitete sich forsch auf ihn zu.

Der Taxifahrer hatte nur dumm geguckt, als er ihm bedeutet hatte: Bitte hier anhalten. Er wollte in keinem Fall vor seiner Haustüre abgesetzt werden. Es galt, jeden Hinweis auf seinen Wohnort zu vermeiden. Lieber hier, mitten im Nirgendwo, an einer Landstraße. Gut einen Kilometer weit weg von seinem Bett. Das Taxi rauschte davon und verschwand in der Dunkelheit. Eigentlich eine viel befahrene Straße, lag die L 432 jetzt verlassen da. Schwärze breitete sich aus. Finsternis.

Er genoss die Einsamkeit und schlenderte in aller Ruhe durch den Schnee. Sein Ärger über den Anruf von eben war verflogen. Er verschmolz mit der beginnenden Nacht.

21.45 Uhr

Am Autobahnkreuz Wuppertal Nord hatte sie die A 46 verlassen, da sie im Verkehrsfunk von einer Vollsperrung gehört hatte. Sie hatte wahrlich keine Lust, sich auf den letzten Kilometern noch in einen Stau zu stellen, und so rollte der Wagen über die Landesstraße 432, die an dieser Stelle bereits zum Stadtgebiet von Wuppertal gehörte. Trotz der Witterung war sie gut durchgekommen. Am frühen Nachmittag war sie in Berlin aufgebrochen, da sie morgen wichtige Termine in Wuppertal hatte, die sie auf keinen Fall versäumen wollte. Auf der Autobahn 2 hatte es vor dem Kamener Kreuz die üblichen Staus gegeben, doch auf der Autobahn 1 in Fahrtrichtung Köln war wieder alles glatt gelaufen, von einem kurzen Schneegestöber am Westhofener Kreuz einmal abgesehen. Der neue Wagen hatte sich auf seiner ersten weiten Fahrt bewährt. Obwohl sie von der stundenlangen Autofahrt müde war, sang sie die Lieder, die aus dem Autoradio kamen, gut gelaunt mit. Den VW Eos hatte sie erst vor wenigen Tagen funkelnagelneu von ihrem Händler übernommen. Der Wagen roch im Innenraum noch neu. Sie liebte den Geruch von Leder und Lack, den neue Fahrzeuge besaßen. Natürlich hatte sie sich das Fahrzeug gleich mit einem Satz hochwertiger Winterreifen ausliefern lassen, denn sie setzte auf Sicherheit und wollte auch bei schlechten Witterungsverhältnissen ihr Ziel erreichen. Für Notfälle führte sie sogar einen Satz Schneeketten im Kofferraum mit sich. Wie sie die Dinger allerdings montierten sollte, wusste sie nicht. Die elektronisch geregelte Heizung verbreitete auch bei diesem nasskalten Winterwetter eine angenehme Temperatur im Innenraum. Ja, dachte sie, genau so sollte es sein.

Der neue Wagen war ein Symbol für ihren Neuanfang. Eine erfolgreiche junge Frau benötigte ein neues, schickes Auto. Und in das schnittige Coupé im Showroom ihres Händlers hatte sie auf den ersten Blick verliebt. Es hatte sie ein kurzes, nerviges Telefonat mit ihrem

Banker gekostet, um die Finanzierung zu regeln, dann hatte sie den Kaufvertrag unterzeichnet und der Eos gehörte ihr. Es schien nach vielen harten Jahren endlich bergauf zu gehen für sie.

Sie hatte den Auftrag. Endlich ging es voran, dachte sie und lächelte stumm vor sich hin, während ihre schlanken Finger auf dem Lenkrad ruhten. Für die junge Architektin hatten sich die Mühen der letzten Wochen gelohnt. Sabine, ihre Kollegin, war noch in Berlin geblieben. Ihr konnte es recht sein. Dann sollte Sabine halt morgen mit dem Zug nach Wuppertal kommen. Vermutlich hatte sie Angst gehabt, bei diesem Wetter den weiten Weg mit dem Auto zu fahren, und das, obwohl sie wusste, dass Daniela eine gute Fahrerin war. Irgendwann hatte sie sogar einmal an einem Fahrsicherheitstraining teilgenommen.

Sie atmete tief durch, als sie das Ortseingangsschild von Wuppertal passierte. Zwar waren es noch ein paar Kilometer bis zu ihrer gemütlichen Dachgeschosswohnung in Elberfeld, doch sie freute sich bereits darauf, sich den Abend mit einem Schaumbad und einem Film im Fernsehen zu versüßen. Vor ihr lag eine einsame, unbeleuchtete Landstraße, und sie wusste nicht, wann ihr das letzte Fahrzeug begegnet war. Wenn es im Bergischen Land schneite, zogen es die Menschen vor, ihre Häuser nicht zu verlassen, wenn es nicht zwingend notwendig war. Daniela Sauer starrte in die Lichtlanzen, die ihrem Wagen vorauseilten. Vor einigen Kilometern hatte es begonnen zu schneien, und inzwischen war die Straße von einer dünnen, aber geschlossenen Schneedecke überzogen. Außer ihr war kein anderes Fahrzeug unterwegs, aber das störte die junge Frau nicht im Geringsten. Die Vorfreude auf die eigenen vier Wände überwog die Angst vor den rutschigen Straßen.

Als die Flocken, die vor dem Wagen herumtanzten, dicker wurden, drosselte sie das Tempo. Daniela wollte nichts riskieren. Obwohl sie zusätzlich zum Abblendlicht die Nebelscheinwerfer eingeschaltet hatte, war ihr, als würde sie geradewegs auf eine weißgraue Wand zufahren.

Sie passierte jetzt ein ausgedehntes Waldgebiet, doch die dicken Stämme der alten Bäume nahm sie nur schemenhaft rechts und links der Fahrbahn wahr. Die Zweige, die im Sommer ein natürliches Dach über der Straße bildeten, schienen unter der Last des Schnees zu ächzen. Immer wieder fiel Schnee aus den Bäumen, um mit einem satten Klatschen auf dem Hardtop des Wagens zu landen.

Das Heizgebläse lief auf Hochtouren und hatte dennoch Mühe, die Scheiben beschlagfrei zu halten. Aus dem Radio klang leise Musik, und die junge Geschäftsfrau spürte, wie sie von einer beinahe trügerisch wohligen Müdigkeit übermannt wurde.

Durchhalten, sagte sie sich, gleich habe ich es geschafft. Viel hatte sie in den letzten Tagen in der Hauptstadt erreicht: Ihr hatte ein lukrativer Auftrag gewunken, und sie freute sich, den Zuschlag des Kunden heute, kurz vor ihrer Abreise, bekommen zu haben. Es lief gut in ihrem Leben, sie war jung, sie war erfolgreich – und sie sah gut aus. Das behaupteten jedenfalls ihre Freundinnen, mit denen sie sich dreimal in der Woche im Fitnessstudio traf. Sekundenlang vergaß sie die Müdigkeit, die ihre Glieder lähmte. Daniela warf einen kurzen prüfenden Blick in den Innenspiegel. Sie sah eine hübsche Frau mit einem schmalen Gesicht und braunen Augen, das von schulterlangen blonden Haaren eingerahmt wurde. Ihre Nase fand sie selber ein wenig zu lang, aber damit hatte sie sich im Laufe der Jahre arrangiert. Auch wenn sie derzeit keinen festen Freund hatte, so hatte es ihr noch nie Mühe bereitet, das starke Geschlecht für sich zu gewinnen. Wenn sie Lust auf Sex verspürte, war es eine leichte Übung für sie, sich einen One-Night-Stand aufzureißen.

Sie war noch nie alleine nach Hause gegangen, wenn sie es nicht gewollt hatte.

Doch jetzt lagen dunkle Ringe unter ihren Augen – ein untrügliches Zeichen von Müdigkeit, gegen das auch ihr dezent aufgelegtes Make-Up nicht ankam. Aber sie war allein, und deshalb störten sie die Makel nicht weiter. Sie hatte viel gearbeitet in letzter Zeit. Vielleicht wurde es mal wieder Zeit, unter Leute zu gehen, dachte sie mit einem sehnsüchtigen Lächeln. Daniela beschloss, sich am kommenden Wochenende mit Freunden in der Düsseldorfer Altstadt zu treffen. Vielleicht gab es mal wieder einen neuen Club, den sie ausprobieren mussten. Dann würde sie Party machen, feiern bis in die Morgenstunden. Vielleicht würde sie sich dann auch wieder mal einen One-Night-Stand gönnen. Auf eine feste Beziehung hatte sie augenblicklich keinen Nerv. Der Job schlauchte sie und nahm viel Zeit in Anspruch. Nur die wenigsten Männer kamen damit klar, dass sie eine erfolgreiche Karrierefrau war und sich auch alleine im Leben zurecht fand.

Als sie den Blick wieder nach vorn auf die verschneite Fahrbahn richtete, erschrak sie. Wie aus dem Nichts tauchte wenige Meter vor dem Wagen ein hoch gewachsener Schatten auf. Die Scheinwerfer erfassten eine Gestalt und tauchten sie in grelles Licht. Die junge Frau trat instinktiv das Bremspedal des Wagens bis zum Bodenblech durch. Nur das Antiblockiersystem verhinderte, dass der Wagen ins Schliddern kam und von der Fahrbahn in den Graben rutschte. Es setzte ein und brachte das Bremspedal unter ihren Sohlen zum Pulsieren.

Mit weit aufgerissenen Augen starrte sie auf den Menschen, der da todesmutig über die verschneite Straße marschierte. Er hatte die Hände tief in den Manteltaschen vergraben. Als er ihren Wagen bemerkte, blickte er auf und riss die Arme hoch. Im Bruchteil einer Sekunde registrierte Daniela, dass es sich bei der menschlichen Gestalt um einen Mann handelte, der dunkle Kleidung trug. Einen weiten, langen Mantel und einen breitkrempigen Hut, der ihn vor dem Schnee schützte. Seine Gesichtshaut wirkte aschfahl und irgendwie wächsern im Licht der Scheinwerfer. Sein Gesicht glich einer Maske. Er schrie irgendetwas, doch seine Laute gingen im Motorgeräusch des Wagens völlig unter.

Die junge Frau hatte Mühe, den Wagen auf der Straße zu halten. Das Coupé schlitterte über die geschlossene Schneedecke. Daniela fand keine Zeit, die Hupe zu betätigen. Kurzfristig verlor sie die Gewalt über den Wagen. Erst im letzten Augenblick sprang der Mann mit einem beherzten Seitensprung von der Fahrbahn. Dann stand ihr Wagen. Quer auf der Straße, aber immerhin – er stand. Die Scheibenwischer schaufelten mit ruckartigen Bewegungen den Schnee zur Seite, den Motor hatte sie abgewürgt. Ihr Herz pochte ihr bis zum Hals, sie zitterte am ganzen Leib. Und ihre Müdigkeit war wie verflogen.

„Heilige Scheiße“ murmelte sie und schüttelte den Kopf. Der Mann war aus ihrem Blickfeld verschwunden. Hatte sie ihn doch mit dem Wagen erwischt? War er verletzt? Sie wagte nicht, den Gedanken zu Ende zu denken. Umso mehr erschrak sie, als mit einer ruckartigen

Bewegung die Beifahrertüre aufgerissen wurde. Kalter Wind fegte in den beheizten Innenraum. Flocken wirbelten herein. Danielas Kopf ruckte herum, und sie hätte fast hysterisch aufgeschrien, als sich der Fremde zu ihr hinunter bückte. Seine Miene wirkte versteinert.

„Spinnen Sie?“, kreischte Daniela los, nachdem sie die Fassung wieder gefunden hatte. „Bei diesem Sauwetter mitten auf der Straße spazieren zu gehen? Sie hätten tot sein können, Sie Blödmann!“ Ihre Stimme überschlug sich vor Aufregung.

„Können Sie mich ein Stück mitnehmen?“

Er hatte leise gesprochen, ohne jede Gefühlsregung in der Stimme. Nun lächelte er fast ein wenig unschuldig. Wenigstens ist er nicht betrunken, dachte Daniela. Seine Stimme klang seltsam ruhig. Sie fragte sich, ob er unter Drogen stand. Ein normaler Mensch wäre froh gewesen, nicht unter die Reifen gekommen zu sein.

„Hören Sie mir nicht zu?“, rief sie. „Es ist glatt, und man kann die Hand vor Augen nicht sehen, und Sie laufen hier auf der Straße herum!“

„Nehmen Sie mich mit?“ Er schien ihr gar nicht zuzuhören.

Danielas Gedanken rasten durch ihren Kopf. Der Verdacht, dass der Fremde unter Schock stand, erhärtete sich. Er schien Hilfe zu benötigen.

Vielleicht war er geistig verwirrt.

Irgendetwas stimmte nicht mit ihm.

Daniela würde ihn zum Arzt fahren müssen. „Steigen Sie schon ein.“ Ihre Brust hob und senkte sich, und sie pustete sich eine widerspenstige Haarsträhne aus der Stirn. Starr blickte sie nach vorn, dann ruckte ihr Kopf nach rechts. Der Fremde ließ sich in den Beifahrersitz sinken und zog die Türe zu.

„Danke.“

Daniela schüttelte den Kopf, startete den Motor und legte den Gang ein. Sie fuhr im Schritttempo weiter. Die ersten Meter legten sie schweigend zurück. Beinahe erschrak die Architektin, als er das Schweigen brach. „Schöner Wagen.“ Er lächelte. Doch es waren nur seine Lippen, die lächelten, nicht seine Augen. Er schien eine unerklärliche Grabeskälte auszuströmen. Der Blick seiner grünen Augen nahm sie förmlich in ihren Bann. Es war, als hätte er hypnotische Fähigkeiten.

„Danke. Er ist ganz neu, ich habe ihn erst letzte Woche bekommen." Es kam ihr vor, als wäre sie auf einem fremden Planeten unterwegs. Sie hatte keine Ahnung, wie der Fremde hierher gelangt war. Die letzten Häuser lagen schon einige Kilometer zurück.

„Haben Sie sich in dieser Einöde verlaufen?", fragte sie, ohne den Blick von der Fahrbahn zu nehmen. Ihre zierlichen Hände ruhten auf dem Lenkrad.

„Nein, mein Wagen ist in den Graben gerutscht." Wieder sprach er leise, wohl akzentuiert und mit einem monotonen Klang in der Stimme. „Der Akku von meinem Handy ist leer. Und ich habe die Orientierung verloren. Ich bin nicht von hier, müssen Sie wissen. Eigentlich wollte ich zurück zur nächsten Ortschaft. Aber ich bin schon so lange zu Fuß unterwegs. Es erscheint mir sinnvoller, in der Stadt Hilfe zu organisieren."

„Ich kann Ihnen einen Abschleppwagen rufen."

„Danke, das ist nicht nötig. Es handelt sich um einen Firmenwagen. Das wird morgen alles von unserer Zentrale in Köln veranlasst. Ich werde mir in der Stadt ein Zimmer nehmen und morgen alles in Ruhe angehen." Er sah sie nicht an, während er sprach. Seine Hände lagen auf den Knien. Daniela blickte so unauffällig wie möglich nach rechts. Er war schlank und ziemlich groß, fast ein wenig schlaksig. Seine Haare waren pechschwarz. Er trug sie lang, aber das stand ihm, obwohl sie lange Haare bei Männern nicht sonderlich mochte. Den Hut hatte er abgenommen und auf die Rücksitzbank geworfen. Strähnig hing ihm das schwarze Haar ins Gesicht. Die Hände waren feingliedrig und ein wenig feminin. Sie fragte sich, welchen Beruf er wohl ausübte. Wie ein Monteur sah er jedenfalls nicht aus. Die geheimnisvolle Aura, die ihn zu umgeben schien, nahm sie von Meter zu Meter, den sie zurücklegten, mehr in den Bann. Er sah gut aus, hatte ein markantes Profil und sinnlich geschwungene Lippen. Und trotzdem war er ihr unheimlich. Sie schaltete das Radio ein. Gedämpfte Musik drang aus den Lautsprechern. „Übrigens, ich bin Daniela." Sie blickte zu ihm hinüber und forschte in seinem Gesicht.

„Schöner Name."

Während er lächelte, richtete er den Blick nach vorn in die Winternacht. Es schien, als wäre er in Gedanken. Als würde er in einer Scheinwelt leben, die nichts mit der Realität und seiner derzeitigen Situation zu tun hatte. Nur seine Kieferknochen mahlten, ein Zeichen dafür, dass er angestrengt nachdachte. Die Vorstellung, dass ein geistig verwirrter, aber deshalb nicht minder gefährlicher Mann zu ihr in den Wagen gestiegen war, beunruhigte sie.

„Und Sie? Haben Sie auch einen Namen?"

„Clay."

„Sind Sie Brite? Oder Amerikaner?"

„Nein, mein Großvater war amerikanischer Soldat, vielleicht liegt es daran, dass sich meine Eltern für diesen Namen entschieden haben. Ich habe offen gestanden keine Ahnung." Er hockte einfach neben ihr und blickte mit einem Lächeln zu ihr hinüber. Hinter seiner Stirn schien es trotzdem zu arbeiten. Als er langsam den Kopf nach links wandte, hatte sich das Lächeln in seinem Gesicht festgemeißelt. Etwas Undefinierbares lag im Blick seiner grünen Augen, etwas, das ihr Angst machte. Daniela erschrak, doch sie musste sich auf die glatte Straße konzentrieren. „Ist was?"

„Sie sind schön."

„Danke." Danielas Stimme zitterte leicht. Sie umklammerte das Lenkrad ein wenig fester und schalt sich eine hysterische Kuh. Von so einem Heini würde sie sich nicht einschüchtern lassen. Er strahlte eine stoische Ruhe aus, und die Tatsache, dass er hier bei ihr im Wagen saß, schien ihm Sicherheit zu geben.

„Haben Sie einen Freund?"

„Geht Sie nichts an."

„Es wartet also niemand auf Sie?"

Verdammt, woher wusste er das? Jetzt ruckte ihr Kopf zu ihm herüber. „Was soll die blöde Fragerei?"

Er zog die Mundwinkel nach unten und zuckte die Schultern. Wie ganz zufällig berührte sein rechter Ellenbogen den kleinen Knopf, der die Türverriegelung betätigte. Er drückte den Knopf herunter, und die Zentralverriegelung sorgte mit einem satten Klicken dafür, dass jetzt alle Türen verschlossen waren.

Niemand kam in den Wagen.

Niemand heraus.

Panik ergriff Daniela. Ihr Herz begann zu rasen, und trotz der Kälte, die draußen herrschte, bildeten sich kleine Schweißperlen auf ihrer Stirn.

„Was soll diese Scheiße?“

Er ging nicht auf die Frage ein. „Glaube Sie, dass ich Sie vergewaltigen will?“ Der Fremde zuckte erneut die Schultern. „Ts“, machte er dann leise. „Sie sind eine schöne Frau, haben einen sehr anziehenden Hals. Ja, vielleicht werde ich Sie vergewaltigen, Daniela. Das hängt aber ganz davon ab, ob Sie sich wehren werden.“

Es dauerte einen Moment lang, bis sie seine Worte verarbeitet hatte. Dieser monotone Klang seiner Stimme: Er sprach über das, was ihr blühte, so, als würde er mit ihr über das Wetter plaudern. Nachdem sie die Tragweite seiner Worte verstanden hatte, blickte sie nach rechts. Er lächelte immer noch. In seiner Hand lag eine Pistole, und die Mündung war auf sie gerichtet. Und um ein Haar wäre sie mit dem Wagen in den Graben gerutscht.

22.05 Uhr

Sie hatte ihm nicht auf die Nase gebunden, dass sie zuerst geplant hatte, mit dem Detektiv aus dem Drogeriemarkt auf einen Drink in eine Bar zu gehen. Durch den kleinen Umweg in das Industriegebiet am Rande der Stadt war sie nur unwesentlich später nach Hause gekommen, und Roland hatte keine Fragen gestellt. Ihre Verspätung war nichts Außergewöhnliches, denn manchmal bereitete sie nach Ladenschluss schon mal die Angebote für den nächsten Tag vor.

Das kurze Zusammensein mit Mark Friedmann im Auto hatte sie auf eine nicht definierbare Weise aufgewühlt. Zuhause angekommen, war Rebecca kurz angebunden gewesen und hatte sich sofort an den Rechner gesetzt, kaum dass sie die Wohnung betreten hatte.

Roland hockte in einer ausgebeulten Jogginghose auf der Couch, trank Bier und rülpste immer wieder laut. Heute gibt er sich aber ganz besonders viel Mühe, mich auf Distanz zu halten, dachte Rebecca, und ließ sich ihren Zorn nicht anmerken. Sie wählte sich ins Internet ein und besuchte ihr Lieblingsforum.

Roland beobachtete sie, schüttelte den Kopf, nahm einen tiefen Schluck aus der Bierflasche und rülpste erneut. „Es kotzt mich an, dass du in jeder freien Minute vor der Kiste hockst und mit anderen Kerlen chattest“, brummte er und bohrte in der Nase.

„Und mich kotzt es an, dass du dich hier gehen lässt wie ein Penner“, erwiderte Rebecca, ohne den Blick vom Monitor abzuwenden.

Wie zur Bestätigung ihrer Worte hob Roland den Hintern und furzte laut. „Ich kann nicht anders, wenn ich Frust schiebe. Klingt gut, oder?“ brummte er. Seine Zunge war schwer, und Rebecca vermutete, dass das Bier auf dem Tisch nicht das erste war, das er heute in sich hinein gekippt hatte. Normalerweise trank ihr Mann nicht mehr als ein, zwei Flaschen am Abend. Immerhin hatte er einen verantwortungsvollen Job und konnte es sich nicht leisten, mit Restalkohol im Blut Bus zu fahren.

„Den Frust zelebrierst du aber ganz gut“, antwortete sie.

„Leck mich. Hör einfach auf, dich da mit anderen Kerlen zu amüsieren. Du bist meine Frau, hörst du? Du gehörst mir, und sonst niemandem!“ Mit der Flasche zeigte er in Richtung des Computers. Das Bier lief über und sickerte an dem braunen Glas der Flasche herab, um einen unansehnlichen Fleck auf dem hellen Teppich zu hinterlassen.

„Ich gehöre mir. Sonst keinem“, verbesserte Rebecca ihn. Er machte keine Anstalten, sich zu erheben, um den Fleck im Teppich zu entfernen. So widmete sie sich dem Bild, das sich ihr auf dem Monitor bot. Rebecca stellte fest, dass *Er* nicht online war. Sie waren doch verabredet im Chat, dachte sie enttäuscht. „Und ich habe dir gestern schon gesagt, dass ich nicht fremdgehe. Du solltest mir einfach mehr vertrauen. Ich weiß schließlich auch nicht, wie viele schöne Frauen tagsüber zu dir in den Bus steigen und mit dir flirten.“

Jetzt erhob er sich doch und wischte mit dem Socken über die nasse Stelle am Boden. „Willst du’s wissen? Sie steigen ein, fahren dann ein, zwei oder vielleicht auch fünf Stationen mit mir und sind an einer der nächsten Haltestellen auch schon wieder für immer verschwunden“, erwiderte er gallig und kippte noch mehr Bier in sich hinein. Seine Augen waren glasig, als er wieder auf das Sofa sank. „Denk doch, was du willst."

„Sowieso", nickte Rebecca verbittert. Leere breitete sich in ihr aus. Sie spürte das Vakuum in seinem Herzen fast körperlich und begann zu frösteln. Hatte sie sich denn so in diesem Mann getäuscht, den sie doch erst vor wenigen Monaten geheiratet hatte? Roland war es gewesen, der sich in den letzten Wochen um hundertachtzig Grad gedreht hatte. Früher hätte er zumindest versucht, ihre Gefühle zu verstehen. Tränen der Wut traten in ihre Augen, und sie sehnte sich nach Clay. Er war verständnisvoll und sensibel, er hielt sie nicht für verrückt. Wo war er bloß heute Abend? Sie rief sein Profil auf, doch auch dort wurde angezeigt, dass er tatsächlich nicht online war. Enttäuscht verließ sie das Forum.

Vielleicht würde sie es später noch einmal versuchen. Jetzt gab es sowieso andere Probleme. Roland stand auf und schwankte in Richtung Küche, um sich ein neues Bier aus dem Kühlschrank zu holen. Dabei führte sein Weg an dem kleinen Computertisch vorbei. Als er hinter ihr stand, blieb er kurz stehen, blickte über Rebeccas Schulter auf den Bildschirm und schüttelte den Kopf. „Es ist so widerlich", brummte er und setzte seinen Weg zur Küche fort. Rebecca hörte, wie er sich am Kühlschrank zu schaffen machte.

Womöglich war der Streit, den sie nun mit Roland hatte, so etwas wie die Strafe des Himmels. Er hatte ja nicht einmal Unrecht. Auch, wenn sie ihn nicht mit Clay betrog, so tauschte sie mit diesem Unbekannten doch ihre geheimsten Gedanken und Sehnsüchte aus.

Rebecca fühlte sich hin- und hergerissen. Vielleicht war es nicht in Ordnung, dass sie sich einem im Prinzip wildfremden Mann anvertraute und mit ihm über Themen sprach, die zwischen ihr und ihrem Ehemann standen, den sie eigentlich über alles liebte. Doch sie war nie fremd gegangen. Nicht einmal in Gedanken. Nein, soweit wollte sie es auch gar nicht kommen lassen.

Rebecca schaltete den Rechner aus und erhob sich. Sie betrat die Küche. Roland hatte sich mit einer neuen Flasche Bier am Küchentisch niedergelassen. Er hatte die Beine weit von sich gestreckt, knibbelte das feuchte Etikett der Flasche ab, formte daraus kleine Kügelchen, die er auf den Tisch schnippte, und trank in kleinen Schlucken. Dann stierte er wieder ins Leere. Von Rebeccas Anwesenheit nahm er, bewusst oder unbewusst, keine Notiz.

„Es tut mir leid", sagte Rebecca leise. Sie lehnte mit verschränkten Armen im Türrahmen und beobachtete den Mann, mit dem sie eigentlich ihre Zukunft verbringen wollte.

Sein Kopf ruckte hoch. Aus glasigen Augen starrte er sie unverwandt an und zuckte die Schultern. „Hm." Wieder ein Schluck aus der Flasche. Er trank hastig, doch diesmal unterdrückte er den Rülpser. Rebecca stieß sich vom Türrahmen ab und zog sich einen Küchenstuhl heran. Sie setzte sich und stützte den Kopf in die Hände. „Ich weiß auch nicht, was manchmal mit mir los ist. Du weißt, dass mich Hälse faszinieren. Diese zarte Haut. Die Adern. Sie sind wie ein offenes Tor. Und ich stehe auf diesen süßlichen Geschmack von Blut. Du weißt, dass ich so empfinde. Lebe damit oder lass es."

„Das ist nicht normal, Rebecca."

„Wie dem auch sei. Ich habe mehrmals versucht, mit dir darüber zu sprechen, doch das ist ja offenbar nicht möglich. Du hast mich immer nur ausgelacht und mich deine kleine süße Vampirschlampe oder sonstwie genannt."

„Das hätte ich nicht tun sollen."

„Darum geht es doch gar nicht, Roland."

„Du bist kein Vampir. So was gibt es nicht, außer in alten Filmen oder Büchern. Mensch, kapier doch bitte endlich, dass du jedes Mal auf irgendeinem bescheuerten Trip bist, wenn es dich mal wieder überkommt." Roland schüttelte den Kopf und tippte sich bezeichnend an die Stirn.

„Du willst mich gar nicht verstehen", entgegnete Rebecca enttäuscht. „Und du hast mich ausgelacht. Deshalb habe ich im Internet über dieses Thema recherchiert und festgestellt, dass es noch andere Menschen gibt, die ähnlich empfinden wie ich. Und so habe ich Clay in einem dieser Foren kennen gelernt. Fertig aus."

„Dieses Arschloch hat dir den Kopf verdreht."

„Unsinn." Rebecca machte eine wegwerfende Handbewegung, griff nach Rolands Bierflasche und leerte sie. Er erhob sich, hielt sich am Küchentisch fest und marschierte zum Kühlschrank. Türe auf, neue Flasche, Türe zu. Schwerfällig ließ er sich wieder auf seinen Stuhl sinken, griff nach dem Öffner, warf den Kronkorken in die Ecke der Küche, setzte die Flasche an und trank.

„Dieses Arschloch hat dir echt ins Gehirn geschissen. Rebecca, du bist kein Kind mehr!"

„Ich würde wirklich gerne ernsthaft mit dir darüber sprechen, aber du hast mich von der ersten Minute an, als ich das Thema ansprach, ausgelacht. Ich behaupte nicht, dass ich normal bin, aber ich erwarte von meinem Partner, dass er zu mir steht."

Roland nickte. Er grinste schräg. „Ja", sagte er gedehnt. „In guten und in schlechten Zeiten." Er schlug sich vor die Stirn, dass es klatschte. „Wie konnte ich das nur vergessen, meine süße kleine Vampirschlampe?"

Sie sprang auf, der Stuhl fiel dabei polternd um, und gab ihm eine schallende Ohrfeige. Sein Mund stand vor Staunen weit offen. Die Hand, mit der er die Bierflasche umklammert gehalten hatte, öffnete sich und ließ die Flasche fallen. Sie knallte auf den gefliesten Küchenboden, zerbarst und sprang in braune Scherben. Der Gerstensaft sickerte heraus und bildete einen großen, schäumenden Fleck auf dem Fußboden. Der Geruch von Bier breitete sich in der Küche aus. „Das hättest du nicht tun sollen", flüsterte Roland, doch seine Frau war längst aus dem Raum gestürmt.

22.10 Uhr

„Kind, du siehst müde aus", stellte Edith Hahne lächelnd fest. „Ich glaube, du arbeitest zu viel." Die beiden Frauen saßen sich im spärlich beleuchteten Wohnzimmer von Frankas Mutter gegenüber. Sie lebte seit Ewigkeiten in dem Mehrfamilienhaus an der Eichenstraße. Franka war auf dem Rott groß geworden, und die oft verschlungenen und schwer einsehbaren Straßen, die für einen Fahrschüler ein Albtraum waren, kannte sie wie ihre Westentasche. Diese Wohnung hatten die Eltern bereits bewohnt, als Franka noch ein Kind gewesen war. Ihr ehemaliges Kinderzimmer gab es noch – allerdings war es inzwischen zum Bügelzimmer der Mutter umfunktioniert worden. Auch, wenn ihr die Wohnung nach Frankas Auszug und dem Tod des Vaters viel zu groß war, so wollte sie nicht ausziehen. Zu viele Erinnerungen hingen an diesen vier Wänden. Einen alten Baum verpflanzt man nicht mehr, pflegte sie stets zu sagen, wenn ihr jemand aus dem Bekanntenkreis den Umzug in eine kleinere Wohnung ans Herz legte.

„Ich sehe nicht nur so aus – ich bin müde." Franka nickte und knabberte Gebäck. Ihre Mutter hatte einen Tee aufgesetzt und Kerzen angezündet. Aus dem Radio tönte leise Musik – deutscher Schlager, denn Edith Hahne liebte Schlagermusik über alles.

„Ich arbeite an einem Fall um einen ziemlich brutalen Mord", antwortete Franka und unterdrückte ein Gähnen. „Der Mörder hat sein Opfer erst missbraucht und dann zu Tode gebissen."

Edith Hahne bekam große Augen. „Was, sag bloß, du arbeitest an dem Fall der Bestie?" Sie schüttelte den Kopf. „Ich habe in der Zeitung davon gelesen. Schrecklich so was. Manchmal mache ich mir wirklich Sorgen um dich, Kind."

„Keine Angst, ich werde mich nicht beißen lassen", lächelte Franka.

„Man muss sich immer wieder fragen, zu was Menschen eigentlich fähig sind", ereiferte sich die alte Dame.

„Das muss ich mich leider jeden Tag fragen", erwiderte Franka.

„Vielleicht solltest du dich lieber in den Innendienst versetzen lassen", überlegte Edith Hahne und strich sich eine graue Strähne aus dem Gesicht. „Da wärst du in Sicherheit."

„Nein, das ist absolut nicht mein Ding", lachte Franka. „Acht Stunden am Tag als Schreibtischtäterin ... ich muss raus, brauche den Kontakt zu den Menschen. Und sobald wir an einem neuen Fall arbeiten, packt mich das Jagdfieber. Ich würde es nicht im Büro aushalten, solange der Täter, den wir suchen, noch auf freiem Fuß ist. Eigentlich habe ich auch jetzt keine wirkliche Ruhe."

Frankas Mutter zuckte die Schultern. „Aber du besuchst deine Mutter trotzdem", stellte sie lächelnd fest. „Und das freut mich."

„Ich bin leider wirklich platt", gab Franka zu. „Das Problem ist, dass ich ständig an der Lösung des Falls arbeite, zumindest geistig. Mein

Körper sehnt sich nach Entspannung, aber mein Geist ist ständig wach und gönnt mir keine Erholung. Ich könnte jetzt auf der Stelle in mein Bett fallen, weil ich todmüde bin. Aber sobald ich liege, wälze ich mich von einer Seite auf die andere, finde keine Ruhe und starre die Zimmerdecke an. Das ist mein Problem. So richtig ausruhen kann ich erst, wenn der Fall abgeschlossen ist.“

„Vielleicht solltest du Schlaftabletten nehmen.“

„Dann bin ich innerhalb weniger Tage süchtig“, lachte Franka und schüttelte den Kopf. „Es ist halt so, da muss ich durch. Von einem Achtstundentag muss ich wohl auch noch weiter träumen.“

„So wirst du niemals einen Mann finden, Kind. Oder gibt es schon jemanden in deinem Leben, und du verheimlichst ihn mir?“ Edith Hahne zwinkerte ihrer Tochter verschwörerisch zu.

Mit ihrer Mutter verband Franka ein gutes, freundschaftliches Verhältnis, das nach dem Tod des Vaters noch mehr gewachsen war. Die beiden Frauen hatten keine Geheimnisse voreinander. Franka überlegte, ob sie ihr von Bernd Krüger erzählen sollte, doch sie entschied sich dagegen. Vermutlich hatte ihre Mutter moralische Bedenken dagegen, dass sie Interesse an einem – noch – verheirateten Mann bekundete. So etwas gehörte sich einfach nicht. Basta.

Franka hatte sich ja auch vorgenommen, mit Krüger nichts anzufangen, solange er noch verheiratet war. Was wäre, wenn er sich wirklich von seiner Frau trennte? Würde sie dann ihre Nachfolge antreten? Sie wusste es nicht. Noch nicht. Und Franka nahm sich vor, die Dinge einfach auf sich zukommen zu lassen. „Nein, leider gibt es keinen Mann – noch nicht.“

„Und was ist mit deinem Partner?“

„Du meinst Micha? Er ist herzensgut, ein treuer Schluffen und gibt für wahre Freunde sein letztes Hemd.“

„Dann hol ihn dir, Kind!“

Franka lachte und winkte ab. „Nein, danke. Seine Ex-Frau lebt noch in Köln, und seit ihrer Scheidung verstehen sich die beiden besser, als zu jener Zeit, da sie noch verheiratet waren. Sie besuchen sich regelmäßig. Nein, ich glaube, damit hätte ich ein Problem, Mutti.“

„Das ist schade, wo ihr euch doch so gut versteht.“

„Er wird mir schon noch begegnen, der Mann meiner Träume", lächelte Franka und gähnte nun doch. „Es ist spät geworden, und der Tag morgen wird wieder hart."

„Dann versuch dich auszuruhen, Kind. Ich werde auch gleich ins Bett gehen. Morgen gehe ich zum Friedhof und bringe Papa neue Blumen aufs Grab."

Franka leerte ihre Tasse und erhob sich. „Ruf an, wenn ich Zeit habe, komme ich mit."

„Gern." Edith begleitete ihre Tochter zur Türe.

Franka schlüpfte in ihre dicke Winterjacke und legte den Wollschal um. „Danke für den Tee."

„Danke, dass du dir Zeit für deine alte Mutter genommen hast."

Franka drückte sie. Die beiden verabredeten sich für den nächsten Tag, dann war die Kommissarin draußen. Als sie sich zur Wohnung der Mutter umblickte, stand die alte Dame am Fenster und winkte ihr nach, bis sie hinter der nächsten Straßenecke verschwunden war. Es war wieder um ein paar Grad kälter geworden. Der Schnee knirschte unter ihren Schuhen. Ihre Wohnung lag nur zwei Straßen weiter, und sie nutzte den kurzen Fußweg durch die Nacht, um noch etwas frische Luft zu bekommen. Verlassen lag die Eichenstraße da. Die Autos, die noch unterwegs waren, fuhren recht langsam. Franka vermutete, dass die Fahrbahn glatt war und war froh, dass sie den kurzen Weg zur Tunnelstraße, wo ihre Wohnung lag, zu Fuß zurücklegen konnte.

Während sie durch die Kälte stapfte, hing sie ihren Gedanken nach. Und diesmal gelang es ihr sogar, nicht an den Fall zu denken. Als sie an den Fassaden der umliegenden Häuser emporblickte, atmete sie tief durch. Dies war ihre Heimat, hier war sie aufgewachsen und es schien sich während ihrer Zeit in Berlin nichts verändert zu haben. Sie liebte ihre Heimatstadt und war froh, wieder hier arbeiten zu können. Berlin war ihr zu hektisch und zu groß gewesen, da liebte sie den Charme ihrer Heimatstadt, die sich gern als bergische Metropole verstand und doch so dörflich war. In Berlin war sie von Freunden und Kollegen immer wieder auf das Wahrzeichen der Stadt, die Schwebebahn, angesprochen worden, und Franka hatte lächelnd berichtet, dass Wuppertal noch viel mehr zu bieten hatte als dieses einzigartige Verkehrsmittel. Sie nahm sich vor, in den nächsten Tagen einmal in den Zoo zu gehen, der im Sommer Gäste von nah und fern lockte. Für sie war Wuppertal liebenswert, eine Stadt, die viele Macken hatte, in der es sich jedoch recht gut leben ließ. Franka beschloss, ihrer Heimatstadt vorerst nicht mehr den Rücken zuzuwenden.

Als sie in die Tunnelstraße einbog, freute sie sich auf ihr Bett. Franka fröstelte. Kleine Atemwolken schwebten vor ihrem Gesicht. Nach wenigen Minuten hatte sie das alte Mietshaus, in dem ihre Wohnung lag, erreicht. Sie ließ den Blick am Haus hinauf gleiten, doch die Fenster waren dunkel. Nur beim alten Müller im ersten Stock lief der Fernseher und warf sein bläuliches Licht an die vom Zigarrenqualm des Rentners vergilbten Gardinen.

Franka betrat das Haus und versuchte unnötigen Lärm im Treppenhaus zu vermeiden, da viele der Wohnungen von älteren Menschen bewohnt wurden. Sie schloss leise ihre Wohnungstüre auf und betrat den dunklen Flur. Ihre rechte Hand glitt über die Wand neben der Tür. Sie suchte und fand den Lichtschalter und betätigte ihn. An diesem Abend steckte sie den Schlüssel von innen ins Schloss, drehte ihn zweimal, legte die Sicherheitskette an und verriegelte das Zusatzschloss. „Ich mach mir schon vor Angst in die Hose“, murmelte sie kopfschüttelnd, zog die Jacke aus und warf sie über den Haken. Wieder dachte sie an den Mann, den die Presse schon reißerisch als „die Bestie“ bezeichnet hatte. Was, wenn er wusste, wer ihm auf den Fersen war? Was, wenn er den Spieß herumdrehte und ihr nun nachstellte?

Ernüchtert stellte sie fest, dass der Fall sie doch nicht losließ. Ihre Gedanken kreisten um das grauenhafte Verbrechen, und sie fragte sich, wer in der Lage war, eine solche Tat zu begehen. Gern hätte sie noch mit jemandem, der zuhause auf sie wartete, darüber gesprochen. Doch sie war alleine. Die Wohnung kam ihr heute ganz besonders kalt und leer vor. Wie schön wäre es, wenn jetzt jemand da wäre, der auf sie wartete – der sich freute, dass sie nach Hause kam. Doch da war niemand. Den Seufzer, der über ihre Lippen kam, bemerkte sie selber gar nicht.

Franka streifte ihre gefütterten Winterstiefel ab, zog die dicken Strümpfe wieder hoch, kickte die Schuhe in die Ecke und marschierte auf Socken ins Schlafzimmer, wo sie sich entkleidete. Nachdem sie sich im Bad frisch gemacht hatte, schlüpfte sie in den frottierten Schlafanzug und kroch ins Bett, das ihr heute besonders groß und leer vorkam. Die junge Kommissarin zog die Bettdecke bis zum Kinn, drehte sich auf den Rücken und starrte an die Zimmerdecke. Das Gespräch mit ihrer Mutter geisterte ihr im Kopf herum. Vielleicht hatte sie gar nicht mal Unrecht, als sie gesagt hatte, dass Franka einen Mann an ihrer Seite brauchte. Doch augenblicklich war einfach keine Zeit, sich nach einem Mann fürs Leben umzusehen. Sie erinnerte sich an ihre Zeit in Berlin. Eigentlich war sie zurück in ihre Heimatstadt gekommen, weil sie ein wenig mehr Ruhe haben wollte. Nun, Zeit für ihre Mutter fand sie jetzt hin und wieder, aber Freizeit war immer noch ein Fremdwort. Der Job als Kommissarin forderte sie so sehr, dass sie froh war, wenn sie nach Feierabend einmal ein paar Stunden in ihrer kleinen Wohnung am Rott entspannen konnte. Trotzdem war da diese Leere tief in ihr. Sie sehnte sich nach einem Mann, mit dem sie durchs Leben gehen konnte. Aber die wenigsten Männer hatten Verständnis für eine Frau, die Mörder jagte und nur selten zuhause sein konnte. Vielleicht sollte sie sich einen Fernfahrer angeln, überlegte sie schmunzelnd. Die Jungs waren auch nur selten zuhause, und wenn, dann schliefen sie sich von einer anstrengenden Arbeitswoche auf dem Bock aus. Allerdings konnte Franka sich nicht vorstellen, dass ein Fernfahrer etwas mit einer Polizistin anfangen würde. Eigentlich war es ihr egal, welchen Beruf der Mann ihrer Träume ausübte, solange er hinter ihr stand und ihr ab und zu eine starke Schulter bot, an der sie sich ausweinen und anlehnen konnte, wenn ihre Welt wieder einmal zusammenzubrechen drohte. In Nächten wie diesen übermannte sie die Einsamkeit auf eine schmerzhafte Weise.

Sie kuschelte sich noch ein wenig tiefer in die Decke ein und schloss die Augen. Wohlige Müdigkeit überkam sie, und nach wenigen Minuten war sie in einen tiefen, traumlosen Schlaf gefallen.

22.15 Uhr

Er handelte wie im Fieber. Zufrieden betrachtete er sein Werk. Die Frau lag, nur mit Unterwäsche bekleidet, auf dem zurückgeklappten Beifahrersitz. Die Fesseln, die er ihr angelegt hatte, saßen stramm und hinterließen schon jetzt tiefrote Striemen an ihren Handgelenken. Der Knebel machte ihr das Atmen schwer. Sie keuchte, und winzige Schweißperlen glänzten auf ihrer Stirn. Die Angst vor dem Sterben lag in ihren Augen. Ohnmächtig lag sie dort und blickte zu ihm auf. Sie war ihm ergeben.

Er hatte Macht über sie. Er würde bestimmen, wie es mit ihr weiterging.

Jetzt spürte er, wie die Erregung in seine Lenden schoss. Sein Atem ging rasselnd, Vielleicht würde er sie erlösen, sobald er fertig war mit ihr. Doch so weit war es noch lange nicht. Lüstern glitt sein Blick über ihre samtene Haut.

Sie zerrte an ihren Fesseln. Um Hilfe rufen konnte sie nicht, denn mit roher Gewalt hatte er ihr den Stofffetzen, den er aus ihrer Bluse herausgerissen hatte, in den Mund gedrückt. Einfach so. Es war ein Leichtes für ihn gewesen, sie zu fesseln. Ironie des Schicksals, dass die Fesseln aus den Resten ihrer eigenen Kleidung bestanden. Mit vorgehaltener Waffe hatte er sie auf dem dunklen Waldparkplatz dazu gezwungen, sich bis auf die Unterwäsche auszuziehen. Sie hatte gejammert und gefleht, er möge ihr nichts tun. Ihre Schminke war verlaufen und hatte hässliche dunkle Streifen in ihrem leichenblassen Gesicht hinterlassen. Nun wirkte ihr hübsches Gesicht wie eine bizarre Clownsmaske. So sehr sie sich auch anfangs gewehrt hatte, sie hatte keine Chance gegen ihn gehabt. Er war groß und kräftig; sie war klein und zierlich. Ihr Jammern und Winseln hatten ihn erregt. Er hatte zugeschlagen.

Er hatte sie gebrochen.

Von der Sekunde an, als seine fünf Finger sich rot in ihrem Gesicht abmalten, war ihr Widerstand geschmolzen wie ein Stück Butter in der Sonne. Er hatte schon jetzt gewonnen. Hatte freie Bahn.

Grenzenlose Panik lag in ihrem Blick, als er die Hose öffnete. Wie immer trug er keine Unterhose. Es musste schnell gehen.

„Jetzt bist du reif", keuchte er mit vorgehaltener Waffe. „Du willst doch nicht, dass ich dich erschieße, oder?" Sie schüttelte stumm den Kopf und blickte mit angstgeweiteten Augen zu ihm auf. Panik lag in ihrem Blick, als sie sein erigiertes Glied sah.

„Schrei ruhig, wenn du kannst. Durch den Knebel hört dich niemand. Außerdem ist hier draußen kein Mensch. Wenn du schlau bist, lässt du mich ran, ohne Theater zu machen." Er legte die Pistole, mit der er Baumann erschossen hatte, auf das Armaturenbrett und zog seine Hose jetzt ganz herunter. Mit der ausgestreckten Hand griff er nach ihrem Slip. Sie trug einen weißen String mit Spitzenbesatz.

„So feine Wäsche hast du angelegt – wohl extra für mich?" Mit einer hastigen Bewegung zerrte er an dem Slip. Mit einem hässlichen Geräusch riss der Stoff. Fasziniert starrte er auf ihr Geschlecht. Nur ein schmaler Streifen ihrer Schambehaarung zeigte wie ein Pfeil auf ihre Vagina. Der Anblick ihres in Todesangst verzerrten Blickes erregte ihn. Mit einem Satz war er über ihr und drückte ihre schlanken Schenkel auseinander. Er vermutete, dass die Kleine viel Sport trieb. Brutal presste er seine Hüften gegen ihren Unterleib. Ruckartig stieß er sein Becken vor und drang tief in sie ein. Ein dumpfer Schmerzenslaut drang durch den Knebel.

Tränen rannen über ihr schmerzverzerrtes Gesicht, und er fühlte die Macht, die er besaß.

Keuchend stieß er in sie hinein, fühlte, wie sich ihr Unterleib verkrampfte. Alles in ihr wehrte sich gegen ihn, doch er würde ihr zeigen, wer die Macht besaß. Lachend küsste er ihre Tränen aus dem Gesicht. Sie schmeckten salzig. Er biss ihr in die Wange, schmeckte das weiche Fleisch. Sie versuchte zu schreien, doch der Schrei wurde von dem Knebel verschluckt. Er lachte. „Du willst wohl nicht gefickt werden? Dir werd ich es besorgen. Danach willst du mit keinem anderen Kerl mehr ficken." Tiefer drang er in sie ein, presste ihre Beine weit auseinander. Wieder biss er sie, diesmal schlug er seine Zähne in ihren Hals. Er schmeckte ihr Blut und spürte, wie sie sich vor Schmerzen unter ihm wand. Unter dem Knebel wimmerte sie leise. Sie hatte keine Chance gegen ihn. Er hob einen Arm und schob ihren BH zur Seite. Sie hatte volle, feste Brüste. Frech ragten die Brustwarzen zu ihm auf.

Er schlug seine Zähne in ihre linke Brust und glaubte, das Herz unter dem Fleisch pochen zu fühlen. Der Geschmack ihres Körpers versetzte ihn in einen Wahn. Er musste sie nicht nur besitzen – er musste sie *schmecken*. Seine Bisse wurden fester. Sie wimmerte vor Schmerzen und war einer Ohnmacht nahe. Sie verdrehte die Augen.

Starb sie etwa jetzt schon?

„Stirb noch nicht“, keuchte er und schlug ihr ins Gesicht. Jeder seiner fünf Finger hinterließ einen tiefroten Streifen. „Ich bin noch nicht fertig mit dir!“

Todesangst lag in ihrem Blick, und sie hatte sich längst aufgegeben. Wahrscheinlich betete sie, dass es schnell vorbei sein möge, dachte er. Sie konnte seinen Anblick nicht ertragen und schloss die Augen.

„Sieh mir in die Augen!“ Es dauerte nicht lange, bis er zum Höhepunkt kam. Tief in ihr entlud er sich und war für den Bruchteil einer Sekunde verwundbar und in einem tranceähnlichen Zustand.

22.30 Uhr

Sie war gestorben. Nicht körperlich – noch nicht, aber seelisch. Und sie fragte sich, welcher Tod wohl schmerzhafter sei. Er hatte sich ihres Körpers bemächtigt und dabei ihre Seele getötet. Nichts als Leere war in ihrem Kopf. Ihr Schädel schien zu explodieren, nachdem er sie wieder und wieder geohrfeigt hatte.

Die Brust, in die er gerade seine Zähne geschlagen hatte wie ein Raubtier in seine Beute, fühlte sich an, als loderte ein Feuer unter ihrer geschundenen Haut. Als sie an sich herab blickte, sah sie, dass er ihr eine tiefe Wunde zugefügt hatte. Sie blutete. Überall war Blut. Was hatte er mit ihrer Brust gemacht? Ganze Schwärme von Insekten schienen aus ihr herauszukrabbeln. Es fühlte sich an, als hätte man ihren Körper mit Säure übergossen.

Übelkeit stieg in ihr auf, und ihr wurde schwarz vor Augen.

Daniela spürte, wie das Leben aus ihr wich. Und sie wehrte sich nicht, sehnte sich nur nach Frieden. Nach Ruhe. Und sie sehnte den Moment herbei, da diese höllischen Schmerzen endlich aufhörten.

Der Umstand, dass ihr Peiniger im Augenblick seines Höhepunktes für einen Moment lang verwundbar war, war ihr nicht verborgen geblieben. Doch sie hatte keine Kraft mehr, sich zur Wehr zu setzen. Und sie wollte es auch gar nicht mehr. Sie spürte, dass sie diesen ungleichen Kampf verloren hatte. Schwer lag er auf ihr. Schlapp, fast leblos. In diesem Zustand schien er fast das Dreifache seines eigenen Gewichts zu haben. Er keuchte, und sein fauliger Atem traf sie. Er lähmte ihre Atemwege und brachte sie an den Rand einer Ohnmacht. Sie wünschte sich zu sterben, doch so leicht machte er es ihr nicht. Da war dieser pochende Schmerz in der Brust. Eine warme, klebrige Substanz – ihr eigenes Blut.

Sie würde verbluten.

Seine feuchte Hitze breitete sich in ihrem Schoß aus. Sie würgte. Der Knebel nahm ihr die Luft. Ihr wurde heiß. Sie schloss die Augen, versuchte ihre Atmung zu kontrollieren, was ihr nicht gelang. Sie war kraftlos und ausgemergelt. Jeder Muskel, den sie anspannte, schien unter der Haut zu bersten und ihren Körper sprengen zu wollen. Doch ihre Gliedmaßen gehorchten nicht. Sie war gefangen im eigenen Körper, drehte den Kopf nach links und sah, dass die Autoscheiben beschlagen waren.

Überall war Blut. Am Wagenhimmel über ihr, an den Seitenverkleidungen, einfach überall. Es sah aus, als hätte hier ein Massaker stattgefunden. Und es war ihr Blut. Ihr wurde übel, und langsam fühlte sie, wie ihr die Sinne schwanden. Sicherlich würde es nicht mehr lange dauern, bis sie starb. Sie machte sich Mut damit.

22.35 Uhr

Er hockte über ihr und betrachtete zufrieden, wie das Leben aus ihrem schlanken Körper wich. Sie verdrehte die Augen und bäumte sich ein letztes Mal auf, dann sackte sie leblos unter ihm zusammen.

Bleiern lag die Tote auf ihrem Sitz. Die Spannung in ihrer Hüfte ließ nach. Schlaff fielen die Beine zur Seite, und langsam zog er sich aus ihr zurück. Ihr Oberkörper war blutüberströmt. Noch immer hatte er den Geschmack ihres Fleisches im Mund. Genießerisch leckte er sich über die Lippen. Ganz zart war ihr Fleisch gewesen. Als er sich umblickte, sah er, dass der ganze Innenraum des Wagens blutverschmiert war. Auf den Sitzen, den Türverkleidungen, teilweise sogar auf den Seitenscheiben, befanden sich Blutspritzer. Er blickte an sich herunter und stellte beruhigt fest, dass er selber relativ sauber geblieben war. Vermutlich war nur sein Gesicht mit Blut beschmiert. Das würde er gleich im Innenspiegel überprüfen und sich säubern, bevor er den Heimweg antrat. Auf dem Hemd befanden sich einige verräterische, dunkelrote Spuren. Wenn er den Mantel überzog, würde er nicht auffallen, und zuhause konnte er es entsorgen.

Sein Blick glitt über den leblosen Körper der jungen Frau. Sie wirkte auch im Tod noch so makellos, so unschuldig. Die tiefe Wunde in ihrem Oberkörper empfand er als ästhetisch und sehr anziehend. Klaffende Wunden zierten Hals, Gesicht und die linke Brust. Er hatte die Brustwarze aus ihr herausgebissen und sie verschluckt. Zufrieden beugte er sich über sie. Seine Zunge glitt über die Wunden. Der Geschmack ihres noch warmen Blutes erregte ihn erneut.

Es war eigenartig gewesen. Eigentlich hatte er gar nicht vorgehabt, sich in dieser Nacht ein Opfer zu suchen. Spontan hatte er seinem Verlangen nachgegeben. Nicht sofort, erst nach einigen Kilometern, die sie gemeinsam im Wagen verbracht hatten. Sie war eine schöne Frau gewesen. So gebildet.

Eine junge Architektin sei sie, hatte sie ihm bereitwillig Auskunft gegeben. Alles an ihr hatte nach Geld gerochen. Der Wagen, ihre Kleidung, das Parfüm. Kam von einem Kundentermin und war unterwegs in ihre teure Dachgeschosswohnung in der Stadtmitte. Dort wartete niemand auf sie. Ein Single, eine Karrierefrau. Emanzipiert, und trotzdem war sie begehrenswert gewesen. Der Gedanke, sie zu seinem Opfer zu machen, war ihm spontan in den Kopf gestiegen und hatte fortan sein Denken und Handeln beherrscht.

Er hatte gefühlt, wie das Verlangen in ihm aufgestiegen war und er hatte seiner Gier nachgegeben. Die Bestie in ihm war erwacht.

Es war, als wäre er innerhalb weniger Minuten zu einem anderen Menschen mutiert. Zu einem anderen *Wesen*.

Sie war vorsichtig und misstrauisch ihm gegenüber gewesen, doch das hatte sie nicht geschützt vor dem, was er mit ihr getan hatte. Und trotz ihrer Vorsicht hatte sie nichts von der Metamorphose, die in diesem Augenblick auf dem Beifahrersitz stattgefunden hatte, mitbekommen. Warum also hätte er warten sollen? Es war eine verlassene Landstraße, es schneite, und in diesem Waldstück hielt sich um diese Zeit kein Mensch auf. Niemand, der ihn störte. Das waren die Gedanken, die ihn dazu bewogen hatten, sich dieses Opfers zu bemächtigen. Mit etwas Glück vergingen Tage, bis man ihre Leiche hier fand. Diesmal musste er sie nicht wegschaffen, um seine Spur zu verwischen. Eigentlich konnte er zufrieden sein mit dieser Nacht, die ja gerade erst begann. Er freute sich schon auf die Zeitungsmeldungen, wenn sie ihren Leichnam gefunden hatten. Dann würde es keine Spur mehr geben, die zu ihm führte.

Mit einem teuflischen Grinsen stieg er aus und wischte sich das Blut im Gesicht mit einem Papiertuch ab, das er im Handschuhfach gefunden hatte. Die Kälte, die draußen herrschte, spürte er gar nicht. Er zupfte sich das Hemd zurecht, zog die Hose aus dem Fußraum des Beifahrersitzes hervor und schlüpfte hinein. Anschließend zog er den langen schwarzen Mantel über und knöpfte ihn zu.

Angezogen stand er neben dem Wagen und betrachtete zufrieden sein Werk. Schön war sie gewesen. Schön hatte sie im Augenblick des Todes ausgesehen. Und er hatte den Moment bestimmt, in dem sie aus dem Leben geschieden war. Er hatte sie besessen, hatte über Leben und Tod entschieden. Sie war sein Donar geworden.

Donare. So nannte man in seiner Welt die Opfer. Menschen, die ihr Leben ließen, um seine Gier zu stillen.

Seine Blutopfer.

Freitag

00.10 Uhr

„Wo warst du denn?“ Ein Geräusch im dunklen Schlafzimmer hatte sie geweckt, und die beleuchteten Ziffern des Weckers zeigten ihr, dass sie bereits zwei Stunden geschlafen hatte. In letzter Zeit plagten sie Schlafstörungen, wohl eine Folge des eintönigen Hausfrauenalltags.

Manchmal sehnte sie sich zurück nach einem Beruf, in dem sie sich tagsüber so richtig auspowern und abends todmüde ins Bett fallen konnte. Doch Max hatte gemeint, dass sie nicht arbeiten solle, nachdem sie ihren alten Job verloren hatte. Er wollte nicht, dass seine Frau ihre Energie in einem neuen sinnlosen Job verplemperte, anstatt ausschließlich für ihn und die Familie da zu sein. Und er verdiene genug.

So hatte ihr Dr. Jürgens, der Hausarzt, ein Schlafmittel verschrieben. Das Medikament, das Max ihr vorhin aus der Apotheke mitgebracht hatte, wirkte. Sie hatte geschlafen wie ein Murmeltier. So tief und fest wie schon lange nicht mehr.

Jetzt richtete sie sich halb im Bett auf und beobachtete ihren Mann, der die Schuhe auszog und die schwarze Hose abstreifte und ordentlich über einen Bügel hängte. Ein Hemd trug er nicht, vermutlich hatte er es direkt in die Wäsche gelegt. Das Licht der Straßenlaterne vor dem Schlafzimmerfenster warf einen breiten Lichtstreifen in den unbeleuchteten Raum und ließ sein Gesicht geheimnisvoll wirken. „Der Termin in der Verwaltung hat länger gedauert, die waren noch mit uns essen, und da konnte ich nicht früher weg. Na ja, und dann war ich noch kurz mit dem Hund draußen." Er stand neben dem Bett und lächelte ihr sanft zu. „Du hast geschlafen wie ein Stein."

„Ich weiß", nickte sie zerknirscht. „Ich weiß auch nicht, was mit mir los ist in letzter Zeit. Das muss an dem Schlafmittel von Dr. Jürgens liegen. Es ist, als hätte ich K.O.-Tropfen eingenommen."

„Immerhin kannst du schlafen", lächelte er und strich ihr zärtlich durch das kurze Blondhaar. „Du brauchst die Ruhe, Petra."

„Ist es kalt draußen?"

„Es schneit schon wieder. Hoffentlich komme ich morgen früh zur Arbeit." Eilig zog er die Socken aus und kroch nackt zu ihr unter die Bettdecke.

„Schlafen die Kinder?", fragte Petra Ziegler noch immer schlaftrunken.

„Tief und fest", lächelte er und strich ihr zärtlich durch das warme Gesicht. Sie genoss seine Berührung. Max schmiegte sich an sie heran und schickte Füße und Hände auf Wanderschaft.

„Iih", kreischte sie. „Hau ab, du bist eiskalt!"

„Das weiß ich, deshalb sollst du mich ja jetzt wärmen." Er zog sie an sich heran und küsste sie leidenschaftlich. Und Petras Müdigkeit war von einem Moment auf den anderen verflogen. Sie liebte diese stürmische Leidenschaft ihres Mannes. Und sie war sicher, dass sie gleich wieder sehr, sehr müde sein würde. Wie ausgehungert fielen sie übereinander her und vergaßen für einen Moment, dass nebenan das Kinderzimmer lag.

4.25 Uhr

Anfangs dachte sie, dass sie mal wieder vor dem Fernseher eingeschlafen wäre. Stampfende Rhythmen bohrten sich in ihr Unterbewusstsein. Rammstein, registrierte sie und zog sich die Decke über den Kopf. Doch die Musik verstummte nicht, ganz im Gegenteil. Unter Rammstein mischte sich jetzt auch noch das wütende Summen einer Hornisse. Ein unwilliges Brummen kam über Frankas Lippen. Sie vergrub den Kopf so weit es ging im Kopfkissen. Doch die Kakophonie verstummte nicht. Ihr Herz schlug ihr bis zum Hals, als sie die Augen öffnete und sich in der Dunkelheit ihres kleinen Schlafzimmers wiederfand. Ein geisterhaftes Leuchten auf dem Nachtschränkchen zog ihre Aufmerksamkeit auf sich. Franka streckte die Hand aus und angelte nach dem Telefon. Prompt wischte sie das Gerät vom Schrank. Scheppernd schlug es am Boden auf. Sofort kehrte Ruhe ein. Schlaftrunken spürte Franka, dass etwas nicht stimmte. Sie richtete sich schwerfällig im Bett auf und knipste die kleine Nachttischlampe an. Der Schein blendete sie. Sie blinzelte und sah das Handy auf dem Boden liegen. Es hatte sich bei dem Sturz in seine Einzelteile zerlegt. Der Akku lag neben dem Gehäuse. Kein Wunder, dass schlagartig Ruhe eingekehrt war. „Mist", brummte Franka und ging neben dem Bett in die Knie, um die Einzelteile ihres Handys wieder zusammen zu setzen. Nachdem sie das Gerät wieder montiert hatte, drückte sie den Einschaltknopf und gab ihre PIN ein. Es dauerte einen Moment, bis sich das Telefon ins Netz eingewählt hatte. Dann sah sie den vergeblichen Ruf im Display. Micha. Gleichzeitig wusste sie, dass die Nacht schon wieder vorüber war. Sie drückte die Rückruftaste.

„Mein Gott, hast du einen festen Schlaf", brummte er.

„Komm auf den Punkt." Franka gähnte ungeniert in den Hörer und rieb sich den Schlaf aus den Augen. „Ich muss dir wohl nicht sagen, wie spät es ist." Mit dem Telefon am Ohr kletterte sie auf die Bettkante. Sehnsüchtig blickte sie auf die verwühlten Laken. Erst jetzt spürte sie, wie müde sie eigentlich war.

„Schimpf nicht mit mir, mich haben die Jungs von der Kriminalwache auch aus den süßesten Träumen gerissen. Die Dinge überschlagen sich."

„Du sprichst in Rätseln", beschwerte sich Franka und unterlag einem weiteren Gähnanfall.

„Punkt eins: Unser Beißer hat wieder zugeschlagen."

Franka war auf der Stelle hellwach.

„Ein Kurierfahrer, der wegen einer Autobahnvollsperrung auf die Landesstraße 432 ausgewichen ist, hat auf einem Wanderparkplatz an der Straße Einern zwecks Pinkelpause angehalten und dort ein auffälliges Fahrzeug bemerkt. Als er sich dem Wagen näherte, sah er die tote Frau im Auto liegen. Sie war unbekleidet, gefesselt und geknebelt. Im Oberkörperbereich wies der Leichnam starke Bisswunden auf."

„Scheiße", kam es über Frankas Lippen.

„Allerdings. Aber das ist noch nicht alles: Bever hat auch eben angerufen: Sie haben Baumann gefunden. Leider zu spät, denn er wurde mit einer kleinkalibrigen Waffe erschossen. Man fand ihn in einer alten Fabrikhalle, wo er angeblich zu einem Termin mit einem Kaufinteressenten verabredet war."

„Ich habe gerade so ein Déjà vu", murmelte Franka fassungslos. Clay hatte also wieder zugeschlagen. Dass er diesmal eine Pistole benutzt hatte, um sein Opfer aus dem Weg zu räumen, war neu. Sollte er tatsächlich hinter Baumanns Mord stecken, gingen jetzt vier Menschenleben auf sein Konto.

„Wie hat man ihn gefunden?"

„Nach der ergebnislosen Fahndung hat Bever den Druck erhöht und sein Handy orten lassen. Mellinghaus und Hanser haben ihn in der Ruine in Varresbeck gefunden. Sie sind vor Ort und veranlassen alles Nötige."

„Das würde bedeuten, dass Baumann kein schlechtes Gewissen

hatte, denn sonst hätte er sicherlich sein Handy abgeschaltet, um zu vermeiden, dass wir ihn orten können."

„Er ist … er war clever."

„Wann kannst du hier sein?", fragte sie.

„Warum?"

„Ich will mir die Tote ansehen." Franka erhob sich und wanderte durch das Schlafzimmer. Sie trat an das Fenster, zog die Gardinen einen Spalt breit auseinander und blickte hinab auf die menschenleere Straße. Schneefall hatte eingesetzt und den Asphalt mit einer weißen Schicht überzogen, die jetzt im Licht der Straßenlaternen glitzerte. Eigentlich liebte sie diese friedliche Stille in den Winternächten. Doch diesmal war die Stille trügerisch. Da draußen lief ein wahnsinniger Mörder frei herum.

„Ich bin in zehn Minuten fertig", sagte sie, als Micha schwieg.

„Und dann?"

„Fahren wir raus zum Tatort. Vielleicht finden wir diesmal eine Spur, die uns zu ihm führt."

„Da ist es dunkel wie im Bärenarsch", wagte Micha einen zaghaften Einspruch.

„Es wird auch bald wieder hell. „Schwing deinen Hintern hierher. Ich stehe in zehn Minuten vor dem Haus und warte auf dich." Bevor er etwas erwidern konnte, legte Franka auf. Eilig verschwand sie im Bad, drehte die Heizung auf und wusch sich mit kaltem Wasser das Gesicht. Nachdem sie einigermaßen munter war, bürstete sie das lange schwarze Haar und bändigte es mit einer Spange. Danach putzte sie schnell die Zähne, machte einen Halt in der Küche und trank ein kaltes Glas Milch. Dazu gab es Butterkekse. Kauend betrat sie das Schlafzimmer und nahm die Sachen vom Stuhl, die sie sich bereitgelegt hatte. Manchmal war ihr Job vergleichbar mit dem eines Feuerwehrmannes. So schnell es ging, schlüpfte sie in ihre Klamotten, schnappte sich Schlüssel und Handy und war im nächsten Moment draußen an der Luft. Sie hatte sich eine Mütze aufgesetzt und den dicken Wollschal, den ihr Mutter letztes Jahr zu Weihnachten geschenkt hatte, um den Hals gewickelt und bis zur Nase hochgezogen. An den Händen trug sie dicke Handschuhe, und die Füße steckten in fellbesetzten Moonboots. Derart vermummt trat sie an den Straßenrand, als der Dienstwagen des KK 11 um die Straßenecke bog. Micha schien es eilig zu haben. Schliddernd kam der Audi auf der dünnen Schneedecke zum Stehen. Franka riss die Tür auf und steckte den Kopf in den Wagen. „Wo bleibst du denn?“, fragte sie mit ernster Miene und stieg ein.

Während der Fahrt in den Norden der Stadt berichtete Micha ihr, was er wusste. „Bei der Toten handelt es sich um Daniela Sauer, eine junge Architektin hier aus der Stadt. Die Kollegen haben auch schon recherchiert. Sie war auf dem Rückweg von Berlin. Scheint eine Karrierefrau gewesen zu sein, recht erfolgreich. Eine Kollegin, die mit ihr im Auto sitzen sollte, fehlt aber noch.“

„Moment“, rief Franka und massierte sich die Schläfen. „Das bedeutet, sie war nicht alleine unterwegs, richtig?“

„Richtig“, nickte Micha. „Aber im Wagen war nur sie aufzufinden. Von der Kollegin, einer gewissen Sabine Haderstedt, fehlt jede Spur. Wir fahnden bereits nach ihr.“

„Da gibt es nur zwei Möglichkeiten: Entweder, sie ist gar nicht erst mitgefahren, als die Tote den Heimweg antrat – warum auch immer – oder ... sie irrt irgendwo in der Pampa herum, vielleicht, weil sie unter Schock steht.“

„Oder sie liegt tot in der Pampa herum, weil unser Mörder sie auch auf dem Gewissen hat, sie aber noch nicht gefunden wurde.“

Das Gebläse des Audi lief auf Hochtouren, und aus dem Radio erklang leise das Nachtprogramm der ARD. Micha starrte hinaus in die Lichtlanzen der Scheinwerfer und dachte nach. „Vielleicht sollten wir einen Hubschrauber mit Wärmebildkamera zum Fundort der Leiche bestellen. Sollte die andere Frau tatsächlich noch unterwegs sein, wird sie sich den Tod holen. Falls sie noch nicht von diesem Wahnsinnigen ermordet wurde.“

4.50 Uhr

Diesmal hatte Clay auf einem kleinen Wanderparkplatz in einem Wald nahe der Ortschaft Schee zugeschlagen. Als Micha den Audi über den schmalen Weg lenkte, der die Straße Einern mit dem Platz im Wald verband, schnürte sich Frankas Kehle zu. Den einsamen Parkplatz im Wald, auf dem das schreckliche Verbrechen geschehen war, kannte sie. Niemals hatte sie gedacht, von ihrer eigenen Vergangenheit eingeholt zu werden.

Ausgerechnet hier, dachte sie und hoffte, dass Micha nicht mitbekam, wie aufgewühlt sie plötzlich war. Niemals hätte sie gedacht, dass der Fall der Bestie sie in ihre eigene Vergangenheit entführte. Sie zitterte leicht, als Micha den Dienstwagen auf dem Parkplatz zum Stehen brachte.

„Chaosphase“, kommentierte er mit einem müden Grinsen, während er die Fahrertür aufstieß und mit dem Kinn auf das Treiben deutete. Die Kollegen standen zusammen und tauschten die ersten Informationen aus, ein Notarzt war ebenfalls bereits anwesend.

Nur zu gut erinnerte sich Franka an diesen Ort.

Tagsüber war der Parkplatz Ausgangspunkt für unzählige Spaziergänger und Jogger, die sich am Stadtrand in der Natur erholen wollten. Nachts hingegen war es ein verschwiegener Ort, an den sich kaum ein Mensch verirrte. Seitlich parkte ein dunkelblauer Lieferwagen. Die Fahrertür stand offen, und der Fahrer kauerte hinter dem Lenkrad und stierte ins Leere, während er auf den Nägeln herum kaute. Die Innenbeleuchtung des Sprinters ließ sein schmales Gesicht blass erscheinen. Franka schätzte ihn auf Ende dreißig, konnte aber aufgrund der Sichtverhältnisse auch irren. Am anderen Rand des Parkplatzes parkte ein dunkles Sportcoupé, das Franka bei näherem Hinsehen als VW Eos erkannte. Beide Türen standen weit offen, und ein Kollege der Kriminalwache war gerade damit beschäftigt, leistungsstarke Scheinwerfer aufzustellen. Am Tatort herrschte die übliche Hektik, mit der Ausnahme, dass die Kollegen des Streifendienstes sich nicht mit Horden von Schaulustigen herumärgern mussten. Die Kollegen der Spurensicherung waren erst wenige Minuten vor Franka und Micha angekommen und klappten ihre Koffer auf. Ein wenig überrascht stellte Franka fest, dass Bernd Krüger in dieser Nacht Dienst hatte. Er zwinkerte ihr unauffällig zu, während er in den faserfreien weißen Overall schlüpfte. Lars Ricken klappte bereits die Alukoffer mit der Ausrüstung auf und machte sich ans Werk.

„Wo ist denn Zielke?“, fragte Franka, die den älteren Kollegen nicht sehen konnte.

„Er ist bei Baumanns Leiche“, murmelte Krüger. „Was für eine Nacht. Mich haben sie aus dem Urlaub geholt, weil hier die Hölle los ist. Ich werde später auch noch zu der alten Fabrik rüberfahren und sehen, dass ich Werner helfen kann.“

„Schön, dass du wieder da bist.“

Nun lächelte er, und seine strahlend blauen Augen blitzten. „Danke, finde ich auch.“ Dann deutete er mit dem Daumen auf den Tatort. „Davon mal abgesehen.“

„Hm.“ Franka nickte und schob sich die warme Mütze zurecht.

„Wir sollten mal was trinken gehen, wenn das hier alles vorbei ist. Es gibt viel zu erzählen.“

„Dann tun wir das.“ Franka nickte.

„Versprochen?“ Krüger legte den Kopf schräg, und Franka spürte, dass ihm tatsächlich viel daran gelegen war, mit ihr auszugehen.

„Franka – kommst du?“, rief Micha von hinten. Sie wandte sich um und ging zu Micha.

Ein Kollege der Kriminalwache, den sie nur vom Sehen kannte, nahm Franka und Micha in Empfang und berichtete ihnen, was er wusste. „Der Fahrer des blauen Sprinters hat die Leiche gefunden“, erklärte er in sachlichem Tonfall und deutete mit dem Kinn auf den Lieferwagen. „Er hat hier zu einer Pinkelpause angehalten. Der abgestellte VW kam ihm merkwürdig vor, und so begab er sich zu dem Wagen und entdeckte darin die Tote. Sie ist schrecklich entstellt. Der Mann hat sich auf der Stelle übergeben, dann über den Notruf die Streife über den Fund informiert und wollte weiterfahren, da er dringende Terminfracht geladen hat.“ Ein mattes Lächeln huschte um die schmalen Lippen des Kollegen. „Er ist sehr blass. Wohl eine Folge des Schocks, unter dem er steht. Der Notarzt hat ihm bereits ein Beruhigungsmittel verabreicht.“

„Wurde das Opfer missbraucht?“ Franka spähte zu dem Sportwagen hinüber, wo sich die beiden Kommissare der Spurensicherung an die Arbeit machten.

„Allerdings. Die Frau ist unbekleidet. Der Täter hat sie mit den

Fetzen ihrer eigenen Kleidungsstücke gefesselt und geknebelt, bevor er sich an ihr vergangen hat. Und er fügte dem Opfer markante Bisswunden im Bereich von Hals und Brust zu, die nach Angaben des Notarztes zum Tod durch Verbluten geführt haben."

Micha nickte. Er hatte die Hände in den Taschen seiner Winterjacke vergraben. Seine Wangenknochen mahlten. Franka kannte ihn gut genug: Ein untrügliches Zeichen, dass es unter seiner harten Schale brodelte.

„Wie kam der Täter hierher?", fragte sie. „Und vor allem – wie kam er von diesem einsamen Ort wieder weg?"

Schulterzucken. „Vermutlich hat die Frau ihn als Anhalter mitgenommen."

Micha schüttelte den Kopf. „Das wäre nicht seine Art. Normalerweise bereitet er einen solchen Anschlag von langer Hand vor. Er ist gründlich und handelt überlegt, eine Tatsache, die ihn so verdammt gefährlich macht."

„Diesmal, so scheint es, hat er sich zu einer spontanen Tat hinreißen lassen. Oder die Frau kannte ihr Opfer und hat sich zuvor mit ihm an einer anderen Stelle getroffen, um gemeinsam mit ihm hierher zu kommen."

Franka entfernte sich von Micha und dem Kollegen von der Kriminalwache. Sie hatte bereits genug gehört. Drüben am Wagen wurden die Scheinwerfer eingeschaltet, die die Szenerie in ein gleißendes Licht tauchten. Jetzt wurde das Ausmaß des Schreckens sichtbar, denn der Innenraum des VW Eos war über und über mit Blut besudelt. Clay hatte ein furchtbares Massaker angerichtet. Franka, die eigentlich hart im Nehmen war, spürte, wie sich ihre Kehle zuschnürte. Ihr wurde übel, und sie wandte sich vom Wagen ab und blickte sich auf dem Parkplatz um. Den Platz kannte sie von früher. Sie trat an den Waldrand und blickte in das Dickicht. Im Unterholz knackte etwas. Wahrscheinlich ein Reh, dachte sie mit klopfendem Herzen.

Oder war Clay noch in der Nähe, um zu sehen, was die Polizei hier mit seinem Opfer veranstaltete? Erleichtert atmete sie auf, als sie die scheinbar glühenden Augen eines Tieres durch das Schwarz geistern sah.

Franka erinnerte sich an ein Erlebnis, das sie selber vor vielen Jahren an diesem abgeschiedenen Ort gehabt hatte. Es schien, als verließe sie die Gegenwart, um sich von ihrer eigenen Geschichte einholen zu lassen.

An diesem Wochenende hatte sie es geschafft: Martin, der Typ aus der Clique, auf den alle Mädels standen, hatte sie eingeladen, mit ihm um die Häuser zu ziehen. Ausgerechnet sie, hatte sie damals gedacht. Ein Typ wie Martin, der jede haben konnte, doch nein, er hatte sie gefragt!

Natürlich hatte sie von ihm geschwärmt, denn er sah nicht nur verdammt gut aus in seinen Röhrenjeans und dem ärmellosen Shirt, er trug die angesagtesten Boots der Stadt. Und er war achtzehn und hatte den Führerschein. Da das Geld für ein eigenes Auto nicht gereicht hatte, hatte er sich an diesem Samstag den BMW seines Vaters geliehen, einem angesehenen Geschäftsmann, der bereits fest damit gerechnet hatte, dass sein einziger Sohn eines Tages seine Firma übernahm. Franka erinnerte sich noch, wie sie ein wenig ehrfürchtig in die bequemen Ledersitze des Siebener-BMW gesunken war. Martin war gefahren wie ein junger Gott. An jeder roten Ampel hatte er andere Fahrer zu einem illegalen Wettrennen herausgefordert und mit den 311 PS, die der BMW unter der Haube hatte, auch gewonnen. Franka erinnerte sich an die stampfenden Technorhythmen, die aus der Hifi-Anlage gebrüllt und sie in eine Art Trancezustand versetzt hatten. Nachdem sie die Talsohle drei-, viermal überquert hatten, war Martin auf einsame Landstraßen ausgewichen. Zu gern hatte sie es sich gefallen lassen, dass er, während er den schweren Wagen lässig mit der linken Hand steuerte, die rechte Hand auf ihr Knie legte. Irgendwann war er von der Straße abgebogen in diesen düsteren Waldweg. Sie hatten die Scheiben des Wagens heruntergelassen, er hatte sich einen Joint gedreht und auch sie hatte davon geraucht, während er sie befummelt hatte. Ein kurzes Sommerkleid hatte sie damals getragen, daran erinnerte sich Franka, als wäre es erst gestern gewesen. Sie hatte keine Einwände gehabt, als er ihren Rocksaum höher geschoben hatte. Er hatte seine Lippen und Hände auf Wanderschaft geschickt, und sie hatte es geschehen lassen.

In dieser Nacht hatte sie auf diesem verdammten Wanderparkplatz ihre Unschuld verloren: Sie hatten im Wagen von Martins Vater zum ersten Mal miteinander geschlafen. Franka erinnerte sich noch an seinen triumphierenden Gesichtsausdruck, als er ihr zeigte, wie sich die Lederlehnen der Sitze elektrisch absenken ließen. Er war ihre erste große Liebe gewesen, und sie hatte sich ihm hingegeben in dieser Nacht auf genau diesem Parkplatz.

Sechzehn Jahre alt war sie gewesen, und er ihr Märchenprinz. Doch leider hatte es nicht lange gehalten, denn Martin hatte ein paar Tage, nachdem sie miteinander geschlafen hatten, Schluss gemacht. Seine Liebe hatte er ihr nur vorgegaukelt, und Franka erinnerte sich verbittert daran, dass sie sich damals geschworen hatte, nie wieder mit einem Mann zu schlafen, bevor sie mit ihm verheiratet war. Martin hatte sie nicht nur fallen gelassen wie eine heiße Kartoffel: Er hatte im Freundeskreis damit geprahlt, Franka „geknackt“ zu haben. Sie hatte sich schrecklich erniedrigt gefühlt.

Fast auf den Tag genau ein Jahr später war Martin tödlich verunglückt: Er war mit dem Motorrad, das ihm sein Vater gekauft hatte, vor einen Baum gerast und war auf der Stelle tot gewesen. Sie erinnerte sich an den Moment, als sie die Nachricht von Martins Tod bekommen hatte. Eine Mischung aus dem Gefühl unendlicher Einsamkeit, aus Trauer und auch aus Genugtuung hatte sie beherrscht. Er würde keine Mädchen mehr „knacken“. Niemals würde sie den Moment vergessen, als sie hier in diesem Wald mit Martin ihre Jungfräulichkeit verloren hatte.

Allzu gut erinnerte sie sich in dieser Nacht daran, was mit ihr auf diesem Parkplatz geschehen war. Und sie erinnerte sich daran, dass ihr dieser Ort im Niemandsland schon damals unheimlich vorgekommen war. Angst hatte sie an diesem Ort gehabt, nachdem die Wellen der Leidenschaft verebbt waren. Es hatte unheimlich im Unterholz geraschelt und geknackt, daran erinnerte sie sich wieder. Der Wald schien hier nachts lebendig zu werden.

Franka schüttelte die Vergangenheit ab und warf einen Blick über die Schulter. Sie versuchte die alte Geschichte aus ihrem Kopf zu verdrängen und konzentrierte sich auf den Fall. Clay hatte wieder zugeschlagen.

Das Opfer konnte hier geschrien haben, wie es wollte. Hier lebte weit und breit kein Mensch, und nach Einbruch der Dunkelheit hielt sich hier niemand mehr auf. Von jungen Paaren, die die Abgeschiedenheit des Waldparkplatzes für ein Schäferstündchen nutzten, einmal abgesehen.

Franka war eine Idee gekommen. Sie wandte sich ruckartig vom Wald ab und überquerte den Platz mit wenigen, langen Schritten. Micha betrachtete sie mit schräg angelegtem Kopf.

„Alles klar bei dir?“, fragte er besorgt.

„Natürlich, alles klar.“ Franka lächelte ihn an.

„Einsames Plätzchen hier, was.“

„Allerdings. Um diese Zeit halten sich hier höchstens Pärchen für ein Schäferstündchen im Auto auf“, murmelte Franka und hoffte, dass er keine dummen Fragen stellte, woher sie das wusste.

„Gut möglich, würde sich ja anbieten.“ Dann verdunkelte sich Michas Miene. „Moment, ich glaube, ich weiß, worauf du hinaus willst.“

„Unser erstes Opfer war nicht nur Model, sie war vor allem als sogenannte Hobbyhure unterwegs. Sie hat sich in zahlreichen Internetforen eingetragen, über die sie die Kontakte zu ihren Freiern herstellte. Da wir keinen Nachweis über ihre Einnahmen finden konnten, besteht grundsätzlich die Möglichkeit, dass sie sich bei einigen Männern, mit denen sie schlief, umsonst prostituierte. Alles deutet darauf hin, dass sie ein Doppelleben führte und nymphoman veranlagt war.“

„Meinst du, dass es sich bei unserem zweiten Opfer ebenfalls um eine ... Prostituierte handelt?“ Micha zog die Augenbrauen hoch. Er wühlte in der Jackentasche nach seiner zerknautschten Zigarettenpackung und zündete sich eine Zigarette an.

„Die Möglichkeit können wir zumindest nicht ausschließen“, stimmte Franka nachdenklich zu. „Es gibt anscheinend einige Frauen mit dieser Neigung. Was wäre, wenn unser Täter sich hier mit ihr verabredet hat, um mit ihr Geschlechtsverkehr zu haben? Was, wenn dabei sein Trieb, das Opfer zu Tode zu beißen, überwog und ihn dazu hinriss, die Frau nach dem Sex zu ... zu beißen?“

„Dass unser Täter psychisch krank ist, scheint ja nun festzustehen."

„Der Wagen des Opfers würde dafür sprechen, dass sie einem lukrativen Taschengeld nicht abgeneigt war. Ich habe bei meiner Recherche herausgefunden, dass eine Prostituierte pro Treffen um die hundert Euro einnimmt."

„Das scheint mir ein äußerst lukratives Hobby zu sein", erwiderte Micha nachdenklich.

„Die Frauen, die sich auf den einschlägigen Seiten im Internet anbieten, haben teilweise richtige Preistabellen. Sie lassen sich für jede Leistung und für die Erfüllung jedes Sonderwunsches extra entlohnen. Ich glaube, der Name Hobbyhure ist da eher blanke Ironie. Das ist ein ganzer Gewerbezweig, Micha. Wer sich gut verkauft, kann davon auch gut leben."

Micha schüttelte den Kopf und zog an seiner Zigarette. „Das kannst du vergessen, Franka. Sie war Architektin und recht erfolgreich im Job, das haben die Recherchen bereits ergeben. Wir haben bei ihren Papieren ihre Visitenkarte gefunden, darauf befindet sich der Hinweis auf ihre Website. Daniela Sauer scheint beruflich fest im Sattel gesessen zu haben. Das Fahrzeug ist doch kein Hinweis auf ihre Nebentätigkeit – wenn es denn wirklich eine gab."

„Wenn sie eine so genannte Hobbyhure war, dann war sie mit größter Wahrscheinlichkeit auch im Internet vertreten, entweder mit einer eigenen Website oder sie war in einem oder sogar mehreren Foren registriert, um an ihre Kunden zu kommen. Das lässt sich nachprüfen, wenn wir ihren Rechner von unseren IT-Spezialisten durchleuchten lassen." Sie klatschte in die Hände. „Worauf warten wir? Es gibt viel zu tun."

Micha trottete ihr nach. Franka näherte sich dem Sportcoupé des Opfers und warf einen bangen Blick in das Fahrzeug. Krüger, der gerade ein Adhäsionsmittel am rechten Türholm auftrug, trat einen Schritt zur Seite. Der gesamte Innenraum war voller Blutspritzer. Der Täter hatte hier gewütet wie ein Wahnsinniger. Die Frau lag gefesselt auf dem Sitz. Sie war unbekleidet und hatte zweifelsohne Geschlechtsverkehr gehabt, bevor der Täter ihr mit zahlreichen Bissen die Kehle zerfetzt hatte. Clay hatte ein Massaker angerichtet, und Franka spürte eine Mischung aus Ekel, Wut und Ohnmacht in sich aufsteigen. Der Mörder hatte wieder zugeschlagen, und sie musste sich eingestehen, dass sie noch keinerlei heiße Spur verfolgten. Der Verdacht, Klaus Baumann könne hinter den schrecklichen Morden stecken, hatte sich nicht bewahrheitet. Baumann war ebenfalls einem Mordanschlag zum Opfer gefallen. Bislang gab es keinen Hinweis darauf, dass Clay auch hinter dem Mord an dem Immobilienhai steckte.

„Ich habe mir übrigens den Kofferraum angesehen", bemerkte Bernd Krüger. „Darin haben wir das Gepäck des Opfers gefunden. Eine Reisetasche, mehr nicht. Das spricht dagegen, dass sie mit einer Kollegin unterwegs war. Was aber interessant ist ..." Krüger umrundete den Wagen und bückte sich in den kleinen Kofferraum des Coupés. Er zog ein Notebook heraus, das er in eine transparente Plastiktüte stülpte. „Der Rechner des Opfers. Vielleicht kann Brackwede von der IT damit etwas anfangen."

„Ganz bestimmt sogar", freute sich Franka. Darauf hatte sie gehofft. Erfahrungsgemäß gab der Rechner eines Opfers mehr Informationen preis, als dies früher ein Tagebuch getan hatte.

„Dann wollen wir nur hoffen, dass es sich bei dem Laptop nicht nur um ein Zweitgerät handelt", bremste Micha ihren Optimismus.

„Wir werden sehen." Franka betete, dass sie dem Serienmörder endlich auf die Spur kamen.

„Der zieht eine Blutspur quer durch die Stadt", sprach Micha ihre Gedanken aus. Langsam drehte sie sich zu ihm um.

„Er tötet Baumann und greift sich ein Opfer am anderen Ende der Stadt. Das macht er aus Berechnung, und ich bin sicher, dass auch diesmal ein teuflisches System dahinter steckt. Unser Täter ist hochintelligent, kein blöder Spinner, der sich an Frauen vergreift, um seinen kranken Trieb an ihnen zu befriedigen, Franka. Und das ist es, was ihn so gefährlich macht."

„Du hättest Fallanalytiker werden sollen", murmelte Franka. Sie fühlte sich in diesem Augenblick einfach nur machtlos. Es war, als jagten sie ein Phantom.

6.05 Uhr

Mit dem Vorsatz, wenigstens noch zwei, vielleicht sogar drei Stunden schlafen zu können, waren sie, nachdem am Tatort alles Nötige veranlasst worden war, zurück nach Barmen gefahren. Schweigend hatten sie im Auto nebeneinander gesessen. Jeder hatte seinen Gedanken nachgehangen. Als Micha den Dienstwagen in der Tunnelstraße stoppte, zögerte Franka, auszusteigen. „Was machst du jetzt?"

Er zuckte die Schultern. „Ich fahr nach Hause und versuche, noch ein, zwei Stunden Schlaf zu bekommen." Dunkle Ringe lagen unter Michas Augen, und sein Dreitagebart war zu einem schwarzen Schatten in seinem markanten Gesicht geworden. Er wirkte völlig übernächtigt, war aber zu stolz, sich die menschliche Schwäche einzugestehen.

„Mach das nicht."

„Was?"

„Komm schon mit hoch. Kannst das Sofa in der Stube haben." Sie lächelte und legte eine Hand auf sein Knie. Er zuckte zusammen, zog das Bein aber nicht weg. Jetzt grinste er. „Wenn ich nicht so müde wäre, würde ich mich nicht mit dem Trostpreis zufrieden geben." Micha zog die Handbremse an, schaltete den Motor ab und löste den Sicherheitsgurt. „Und außerdem heißt es Wohnzimmer, nicht Stube. Du bist wieder in Wuppertal", erinnerte er sie.

Franka grinste gequält. „Manchmal bist du ein richtiges Arschloch, Michael Stüttgen."

Er folgte ihr in die Wohnung. Nachdem Franka ihm eine Wolldecke angereicht hatte, entledigte sich Micha seiner Schuhe und der Hose und machte es sich auf der Couch im Wohnzimmer bequem. Während Franka noch kurz im Bad verschwand, um sich die Zähne zu putzen, war er bereits eingeschlafen. Als sie aus dem Bad kam, hörte sie sein gleichmäßiges Schnarchen aus dem Wohnzimmer. Lächelnd schaltete sie die kleine Stehlampe aus und begab sich ins Schlafzimmer, wo sie eilig unter die Decke kroch und in den nächsten fünf Minuten eingeschlafen war. Sie zollte ihren Tribut für die Anstrengung der letzten Tage und Nächte.

6.30 Uhr

Nachdenklich stand er am Fenster und blickte hinaus in den Wintermorgen. Er hatte viel erreicht in diesen letzten Stunden, doch er war nicht sicher, ob es klug gewesen war, die Frau auf der Landstraße abzufangen. Dennoch fühlte er sich zufrieden, denn er hatte ein weiteres Opfer gefunden, dessen Fleisch er geschmeckt und dessen warmes Blut er getrunken hatte. Ein diabolisches Grinsen legte sich auf sein Gesicht, als er sich vom Fenster abwandte. Im Osten graute bereits der neue Tag, so machte er, dass er ins Bett kam. Eine anstrengende Nacht lag hinter ihm, und langsam spürte er, wie die Müdigkeit an seinen Gliedern empor kroch.

Die Wohnung, in der er sich befand, war nicht mehr als ein Unterschlupf. In einer Ecke stapelten sich Computer, in einem alten Regal befand sich seine Fotoausrüstung. Eigentlich war die Wohnung nichts als ein Lagerraum, ein Ort, um seine persönlichen Dinge zu verstecken. Hier würden sie ihn niemals finden, so viel stand fest. Er überlegte, wie er in den nächsten Tagen vorgehen sollte. Rebecca ging ihm einfach nicht aus dem Kopf. Lange würde es nicht mehr dauern, dann würde er sie sich nehmen und ihr den Eintritt in ein nächtliches Leben ermöglichen. Er würde sie erlösen, denn sie hatte ihm bereits mehrfach gestanden, dass sie nicht mehr glücklich war im Hier und Jetzt.

Lange durfte er nicht mehr warten. Die Zeit war gekommen, und bald schon würde Rebecca ihm gehören. Er legte sich einen Plan zurecht, während er sich auf das einfache Sofa legte und an die Zimmerdecke starrte. Als er sich auf dem Sofa ausstreckte, beobachtete er das Lichterspiel der Straßenlaternen und der vorbeifahrenden Autos an der Zimmerdecke, die sich durch den kalten Wintermorgen kämpften. Langsam setzte die Rush Hour ein, und er musste lachen. Wie einfach doch die Probleme der Sterblichen waren, dachte er in einem Anflug von Spott. Sie mussten pünktlich im Büro und in der Firma sein. Als gäbe es nichts Wichtigeres. Während draußen der neue Tag erwachte, dämmerte er in einen tiefen, traumlosen Schlaf. Schon in der nächsten Nacht würde er sein Werk fortsetzen.

9.15 Uhr

„Wo bleibt ihr denn?“ Bever blickte gehetzt auf, als Franka und Micha sein Büro betraten. Die anderen hatten sich bereits am langen Tisch versammelt und mit dem Austausch begonnen.

„Entschuldige, dass wir uns zweieinhalb Stunden Schlaf gegönnt haben“, blaffte Micha seinen Vorgesetzten unwirsch an, der sofort beschwichtigend die Hände hob.

„Die Nacht war anstrengend, und unsere Akkus waren leer“, schob Franka entschuldigend nach, während sie sich setzte. Micha hatte am Kopf des Konferenztisches neben Bever Platz genommen. Auch Staatsanwalt Adler war anwesend.

„War nicht so gemeint, nur wäre es schön gewesen, wenn ihr angerufen hättet, dann hätte ich das Meeting verschoben“, murmelte Bever ein wenig kleinlaut.

„Wenn ich schlafe, telefoniere ich üblicherweise nicht“, entgegnete Micha bissig und schlug seine Mappe auf. Er nickte in die Runde. „Wie ihr sicher schon gehört habt, liegt eine ereignisreiche Nacht hinter uns. Zum einen wurde Baumann, den wir zur Fahndung ausgerufen hatten, tot in einem seiner Objekte gefunden. Damit scheidet er als Mörder von Mandy Klimmek aus, denn zum anderen hat sich unser Täter ein weiteres weibliches Opfer gesucht. Die Vorgehensweise gleicht der beim ersten Opfer, insofern können wir davon ausgehen, dass es sich um ein und den selben Täter handelt.“ Er blickte in die Runde, und als keiner der anwesenden Kollegen Einwände hatte, fuhr er fort.

„Es könnte ein Trittbrettfahrer sein, der von dem ersten Mord durch die Medien erfahren hat“, gab Birgit Hanser zu bedenken und schürzte die Lippen.

„Die Pressestelle hat gründlich darauf geachtet, keine Detailinformationen herauszugeben.“ Ihr Partner, Henrik Mellinghaus, schüttelte den Kopf. „Ich kann mir nicht vorstellen, dass der Mörder, wenn wir von einem Trittbrettfahrer ausgehen, wusste, dass die Frau mit gezielten Bissen in die Kehle getötet wurde, nachdem er sich an ihr vergangen hat.“

„Interessant ist doch seine Vorgehensweise“, bemerkte Franka. „Während er den Anschlag auf sein erstes Opfer von langer Hand geplant hatte, scheint es sich hier entweder um eine spontane Tat zu handeln, oder er kannte sein Opfer, und sie ist ahnungslos mit ihm in den Wald gefahren."

„Wobei ahnungslos maßlos untertrieben ist", grinste Micha. „Wenn eine Frau nachts mit einem Mann auf einen einsamen Waldparkplatz fährt, dann ist sie sich wohl darüber im Klaren, was dort geschehen wird."

„Es sei denn, er hat sie unter Druck gesetzt und sie gezwungen, den Wanderparkplatz anzufahren", murmelte Mellinghaus und rührte in seiner Teetasse. Einer Zeremonie gleich, zog er den Teebeutel aus dem dampfenden Wasser, drückte ihn mit dem kleinen Löffel aus und legte in auf der Untertasse ab, bevor er drei Stückchen Süßstoff in den Tee plumpsen ließ und in kleinen Schlucken trank. „Wie er es mit einer Pistole getan haben könnte", nahm er dann den Faden wieder auf.

„Eine Pistole, mit der kurz zuvor Klaus Baumann erschossen wurde", führte Franka den Gedanken des introvertierten Kollegen fort. „Das ist zwar spekulativ, aber durchaus denkbar. Woraus sich dann aber die Frage ergibt, wie der Täter vom Ort des Mordes an Baumann, der im Westen der Stadt liegt, in den Norden kam, wo er seinem zweiten Opfer auflauerte." Sie blickte Birgit Hanser an. „Was ist mit Baumanns Wagen? Er ist sicherlich mit dem Auto zur alten Fabrik in Varresbeck gekommen, oder?"

„Da der Wagen zur Fahndung ausgeschrieben war, wurde er kurze Zeit später verlassen aufgefunden. Der Mercedes stand in einem Parkhaus in der Elberfelder Innenstadt und fiel dem Personal dort auf, weil es sich um einen männlichen Fahrer handelte, der den Wagen auf einem Frauenparkplatz in der Nähe des Ausgangs abgestellt hatte. Das hat übrigens auch die Videoüberwachung des Parkhausbetreibers festgehalten."

„Moment", rief Franka. „Das würde bedeuten, dass wir jetzt wissen, wie der Mörder aussieht?"

„Der Anruf des Parkwächters erreichte uns erst vor einer halben Stunde. Wir werden nach der Besprechung nach Elberfeld fahren und die Aufzeichnung auswerten. Wenn es sich bei dem Fahrer von Baumanns Mercedes tatsächlich um den Mörder handelt, dann haben wir einen echten Anhaltspunkt und können die Datenbanken durchforsten." Birgit Hanser fuhr sich durch die kurzen schwarzen Haare, nickte in die Runde und klappte ihre Unterlagen zu.

„Dann sollten wir ein Team der Spurensicherung losschicken", schlug Bever vor, der zurückgelehnt auf seinem Stuhl hockte. „Wenn es sich bei Baumanns Mörder und dem Peiniger der Frau um ein und dieselbe Person handelt, dann müssten wir das anhand der DNA-Spuren klären können."

Krüger nickte. Franka stellte fest, dass er sehr müde war.

„Was ist mit dem Computer von Klaus Baumann?", fragte Bever in die Runde. Als er keine Antwort erhielt, fuhr er fort: „Wir sollten ihn sicherstellen und die Festplatte spiegeln. Vielleicht erhalten wir so einen Hinweis auf das seltsame Treffen mit seinem Mörder. Ich könnte mir vorstellen, dass er an der alten Fabrik in Varresbeck mit ihm verabredet war. Wahrscheinlich hat ihn der Mörder unter einem Vorwand dorthin gelockt, um ihn dann zu erschießen."

„Du meinst, um auch ihn aus dem Weg zu räumen", brummte Micha. „Der Typ ist so gefährlich, dass er jeden, der mit seinem Mord an Mandy Klimmek auch nur im weitesten in Verbindung stand, eiskalt aus dem Weg räumt. Dabei scheint er zu unterscheiden: Seine weiblichen Opfer werden missbraucht und zu Tode gebissen, vielleicht bildet sich der Täter ein, Kannibale oder womöglich Vampir zu sein. Die männlichen Opfer räumt er deutlich schneller aus dem Weg, indem er sie erschießt oder mit einem Messer tötet."

„Vielleicht sollten wir einen Profiler aus Düsseldorf ins Boot holen", schlug Mellinghaus an Bever gewandt vor. „Der Fallanalytiker wird nach den Fakten entscheiden, die uns vorliegen, und ich werde das dumme Gefühl nicht los, dass wir uns mehr und mehr in dem Fall verrennen."

Bever tauschte einen Blick mit dem Staatsanwalt. Stefan Adler zuckte die Schultern und nickte. Offiziell leitete er die Ermittlungen, hielt sich aber bewusst im Hintergrund, um die weitaus erfahreneren Beamten ihre Arbeit machen zu lassen.

„Dann stellen Sie die Akten einem Analytiker zur Verfügung", nickte Adler.

„Wir werden das Einsatztagebuch kopieren und heute noch nach Düsseldorf zum LKA bringen“, nickte Mellinghaus und tauschte einen Blick mit Hanser.

Georg Brackwede, der IT-Spezialist, räusperte sich.

„Die Auswertung des Laptops von Daniela Sauer hat nichts Entscheidendes ergeben“, berichtete er. „Sie war, wie die ersten Recherchen in den frühen Morgenstunden ergeben haben, geschäftlich in Berlin. Ihre Kollegin hatte online ein Bahnticket gekauft, was darauf schließen lässt, dass sie sich mit größter Sicherheit nicht im Fahrzeug befunden hat, als es zum Treffen mit dem unbekannten Täter kam.“ Ein Blick zu Franka, bevor er fortfuhr. „Zum Rotlichtmilieu hatte Daniela Sauer übrigens keine Verbindungen. Allerdings habe ich die Namen einiger Männer im Adressbuch des Rechners gefunden, die ihr vielleicht mal abklappern solltet.“

„Das werden wir tun“, nickte Micha. „Hast du eine Liste ausgedruckt?“

„Natürlich.“ Georg grinste schief und reichte Micha den Ausdruck, der ihn an sich nahm und die Namen darauf überflog. Natürlich, einen Clay gab es nicht in der Liste.

„Dem Mailverlauf nach zu urteilen, hatte Daniela Sauer wechselnde Männerbekanntschaften. Aber wie gesagt – in den Bereich Prostitution fällt das allergrößter Wahrscheinlichkeit nach nicht.“

„Wir werden heute Bernd Wiesinger, diesem Freund von Thomas Belter, einen Besuch abstatten. Er ist eine feste Größe im Milieu und kann uns eventuell mehr erzählen. Womöglich hatte er sogar Kontakt zu Mandy Klimmek.“

„Denkt bitte daran, mir den Rechner von Klaus Baumann mitzubringen“, erinnerte Georg ihn. Bever beschloss, dass er gemeinsam mit Adler an der Obduktion von Baumann und Daniela Sauer teilnehmen wollte, die für den späten Nachmittag anberaumt worden waren. Eigentlich eine Routine, denn inzwischen stand fest, wie Clay seine Opfer umgebracht hatte. Nur leider brachte dieses Wissen nicht den entscheidenden Schritt in die richtige Richtung.

9.50 Uhr

Als sie ihr Büro betraten, das nur zwei Türen neben dem von Bever lag, pfiff Micha durch die Zähne. Er hatte die Rose, die in einer schmalen Vase auf Frankas Schreibtisch stand, zuerst gesehen.

„Von wem ist die denn?“, wunderte sich Franka und schnupperte an der Rose. Einen Zettel, eine Karte oder eine Nachricht suchte sie indes vergeblich.

„Von Bever ganz bestimmt nicht“, brummte Micha, sank herunter an seinen Schreibtisch und schaltete den Computer ein. Danach erhob er sich wieder und suchte in der Hosentasche nach Kleingeld. „Ich bin dann mal am Kaffeeautomaten.“

„Ist gut.“ Franka nickte gedankenverloren. Als sie alleine im Büro war, schlug das Telefon an. Ein internes Gespräch, stellte sie mit Blick auf das Display fest. „Hahne?“

„Hast du den Gruß schon entdeckt?“

„Bernd“, murmelte sie überrascht.

Er lachte. „Ich hoffe, Stüttgen hat sich nicht über die Rose kaputtgelacht.“

„Nein, er dachte, sie wäre für ihn“, konterte Franka und feixte.

„Klasse.“

„Wie komme ich denn zu der Ehre?“

„Einfach so. Ich wollte dich fragen, ob ich dich zum Essen einladen darf.“ Krüger räusperte sich verlegen. Frankas Gedanken schlugen Purzelbäume. Ihr Herz klopfte schneller, als sie an den gut aussehenden Kollegen dachte. Aber er ist immer noch verheiratet, dachte sie. Sekundenlang haderte sie mit sich. „Ich weiß nicht.“

„Komm schon, gib dir einen Ruck“, bettelte er. „Es gibt da ein neues Restaurant in der Stadt, und ich dachte ...“

„Warum gehst du nicht mit deiner Frau da hin?“

„Der saß. Also, ich will ehrlich sein. Ich hatte ein paar Tage, um in meinem Privatleben aufzuräumen. Wir haben gestern Abend beschlossen, uns scheiden zu lassen.“

Er machte eine kurze Pause, bevor er fortfuhr. „So, jetzt ist es raus. Und es ist amtlich. Es lief einfach nicht mehr mit uns.“

„Aha, ich verstehe, jetzt brauchst du jemanden zum Reden.“

Franka musste schmunzeln.

„Sozusagen, ja."

„Und da dachtest du an jemanden, den du mit einer Rose auf dem Schreibtisch überraschst?"

„Na ja ..." Er kicherte. „Also, kommst du mit?"

„Sobald ich mir einen Abend frei halten kann, gern." Franka freute sich wirklich. Dann legte sie auf. Gerade rechtzeitig, denn eben erschien Micha mit zwei dampfenden Kaffeebechern im Büro. Als er Frankas rote Wangen sah, grinste er. „Schlechtes Gewissen?"

„Warum?"

„Es scheint, als hätte sich dein geheimnisvoller Verehrer eben bei dir gemeldet." Er stellte einen Becher vor Franka ab, umrundete den Schreibtisch und setzte sich. Pustete in den Kaffee, trank in kleinen Schlucken, ohne seine Kollegin aus den Augen zu lassen. „Komm schon", sagte er dann. „Ich weiß schon, dass Krüger auf dich steht. Und du auf ihn."

„Du solltest bei der Kripo anfangen, bei deinem kriminalistischen Spürsinn", konterte Franka und lächelte. „Ja, es war Krüger. Er lässt sich scheiden."

„Das habe ich auch immer behauptet, wenn ich fremdgegangen bin."

„Du bist geschieden – jetzt", erinnerte sie ihn lächelnd. Frankas siebter Sinn sagte ihr, dass Bernd Krüger sie nicht anlog.

10.30 Uhr

„Bearbeiten Sie jetzt auch Einbrüche?" Karla Baumann war überrascht. Das Make-up konnte die dunklen Ringe unter ihren Augen nicht vertuschen. „Ich dachte, Sie sind von der Mordkommission."

Franka und Micha tauschten einen Blick. „Wie meinen Sie das?"

„Bei uns ist doch eingebrochen worden. Ich habe die Polizei angerufen und die Sache gemeldet. Und jetzt warte ich darauf, dass der Fall aufgenommen wird. Ihrer Verwirrung entnehme ich, dass Sie nicht wegen des Einbruchs kommen?"

„Allerdings. Dürfen wir reinkommen?"

Die Ereignisse überschlugen sich. Karla Baumann schien noch nichts vom Tod ihres Mannes zu wissen. Das hatten sie befürchtet. Franka hatte einen Kloß in der Kehle. Sie hasste es, Angehörigen die Nachricht vom Tod eines nahe stehenden Menschen überbringen zu müssen. Micha hielt sich hinter ihr auf. Unterwegs hatte sie versucht, ihn zu überreden, Karla Baumann vom Tod ihres Mannes zu unterrichten – vergeblich. „Mach du das mal, ihr Frauen seid da viel sensibler als wir Kerle", hatte Micha gesagt und sich mit aller Gewalt gesträubt. Und nun standen sie vor Baumanns Haus.

Karla Baumann nickte. „Natürlich. Kommen Sie herein." Sie gab den Eingang frei und führte die Kommissare in das Wohnzimmer. Es war sauber und aufgeräumt. Etwas anderes hätte Franka auch gar nicht erwartet. Frau Baumann zeigte auf die lederne Sitzgruppe, die sich um den niedrigen Glastisch herum zog. „Nehmen Sie Platz." Jetzt lächelte sie. „Haben Sie keine Angst, ich weiß, dass man nach einem Einbruch nichts anfassen soll, wegen der Fingerabdrücke. Aber hier in diesem Raum waren die Diebe nicht."

„Was macht Sie da so sicher?" Micha runzelte die Stirn.

„Sehen Sie sich um. Es ist aufgeräumt, und es fehlt nichts. Die Diebe hatten es auf das Büro meines Mannes abgesehen. Dort sieht es aus wie nach einer Explosion."

„Das tut uns leid." Micha und Franka sanken auf die Ledercouch. Karla Baumann zog es vor, in ihrem gefütterten Hausanzug stehen zu bleiben.

Franka achtete auf jede Regung im Gesicht der wohlhabenden Frau. „Es tut uns leid, Ihnen mitteilen zu müssen, dass Ihr Mann tot ist."

Karla Baumanns Miene wirkte versteinert, als sie langsam nickte. Dann ihre überraschende Redaktion: „Ich wusste es. Irgendwie wusste ich, dass das eines Tages geschehen wird." Mit einer fahrigen Handbewegung fuhr sie sich durch das kastanienrote Haar. Sie sank zitternd auf die Lehne des Sessels und barg das Gesicht in den Händen. Für Karla Baumann brach gerade eine Welt zusammen, auch, wenn sie sich nach außen hin so beherrscht zeigte, wie es nur irgendwie ging.

„Er wurde das Opfer eines Gewaltverbrechens."

„Musste er leiden?"

„Nein. Wie uns der Arzt mitteilte, wurde er mit einem einzigen

Schuss getötet, abgegeben aus nächster Nähe."
Micha überließ Franka das Reden.
„Gut."
„Gut?" Franka glaubte, sich verhört zu haben. „Sie sagen gut? Wie habe ich das zu verstehen?"
„Gut, dass er nicht leiden musste." Karla Baumann blickte ihre Besucher unverwandt an. „Ich weiß nicht, ob das der richtige Moment ist, um darüber zu sprechen, aber unsere Ehe bestand doch lediglich auf dem Papier. Wir hatten uns meilenweit auseinander gelebt."
„Warum haben Sie sich nicht einfach scheiden lassen?"
Karla Baumann lachte humorlos auf. Sie blickte sich im Raum um und breitete die Arme aus. „Schauen Sie sich um! Es geht uns gut. Mein Mann ist, das heißt, er war verdammt wohlhabend. In seiner finanziellen Situation konnte er mir jeden erdenklichen Luxus bieten. Wir haben uns nicht ständig gestritten, falls Sie das meinen. Wir waren das klassische alte Ehepaar. Man lebt gemeinsam im selben Haus, man sieht sich zum Essen, man redet über das, was einen bewegt. Aber die Zärtlichkeit, die innige Liebe und die Zuneigung, das hat sich irgendwann verloren. Und so lebten wir nebeneinander her und genossen das Leben in vollen Zügen. Wir waren wie zwei alte Schluffen, die keiner mehr wegschmeißt."
„Sagt Ihnen der Name Mandy Klimmek etwas?"
„Ist das eine seiner Gespielinnen gewesen?"
„Wie meinen Sie das?", mischte sich Micha nun doch ein.
„Er hatte einige Frauen. Ich wusste davon, doch es interessierte mich nie sonderlich. Irgendwann ist man immun gegen so was. Wissen Sie, ich habe mir auch ab und zu einen Callboy geleistet, der mir das gab, was ich von Klaus schon lange nicht mehr bekam. Wenn Sie verstehen?"
„Natürlich." Micha nickte entgeistert.
„Wer ist diese, wie hieß sie gleich? Mandy ..."
„Klimmek, Mandy Klimmek", half Franka ihr.
Karla Baumann dachte nach und schüttelte schließlich den Kopf.
„Nein, nie gehört."
„Mandy Klimmek wurde ermordet. Vergewaltigt und ermordet. Für

die Tatnacht hat uns Ihr Mann ein Alibi genannt. Ein falsches Alibi, denn Sie haben uns bereits berichtet, dass er in der betreffenden Nacht nicht nach Hause kam. Haben Sie eine Idee, wo er gewesen sein könnte?"

„Steht er denn unter Mordverdacht? Also, stand?"

„Er befand sich jedenfalls bis zu seinem Tod im Kreise der Verdächtigen, um es mal so zu nennen", erklärte Micha. „Also: Wo war Ihr Mann in der betreffenden Nacht?"

„Vermutlich hat er sich die Zeit mit einer dieser kleinen Schlampen in einem Hotel vertrieben."

„Kannten Sie seine weiblichen Kontakte?" Micha drückte sich vorsichtig aus.

„Nein. Es hat mich, wie gesagt, nicht interessiert. Warum hätte ich mich quälen sollen?" Fast klang sie trotzig. Jetzt traten Tränen in ihre Augen. Sie zog ein Taschentuch aus der Hosentasche und schnäuzte sich die Nase. „Ich werde alles erben", flüsterte Karla Baumann. „Alles. Das Haus, die Firma, den Wagen, alles wird mir gehören." Sie wischte sich mit dem Handrücken Tränen aus dem Gesicht. Dabei verwischte ihre Schminke. „Verhaften Sie mich jetzt?"

„Warum fragen Sie?"

„Immerhin bin ich als Alleinerbin seines gesamten Vermögens eingetragen. Ist das nicht Mordmotiv genug?"

Franka ging nicht auf die Frage ein. „Haben Sie eine Idee, wer Ihren Mann umgebracht haben könnte?" Insgeheim machte sie sich darauf gefasst, dass Karla Baumann ihr jetzt eine lange Liste nennen würde. Doch die Witwe schüttelte den Kopf. „Nein", sagte sie mit ruhiger Stimme. „Natürlich hatte er nicht nur Freunde. Natürlich war er in der Branche für seine rüden Methoden bekannt. Aber einen Mord? Nein, ich wüsste nicht, wer einen Mord riskieren würde, um ihn los zu werden."

„Wir werden seinen Computer beschlagnahmen müssen", bemerkte Micha.

Jetzt lachte Karla Baumann humorlos auf. Sie schüttelte den Kopf. „Da kommen Sie zu spät."

„Warum?"

„Weil die Diebe unter anderem den Computer meines Mannes mitgenommen haben. Was sonst, weiß ich noch gar nicht so genau."

„Das klingt, als ginge es den Einbrechern um die Daten, die sich auf der Festplatte befanden", überlegte Micha. „Die Diebe wollten verhindern, dass wir den PC mitnehmen können."

„Ich fürchte, ich verstehe nicht ganz", erwiderte Karla Baumann.

„Wir hatten ebenfalls vor, den Rechner Ihres Mannes mitzunehmen, um ihn auf für uns relevante Daten zu untersuchen. Immerhin ist er ermordet worden. Und da er ein Geschäftsmann war und sicherlich nicht nur gute Freunde hatte, drängt sich uns der Verdacht auf, dass er seinen Mörder kannte. Möglicherweise hatte er sogar mit ihm E-Mail-Kontakt, oder die Adresse des Mörders tauchte in einem Adressverzeichnis auf."

„Und jetzt stehen Sie mit leeren Händen da?"

„So sieht es aus", nickte Micha und unterdrückte einen Fluch. „Dürfen wir das Büro sehen?"

„Natürlich." Sie rutschte von der Sessellehne herunter. „Kommen Sie."

Die beiden Beamten folgten Karla Baumann durch die Halle zur Tür, die in das Büro führte. An der Schwelle blieben sie stehen. Die Frau, die heute Nacht zur Witwe geworden war, öffnete die Tür. Franka und Micha bot sich ein Bild der Zerstörung. Alle Aktenschränke waren umgekippt worden, der Inhalt der Regale verteilte sich auf dem Boden. Auch der Schreibtisch war leergefegt – im wahrsten Sinne des Wortes. Bücher, Mappen, lose Papiere, und dazwischen immer wieder Büromaterial. Der Monitor des Computers war zwar noch vorhanden, aber auch er lag zerstört auf dem Boden. Eines der Fenster stand offen. Der Wind fegte hinein und blähte die Jalousienvorhänge zur Seite.

„Na Mahlzeit", entfuhr es Micha. „Die haben sich aber nicht gerade in Acht genommen. So wie das hier aussieht, haben die einen Höllenlärm veranstaltet." Er wandte sich zu der Witwe um.

„Haben Sie nichts davon gehört?"

Karla Baumann wich seinem Blick aus und starrte auf den Fußboden. „Ich ... ich war nicht zuhause letzte Nacht. Das heißt, ich bin erst in den Morgenstunden nach Hause gekommen. Gegen zwei Uhr muss das gewesen sein. Der Wagen meines Mannes stand nicht vor der Tür, also dachte ich, dass er noch unterwegs sei. Deshalb bin ich auch nicht noch mal ins Büro gegangen, sondern bin sofort hoch. Unsere Schlafzimmer liegen im ersten Stockwerk. Ich weiß nicht, ob die Einbrecher zu diesem Zeitpunkt schon da waren. Aber Sie haben recht, sicherlich hätte ich etwas von dem Lärm, den sie hier veranstaltet haben, mitbekommen."

„Dürfen wir wissen, wo Sie gestern Abend waren?"

„Natürlich. Ich habe mich mit alten Freundinnen getroffen. Das tun wir ein-, zweimal im Monat. Wir gehen etwas essen und meist danach noch in eine Bar, wo wir den Frauenabend in gemütlicher Runde ausklingen lassen."

Franka warf Micha einen schnellen Blick zu, und er gab ihr unauffällig zu verstehen, dass er wusste, worauf sie hinaus wollte.

„Sicherlich können Sie uns die Namen der Damen nennen, mit denen Sie gestern unterwegs waren."

„Natürlich, das können Sie gern überprüfen." Karla Baumann vergaß, dass sie Spuren verwischen konnte, als sie zum Schreibtisch ihres Mannes ging, sich ein Blatt Papier und einen Stift nahm, um die Namen der Freundinnen samt Adressen und Telefonnummern zu notieren. Auch den Namen des Lokals, in dem sie zuletzt gesessen hatten, schrieb sie auf.

„Hier", sagte sie. „Das sind alle Angaben, die ich machen kann." Dann lachte sie ein wenig hysterisch auf. „Sie glauben doch nicht ernsthaft, dass ich ... dass ich Klaus umgebracht habe?"

„Wir glauben gar nichts", erwiderte Franka und nahm den Zettel an sich. „Wir müssen nur jeder Spur nachgehen und alles überprüfen." Sie lächelte. „Danke erst einmal für Ihre Mithilfe."

Als es an der Tür klingelte, blickten sie auf.

„Das werden Ihre Kollegen vom Einbruchsdezernat sein", murmelte Karla Baumann.

12.05 Uhr

Unruhig wie eine Löwin im Käfig war sie durch die Wohnung gelaufen. Roland arbeitete. Er hatte die Hauptschicht übernommen und würde erst am späten Nachmittag nach Hause kommen. Sie zog die Gardinen auseinander und blickte hinaus in den grauen Wintertag. Sie verspürte keine große Lust, ihre wohlig warme Wohnung heute noch einmal zu verlassen.

Ihr war schlecht. Die privaten Probleme mit Roland, und dann noch der viele Alkohol waren ihr auf den Magen geschlagen. Sie überlegte, ob sie sich heute krank melden sollte. Ihre Schicht begann am Nachmittag, und sie haderte mit sich. Sie wollte ihrer Verantwortung gerecht werden, natürlich. Andererseits war sie heute alles andere als fit. Sie dachte an ihre Bekanntschaft aus dem Chat. Dark Lord ... das klang so geheimnisvoll und düster. Sie fühlte sich von dieser Dunkelheit angezogen.

Rebecca blieb vor dem Computertisch stehen. Sollte sie es wagen? Roland hatte sie gestern wieder beleidigt und für verrückt erklärt. Er hatte einfach kein Verständnis für sie. War es da nicht legitim, sich bei einem anderen Mann, der so dachte wie sie, Rat zu suchen? Minutenlang haderte sie mit sich. Dann schaltete sie den Rechner ein und ging ins Internet.

Ihre Finger zitterten vor Aufregung, als sie ins Forum ging. Tatsächlich, Dark Lord war online. Sie hatte seinen anderen Namen bereits kennen gelernt. Clay.

Eilig tippte sie eine Begrüßung.

- Hallo Dark Lord.

Der Cursor blinkte nur kurz, dann antwortete er.

- Ich grüße dich, Königin der Nacht. Musst du nicht arbeiten?

- Nein. Erst um zwei.

- Dann haben wir ja noch etwas Zeit. Wie geht es dir heute?

- Ich hatte Streit mit meinem Mann.

- Wegen deiner Neigungen?

- Ja. Er hat kein Verständnis dafür und hat mich wüst beschimpft.

- Das hast du nicht verdient. Vielleicht ist er doch nicht der richtige Mann für dich.

- Daran habe ich auch schon gedacht.

- Willst du vielleicht reden? Wollen wir uns verabreden? Im realen Leben, nicht über das Forum?

Es trat eine kleine Pause ein, und die Buchstaben in dem kleinen Chatfenster verschwammen vor ihren Augen zu einer breiigen Masse. Rebeccas Aufregung steigerte sich. Er hatte sie wirklich gefragt, ob sie sich mit ihm treffen wollte, um ihm ihr Herz auszuschütten. Sollte sie es riskieren? Immerhin war er ein wildfremder Mann für sie. Sie wusste nicht, wie er aussah, sie kannte seine Stimme nicht, sie wusste nicht, was er womöglich im Schilde führte. Vielleicht sollte sie sich mit ihm an einem neutralen, möglichst öffentlichen Ort treffen.

- Bist du noch da?

- Ja.

- Gut, treffen wir uns.

Sie zögerte, dann betätigte sie die Eingabetaste.

- In einer Stunde?

- Das passt. Von da aus werde ich dann gleich zur Arbeit fahren.

- Gut. Komm zu mir.

Er nannte ihr seine Anschrift. Rebecca atmete erleichtert auf. Was sollte ihr schon geschehen? Er hatte ihr seine Adresse genannt. Das hätte er bestimmt nicht getan, wenn er Böses im Schilde führte. Trotzdem war ihr ein Treffpunkt, an dem sich auch andere Menschen befanden, lieber. Sie schrieb ihm ihre Zweifel.

- Lieber wäre es mir in einem Café oder Restaurant. Ist nichts Persönliches, ich will nur sicher gehen.

- Das verstehe ich. Aber vormittags gehe ich generell nicht aus dem Haus. Es ist mir zu hell, wenn du verstehst?

- Natürlich.

Wieder zögerte sie. Eigentlich sollte sie dem Treffen nicht zustimmen. Eigentlich war es ihr zu unsicher, einen Fremden in seiner Wohnung zu besuchen. Andererseits spürte sie das dringende Bedürfnis, sich ihm anzuvertrauen. Rebecca rang mit sich. Sie starrte auf den blinkenden Cursor, ihre Finger kreisten über der Tastatur, ohne einen Buchstaben zu schreiben. Ihr wurde heiß.

- Also gut. Ich werde in einer Stunde da sein.

- Ich freue mich, Königin der Nacht.

Sie sah, wie er sich abmeldete. Minutenlang saß sie auf dem Stuhl und betrachtete den Monitor, doch er blieb offline. Vermutlich musste er jetzt schnell noch seine Bude aufräumen, dachte sie schließlich amüsiert. Dann verließ auch sie das Internet und machte sich fertig. Roland würde schon sehen, was er von seinem Verhalten hatte.

12.35 Uhr

Nachdem sie sich im Shop der Tankstelle an der Carnaper Straße mit Frikadellen und einer Ladung frischer Baguettes versorgt hatten, die sie unterwegs aßen, machten sie sich auf den Weg zu Bernd Wiesinger. Wie die Recherche von Mellinghaus ergeben hatte, gehörten Wiesinger insgesamt fünf Sex-Clubs und zwei Sexshops. Einer davon befand sich in Kombination mit einem Erotikkino am Elberfelder Neumarkt, unweit des alten Rathauses. Hier hatte er vor Jahren sein Unternehmen gegründet, und Mellinghaus hatte in Erfahrung bringen können, dass er in einem Hinterzimmer des Ladens noch immer sein Büro hatte. Sie hatten Elberfeld bereits erreicht, als Frankas Handy klingelte. Am anderen Ende der Leitung war Georg Brackwede von der IT-Abteilung.

„Ich weiß nun, wer hinter dem Forum steckt, in dem Mandy Klimmek als Prostituierte eingetragen war", fiel er mit der Tür ins Haus. „Es ist ein gewisser Bernd Wiesinger."

Micha, der das Telefonat über den Lautsprecher der Freisprechanlage mitgehört hatte, machte große Augen. Er hob grinsend den rechten Daumen.

„Das ist gut zu wissen, wir sind nämlich gerade unterwegs zu ihm. Vielleicht informierst du Schimpf von der Sitte schon mal, dass wir ihm bald einen Kunden liefern."

„Warte erstmal ab, was das Gespräch mit ihm ergibt", empfahl Brackwede. „Ich werde die Zeit nutzen, um weitere Details in Erfahrung zu bringen."

„Wie du meinst. Wir werden ihm jetzt auf den Zahn fühlen." Franka unterbrach die Verbindung.

„Das sieht aus, als hätte Wiesinger ein Problem", entfuhr es Micha.

„Wir haben die einzelnen Fäden in der Hand, nun müssen wir nur noch den Knoten lösen", erwiderte Franka nachdenklich, während sie am öffentlichen Parkplatz an der Kleinen Klotzbahn ein Ticket aus dem Automaten zog. Der steile Parkplatz lag hinter dem ehemaligen Elberfelder Kinocenter, das schon seit langem leer stand. Sicherlich auch ein nettes Spekulationsobjekt für einen Immobilienhai, wie Baumann es gewesen war, dachte Franka in einem Anflug von Galgenhumor. Früher war sie oft hier im Kino gewesen, das unter den jungen Leuten der Stadt und unter den Stammgästen des Kinos einfach nur das „Popcorn-Kino" genannt worden war, weil einer der Vorbesitzer nur selten zwischen den Vorstellungen durch die Kinosäle gefegt hatte und man hier mit allergrößter Sicherheit auf selbiges trat, bevor der Film überhaupt begonnen hatte. Doch dieser Umstand und die Tatsache, dass es sich bei dem Mobiliar nicht gerade um die neueste Bestuhlung gehandelt hatte, hatten das Kino zwischen Klotzbahn und Neumarkt zu einem Kultkino werden lassen, das sich großer Beliebtheit erfreut hatte. Einst hatte das Kino über zehn Kinosäle verfügt, zum Schluss noch über sechs. Brandschutzprobleme hatten den letzten Inhaber schließlich dazu gezwungen, das Haus zu schließen. Damit war auch ein Stück Wuppertaler Kultur für immer verschwunden. Wie so vieles aus Wuppertal verschwunden ist, dachte sie. Nach ihrer Rückkehr war ihr das massiv aufgefallen.

„Komm schon, oder willst du hier Wurzeln schlagen?", riss Michas Stimme sie aus den Gedanken. Er war bereits vorgegangen und hatte die kleine Straße zwischen dem Parkplatz, der sich an einer steilen Schräge befand, und dem ehemaligen Kino überquert. Breitbeinig stand er dort und zündete sich eine Zigarette an. „Alles klar?", fragte er, als Franka ihn eingeholt hatte. „Du bist mir so melancholisch in letzter Zeit."

Sie zuckte die Schultern. „Es ist viel passiert in der Stadt, während ich in Berlin war."

„Die Stadt wartet nicht auf dich."

„Sozusagen. Und ich fange hier total neu an, obwohl ich jeden Ort, an dem ich mich aufhalte, mit Erinnerungen aus meiner Kindheit und meiner Jugend in Verbindung bringe."

„Das ist es aber nicht.“

„Erwischt.“ Nun musste sie lachen. „Ich habe eine Einladung zum Essen bekommen. Von Bernd.“

„Erst die Rose, jetzt die Einladung ...“ Micha zog die Mundwinkel nach unten. „Wenn ich mich nicht bald ins Zeug lege, dann schnappt Bernd mir meine Lieblingskollegin noch vor der Nase weg.“

„Blödmann.“ Sie buffte ihn in die Seite. Gemeinsam durchquerten sie die kleine Passage, die zum Neumarkt führte. Dort angekommen, waren es nur noch wenige Meter bis zu Wiesingers Shop, der sich auf der gegenüberliegenden Straßenseite zwischen ein großes Kaufhaus und einen Schallplattenladen mit dem tiefsinnigen Namen „Vinyl“ duckte.

Micha betrachtete bereits die Auslagen im Schaufenster des Sexshops. „Tolles Angebot hat er, das muss ich ihm lassen.“

„Komm schon.“ Franka zog ihn zum Eingang. Ein samtroter Windfang diente als Blickschutz für allzu neugierige Passanten. Die Beamten standen im Laden und bahnten sich durch das breit gefächerte Angebot den Weg zum kleinen Verkaufstresen, hinter dem sich eine gelangweilt wirkende junge Frau aufhielt und versuchte, eine SMS zu tippen. Als sie die beiden Beamten erblickte, sah sie auf und lächelte freundlich. Die sieht aus wie eine brave Hausfrau, dachte Franka unwillkürlich.

„Sucht ihr was Bestimmtes?“, fragte die Hausfrau und Franka konnte sich nicht vorstellen, das sich die junge Dame mit den Produkten hier auch nur ansatzweise auskannte.

Sie griff in die Jackentasche und zeigte ihr den Dienstausweis. „Hahne mein Name, Kripo Wuppertal.“ Sie deutete auf Micha, der sich interessiert umblickte. „Mein Kollege, Kommissar Stüttgen. Wir hätten gern Herrn Wiesinger gesprochen.“

Die junge Frau wurde blass. Sie legte das Handy auf den Tresen und rang verunsichert mit ihren Händen. „Ich muss sehen, ob er Zeit hat.“

„Er wird Zeit haben müssen“, sagte Micha ruhig, aber bestimmt. „Ist er da?“

„Ja, aber er hat ...“, stammelte die junge Angestellte, während sie von ihrem Hocker herunter rutschte und die Theke umrundete.

„Kommen Sie bitte."

Franka grinste Micha an, und er warf ihr einen *Siehst du, es geht doch*-Blick zu. Sie folgten der Angestellten durch den Laden zu einer Tür im hinteren Bereich. Sie hielt kurz inne, klopfte an und hielt den Kopf in das Büro ihres Chefs. Franka und Micha hörten sie leise sprechen, ohne ein Wort verstehen zu können. Es war offensichtlich, dass sie Wiesinger vorwarnte. Dann gab sie den Eingang frei.

„Herr Wiesinger lässt bitten", flötete sie.

„Oh, vielen Dank." Sie betraten das Büro. Von einem Fenster aus hatte man Ausblick in einen trostlosen Hinterhof. Mülltonnen unter dem Fenster, zwei geparkte Autos und meterhohes Unkraut, das sich irgendwann im Sommer den Weg durch den brüchigen Teer an die Oberfläche gebahnt hatte, um dort vom Wintereinbruch im Dezember überrascht zu werden und in einen Winterschlaf zu fallen. Im gut zehn Quadratmeter großen Büro von Bernd Wiesinger herrschte das Chaos. Rechts gab es Aktenschränke, die bis zur vergilbten Zimmerdecke aufragten, links einen Besprechungstisch, der unter der Last unzähliger bunter Kataloge und Zeitschriften zu ächzen schien. Vor dem Fenster hatte es sich der Chef gemütlich gemacht. Er saß in einem ledernen Chefsessel, der an den Kommandostuhl eines Raumschiffcaptains erinnerte und residierte an einem gläsernen Schreibtisch, auf dem sich ein Telefon, eine schmale Tastatur und ein TFT-Monitor befanden. Wiesinger selber war Ende vierzig, hatte dunkles, bereits lichtes Haar und einen deutlichen Bauchansatz. Eine unsichtbare Duftwolke von schwerem Aftershave umgab ihn. Franka kannte die Marke und mochte sie nicht. Sie roch billig. Als er seine Gäste erblickte, sah er überrascht auf und richtete sich in seinem Stuhl auf.

„Die Polizei beehrt uns", sagte er mit ebenso übertriebener wie falscher Freundlichkeit und bot den beiden Platz an. Doch Franka und Micha zogen es vor, stehen zu bleiben.

„Wir wollen Sie nicht länger als nötig aufhalten", erwiderte Franka freundlich. „Wir ermitteln im Fall der getöteten Frau. Sicherlich haben Sie in der Presse davon erfahren."

„Ja, allerdings. Schreckliche Sache." Gespieltes Bedauern. Er war ein grässlicher Schauspieler.

„Sagt Ihnen der Name Mandy Klimmek etwas?“, kam Micha zum Punkt.

Wiesinger dachte angestrengt nach, blickte ins Leere und schüttelte den Kopf. „Nicht, dass ich wüsste“, murmelte er schließlich.

„Sie war die Lebensgefährtin Ihres Freundes Thomas Belter.“

Die Augen des Ladeninhabers verengten sich zu schmalen Schlitzen. „Moment“, rief er. „Mandy war die Freundin von Thomas?“ Diesmal wirkte er wirklich überrascht.

„Allerdings, ja.“

„Das ... das ist ja ein Witz.“ Wiesinger schüttelte den Kopf und lachte amüsiert auf. „Ich wusste gar nicht, dass der liebe Thomas ... mit ...“

„Sie kannten Mandy Klimmek und wussten von ihrer Neigung“, unterbrach Franka ihn. Sie hatte keine Lust auf Kasperletheater und Lügengeschichten. „Sie wussten, dass Mandy nymphoman veranlagt war.“

„Was heißt denn nymphoman?“ Wiesinger winkte irritiert ab. „Sie war sehr offen und führte ein ausschweifendes Leben, wenn Sie verstehen, was ich meine? Ja, um Ihre Frage zu beantworten, ich kannte Mandy Klimmek. Aber ich wusste wirklich nicht, dass sie mit Tom zusammen war. Die beiden sind so gegensätzlich.“ Er senkte kurz den Blick und murmelte eine Entschuldigung, bevor er sich verbesserte. „Ich meine, sie *waren* so gegensätzlich.“

„Läuft Ihr Geschäft gut?“, erkundigte sich Franka, um das Thema zu wechseln.

„Ich kann nicht klagen. Warum wollen Sie das wissen?“

„Nur so. Sagen Sie, Sie haben doch sicherlich auch einen Onlineshop?“

„Ja, natürlich.“ Er nickte. „Das gehört in der heutigen Zeit einfach dazu. Noch immer schämen sich viele Menschen, in einen Sexshop zu gehen. Das ist wie mit Fastfood und Boulevardpresse: Alle kennen es, alle konsumieren es, aber keiner will es gewesen sein. Mit dem Onlineshop ist die Diskretion sichergestellt. Wir versenden unsere Waren sogar in neutral verpackten Paketen, damit Nachbarn, die aus Freundlichkeit mal eine Sendung annehmen, nicht erfahren, was sich die Mitbewohner da Böses bestellt haben. Dabei ist das wahrscheinlich nichts anderes, als sie selber im Schrank haben." Wiesinger war sehr überzeugt von sich.

„Betreiben Sie noch andere Geschäfte im Internet?" Franka fixierte Wiesinger mit Blicken, während es sich Micha auf der Kante des vollen Besprechungstisches gemütlich gemacht hatte. Mit einem Seitenblick stellte er fest, dass es sich bei den Zeitschriften um Erotikmagazine handelte. Allesamt Titel, die nur unter dem Ladentisch gehandelt werden durften.

„Worauf wollen Sie hinaus?"

„Es gibt Foren, in denen sich vermeintlich sexbegeisterte Frauen anbieten. Sie stellen einen Text hinein, dazu ein paar Fotos von sich, bei denen meist das Gesicht nicht zu erkennen ist. Die Frauen bezeichnen sich selber als dauergeil, devot und sexsüchtig. In Wahrheit sind sie aber keine unbefriedigten Hausfrauen, sondern Prostituierte, denen es nicht um die Befriedigung, sondern vor allem um den schnellen Verdienst geht. Die Aufnahme in ein derartiges Forum ist mit Kosten verbunden. Und wir wissen, dass Sie ein solches Forum betreiben." Franka hatte sich in Rage geredet. „Und wir haben in Erfahrung gebracht, dass Mandy Klimmek als so genannte Hobbyhure auf Ihrer Domain registriert war. Sie war Ihre Kundin, Herr Wiesinger!"

„Was werfen Sie mir vor? Anstiftung zur Prostitution, wie es im Beamtendeutsch heißt?" Er lachte gewinnend. „Leider können wir Mandy Klimmek nicht mehr fragen, aber ich kann Ihnen versichern, dass sie freiwillig bei mir registriert war", verteidigte er sich und schüttelte den Kopf. „Oder wollen Sie mir ankreiden, dass ich die Website betreibe? Sind Sie von der Sitte? Die Mädchen, die auf meiner Internetseite aufgelistet sind, erhalten dafür ein stilvolles Umfeld. Sie bekommen die Chance, sich gut in Szene zu setzen, sich angemessen zu präsentieren. Dafür biete ich Ihnen eine anspruchsvoll gestaltete Website und professionell gestaltete Fotos an."

„Mandy Klimmek ist bei einem Fotoshooting ermordet worden", rief Franka.

„Wollen Sie sagen, dass mein Fotograf der Mörder ist?"

„Mit wie vielen Fotografen arbeiten Sie denn zusammen?", mischte sich nun auch Micha ein. Er rutschte von der Tischkante und marschierte durch das kleine Büro, schritt den Raum ab, machte an der Wand kehrt und wanderte zurück.

„Mit mehreren, aber die Fotos für das Forum lasse ich nur von einem Fotografen anfertigen. Dem muss ich nicht jedes Mal neu erklären, worauf er zu achten hat und was ich von den Mädchen sehen möchte. Er weiß, worauf es ankommt, wenn sich ein Mädchen eintragen lassen möchte."

„Und Sie kassieren die Vermittlungsgebühr?" Micha unterbrach seine Wanderung.

„Ein kleiner Obolus kommt in meine Kasse, ja. Aber dafür betreibe ich schließlich den organisatorischen Aufwand."

„Und was ist, wenn Ihr Fotograf ein perverser Spinner ist, der die Frauen erst vergewaltigt und danach zu Tode beißt?"

„Ich habe keinen Einfluss darauf, was mein Fotograf macht. Aber ich halte Ihre Mutmaßung für völligen Blödsinn. Und mich können Sie dafür nicht verantwortlich machen." Wiesinger gab sich aalglatt, auch wenn sich auf seiner Stirn winzige Schweißperlen gebildet hatten.

Am liebsten hätte Franka ihm eine Ohrfeige verpasst.

„Wir benötigen den Namen und die Adresse Ihres Stammfotografen", forderte Franka. Sie hatte genug gehört.

12.50 Uhr

„Wo willst du denn hin?" Petra Ziegler blickte ihren Mann überrascht an. Fast lautlos hatte sie sein Arbeitszimmer betreten und lehnte mit vor der Brust verschränkten Armen im Türrahmen. Der Raum war spartanisch eingerichtet: Neben einem Regal, in dem er seine Akten lagerte, gab es einen zweitürigen Holzschrank, und in einer Ecke stand ein Computertisch. Die Bekleidung für den nächsten Arbeitstag drapierte er auf einem hölzernen stillen Butler. Diesmal hatte er zu einer schwarzen Stoffhose auch einen dunklen Pulli gelegt, davor stand ein Paar ebenfalls dunkler Winterstiefel. Er fuhr herum, hatte scheinbar nicht bemerkt, dass sie den Raum betreten hatte.

„Ich muss noch mal los", murmelte er und lächelte sie an.

Er stieg in seine Hose und erreichte auf einem Bein hüpfend seinen

Schreibtisch, um den Rechner herunterzufahren. Petra wunderte sich ein wenig darüber, normalerweise schaltete er den Computer tagsüber nie aus. Unwillkürlich fragte sie sich, ob er ihr etwas verheimlichte.

„Hast du heute nicht deinen freien Tag?" Eine Falte hatte sich zwischen Petras Augenbrauen gebildet.

„Frei nicht, aber meinen Bürotag." Er war Bezirksleiter und da war es nichts Ungewöhnliches, dass Max an einigen Tagen der Woche von zuhause aus arbeitete.

Petra trat hinter ihn und schlang die Arme um seine Hüften, die er mit sanftem Druck löste. „Du scheinst in Eile zu sein", stellte sie enttäuscht fest.

„Ja, in einer Filiale ist das komplette Kassensystem ausgefallen." Er rang sich ein Lächeln ab, das allerdings gequält wirkte. „Es brennt sozusagen."

„Schade." Sie schickte ihre Hände auf Wanderschaft. Ihre Finger glitten unter den Stoff seines Pullovers, doch ein weiteres Mal schob er sie sanft fort. „Petra – bitte. Ich muss mich beeilen."

„Na gut." Nach der leidenschaftlichen letzten Nacht war sie enttäuscht, als sie von ihm abließ. „Dann werde ich hier auf dich warten."

„Darauf freue ich mich jetzt schon." Es klang wie eine Floskel. Er schlüpfte in die Winterstiefel, hauchte ihr eilig einen Kuss auf die Wange und verließ den Raum. Im Flur schlüpfte er in seinen Wintermantel, schnappte sich den Schlüssel vom Bord und war schon im nächsten Moment draußen. Petra trat in den Flur und blickte auf die verschlossene Tür, durch die er eben entschwunden war. Als sie hörte, wie draußen ein Automotor ansprang und sich der Wagen mit heulendem Motor entfernte, kam ein enttäuschtes Seufzen über ihre Lippen. Es war höchste Zeit, dass Mittagessen vorzubereiten. Die Kinder kamen gleich aus der Schule.

13.05 Uhr

Sie waren kurz ins Polizeipräsidium gefahren, um sich mit den anderen zu besprechen. Auf dem langen Korridor im zweiten Stock rannten sie einem überraschen Willi Bever geradewegs in die Arme.

„Was macht ihr denn hier?“

„Wir hatten Sehnsucht“, grinste Micha, dann wurde er ernst. „Können wir dich sprechen?“

„Natürlich.“ Bever führte sie in sein Büro, und sie nahmen am langen Besprechungstisch Platz. Er schenkte ihnen Kaffee aus seiner Designerkaffeemaschine ein, die ihm das Team des KK 11 im letzten Jahr zur Silberhochzeit geschenkt hatten. Bever war ein Genießer und Kaffeefreund. Während sie aus den grünweißen Tassen mit dem Logo der Polizeigewerkschaft tranken, ließ sich der Erste Kriminalhauptkommissar von Franka und Micha berichten, was sie in Erfahrung gebracht hatten.

„Somit hat Clay einen sehr bürgerlichen Namen. Er heißt Kai Kötter.“ Franka hielt den Zettel mit der Anschrift von Clay in die Höhe. „Hier werden wir gleich hinfahren und ihn befragen. Je nachdem wie das Gespräch verläuft, werden wir ihn direkt in Untersuchungshaft bringen.“

Bever hatte keine Einwände und versprach, Kai Kötter zu durchleuchten. „Wenn er ein derart bewegtes Leben hat, dann taucht er mit größter Wahrscheinlichkeit in unseren Datenbänken auf, auch, wenn Mandy Klimmek das erste Opfer war, das er auf diese grausame Weise getötet hat.“

Er griff zum Hörer und wählte eine Nummer im Haus. „Enthält der Rechner von Mandy Klimmek brauchbare Informationen?“ Er blickte zu Franka und Micha hinüber, während er lauschte. „Dann komm bitte kurz rüber, Franka und Micha sind hier – das wird sie sicherlich interessieren.“

Es verging kaum eine Minute, bis Georg Brackwede erschien. Unter den Arm geklemmt hatte er eine Mappe, die er nun auf den Besprechungstisch warf. Er grinste die Kollegen an.

„Gute Nachrichten: Es hat einen Kontakt zwischen Mandy Klimmek und dem mutmaßlichen Täter gegeben. Sie haben sich, wie ihr bereits vermutet habt, in einem Forum kennen gelernt. Dort ist die Rede von erotischen Aufnahmen, die er von ihr machen wollte.“

„Das scheint sein Spezialgebiet zu sein.“ Micha schlürfte von seinem Kaffee und wandte sich an Franka. „Immerhin hast du herausgefunden, dass sie als Prostituierte unterwegs war, obwohl sie mit Belter liiert war. Vielleicht hat sie neue Bilder für ihre Internetpräsenz benötigt."

„Das herauszufinden, ist euer Part." Georg Brackwede blätterte in seinen Unterlagen. „Wie gesagt, der Kontakt mit diesem Clay, oder Dark Lord, wie er sich auch nennt, ist nachgewiesen. Damit ist er sicherlich auch die Nummer eins auf eurer Liste. Ich habe mir auch die Mühe gemacht, Mandy Klimmeks andere Kontakte herauszufiltern und bin so auf die Kontakte gestoßen, die sie zu ihren Freiern hatte. Leider nicht sehr ergiebig, da die meisten Verabredungen über Handy getroffen werden. Und ihr Handy dürfte in der alten Fabrik verbrannt sein, insofern kann ich nichts rekonstruieren, sorry, Leute."

„Für das Geschäftsgebaren dieses Bernd Wiesinger dürften sich übrigens die Kollegen von der Sitte interessieren", wechselte Micha das Thema und berichtete von Wiesingers schlüpfriger Internetpräsenz. „Er vermittelt Prostituierte, die sich unter dem Deckmantel, nymphoman veranlagt zu sein, das Taschengeld aufbessern. Schon mal was von Hobbyhuren gehört?"

Anstatt zu antworten, erhob sich Bever und umrundete seinen Schreibtisch. Wieder griff er zum Telefon. Diesmal wählte er die Nummer des KK 12. Die Sitte. Er sprach mit Hauptkommissar Schimpf, einem alten Freund, mit dem er sich nach Feierabend öfters zum Squash spielen traf und bat ihn, in sein Büro zu kommen. Hans Schimpf war Anfang fünfzig, von stämmiger Natur und trug die Haare extrem kurz. Der Blick durch die dünnen Gläser seiner Brille war wachsam, seine Lippen schmal. Zu einer Jeans trug er ein modisches Hemd und ein Sakko. Mit einem Stift und Notizblock bewaffnet, ließ auch er sich am Besprechungstisch in Bevers Büro nieder. Aufmerksam hörte er sich Michas Ausführungen an.

„Hier scheint es mir um die Verbreitung pornografischer Erzeugnisse im Internet und um die Anstiftung von Prostitution zu gehen", zog er sein Fazit, während er sich Notizen machte und sich nachdenklich die Schläfen massierte. „Wir werden ihn auf jeden Fall besuchen", versprach er, an Franka gewandt. „Was ihm letztlich nachzuweisen ist, müssen wir abwarten. Aber auf jeden Fall werde ich ihn gleich mal durchleuchten."

„Das sollten wir auch mit dem Fotografen tun“, murmelte Bever.

„Er ist sicherlich durch unseren Besuch vorgewarnt“, fürchtete Franka und leerte ihre Tasse. Ungeduldig blickte sie auf die Armbanduhr und gab Micha ein Zeichen zum Aufbruch. „Wenn alles geklärt ist, möchten wir jetzt keine Zeit verlieren“, bemerkte sie, während sie sich erhob. Irgendetwas sagte ihr, dass der Countdown für die Verhaftung des geheimnisvollen Phantoms lief.

Er hatte genug Menschenleben auf dem Gewissen, und es war höchste Zeit, ihm das Handwerk zu legen. Bever hatte sich wieder erhoben und holte eine Klarsichthülle von seinem Schreibtisch. „Diese Aufnahme wollte ich gerade zum Einsatztagebuch legen“, kommentierte er und legte den Ausdruck einer Schwarzweißfotografie in recht grober Auflösung vor Franka und Micha auf den Tisch. Das Foto stammte von der Videoüberwachungsanlage des Parkhauses, in dem Baumanns Wagen gefunden wurde. Es zeigte den dunklen Mercedes und einen Mann, der den Wagen gerade verlassen hatte. Zielstrebig entfernte er sich von dem schweren Fahrzeug der Luxusklasse. Franka beugte sich über das Bild und erkannte das Kennzeichen von Baumanns Wagen. Der Mann war hoch gewachsen, fast schlaksig und hatte dunkle Haare. Auch seine Kleidung war dunkel; ob sie schwarz war, ließ sich auf der Schwarzweißaufnahme nicht eindeutig erkennen, da das Foto nur Graustufen darstellte. Und Franka überlegte fieberhaft, wo sie das Gesicht des Täters schon einmal gesehen hatte.

„Was haben denn die Ermittlungen der Jungs aus Hagen ergeben?“, fragte Micha an Bever gewandt.

„Nicht viel, um es vorsichtig zu formulieren. Das gesellschaftliche Umfeld wurde von den Kollegen überprüft, ohne dabei auf Unregelmäßigkeiten zu stoßen. Thomas Belter war ein ruhiger Zeitgenosse, der nie mit dem Gesetz in Konflikt kam. Bernd Wiesinger kannte er übrigens aus seiner Schulzeit. Sie haben sich, nachdem sie die Schule beendet haben, aus den Augen verloren und dann irgendwann wiedergetroffen. Belter ahnte zunächst nichts von Wiesingers Art, Geld zu verdienen. Erst auf einer Party, die Belter gemeinsam mit Mandy Klimmek besuchte, kam die Sache zur Sprache. Mandy und Wiesinger waren einander sofort sympathisch und sie hat ihm gegenüber von

Anfang an keinen Hehl aus ihrer Neigung gemacht. Er witterte wohl das große Geschäft und überredete sie, sich in seinem Forum einen Eintrag zu sichern. Insofern können wir davon ausgehen, dass Wiesinger den Kontakt zwischen ihr und dem Fotografen hergestellt hatte. Der Rest wurde dann wohl über das Internet geregelt; leider mit den uns bekannten Folgen."

„Ich kenne diesen Kerl", platzte es plötzlich aus Franka heraus. Sie nahm das Foto aus der Tiefgarage am Elberfelder Karlsplatz in die Hand und spürte, wie ihre Finger zitterten. „Ich kenne ihn", wiederholte sie.

Die anwesenden Kollegen betrachteten sie neugierig.

„Der Mann, der Baumanns Mercedes im Parkhaus abgestellt hat, kam mir auf den ersten Blick bekannt vor. Ich wusste allerdings nicht, woher. Jetzt kann ich mich erinnern."

„Mach es nicht so spannend", rief Micha und sprang auf. Er trat hinter seine Kollegin und betrachtete das unscharfe Foto der Parkhausüberwachung aufmerksam. „Wer ist der Typ?"

„Es ist der Sprinterfahrer."

„Es ist – wer?" Micha runzelte die Stirn. Er trat einen Schritt zurück und zündete sich eine Zigarette an. Die missbilligenden Blicke seines Vorgesetzten ignorierte er. Bever stand dennoch auf und reichte ihm einen alten Porzellanaschenbecher.

„Der Sprinterfahrer", erwiderte Franka. „Er war vor Ort, als wir zum Parkplatz kamen, an dem man – an dem er – die Leiche von Daniela Sauer gefunden hat. Das glaube ich nicht: Er hat sie dort ermordet und dann ein paar Stunden später seelenruhig die Polizei verständigt. So konnte er anwesend sein, während wir zum Tatort kamen und vor einem weiteren Rätsel standen."

„Moment, Franka, soll das heißen, dass das hier Kai Kötter ist?"

Franka nickte stumm.

„Der Typ ist wahnsinnig", brummte Micha, zog an seiner Zigarette und tippte sich bezeichnend an die Stirn.

„Viele Täter verhalten sich so", gab Bever zu bedenken. „Denk mal an die Reihe von Brandanschlägen, die wir vor ein paar Monaten hatten: Der Brandstifter war ein Feuerwehrmann. Er litt unter einem Aufmerksamkeitsdefizit. Bei einem Brand kam sein eigener Vater ums Leben. Er starb qualvoll an einer Rauchvergiftung, und erst das hat den Täter dazu bewogen, die Brandstiftungen zu gestehen. Ich erinnere mich an sein Geständnis: Ihm war es wichtig, die Folgen seiner Tat mit eigenen Augen verfolgen zu können. So ähnlich könnte es auch bei diesem Mann gewesen sein."

„Erinner dich mal an den ersten Leichenfundort", rief Micha. „Kötter hat die Leiche von Mandy Klimmek gleich an der B 7 in Oberbarmen abgelegt. Ein markanter Punkt. Er wollte uns an der Nase herumführen, ein Zeichen setzen, was auch immer. Und die Klimmek hat am Grünstreifen neben einer Fußgängerampel gelegen, erinnerst du dich?"

Franka blickte zu ihm auf und nickte. „Allerdings. Und wir haben überlegt, wie er es gemacht haben könnte. Normalerweise ist dieser Teil der Straße zwischen Wupperfeld und dem Abzweig nach Wichlinghausen viel befahren. Nur aufgrund der Witterung und der Dunkelheit ist es ihm gelungen, die Leiche unbeobachtet dort abzulegen."

„Aber es musste schnell gehen", murmelte Micha und blies den Rauch seiner Zigarette an die hohe Decke des Dienstzimmers. Bever rümpfte bezeichnend die Nase, schwieg aber.

„Dein erster Gedanke war, dass er mit einem Lieferwagen unterwegs war. Die Leiche lag demnach auf der Ladefläche. Kötter hielt an der Ampel, ging nach hinten in den Laderaum, öffnete die seitliche Schiebetür und beförderte die Leiche ins Freie. Der Spaß hat maximal eine Minute gedauert", mutmaßte Franka.

„Er wohnt am Sternenberg, das liegt im Norden von Wichlinghausen", bemerkte Bever. „Das heißt, wenn er Mandy Klimmek in Elberfeld getötet und sie danach in seinen Transporter verfrachtet hat, dann hat er sein Opfer auf dem Heimweg entsorgt."

„Am Sternenberg", murmelte Franka. „Das ist nicht weit weg von der Straße Einern, die parallel zur Autobahn 46 verläuft. Demnach hat er sein zweites Opfer, von den männlichen Toten einmal abgesehen, unweit seiner Wohnung zur Strecke gebracht."

„Worauf warten wir?" Micha drückte den Stummel seiner hastig gerauchten Zigarette im Aschenbecher aus und klimperte mit dem Wagenschlüssel.

Bever tippte auf den Ausdruck des Fotos, dann wandte er sich ab und setzte sich an seinen Schreibtisch. Hastig machte er sich an seinem Computer zu schaffen und rief das Einsatztagebuch auf. „Hier“, rief er. „Ich habe das amtliche Kennzeichen des Lieferwagens, mit dem er unterwegs war. Haut ab und seht zu, ob ihr ihn in seiner Wohnung erwischt. Ich schicke euch eine Streifenwagenbesatzung hinterher, falls es Schwierigkeiten gibt. Währenddessen kümmere ich mich um den Halter des Lieferwagens.“

Franka hatte keine Einwände, und so stürmte sie aus dem Büro. Es galt nun keine Zeit mehr zu verlieren. Etwas tief in ihrem Innern sagte ihr, dass Kötter schon wieder auf der Suche nach einem Opfer war.

13.15 Uhr

Eilig huschte sie über die breite Straße. Ein Laster musste bremsen. Der Fahrer betätigte die Hupe. Rebecca zeigte ihm den Mittelfinger, doch der Fahrer grinste nur, dann rollte sein schweres Gefährt weiter talwärts. Sie hatte die Straße Sternenberg erreicht. Hier wuchsen Wohnblöcke mit mehr als zehn Etagen in den grauen Winterhimmel. Die Häuser hier waren modern und sauber, aber trotzdem wollte sie hier um keinen Preis der Welt wohnen. Da lobte sie sich die Wohnung am Rande des Zooviertels, auch, wenn die Miete dort sicherlich um einiges höher war als hier. Aus der Ferne konnte sie das gleichmäßige Rauschen der nahen Autobahn hören. Die Raststätte Wuppertal-Barmen war von hier aus fußläufig zu erreichen. Doch sie hatte andere Pläne.

Er lebte in einem dieser anonymen Hochhäuser am Rand von Wuppertal-Wichlinghausen. Da es sich bei der Straße um eine reine Anwohnerstraße handelte, herrschte hier kaum Verkehr. Mühsam hatte sich die Wintersonne durch die tief hängenden Wolken gekämpft und tauchte die hohen Fassaden der umliegenden Häuser in ein milchiges Licht. Rebecca betrachtete den Eingangsbereich des Mehrfamilienhauses. Hier kannte sicherlich kein Nachbar den anderen. Sie erinnerte sich an die Fernsehberichte, in denen es immer wieder mal um einsame Rentner ging, die erst Wochen nach ihrem Tod halb verwest gefunden wurden. Hier drin wohnten sicher viele Einsame.

Ihr konnte es egal sein. Immerhin lebte hier auch jemand, der sie verstand, wie sie war, der ihre Gefühle und Neigungen nachvollziehen konnte. Ihr Herz klopfte bis zum Hals, als sie seinen Namen am Klingelbrett entdeckte. Sollte sie wirklich?

Rebecca streckte die Hand aus, legte den Zeigefinger auf den Knopf ... und zögerte. Plötzlich war sie sich nicht mehr sicher, ob das, was sie hier tat, richtig war.

Vielleicht begab sie sich in Gefahr. Immer wieder las man in der Zeitung von Frauen, die zum Opfer von Kriminellen wurden, die sich ihre Kontakte im Internet suchten. Was, wenn er sein Interesse für sie und ihre Gefühle nur vorheuchelte, um sie in Sicherheit zu wiegen? Was, wenn er nur vorgab, ein Lord der Dunkelheit zu sein?

Sie stand unschlüssig da. Die Gedanken schossen wie Blitze durch ihren Kopf. Aber war dieser Mann denn nicht genau das, was sie sich immer gewünscht, von ihrem eigenen Mann aber niemals bekommen hatte? Niemals bekommen würde?

War Clay der Mann, der sie so akzeptierte, wie sie wirklich war?

Wenn sie jetzt klingelte, da machte sie sich nichts vor, ging sie Roland fremd. Vielleicht nicht sexuell, dafür aber emotional. Sie holte sich bei einem Fremden das, was Roland ihr nicht gab. Es war aus moralischer Sicht falsch, das zu tun, darüber war sie sich im Klaren. Und wenn Roland erfuhr, dass sie sich in ihrer Freizeit heimlich mit einem anderen Mann traf, würde er toben, sich vielleicht sogar auf der Stelle von ihr trennen.

Aber, wenn sie ehrlich zu sich selbst war: Wollte sie nicht genau das? Ihre Freiheit zurück haben?

Er konnte so schrecklich eifersüchtig sein. Und er war selber schuld daran, dass es überhaupt soweit gekommen war. Oft genug hatte er sie ausgelacht. Hatte sie bloßgestellt und für verrückt gehalten.

Wut stieg in ihr auf. Roland hatte sie in die Enge getrieben. Mit einem Ruck schnellte ihr Finger vor, und sie betätigte den Klingelknopf. Als kurz darauf der Türsummer ertönte, hatte sie ihr Schicksal besiegelt.

„Vierter Stock“, hörte sie seine Stimme verzerrt aus dem Lautsprecher der Gegensprechanlage klingen. Zum ersten Mal habe ich jetzt diese Stimme gehört, dachte sie und stemmte sich gegen die gläserne Eingangstür, als der Türsummer ertönte. Mit dem Aufzug fuhr sie in den vierten Stock. Während sie auf das leuchtende Anzeigepanel blickte, stellte sie fest, dass ihre Aufregung mit jeder Etage, die sie passierte, wuchs. Dann blieb der Aufzug stehen. Sie atmete tief durch, bevor sie die kleine Kabine verließ und sich im dunklen Treppenhaus wiederfand. Sie hatte keine Ahnung, wie viele Mietparteien auf dieser Etage lebten. Hohl klangen ihre Schritte von den nackten Wänden zurück. Es roch nach Essen auf dem Korridor, und hinter einer Wohnungstüre wurde laut gestritten, auf Russisch oder Polnisch, so genau konnte Rebecca das nicht zuordnen. Ein anderer Mieter ließ das Radio auf voller Lautstärke laufen und beschallte so die ganze Etage des Wohnblocks.

Weiter hinten wurde eine Tür geöffnet. Rebecca atmete tief durch und zwang sich zu innerer Ruhe. Ich will nicht mit ihm schlafen. Wir wollen nur reden, und er hat sich Zeit für mich genommen, machte sie sich Mut. Ich betrüge Roland nicht.

„Schön, dass du da bist."

„Du bist Clay?", fragte sie verdutzt und machte zwei Schritte zurück.

„Ich bin dir eine Erklärung schuldig. Du hast mich im Drogeriemarkt als Mark Friedmann kennen gelernt. Es ist so: Als Detektiv arbeite ich nie unter meinem richtigen Namen. Ich benutze Decknamen."

„Wieso das denn?", wollte Rebecca wissen.

Er schaute sie mit seinen leuchtend grünen Augen an und sagte: „Na ja, stell dir vor, ich erwische mal einen Dieb und der findet das dann gar nicht so lustig. Und will sich womöglich an mir rächen. Aber wer mich nicht findet, weil er meinen Namen nicht weiß, der kann mir nichts … ich heiße übrigens Kai. Aber bitte, komm rein", sagte er lächelnd. Zögernd kam sie der Bitte nach und betrat sein Refugium. In der Wohnung herrschte Dunkelheit. Schwarze Vorhänge vor den Fenstern sorgten dafür, dass das Licht der Wintersonne draußen blieb. Es dauerte einen Augenblick, bis sich Rebeccas Augen an das Zwielicht gewöhnt hatten. Sie kämpfte immer noch mit ihrer Überraschung, war nicht imstande, ihre Gefühle in Worte zu packen und schwieg.

Er drückte die Tür leise ins Schloss und legte die Sicherheitskette vor. „Ich bin ein ängstlicher Mensch", bemerkte er lächelnd, als er ihren fragenden Blick sah. Rebecca wunderte sich über die spärliche Einrichtung seiner Wohnung. Als sie an der Küche vorbeikamen, warf sie einen Blick hinein. Alles war sauber und aufgeräumt. Eine Einbauküche, nichts Besonderes. Die Badezimmertür war zu. Am Ende des Flurs lag das Wohnzimmer, links das Schlafzimmer. Hier gab es nur einen Schrank und eine Matratze, die auf dem Boden lag. Auch im Wohnzimmer gab es kaum Mobiliar. Kein Teppich, keine Bilder an den Wänden, nichts, was das Wohnen hier gemütlich machen konnte. An einer Wand stand ein einfaches Sofa, davor ein niedriger Tisch mit einer staubblinden Glasplatte. Gegenüber ein kleiner Fernseher samt DVD-Player, daneben auf einer einfachen Kommode eine kompakte Stereoanlage. Es sah nicht aus wie eine Wohnung. Eher wie ein Unterschlupf.

„Hier wohnst du?"

„Gefällt es dir?"

„Ja." Sie log, und sie fürchtete, eine schlechte Lügnerin zu sein.

„Setz dich doch, ich hole uns was zu trinken." Ohne ihre Antwort abzuwarten, ließ er sie alleine und ging in die Küche. Rebecca nutzte die Zeit, um sich ein wenig umzuschauen. Erst jetzt erblickte sie den kleinen Computertisch neben der Balkontüre. Der Monitor war vergilbt, die Tastatur wirkte schmutzig. Neben dem Arbeitsplatz standen zwei weitere Rechner und ein Laptop. Beschäftigte sich Clay in seiner Freizeit mit Computern? Vielleicht war er ein Hacker.

„So, da bin ich schon wieder." Er stellte zwei Colagläser auf den Tisch und setzte sich zu ihr.

„Sammelst du Computer?"

Er folgte ihrem Blick und lachte. „Die sind von einem Kollegen, der etwas Stress mit dem Gerichtsvollzieher hat. Deshalb hat er die Kisten hier vorübergehend untergebracht. Er hat wohl Angst, dass der Vollstrecker ihm die Kisten unterm Hintern weg pfändet."

„Hm."

„Aber wir sind nicht hier, um über meinen Freund zu reden", wechselte Clay das Thema. Er ergriff sein Glas, prostete ihr zu und trank.

Rebecca tat es ihm nach. Die Cola schmeckte irgendwie ein wenig bitter, doch sie wollte nicht unhöflich sein. So trank sie.

„Also“, sagte Clay und lehnte sich zurück. „Was ist los in deiner Beziehung? Wo drückt der Schuh?“

Sie genoss den Klang seiner Stimme und spürte die fast hypnotische Wirkung. Dieser Mann nahm sie in seinen Bann. Rebecca dachte in diesem Augenblick, dass sie ihm gehören wollte. Sie legte den Kopf schräg, sodass er ihren Hals sehen konnte. Prompt blieb der Blick seiner grünen Augen auf ihrer Halsbeuge haften. Rebecca bildete sich ein, dass er durch ihre Haut hindurch blicken konnte. Dachte, dass er das pulsierende Blut in ihren Adern sehen konnte. Der Gedanke daran, dass er sich jetzt in diesem Augenblick nach Blut verzehrte, nach ihrem Blut, erregte sie auf eine Weise, die sie bisher nicht gekannt hatte. Fast sehnte sie den Augenblick herbei, da er sich ihrem Hals nähern würde.

Rebecca versuchte, den Gedanken daran zu verdrängen und bemühte sie sich, seine Fragen zu beantworten.

„Er hält mich einfach ständig für verrückt, sobald ich das Wort Nachtgestalt oder gar Vampir in den Mund nehme.“ Sie fühlte sich benommen, versuchte aber, sich nichts anmerken zu lassen. „Roland zeigt kein Verständnis für mich und meine Neigung. Er lacht mich aus und stellt mich bloß, wann immer er kann.“

„Er ist einfach nur töricht. Du hast etwas Besseres verdient, wirklich.“

Seine Stimme klang jetzt hohl und verzerrt in ihren Ohren, fast so, als hätte er durch einen Metalltrichter zu ihr gesprochen. Rebecca fühlte sich, als hätte sie viel Alkohol getrunken. Ihre Gliedmaßen wurden schwer wie Blei, und sie stellte das Glas mit einem harten Knall auf der Tischplatte ab, um kraftlos in die Polster zu sinken. „Was ... was ist das?“, fragte sie heiser und deutete auf das Colaglas.

„Das? Nur eine Cola.“ Er lächelte. Seine geschwungenen Lippen bildeten nur einen schmalen Strich. „Du musst keine Angst haben. Ich habe uns eine Spezialmischung gegönnt.“ Langsam näherte er sich ihr.

Wie gebannt starrte sie auf seinen Mund. Sah die strahlend weißen Zähne, die er nun bleckte. Sie fragte sich, woher dann der faulige Atem kam. Von innen heraus. Was war er? Als hätte er einen Schalter tief in ihr betätigt, legte sie den Kopf auf die Seite. Sie wollte ihm seinen Hals darbieten und sehnte sich danach, sein Donar zu werden.

Ja, dachte sie, dieser Mann darf mein Blut trinken. Sie sehnte sich jetzt sogar nach dem erlösenden Schmerz, den er ihr sicherlich gleich bereiten würde und schloss erwartungsvoll die Augen. Es dauerte keine zwei Sekunden, bis sie seinen heißen Atem auf ihrer Haut spürte. Er küsste ihren Hals, zog mit seiner Zunge eine feuchte Bahn über ihre Haut und knabberte sanft an ihr. Ein wohliges Stöhnen kam über ihre Lippen. Sie fühlte sich, als hätte man ihr den Boden unter den Füßen weggerissen. Rebecca stürzte ins Bodenlose, sank weiter in die Polster, rutschte nach vorn und war bereit. Dann wurde es noch dunkler um sie herum. Rebecca spürte, wie sie in einen tranceartigen Zustand fiel. Sie konnte fühlen, konnte hören, war aber außerstande, sich zu bewegen. Schlaff hingen ihre Gliedmaßen an ihrem Körper herunter. Sie war ihm ausgeliefert, und der Gedanke daran war gut. Das Letzte, was sie hörte, bevor sie ohnmächtig wurde, war sein leises triumphierendes Lachen. Gleich würde er sich nehmen, was er begehrte. Und sie fieberte diesem Akt entgegen. Nicht von hier, sondern aus der Traumwelt heraus, in der sie sich befand.

Er grinste noch immer triumphierend, doch das bekam Rebecca schon nicht mehr mit. „Habe ich dich endlich.“ Die K.O.-Tropfen wirkten schnell. Clay erhob sich und machte sich an ihrer Kleidung zu schaffen. Er ging nicht zimperlich mit ihr um, doch er wusste, dass sie nichts mitbekam. Sie gehörte ihm. Es war so weit. Der Augenblick, den er so lange herbei gesehnt hatte, war jetzt endlich gekommen.

Als das Telefon im Flug anschlug, unterbrach er sein Treiben. Kai Kötter blickte sich nervös um und überlegte, ob er sich melden sollte. Vielleicht war der Anruf wichtig. Doch schließlich entschloss er sich dazu, es läuten zu lassen. Wenn es wichtig war, würde der Anrufer sich zu einem späteren Zeitpunkt noch einmal melden. So richtete er seine ganze Aufmerksamkeit wieder auf die benommene Frau, die gekommen war, um sich von ihm helfen zu lassen.

Ja, er würde ihr helfen.

Diese einzigartige Gelegenheit würde er sich nicht entgehen lassen. Er spürte das Blut in ihren Adern pochen, starrte fasziniert auf ihren schlanken Hals und die Kehle. Kai Kötter, Clay, Dark Lord, diese Dreieinigkeit der Nacht, befand sich jetzt in einem Rauschzustand, als er sich über den leblosen Körper der jungen Frau beugte und sich an ihrer Jeans zu schaffen machte. Es war ein Leichtes für ihn, mit der rechten Hand unter sie zu gleiten, um ihre Hüfte anzuheben, während er ihr mit der linken Hand die Hose vom Leib zerrte. Dabei rollte sich ihr winziger Slip mit über die Hüften, und er konnte ihr Geschlecht sehen. Achtlos warf er Hose samt Slip auf den Boden und drückte sie auf das Sofa. Er spreizte ihre Beine und genoss, wie die Erregung Besitz von ihm ergriff. Mit einer behänden Bewegung legte er seinen Kopf in ihren Schoß. Wie gut sie duftete. So unschuldig, und doch so verdorben. Jetzt gehörte sie ihm. Einem inneren Zwang folgend, küsste er ihre Scham. Sie schmeckte so verführerisch. Jetzt kam ein leises Stöhnen über ihre Lippen. Erwachte sie schon wieder? Clay wartete einen Augenblick, doch Rebecca war tief im Land der Träume angekommen. Er hatte freie Hand. Schnell zog er seine Hose herunter und kam über sein Opfer. Er blickte ihr ins Gesicht, sah die leblosen Augen und hörte das leise Stöhnen, während er tief in sie eindrang. Sie war machtlos, musste bei vollem Bewusstsein und dennoch wehrlos ertragen, was er ihr antat. Aber sie hatte es ja so gewollt. Sie selber hatte ihm mehrfach gestanden, ein Vampir zu sein, sich als ein Wesen der Nacht zu fühlen. Er würde sie nur erlösen und ihr den Weg in ein neues Leben weisen. Er half ihr, ihre wahre Identität zu finden, auch, wenn er sie zu diesem Zweck vorübergehend betäuben musste. Sie würde ihm dankbar sein und ihn für das, was er getan hatte, verehren, da war er sicher.

Doch Rebecca hatte alles verloren. Und der Fürst der Dunkelheit hatte ein neues, williges Opfer gefunden, das bereit war, mit ihm den Weg in die Hölle zu gehen.

13.25 Uhr

„Komm schon, melde dich!“ Nervös trommelte Bernd Wiesinger auf der Schreibtischplatte herum und lauschte ungeduldig dem Freizeichen. Doch als auch nach dem zehnten Klingeln nicht abgenommen wurde, wollte er auflegen. Just in dem Augenblick, als zwei Männer ohne anzuklopfen in seinem kleinen Hinterbüro auftauchten und ihm Dienstweise unter die Nase hielten.

„Hauptkommissar Schimpf, Kripo Wuppertal, das ist mein Kollege Andre Brosse. Wir interessieren uns für Ihren Computer und würden ihn gern einziehen.“

Wiesinger glaubte sich verhört zu haben. „Wie stellen Sie sich das vor?“, blaffte er Schimpf und Brosse an. „Ich arbeite mit dem Computer und alle meine Daten sind auf der Festplatte!“

„Und genau das ist der Grund, weshalb wir uns für Ihren PC interessieren“, nickte Brosse und präsentierte dem Geschäftsmann einen Beschluss vom Richter, den Staatsanwalt Adler in kürzester Zeit eingeholt hatte. Diesmal war es schneller gegangen als noch bei Baumann.

„Aber natürlich interessieren wir uns auch für Sie.“ Schimpf baute seine zwei Meter Körpergröße vor Wiesinger auf und fixierte ihn mit seinem wachsamen Blick. „Es geht um den Verdacht der Anstiftung zur Prostitution.“

„Das ist Unsinn“, erwiderte Wiesinger kleinlaut. „Das habe ich Ihren Kollegen auch alles haarklein erzählt. Ich stifte niemanden an, auf den Strich zu gehen. Richtig ist, dass ich Betreiber einer Website bin, auf der sich Frauen registrieren lassen können, um dort ihre Dienste anzubieten. Ende.“

„Nein, das ist erst der Anfang, Herr Wiesinger. Sie verdienen daran.“

„Das ist nicht verboten.“ Wiesinger lehnte sich in seinem Sessel zurück und verschränkte mit einem weltmännischen Grinsen die Hände hinter dem Kopf.

„Und um die Richtigkeit Ihrer Angaben zu überprüfen, werden unsere IT-Spezialisten sich die Daten Ihres Rechners ansehen“, konterte Brosse und umrundete Wiesingers Schreibtisch. Dessen Grinsen war plötzlich wie ausgelöscht, als er mit ansehen musste, wie der junge Kommissar den Hauptschalter der Steckerleiste betätigte und damit die Stromzufuhr des Computers unterbrach.

„Das können Sie nicht machen“, brüllte Wiesinger und sprang mit hochrotem Kopf auf.

„Das können wir sehr wohl tun“, entgegnete Schimpf mit einem

Kopfschütteln. „Den Empfang des Rechners werden wir Ihnen selbstverständlich quittieren. Für die Übergangszeit besitzen Sie sicherlich noch einen zweiten Rechner, mit dem Sie arbeiten können. Sie sichern doch Ihre Daten?“

Brosse hatte die Kabelverbindungen des PC an der Rückseite des Gehäuses gelöst und klemmte sich den Rechner unter den Arm. Er nickte seinem Vorgesetzten zu.

„Können wir dann?“

Hans Schimpf nickte und wandte sich im Gehen noch einmal an Bernd Wiesinger.

„Sie sollten die Stadt nicht verlassen und sich für uns bereit halten.“

Wiesinger schwieg, doch der Blick, mit dem er die beiden Kommissare bedachte, sprach Bände. Am liebsten hätte er die beiden rücklinks erschossen. Doch die kleine Pistole, die sich für Notfälle in seiner Schublade befand, hatte er verliehen.

Dass damit bereits ein Mensch erschossen worden war, ahnte Wiesinger in diesem Moment nicht.

13.30 Uhr

Er hatte ihr Fleisch nicht gegessen. Nur langsam fiel die Erregung von ihm ab, träge erholte sich sein Herzschlag. Mit einem eher zaghaften Biss hatte er ihre Haut aufgeritzt, so lange nur, bis ein feiner Blutfaden über ihren zierlichen Hals rann. Er hatte an der Stelle, aus der das Blut ausgetreten war, eine winzige Wunde hinterlassen, nur ein wenig gesaugt und ihr dann das Blut weggeküsst.

Wie gut sie geschmeckt hatte.

Doch jetzt, als er seine Zähne in ihre Kehle schlagen wollte, klingelte das verdammte Telefon auf dem Board im Flur. Kai Kötter zögerte. Er ließ von seinem Opfer ab, das noch immer wehrlos unter ihm lag, warf einen gehetzten Blick über die Schulter, blickte auf Rebecca herab, wartete einen Moment.

Sekunden rannen dahin wie Gummi. Der Klingelton des Telefons wurde lauter und nahm etwas Mahnendes an, das an seinen Nerven zerrte. Es war nicht der richtige Moment, um ein Telefonat anzunehmen. Doch es war bereits das zweite Mal in einer kurzen Zeit, dass sein Telefon klingelte. Manchmal meldete sich tagelang kein Mensch bei ihm. Womöglich war etwas passiert. Er ließ von Rebecca ab und leckte sich genießerisch über die Lippen, während er unbekleidet das Wohnzimmer durchschritt und den Flur erreichte, der dunkel vor ihm lag. Nur das wütende Blinken des Displays war zu sehen. Er griff nach dem schnurlosen Gerät und meldete sich mit einem knappen „Hallo?“, wobei er versuchte, seinen keuchenden Atem in den Griff zu bekommen.

„Ich hatte gerade Besuch von den Bullen. Sie haben mir die Kiste weggenommen – jetzt sind wir endgültig am Arsch, Mann!“

Kötter erkannte die Stimme des aufgebrachten Anrufers: Bernd Wiesinger. Er musste lachen. „Was heißt, wir sind am Arsch? Du hast doch dieses Forum. Ich bin nur der Fotograf.“

„Und du konntest nicht einfach nur deinen Job machen, für den ich dich bezahle, sondern musstest bei der Klimmek handgreiflich werden. Du bist ein Kranker! Ich hätte den Bullen erzählen sollen, wie du drauf bist! Ich werde deinetwegen in den Bau gehen, nachdem sie mir meine Existenz kaputt gemacht haben! Man sollte dir einen Killer auf den Hals schicken, Kötter!“

„Du weißt, was dir dann blühen würde.“ Er kehrte mit dem Telefon am Ohr ins Wohnzimmer zurück. Dort lag Rebecca immer noch auf dem Sofa. Sie hatte sich auf die Seite gedreht und lag nun in einer embryonalen Haltung vor ihm. Es schien, als schliefe sie. Wenn sie wieder zu sich kam, würde sie sich nicht mehr an das, was mit ihr geschehen war, erinnern können. Nur die Tatsache, dass sie unbekleidet war und eine leichte Bisswunde am Hals hatte, würde noch darauf hinweisen, dass etwas passiert war, während die Tropfen ihre Wirkung entfaltet und ihr Bewusstsein außer Kraft gesetzt hatten.

„Ist jetzt auch scheißegal“, drang die Stimme von Wiesinger an seine Ohren. „Du solltest auf der Hut sein, die Bullen haben mich nach deiner Adresse gefragt. Du bist am Arsch, Mann!“

„Schönen Dank auch. Aber wir sehen uns, mein Freund!“ Kötter hatte genug gehört. Er drückte den roten Knopf am Telefon und schleuderte das Gerät an die Wand. Es zerbrach in seine Teile. Schweiß bildete sich auf seiner Stirn. Er trat an das Fenster und zog die bodenlangen, schwarzen Gardinen einen Spalt breit auseinander. Von hier aus konnte man auf die Parkbuchten vor dem Haus blicken. Sein Sprinter stand etwas abseits; er war zu groß für die Standard-Parkbuchten. In dem Moment, als er sich vom Fenster abwenden wollte, bemerkte er einen silbernen Audi, der langsam die Straße entlangfuhr. Auf dem Dach des Audis erkannte er eine auffällig lange Antenne – die Funkantenne für den Polizeifunk. In dem Wagen saßen zwei Personen, ein Mann und eine Frau. Sie blickten sich suchend um, dann deutete die Frau auf den blauen Kastenwagen, der am Straßenrand parkte. Der Mann nickte und lenkte den Wagen vor eine der Einfahrten, die ursprünglich als Rettungsweg freigehalten werden sollten.

„Scheiße", zischte er. Er blickte sich panisch um. Sofort wich er vom Fenster zurück und verschloss die Gardinen wieder. Eilig schlüpfte er in seine Kleidung und angelte nach dem Wagenschlüssel, der auf dem Tisch lag. Um Rebecca konnte er sich nicht mehr kümmern. Leider. Doch es war höchste Zeit, zu verschwinden. Kötter stürmte aus der Wohnung, zog die Tür mit einem lauten Knall hinter sich zu und rannte zu den Fahrstühlen. Es gab zwei, und er hoffte, dass er den Bullen nicht in die Arme lief. Sekundenlang überlegte er, ob er sich für das Treppenhaus entscheiden sollte, doch wenn die beiden etwas Grips im Kopf hatten, dann würden sie wahrscheinlich den Lift und das Treppenhaus nach ihm durchsuchen. Dann kam ihm eine Idee. Er hatte in Sekunden einen Plan geschmiedet, der ihm den Weg in die Freiheit ermöglichen würde.

Sie würden ihn nicht kriegen.

Sie waren langweilige Sterbliche, graue Tagmenschen und er war ihnen überlegen. Rebeccas Verlust würde er verschmerzen können. Nun musste er zunächst an sich denken. Nichts und niemand durfte ihn davon abhalten.

14.05 Uhr

„Wo sind denn die Kollegen von der Streife?" Franka blickte sich suchend um. Von der Streifenwagenbesatzung, die Bever ihnen als Verstärkung versprochen hatte, war weit und breit nichts zu sehen.

„Wollen wir warten?“ Micha nestelte an seiner Jackentasche herum und zog die zerknautschte Zigarettenpackung heraus.

„Rauch jetzt nicht noch eine.“ Franka schüttelte den Kopf. „Wir dürfen keine Zeit verlieren.“

„Franka – bitte. Sei nicht kindisch. Kai Kötter ist hoch intelligent. Er wird einen Teufel tun und sich das nächste Opfer für sein Ritual nach Hause einladen!“ Micha lachte. Doch als er in Frankas versteinertes Gesicht blickte, stopfte er die Zigarettenpackung wieder zurück in die Tasche und zuckte die Schultern.

„Also gut“, seufzte er. „Dann warten wir eben nicht hier unten. Lass uns reingehen.“ Er trat an den Hauseingang und legte die flache Hand auf das Klingelbrett, nachdem er sich versichert hatte, dass der Name Kötter dort auftauchte. „Vierter Stock“ murmelte er und drückte diverse Klingelknöpfe.

„Das wollte ich immer schon mal tun“, grinste er wie ein kleiner Junge.

„Nur das Wegrennen hängt jetzt nicht dran“, murmelte Franka.

„Der Zweck heiligt die Mittel, und irgendjemand wird uns schon aufmachen.“ Kaum, dass Micha ausgesprochen hatte, wurde es in der Gegensprechanlage des großen Miethauses unruhig. Verschiedene Sprecher fragten nach seinem Begehren; einige Mieter drückten ohne sich zu versichern, wer da ins Haus wollte, einfach den Türöffner. Das Schloss summte wie eine wilde Hornisse, Franka rief noch ein flüchtiges „Danke, Kriminalpolizei, bitte verlassen Sie Ihre Wohnung nicht!“ und stürmte hinter Micha her, der im Laufen die Waffe aus dem Halfter gezogen hatte, nachdem er einen Keil zwischen Tür und Rahmen gelegt hatte. So konnten die Kollegen der Streife im Zweifelsfall gleich hochkommen. Im dunklen Hausflur angekommen, verharrten sie kurz. „Fahrstuhl oder Treppe?“, fragte Franka und zog nun ebenfalls ihre Dienstwaffe.

„Einer Fahrstuhl, einer die Treppe“, flüsterte Micha, so als befürchtete er, dass Kai Kötter sie bereits hören konnte.

„Es gibt zwei Aufzüge“, entgegnete Franka. „Wo bleiben denn die Kollegen?“, zischte sie wütend.

„Also gut – wir müssen pokern: Einer Treppe und einer den Lift, welchen auch immer."

Sie stürmten los. So bestand die Chance zwei zu eins, dass ihnen der Täter geradewegs in die Arme lief, falls er bereits auf der Flucht war. Micha erreichte den vierten Stock ein wenig atemlos, aber fast im gleichen Augenblick, in dem Franka aus dem Fahrstuhl stieg. „Der andere Fahrstuhl war gerade auf dem Weg nach oben, zwischen der siebten und der achten Etage", raunte sie Micha zu. „Er kann also nicht entkommen."

„Es sei denn, er ist nach oben geflüchtet."

„So dumm wird er nicht sein." Mit den Waffen im Anschlag näherten sie sich der verschlossenen Wohnungstür, neben der das Namensschild „Kötter" angebracht war. Franka betätigte den Klingelknopf. Ein unangenehmes Brummen im Innern der Wohnung ertönte.

„Herr Kötter, öffnen Sie sofort die Tür! Kriminalpolizei!" Micha pochte mit der freien Hand gegen das Holz der Wohnungstür.

Als sie ein Geräusch hinter sich hörten, wirbelten Franka und Micha auf dem Absatz herum und blickten in das verschreckte Gesicht einer alten Dame.

„Bitte gehen Sie sofort in Ihre Wohnung zurück. Wir werden Sie informieren, wenn die Gefahr vorüber ist", sagte Franka in einem Tonfall, der keinen Widerspruch duldete. Erschrocken trat die Frau den Rückzug in ihre vier Wände an.

Micha legte ein Ohr flach an die Tür, um zu hören, ob sich drinnen etwas tat. Und er glaubte, ein Wimmern zu hören.

„Was hat das zu bedeuten?", fragte Franka.

„Entweder ist ihm etwas zugestoßen oder er hat Besuch."

„Besuch von einem weiteren Opfer?" Frankas Herz raste.

„Das würde nicht für seine Intelligenz, eher für die reine Gier sprechen, aber es wäre denkbar. Und wenn dem so ist, dann geht es seinem Besuch nicht gut."

Franka schlug mit der freien Faust gegen die Tür. Auf der Polizeischule hatte sie gelernt, dass man das niemals mit einer Waffe tun sollte, da diese dann ungenau schoss.

„Herr Kötter, sind Sie zuhause? Öffnen Sie sofort die Tür, sonst sind wir gezwungen, uns selber Einlass zu verschaffen."

Träge Sekunden des Wartens vergingen, ohne, dass drinnen etwas geschah. Micha legte das Ohr noch einmal an das kalte Holz und lauschte in die Wohnung. Dann nickte er Franka zu.

„Da ist jemand drin. Das steht fest."

„Dann gehen wir jetzt rein." Franka klopfte ein letztes Mal. „Wir kommen jetzt zu Ihnen!" Während sie sprach, fragte sie sich, zu wem sie denn nun eigentlich in die Wohnung kamen.

Micha trat zurück, gab Franka ein Zeichen, nahm Anlauf und rannte gegen die Tür, die zwar ächzte, aber kaum nachgab.

„Warum geht der Scheiß in den Filmen immer so einfach?", fragte er mit schmerzverzerrter Miene und rieb sich den Unterarm.

„Weil da die Türen aus Pappe sind", erwiderte Franka und sah ihm zu, wie er erneut Anlauf nahm und auf die verschlossene Wohnungstür losrannte. Diesmal hatte er mehr Erfolg: Die Stellen, an denen die Tür in den Angeln hing, gaben mit einem ohrenbetäubenden Lärm nach. Micha taumelte in die Wohnung, ruderte mit den Armen, bekam etwas zu fassen und fing sich an der Kommode im Flur der Wohnung.

„Scheiße, tut das weh", fluchte er und gab Franka ein Zeichen über die Schulter. Sie nahm die Waffe in Anschlag und sicherte ihn, während er im Halbdunkel die Zimmer durchsuchte, die nach rechts und links abzweigten. Normalerweise war das die Arbeit eines Sondereinsatzkommandos, aber Franka und Micha konnten keine unnötige Zeit mehr verlieren. Die Wohnung machte einen trostlosen Eindruck, es gab kaum Mobiliar. Die Wände des Schlafzimmers waren schwarz angestrichen, und als Michas Hand über die Wand neben der Tür wischte, flammte ein diffuses Deckenlicht auf. Als sie nach oben blickten, sahen sie eine nackte Birne, die in einem Totenschädel aus Kunststoff steckte.

„Schöner Lampenschirm", bemerkte Franka kopfschüttelnd. Auf dem Boden des Schlafzimmers lagen Kleidungsstücke herum. Nur schwarze Kleidung.

Micha ging neben dem Bett in die Knie und spähte darunter. Doch außer einer ebenfalls schwarz gestrichenen Unterbettbox aus Kunststoff fand er nichts Auffälliges unter dem Bett und nahm sich den Kleiderschrank vor.

„Mach das gleich“, rief Franka, die Geräusche aus dem Wohnzimmer gehört hatte. „Im Wohnzimmer scheint jemand zu sein.“

Micha nickte nur und ließ sich wieder von Franka absichern, während er die Wohnzimmertür, die vor Kopf des Korridors lag, mit einem Ruck aufstieß. Und dann erstarrte er.

„Positiv“, rief er mit bebender Stimme über die Schulter. „Eine Frau.“ Das Scherzen war ihm beim Anblick der geschändeten und unbekleideten Frau vergangen. Sie lag benommen auf dem abgewetzten Sofa und blinzelte ihm verstört entgegen. Sie ächzte nur.

Sie war auffallend blass. Als sie den fremden Mann im Zimmer erblickte, weiteten sich ihre Augen. Sie griff nach einer Decke und verdeckte ihre Blöße so gut es ging.

„Sind Sie in Ordnung?“ Micha durchquerte den vier mal fünf Meter großen spartanisch eingerichteten Raum und beugte sich über die Frau, die ihn wie ein Ungeheuer ansah.

„Sie müssen keine Angst haben, wir sind von der Polizei“, sagte er sanft und beobachtete, wie sich der Herzschlag der jungen Frau langsam beruhigte. Erst jetzt bemerkte er die blutende Wunde an ihrem Hals. „Das muss sich ein Arzt ansehen.“

Franka, die hinter ihn getreten war, zog bereits das Telefon aus der Tasche und rief einen Notarzt.

„Er … er hat mich …“ Die Stimme der Frau war nichts als ein Hauch. Ihre Augen glänzten fiebrig.

„Können Sie sich erinnern?“, fragte Micha.

Kopfschütteln. „Kaum, nur ganz dunkel. Es war, als hätte ich geträumt.“

„Man wird sich gleich um Sie kümmern, Frau ...“

„Rebecca, ich bin Rebecca. Wo ist Clay? Was hat er mit mir gemacht?“

„Wir suchen ihn, denn er ist ein blutrünstiger Mörder.“ Micha schüttelte mit ernster Miene den Kopf. „Aber Sie können uns vielleicht sagen, wann er die Wohnung verlassen hat?“

„Gerade eben erst. Ich bin aufgewacht, da habe ich gesehen, wie er abgehauen ist. Einfach so. Er hatte es eilig. Dabei wollte er mir doch helfen. Mich verstehen. Mich *retten*.“

„Der rettet niemanden. Er hat uns wohl kommen sehen und ist abgehauen.“ Micha erhob sich und lächelte die Frau aufmunternd an.

„Wir werden ihn kriegen, und er wird Sie in Ruhe lassen, das kann ich Ihnen versprechen.“

Rebecca nickte stumm, doch ihr Gesicht glich einer starren Maske. Die Augen waren leer, ihre Haut blass, nur die Wunde am Hals blutete noch ein wenig.

„Er hat mich … gebissen“, murmelte Rebecca und befühlte die Wunde. „Er ist ein Vampir.“

„Oder sowas in der Art.“ Micha nickte. Dass die Frau unter Schock stand, war offensichtlich. Aber er wurde den Verdacht nicht los, dass sie auch unter dem Einfluss eines Betäubungsmittels stand. „Hat er Ihnen etwas gegeben? Haben Sie hier etwas gegessen oder getrunken?“ Als er sich im Raum umblickte, konnte er sich die Antwort selber geben. Auf dem Tisch standen zwei Gläser, eines leer, das andere noch halbvoll mit Cola.

„Die Cola“, stammelte Rebecca leise. „Er muss mir was in die Cola getan haben.“ Sie richtete sich mühsam auf und schlang sich die Wolldecke über den Körper. Als sie an sich herunter blickte, schien die Erinnerung tropfenweise in ihr Gedächtnis zurückzukehren. Ihr wurde die körperliche und die seelische Demütigung, die sie von Kai Kötter erfahren hatte, langsam bewusst. Im benebelten Kopf hatte sie ein schreckliches Martyrium erlebt.

Sie begann zu weinen und schluchzte darauf los. Sie fühlte sich zerstört.

Franka näherte sich der völlig verängstigten Frau und redete beruhigend auf sie ein. „Es ist Hilfe für Sie unterwegs. Jemand wird sich Ihre Wunde ansehen und sich um Sie kümmern. Es ist vorbei, und Sie müssen keine Angst mehr haben.“

Rebecca blickte Franka aus tränenverschleierten Augen an.

Micha hatte sich erhoben und war an das Fenster getreten, um die Gardinen zu öffnen. Das in der Wohnung herrschende Zwielicht machte ihn wahnsinnig. Als er die schwarzen Vorhänge öffnete, warf er einen Blick auf die Straße. Als dort unten ein Motor aufheulte, gestikulierte er wild.

„Das Schwein haut ab!“, gellte seine Stimme durch die Wohnung. Im gleichen Augenblick zückte er sein Handy und wählte die Nummer von Willi Bever. Der Erste Kriminalhauptkommissar leitete sofort eine Fahndung nach dem Sprinter ein. Nun war es eine Frage der Zeit, bis Kai Kötter, der als Dark Lord und als Clay eine Woche lang Angst und Schrecken verbreitet hatte, festgenommen werden würde.

14.10 Uhr

Wohin, wohin, wohin?, hämmerte es in seinem Schädel. Zunächst einmal musste er den Bullen entkommen, die sich jetzt scheinbar in seiner Wohnung aufhielten. Sie hatten Rebecca mit allergrößter Wahrscheinlichkeit gefunden und kümmerten sich um sie. Er warf einen flüchtigen Blick auf die Uhr im Armaturenbrett. Wenn er die K.O.-Tropfen richtig dosiert hatte, dann erwachte sie jetzt gerade wieder.

Der Sprinter schlidderte über die matschigen Straßen, und er musste sich zwingen, behutsam mit dem Gaspedal umzugehen. Er fragte sich, wann der Winterdienst endlich in der Lage war, mit dem Schnee fertig zu werden und trommelte nervös auf dem Lenkrad herum. Immer wieder drifteten seine Gedanken zu Rebecca, die er achtlos in seiner Wohnung hatte zurücklassen müssen. Sie waren ihm verdammt dicht auf den Fersen, und er musste sich einen neuen Kurs ausdenken, um die Bullen aufs Glatteis zu führen.

Die Karre, dachte er. Die verdammte Karre ist auffällig, sie muss endlich weg. Er stoppte den Wagen an einem Taxistand am Wichlinghauser Markt. Den Motor ließ er im Leerlauf vor sich hin tuckern, damit die Heizwirkung nicht nachließ und damit die Scheiben nicht beschlugen. Die missbilligenden Blicke der am Stand wartenden Taxifahrer ignorierte er. An der Bushaltestelle gegenüber standen vermummte Gestalten in der Kälte und warteten auf den nächsten Bus. Ein Junge von vielleicht zehn Jahren unterbrach das Spiel auf seiner Game-Konsole und grinste blöde zu ihm herüber. Kötter zog sein Handy aus der Innentasche seines Mantels und schaltete es ein. Das tat er nur, wenn er wirklich telefonieren musste. Er wusste, dass eine Handyortung eine Sache von wenigen Minuten war, bis sie ihn hatten.

Die Sekunden, bis sich das Telefon ins Netz eingewählt hatte und das Betreiberlogo im Display erschien, kamen ihm unendlich lange vor. Es dauerte einen Augenblick, dann konnte er auf den internen Speicher des Telefons zugreifen und rief eine gespeicherte Nummer auf. Dann endlich meldete sich sein Gesprächspartner.

„Es ist zu früh, deine Ladung kommt frühestens um sechs Uhr."

„Ich brauch eine andere Karre", erwiderte er.

„Warum?" Sein Chef stutzte. Er wurde grundsätzlich stutzig, wenn einer seiner Fahrer nach einem anderen Fahrzeug verlangte, denn dann war meistens etwas im Busch. In der Regel kostenintensive Reparaturen.

„Der Motor macht komische Geräusche, damit kann ich die Tour heute Nacht unmöglich fahren, ohne liegen zu bleiben."

„Scheiße."

Er interessierte sich nicht im Geringsten für die Sorgen seines Chefs.

„Ich bin in zehn Minuten bei dir. Hast du eine Karre für mich frei?"

„Ich muss umdisponieren, dann kannst du den alten LT haben."

„Mir egal. Irgendwas. Bis gleich." Er drückte die rote Taste und schaltete das Handy wieder aus, um es in die Tasche zu stecken. Die Ampel an der Kreuzung Wichlinghauser Straße stand auf rot, und es hatte sich ein kleiner Rückstau bis zum Taxistand gebildet. Neben ihm standen die Autos, und als er den Gang einlegte und den Blinker setzte, um sich in den Verkehr einzuordnen, wurde ihm siedendheiß klar: Neben ihm stand ein Polizeiwagen. Einer dieser neuen, blausilbernen Passat Kombi.

Innerhalb einer einzigen Sekunde perlte Schweiß auf seiner Stirn, und er hatte Probleme, das Zittern seiner Hände unter Kontrolle zu bekommen. Ihm wurde schwindelig, und hätte er nicht auf dem Fahrersitz des Lieferwagens gesessen, wäre er womöglich zusammengesackt. Die uniformierte Beamtin auf dem Beifahrersitz wandte den Kopf und blickte ihm direkt in die Augen.

Ein Horrorszenario lief vor seinem geistigen Auge ab.

Er sah, wie die Polizisten ihren Wagen mitten auf der Straße stoppten, wie sie ausstiegen und ihn aus dem Fahrerhaus des Kastenwagens zerrte, um ihm gleich die Handschellen anzulegen. Wie er in den Fond des Streifenwagens verfrachtet und gleich dem Haftrichter vorgeführt würde. Wie würde er dann an frisches Blut kommen, um so weiter zu leben, wie er es bisher getan hatte? Die kennen mich nicht, schrie alles in ihm, als die Beamtin, eine junge zierliche Blondine, zu ihm hinauf lächelte. Die Ampel schaltete auf Grün, und der Verkehr in Richtung Wichlinghauser Straße rollte an.

Nichts geschah. Der Albtraum, der wie ein Film in seinem Kopf abgelaufen war, zerplatzte und holte ihn in die Realität zurück. Der Streifenwagen rollte an ihm vorüber, er fuhr an und ordnete sich in den nun wieder fließenden Verkehr ein. Die Polizisten bogen nach rechts in die Westkotter Straße ab. Er hatte bereits das alte Viadukt am Fuße der Wichlinghauser Straße erreicht, als sich sein Puls wieder einigermaßen normalisiert hatte. An der T-Kreuzung bog er nach rechts in die Berliner Straße ein und passierte schon nach wenigen Metern die Stelle, an der er Mandy Klimmek für die Nachwelt drapiert hatte, nachdem er mit ihr fertig gewesen war.

Das Foto vom Fundort der Leiche seines ersten Donars war in allen Formaten durch die Medien gegangen. Zeitungen, das Radio und sogar die Fernsehsender hatten von der schrecklich zugerichteten Frauenleiche berichtet, die von ihrem Mörder eiskalt nach vollbrachter Tat hier abgelegt worden war. Er nahm kurz den Fuß vom Gas und verdrängte, dass die Bullen ihm auf den Fersen waren. Inzwischen gab es eine große öffentliche Anteilnahme am Fundort von Mandy: Man hatte Blumen aufgestellt und Kerzen, man hatte Schilder gemalt mit der Aufschrift *Warum*? und einige Stofftiere hingelegt.

Die Öffentlichkeit wusste, dass er in der Stadt war.

Man hatte zur Jagd auf den Mörder geblasen.

Doch sie würden ihn niemals kriegen. Erst als hinter ihm der Fahrer eines rostigen Japaners hupte, beschleunigte Kötter den Lieferwagen. Es war Zeit, unterzutauchen und die Taktik zu ändern. Immerhin wussten sie jetzt, wer er war und wo er wohnte. Kötter kam in den Sinn, dass er seine Wohnung nie wieder aufsuchen konnte. Sie war zum Tatort geworden und wurde sicherlich von der Polizei mit einem neuen Türschloss versehen. Spätestens morgen würden sie ihm die Bude auf den Kopf stellen und alle Spuren sichern. Seine DNA befand sich überall in der Wohnung, im Bad, im Schlafzimmer, auf dem Boden. Ein Abgleich würde Klarheit schaffen – es gab keinen Zweifel daran, dass er hinter den Morden steckte. Und dann war die Hetzjagd auf ihn eröffnet. Sie würden ihn im ganzen Land jagen.

Während er den Alten Markt erreichte, fasste er einen neuen Entschluss: Kai Kötter musste sterben. Er überlegte sich eine neue Strategie, stoppte den Wagen an einer Bushaltestelle, zog das Handy erneut aus der Tasche und aktivierte es. So leicht würde er es den Polizisten nicht machen.

14.30 Uhr

Das Schild mit der Aufschrift „Spedition“ war mit rostigen Schrauben an einem der Rolltore der Rampe am ehemaligen Güterbahnhof befestigt. Allein der Begriff „Spedition“ war maßlos übertrieben. Die Firma, für die Kai Kötter im Nachtdienst als Kurierfahrer tätig war, lag in einem ehemaligen Schuppen am Unterbarmer Bahnhof und teilte sich das heruntergekommene Grundstück mit einem Gerichtsvollzieher.

Drüben an den Laderampen herrschte geschäftiger Betrieb. Es roch nach Diesel, Öl und Gas. Zwei Gabelstapler waren damit beschäftigt, an der Rampe parkende Lastwagen zu entladen. Das Poltern der Metallgabeln schallte über den unbefestigten Platz. Mellinghaus rümpfte anhand des Gasgeruchs, den die Stapler verbreiteten, die Nase. Birgit Hanser zuckte die Schultern. Mellinghaus hatte erfahren, dass der Sprinter, der zur Fahndung ausgeschrieben war, zu dieser Spedition gehörte. Irgendwann musste Kötter samt Fahrzeug hier auftauchen. Da er die Nachtschichten fuhr, würde das wahrscheinlich am späten Nachmittag der Fall sein.

Sie konnten warten, um ihn dann hier in Empfang zu nehmen und ihm die Handschellen anzulegen. Wenn das gesuchte Fahrzeug nicht schon den Kollegen der Streife in die Hände geriet – hier würden sie ihn ganz bestimmt finden. Mellinghaus sah keinen Grund zur Eile, als er an Hansers Seite die kleine, ausgetretene Steintreppe, die zur Rampe hinaufführte, erklomm. Sie betraten den Lagerschuppen durch eines der offen stehenden Rolltore und fanden sich in einem Palettenlager wieder. Arbeiter waren damit beschäftigt, den Gabelstaplern die Paletten zuzuführen.

„Schön hier", brummte Frank Mellinghaus mit einem schiefen Grinsen. Birgit Hanser verkniff sich einen Kommentar. Sie blickte sich suchend um, doch der Chef der Firma schien nicht anwesend zu sein. Sie wandte sich an einen der Staplerfahrer und fragte nach Klaus Viehring, dem Inhaber der Transportfirma.

„Sitzt drüben im Büro, schöne Frau." Er taxierte Hanser und grinste blöd.

„Danke." Sie ließ ihn stehen und blickte in die angegebene Richtung. Weiter hinten gab es einen hölzernen Verschlag mit Plexiglasscheiben. Das ist also das Büro dieser Spedition, dachte Hanser. Sie klopfte an die Tür und wartete vergeblich auf ein „Herein". Nach ein paar Sekunden des Wartens öffnete sie die Tür und schlüpfte in den Holzverschlag, in dem es nach Zigarettenrauch und angebranntem Kaffee stank. Ein vollleibiger Mann Anfang fünfzig blätterte in einer Ladeliste. Als er die Besucher bemerkte, blickte er entnervt auf.

Birgit Hanser stellte sich und Mellinghaus vor, zeigte den Dienstausweis und kam gleich auf den Punkt, während Mellinghaus sich in dem kleinen Büro umblickte. An einer Wand gab es eine Plastikvitrine mit Lkw-Modellen im Eisenbahnmaßstab, daneben hingen übergroße Poster mit unbekleideten Frauen an der Wand, die sich vor chromglänzenden Trucks in Szene setzten.

„Wir sind wegen eines Ihrer Fahrer hier – Kai Kötter."

„Hat Kai wieder Scheiße gebaut?" Der Dicke sah kaum auf.

„Wie man es nimmt. Er ist mit einem Ihrer Fahrzeuge unterwegs." Mellinghaus riss sich vom Anblick der barbusigen Schönheiten auf den Postern los und baute sich vor dem überladenen Schreibtisch des Unternehmers auf.

„Die Karre muckt, macht Geräusche. Hat er wohl kaputtgefahren. Ich werde es ihm vom Lohn abziehen, darauf kann er sich verlassen."

„Was ist mit dem Sprinter?", wollte Hanser wissen.

„Sag ich doch: Macht Geräusche. Kai hat eben angerufen. Er kommt jetzt rein und holt sich einen anderen Wagen. Unsere Kunden warten nicht. Sie wollen bedient werden, komme was wolle."

„Dann sollten Sie schon mal einen neuen Fahrer einplanen, der die Nachtschicht übernimmt“, empfahl Birgit Hanser. „Kai Kötter wird von uns gesucht, weil er unter dem dringenden Tatverdacht steht, an mehreren Tötungsdelikten beteiligt zu sein.“

Klaus Viehring vergaß seine Ignoranz, mit der er die Besucher bis eben gestraft hatte. Er blickte zu den Kommissaren auf. „Moment“, rief er. „Kai soll ein Mörder sein?“

„Er steht unter dringendem Tatverdacht“, wiederholte Birgit Hanser geduldig.

„Scheiße.“ Viehring ließ seine Ladeliste sinken, die in seiner riesigen Pranke winzig klein wie ein Notizzettel wirkte.

„Sie sagen es.“ Hanser nickte. „Vielleicht können Sie ihn noch einmal anrufen und ihn bitten, sofort zur Firma zu kommen?“

„Er wollte gleich hier sein, wir haben vor zehn Minuten telefoniert.“ Viehring hatte sich wieder unter Kontrolle. „So lange werden Sie doch warten können, um einen Mörder zu verhaften, oder? Wenn Ihnen langweilig ist, können Sie auch gerne draußen warten und in der Zwischenzeit noch ein paar Lkw filzen, wie Sie es doch so gern tun.“

„Sparen Sie sich …“, setzte Mellinghaus an, doch Hanser gab ihm ein Zeichen.

„Schon gut“, sagte sie beschwichtigend. „Wir warten hier, wenn es Ihnen nichts ausmacht.“

„Mir egal, aber ich muss mich jetzt um einen neuen Fahrer kümmern.“ Klaus Viehring versank wieder unter seiner unsichtbaren Glocke und vertiefte sich in seine Arbeit, ohne die Kommissare noch eines weiteren Blickes zu würdigen.

14.35 Uhr

Der Notarzt war gleichzeitig mit dem Polizeiseelsorger eingetroffen, um sich um die angeschlagene junge Frau zu kümmern, die massiv unter den Folgen der Vergewaltigung litt. Doch immerhin lebte sie. Ob sie jemals mit dem traumatischen Erlebnis zurecht kommen würde, war noch nicht abzusehen. Auch die Streifenbeamten, auf die Franka und Micha gewartet hatten, waren anwesend und unterstützten die

Kommissare bei der Befragung der Nachbarschaft. Wie sich inzwischen herausgestellt hatte, war Kai Kötter die Flucht über ein Baugerüst gelungen, das auf der Rückseite des Hochhauses montiert war, um dringende Reparaturen an der Fassade durchzuführen. Unter einem Vorwand war er in die Wohnung eines Nachbarn eingedrungen und war durch dessen Wohnzimmerfenster über das Baugerüst verschwunden, um unbehelligt seinen Lieferwagen zu erreichen und damit zu flüchten. Die Fahndung lief auf Hochtouren, wie Bever ihnen am Telefon versichert hatte, und somit war es nur eine Frage der Zeit, wann Kötter mit dem recht auffälligen Lieferwagen den Kollegen ins Netz ging. Als auch Zielke und Krüger am Tatort eintrafen, um die Spuren zu sichern, war die so genannte Chaosphase vorüber. Jeder wusste, was zu tun war.

„Sieh mal." Micha war an ein einfaches Holzregal getreten, in dem sich ein abenteuerliches Sammelsurium von Elektronikteilen befand. Er erkannte eine alte Playstation, Tastaturen, Kabel sowie mehrere Computer. Ein Rechner schien dabei recht neuwertig zu sein. Er erregte Michas Aufmerksamkeit. Als Franka neben ihm stand, nahm er den PC aus dem Regal.

„Der ist so gut wie neu und unterscheidet sich genau darin von dem restlichen Elektronikmüll, den Kötter hier gehortet hat."

„Und?" Franka wusste nicht recht, worauf Micha hinaus wollte.

„Der ist entweder von einem Lkw gefallen oder schlicht und ergreifend Diebesgut."

„Da fällt mir was ein." Franka schürzte anerkennend die Lippen. „Manchmal bist du ein echt guter Ermittler, Micha."

Er erwiderte das Grinsen. „Ich weiß. Und jetzt werden wir die Kiste mal anschließen und sehen, ob sich mein Verdacht bestätigt."

14.45 Uhr

„Bist du zuhause?" Er klang gehetzt. Im Hintergrund vernahm sie Verkehrslärm. Stimmengewirr, dann das wohl bekannte und charakteristische Quietschen einer Bahn. Der Schwebebahn. Demnach befand er sich in der unmittelbaren Nähe des Gerüsts oder er stand auf einem der Schwebebahnhöfe des Wuppertaler Wahrzeichens.

Sie kicherte humorlos. „Natürlich, wo soll ich sonst sein? Ich spiele die trauernde Witwe, schon vergessen?“

„Ist die Luft rein?“

Das Rasseln der Türen des Schwebebahnzuges übertönte kurz die Geräuschkulisse. Dann klangen die Geräusche ein wenig gedämpfter, nur das Stimmengewirr hielt an. Er befand sich jetzt in der Schwebebahn.

„Die Luft ist rein, allerdings. Die Geschichte mit dem Einbruch haben sie mir anstandslos abgenommen. Du hast gute Arbeit geleistet.“

„Gut. Dann bin ich gleich bei dir.“ Er wartete ihre Antwort nicht ab. Sie hörte das Knacken im Hörer, dann das monotone Tuten. Er hatte aufgelegt. Sie würde ihm die Höflichkeit noch anerziehen. Aber auch Rom wurde nicht an einem Tag erbaut. Mit einem nachsichtigen Lächeln wanderte sie durch das alte Haus, das von jahrhundertealten Bäumen umgeben war. Sie trat ans Fenster. Die Straße war von hier aus nicht auszumachen. Auch jetzt im Winter, als alle Bäume ihr grünes Laubkleid verloren hatten, lebte sie hier so wunderbar zurückgezogen und in völliger Abgeschiedenheit. Gut so. Sie erwartete ihn bereits. Hier war er in Sicherheit.

Sollte er ruhig herkommen.

14.55 Uhr

Micha grinste triumphierend. Er hatte Kötters Rechner von Monitor, Maus und Tastatur getrennt und den neuwertig wirkenden Computer aufgestellt. Das System fuhr unerwartet schnell hoch und verlangte sehr zu Michas Überraschung nicht nach einem Kennwort. Nachdem das Betriebssystem gestartet war, erschien nicht der bekannte Desktop-Hintergrund auf dem vergilbten Monitor, sondern ein Logo, das grafisch von zwei Marmorsäulen gestützt war. Dazwischen befanden sich drei Buchstaben, die Micha und Franka allzu gut kannten: KBI – Klaus Baumann Immobilien.

„Der Rechner gehört Klaus Baumann“, entfuhr es Franka. „Also ist Kai Kötter tatsächlich bei ihm eingebrochen und hat den Computer mitgehen lassen, um weitere Spuren, die zu ihm führen konnten, zu verwischen. Er arbeitet mehr als gründlich, wenn du mich fragst."

„Dann sollten wir die Kiste zu Brackwede bringen. Er wird sich bestimmt dafür interessieren."

„Davon ist auszugehen. Andererseits ist Baumann inzwischen tot. Ich weiß nicht, ob die Daten auf diesem Rechner für die Ermittlungen noch relevant sind. Wir haben doch unseren Mörder."

19.10 Uhr

Er war verschwunden. Er war nie in der Spedition angekommen. Er war einfach untergetaucht, und es schien, als hätte es Kai Kötter alias Clay auf diesem Planeten niemals gegeben. Es gab den Beamten auch Rätsel auf, dass Kötter in keiner einzigen Datenbank auftauchte – nicht einmal in der des Einwohnermeldeamtes. Es gab keinen Telefonbucheintrag auf seinen Namen, kein Fahrzeug, das auf ihn zugelassen war und keine Geburtsurkunde auf diesen Namen.

Kötter blieb auch, nachdem sie ihn als Täter entlarvt hatten, ein Phantom.

„Er verschwindet in der Nacht, wie eine Fledermaus", murmelte Franka und trank ihren inzwischen kalt gewordenen Kaffee. Micha hatte am Schreibtisch gedöst; die Füße auf die Platte und den Kopf auf die Brust gelegt. Nun schreckte er hoch, murmelte eine Entschuldigung und nickte. „Ein Wesen der Nacht, das ist das, was er den Frauen immer vorgab zu sein. Im wahren Leben ein Kurierfahrer, der nachts arbeitete und an seinen freien Tagen leicht bekleidete Frauen fotografierte, um sich sein Gehalt aufzubessern."

„Und um seinen perversen Trieb zu befriedigen", stimmte Franka gallig zu.

Es war spät geworden, und die Fahndung nach Kötter war bislang ergebnislos verlaufen. Zwar hatte Bever, nachdem Kötter nicht wie angekündigt auf dem Speditionshof aufgetaucht war, den Fahndungsdruck erhöht – er hatte jeder Streifenwagenbesatzung den Ausdruck mit Kötters Konterfei mitgegeben – aber es schien, als gebe es Kötter gar nicht.

Zwei Büros weiter war Georg Brackwede damit beschäftigt, den Computer von Bernd Wiesinger auszuwerten, den die Kollegen von der Sitte am späten Nachmittag in U-Haft gesteckt hatten. Hans Schimpf verdächtigte Wiesinger, Frauen zur Prostitution angestiftet zu haben, um sich an deren Provisionen zu bereichern. Brackwede hatte bereits mit seiner Frau Renate telefoniert und ihr angekündigt, dass er wohl die Nacht im Präsidium an der Friedrich-Engels-Allee verbringen würde, da sich die Arbeit aufgrund der schrecklichen Mordreihe in seinem Büro häufte. Tatsächlich war in Wiesingers Rechner eine Zwei-Terrabyte-Festplatte verbaut, und es würde seine Zeit dauern, den Massenspeicher zu spiegeln, bevor er sich ans Werk machen konnte. Erschwerend kam hinzu, dass Wiesinger die relevanten Daten mit Passwörtern geschützt hatte, die es zu umgehen galt.

Micha streckte sich und gähnte herzhaft.

„Lass uns Schluss machen für heute", schlug Franka vor. „Das bringt alles nichts. Wir müssen einfach abwarten, bis Kötter den Kollegen ins Netz geht. Er kann sich ja nicht in Luft aufgelöst haben."

„Nichts da, so leicht lasse ich mich von dem Kerl nicht an der Nase herumführen." Micha schüttelte den Kopf und zündete sich eine Zigarette an. Der würzige Geruch von Tabak erfüllte das Büro. Unten auf der Friedrich-Engels-Allee floss der Verkehr zügig vorbei. Das Tief der letzten Tage war weitergezogen und hatte die schweren Wolken mitgenommen. Auch wenn der Asphalt noch feucht war, so herrschte zumindest keine Straßenglätte mehr. Die Temperatur war in den letzten Stunden um mehr als fünf Grad angestiegen. Die Männer vom Winterdienst konnten in dieser Nacht wohl ihr Schlafdefizit der letzten Tage nachholen. Erst waren graue Regenwolken über der Stadt aufgezogen, die jedoch von einem starken Ostwind vertrieben worden waren.

„Nun kann Weihnachten kommen", brummte Micha. „Erst wenn es mehr als fünfzehn Grad sind, dann ist in Wuppertal Heiligabend."

„Bis dahin will ich Kötter im Gefängnis wissen", erwiderte Franka und erhob sich. Ihre Glieder schmerzten, sie versuchte die bleierne Müdigkeit abzuschütteln und marschierte ein paar Schritte durch das Büro, in dem nur die kleine Arbeitslampe auf Michas Schreibtisch für Helligkeit sorgte. „Wie wäre es mit einem kleinen Ausflug?"

Micha starrte sie an, als würde Franka an geistiger Umnachtung leiden, doch sie nahm bereits die dicke Jacke vom Haken und gab ihm ein Zeichen, mitzukommen. Er war zu müde, Widerstand zu leisten und erhob sich seufzend, nachdem er den Rest der Zigarette im Aschenbecher ausgedrückt hatte.

19.40 Uhr

Mit der Schwebebahn war er von der Station Loh aus bis zur Endstation in Oberbarmen gefahren. Hier hatte er sich in eines der wartenden Taxen gesetzt und dem Fahrer die Zieladresse genannt, bevor er jetzt sichtlich erschöpft in die Kunstlederpolster des alten Mercedes zurücksank. Der Fahrer beobachtete seinen Fahrgast eine Zeitlang im Innenspiegel, dann verlor er das Interesse an dem unheimlichen Mann mit dem langen schwarzen Wintermantel und dem hochgestellten Kragen. Sein Gesicht lag im Schatten der breiten Hutkrempe. Natürlich hatte er den Lieferwagen nicht mehr zur Spedition gebracht, sondern in einer ruhigen Seitenstraße in Unterbarmen abgestellt. Der Weg zur Firma war zu riskant geworden, denn es lag auf der Hand, dass er dort von der Polizei in Empfang genommen worden wäre. Viehring musste sich die Kiste schon selber abholen, wenn er seinen Sprinter unbedingt brauchte. Er würde seinen Arbeitgeber wohl sowieso niemals wiedersehen. Aber er war sicher, dass es zig andere Möglichkeiten gab, um Geld zu verdienen.

Was bedeutete schon Geld?

Macht, Macht und noch mal Macht? Nein, es gab mehr. Und auch die Macht würde er auf anderem Wege erreichen. Mit einem zufriedenen Grinsen sank er auf die Rückbank und betrachtete die heruntergekommenen Häuserzeilen der Schwarzbach, die an ihm vorüberzufliegen schienen. Ein sozialer Brennpunkt. Armut, Arbeitslosigkeit und der völlig wirre Mischmasch der unterschiedlichsten Kulturen prallten hier täglich aufeinander. Die Kriminalitätsrate in diesem Teil von Oberbarmen lag denkbar hoch. Schon bald wurde die Bebauung spärlicher, und das Taxi passierte die Stadtgrenze.

Niemand würde ihn finden.

Die Gegend wurde im Norden der Stadt ländlicher. Eine Landstraße führte kilometerweit geradeaus, vorbei an Waldstücken und ausgedehnten Weidelandschaften. Er ließ sich mit dem Taxi bis nach Gevelsberg bringen, wo er am Freizeitbad ausstieg. Nachdem er die Rechnung beglichen hatte, betrat er die Eingangshalle des Spaßbades und ließ sich von einer jungen Angestellten, die ihn mit seltsamen Blicken bedachte, ein Taxi rufen. Immerhin stellte sie keine Fragen.

Das Taxi fuhr vor, diesmal mit einem Fahrer, den er auf Anfang zwanzig schätzte. Die blonden Haare hingen ihm strähnig ins Gesicht, als er ihn durch die runden Gläser seiner rahmenlosen Brille nach dem Ziel fragte. Nickend nahm der Fahrer die Adresse zur Kenntnis und setzte seine Dieselkutsche in Bewegung.

Er schlug Haken wie ein Hase, doch auch das war Teil seines Plans. Niemand sollte seine Spur verfolgen können. Und er war auf dem besten Wege, sein Ziel zu erreichen. Es vergingen kaum zwanzig Minuten Fahrt, bis das Taxi vor der genannten Adresse stoppte. Der Fahrer hielt den Wagen mit tuckerndem Motor am Kreisverkehr zwischen der Wittener Straße, die bereits auf Wuppertaler Stadtgebiet lag, und der Schmiedestraße. Hier würde sich seine Spur verlaufen. Vom Kreisverkehr aus konnte er sich in alle vier Himmelrichtungen wegbewegt haben.

Sie würden ihn nicht finden.

Ein wenig erschüttert über die Summe entrichtete Kötter den Fahrpreis, bevor er ausstieg. Es war ein kalter, aber klarer Abend, das monotone Rauschen der nahen Autobahn erfüllte seine Ohren. Nachdem das Taxi wieder in der Dunkelheit verschwunden war, setzte er sich in Bewegung. Niemand interessierte sich für ihn. Gemächlich spazierte er über den Bürgersteig, vorbei an dem Fischrestaurant, in dem tagsüber Hochbetrieb herrschte. Dann hielt er sich rechts und bog in den Eichenhofer Weg ein. Einzelne Häuser lagen, umzäunt von mehr oder minder großen Gärten, am Rand der kleinen Straßen. Hier hatte man mit dem Einbruch der Dunkelheit die Bürgersteige hochgeklappt. Aber auch das konnte ihm recht sein, und so genoss er nach den hektischen Tagen und Nächten, die hinter ihm lagen, die Stille hier draußen vor den Toren der Stadt. Der Vollmond tauchte die Szenerie in ein kaltes

Licht. Sekundenlang stand er einfach da und starrte fasziniert auf die bleiche Scheibe des Mondes. Er glaubte, jeden einzelnen Krater auf der Oberfläche des Erdtrabanten erkennen zu können. Heute erschien ihm der Mond der Erde noch näher als sonst zu sein. Fast glaubte er die magische Anziehungskraft des Mondes zu spüren, fühlte sich davon in den Bann genommen. Dann riss er sich von dem faszinierenden Anblick los. Vor ihm lag eine parkähnliche Anlage.

Es war gut, dass er nicht mit dem Taxi vorgefahren war. Somit war seine Spur nicht bis hierhin zu verfolgen, und die Polizisten würden ihn hier so schnell nicht vermuten. Nein, nicht hier. Nicht bei ihr.

Er hatte sein Ziel erreicht. Das schmiedeeiserne Tor war nur angelehnt und quietschte leise in den Angeln, als er es aufstieß und passierte. Der Kies knirschte unter den grobstolligen Sohlen seiner Stiefel. Das Haus schälte sich aus der Dunkelheit. Es ähnelte einem kleinen Schloss – die Türmchen an den Ecken wirkten fast verspielt, und die zahlreichen windschiefen Schornsteine erinnerten ihn an ein englisches Cottage, das er in einem seiner früheren Leben einmal bewohnt hatte. Beinahe ehrfürchtig schritt er auf das prächtige Portal zu. Eine breite Treppe führte zum Eingang hinauf; die Stufen waren von zwei steinernen Löwen flankiert. Durch das bunte Tiffany-Glas in der schweren Haustür sah er, dass drinnen Licht brannte. Er fühlte sich ein wenig, als käme er nach Hause.

Kai Kötter betrat die Treppe und wollte soeben einen Finger auf den vergoldeten Klingelknopf zu seiner Rechten legen, als die Tür wie von Geisterhand geöffnet wurde und lautlos nach innen aufschwang.

„Du hast lange gebraucht." Lächelnd gab sie den Eingang frei. Sie sah wundervoll aus.

Fast ein wenig wie Luzifer.

Ein langes schwarzes Kleid, das ihre trotz des fortgeschrittenen Alters atemberaubende Figur vorteilhaft betonte, ein tiefer Ausschnitt, der auf mehr neugierig machte, und ein Parfüm, das ihm schon im ersten Augenblick den Verstand raubte.

„Jetzt bin ich ja da." Er trat ein, sah ihr zu, wie sie die Tür verschloss, den Schlüssel zweimal im Schloss drehte, einen Riegel und schließlich noch eine Sicherheitskette vorlegte.

Sie war einen Kopf kleiner als er, und so beugte er sich zu ihr herab, um ihr den Mund mit einem leidenschaftlichen Kuss zu verschließen. Sie zog ihn ins Schlafzimmer, wo sie unter dem Austausch von Zärtlichkeiten auf das breite Bett sanken. Auf das Bett, das sie bis vor kurzem noch mit ihrem Mann geteilt hatte. Nun war sie wieder frei. Eine Fürstin, die niemandem Rechenschaft ablegen musste.

Er schloss die Augen, als er ihre Lippen auf seiner Haut spürte. Diesmal war er es, der sich den Zärtlichkeiten einer Frau hingab. Als er die Augen öffnete, sah er ihr Gesicht überdimensional über seinem. Etwas war mit ihren Augen geschehen: Die Pupillen hatten eine eigenartige gelbliche Färbung angenommen und glichen den Augen einer Katze.

„Deine Kontaktlinsen …", murmelte er, doch sie legte den Zeigefinger an die Lippen und bedeutete ihm zu schweigen. Er verstummte ehrfürchtig und lehnte sich zurück. Als sie den Mund einen Spalt breit öffnete, glaubte er zu träumen: Kötter sah spitze Eckzähne, die ihm entgegen blitzten und erschauerte.

„Was … was hast du vor?", stammelte er und versuchte sich unter ihr weg zu winden. Doch sie hatte ihn fest im Griff. Trotz ihrer zierlichen Statur zeigte sie eine unglaubliche Stärke und umklammerte ihn mit ihrem Blick.

„Aber, Junge. Das weißt du doch ganz genau." Sie beugte sich über ihn. „Du hast versagt, auf der ganzen Linie."

Er wollte etwas Sinnvolles antworten, sich rechtfertigen, doch dazu fand er keine Gelegenheit, denn im nächsten Augenblick sauste ihr Kopf auf ihn herab, und er hatte keine Chance, sich zu wehren. Kötter spürte ihre spitzen Zähne, die sich unnachgiebig in sein Fleisch bohrten, dann spürte er den saugenden Schmerz. Ihm war, als saugte sie ihm das Leben aus den Adern. Kai Kötter, der Mann, der drei Frauen gedemütigt und zwei von ihnen getötet hatte, der zwei Männer aus dem Weg geräumt hatte, weil sie zu einer Gefahr geworden waren, wurde immer kleiner. Als sich ihre Zähne in seine Halsschlagader bohrten, spürte er, wie er von innen heraus explodierte. Es war, als fing sein Körper gerade Feuer. Ein gellender Schrei kam über seine Lippen, bevor er sich ein letztes Mal aufbäumte, um dann leblos zurück in die Laken zu sinken.

20.30 Uhr

„Ich bin heute froh, wenn ich ins Bett komme“, gestand Franka ihm, als sie das Haus von Klaus Baumann erreicht hatten. Nur mit viel Überredungskunst war es Micha gelungen, sie zu dieser letzten Fahrt des Tages zu begleiten. Er hatte es sich nicht nehmen lassen, Baumanns Computer aus der IT-Abteilung zu holen, um ihn noch heute seiner rechtmäßigen Besitzerin zu übergeben.

„Klar. Lass uns die Kiste abliefern und nach Hause fahren.“ Er musterte Franka. „Kann ich heute noch mal bei dir pennen?“

„Natürlich.“ Franka stutzte. Micha war ihr sympathisch, und sie schätzte ihn als Kollegen und als Leiter der Mordkommission. Ihr Typ Mann war er allerdings nicht. Da gab es einen anderen, der ihr eher gefallen konnte. Sobald er geschieden war. Somit würde sie Krügers Einladung zum Essen nicht ausschlagen.

„Hast du Sehnsucht nach mir, oder ist es mein Sofa, das es dir angetan hat?“ Franka lächelte, und erst, als er das Lächeln nicht erwiderte, wurde auch sie wieder ernst. „Gibt es einen Grund dafür, dass du mit zu mir möchtest?“

„Ja, meine Heizung ist im Eimer. Und ich hatte nicht vor, morgen als Eiszapfen zum Dienst zu kommen.“

„Wenn das so ist – kein Ding.“

„Du bist ein echter Kumpel.“ Micha stieß die Wagentür auf und stapfte hinaus.

„Danke“, murmelte Franka. „Das ist genau das, was ich hören wollte.“ Sie richtete den Blick auf das vornehme Haus der Baumanns, das nun von Karla Baumann alleine bewohnt wurde. „Dann mal auf in den Kampf, was.“

Micha schloss den Audi ab und versenkte die Hände in den Taschen. Er umrundete den Wagen und machte sich am Kofferraum zu schaffen, um sich den Computer von Klaus Baumann unter den Arm zu klemmen. Stumm stapfte er neben Franka her. Sie erklommen die breiten Treppen, die zum Hauseingang führten, und es war ein seltsames Gefühl, hier zu sein, obwohl sie wussten, dass der Hausherr Opfer eines kaltblütigen Mordes geworden war, weil er zu viel gewusst hatte. Eine getigerte Katze streifte um das Haus. Als sie die Fremden in ihrem Territorium bemerkte, maunzte sie leise, dann ging sie auf Distanz und beobachtete Franka und Micha. Franka zögerte, dann legte sie den Finger auf den Klingelknopf, und sie lauschten dem sonoren Gong, der im Innern des Hauses ertönte. Es dauerte eine Zeit lang, bis sich Schritte näherten. Die Tür öffnete sich, und eine sichtlich verwirrte Karla Baumann stand vor ihnen. Die Haare hingen ihr strähnig ins Gesicht, das dunkle Kleid, das sie wahrscheinlich aufgrund der Trauer um ihren ermordeten Mann trug, machte einen verwahrlosten Eindruck und war fleckig. Als sie die Beamten erkannte, lächelte sie. Ihr Gesicht und die Hände waren blutverschmiert.

„Das ist schön, dass Sie hier sind." Es klang, als würde sie sich tatsächlich über die Besucher freuen.

„Mein Gott, ist Ihnen etwas passiert?", rief Franka.

„Ich habe das Gleichgewicht wieder hergestellt", erwiderte Karla Baumann im Plauderton. Ein kalter Wind pfiff um die dicken Mauern des Hauses, und Franka fröstelte.

„Es ist kalt heute Nacht, und wir haben Vollmond, sehen Sie nur." Ihr Blick glitt an Franka und Micha vorbei. Sekundenlang blickte sie mit einem versonnenen Lächeln auf die silbrige Scheibe des Mondes, der Franka heute besonders groß erschien. Es war, als hätte sich der Erdtrabant der Erde bis auf wenige Kilometer genähert. Sie warf Micha einen Blick zu, der nickte unauffällig, und sie kannte ihn bereits gut genug, um zu wissen, dass er ähnlich dachte wie sie. Entweder stand Karla Baumann unter einem schweren Schock oder sie war geistig verwirrt. Die wohlhabende Witwe schien mit dem Verlust ihres Mannes doch nicht zurechtzukommen. Dennoch versetzten ihre blutverschmierten Hände und das Gesicht, das an eine schreckliche Maske erinnerte, Franka und Micha in Alarmbereitschaft.

„Kommen Sie doch herein", flötete Karla Baumann und gab den Eingang frei. Erst jetzt bemerkte sie, dass Micha den Computer ihres Mannes mitgebracht hatte.

Micha hatte beschlossen, dass es wohl besser war, Karla Baumann zu einem späteren Zeitpunkt noch einmal auf ihren Zustand anzusprechen. „Ich habe Ihnen etwas mitgebracht, das Ihrem Mann gehört. Wir haben es bei seinem Mörder gefunden."

„Das ist ja interessant."

Weder Franka noch Micha wussten den seltsamen Unterton in ihrer Stimme zu deuten. Sie tauschten einen Blick miteinander, bevor sie das Haus betraten. In der Halle brannte Licht, und sie sahen, dass auch die Kleidung der Hausherrin verschmutzt war und tiefrote Blutflecken aufwies.

„Ich war so frei und habe Ihnen die Arbeit abgenommen", erklärte sie, als sie die Blicke der Beamten sah.

„Wovon reden Sie, Frau Baumann?" Franka griff in ihre Tasche und legte eine Hand an den Griff ihrer Waffe. Hier stimmte etwas nicht, und das seltsame Verhalten und der desolate Zustand Karla Baumanns waren Belege dafür. Vielleicht hätten sie Verstärkung anfordern sollen. Doch es war bereits zu spät, denn wenn von Karla Baumann eine Gefahr ausging, dann waren sie ihr bereits in die Falle gegangen.

Karla Baumann begann zu sprechen. Sie senkte den Blick und spielte mit ihren schlanken Händen, an denen das verkrustete Blut klebte.

„Kötter ist tot."

Die Kommissare schauten einander wortlos an. Und dann wieder zu Frau Baumann. „Sie sollten wissen, dass ich ein Verhältnis mit ihm hatte. Er war jung, attraktiv und … irgendwie anders. Er hat mich von der ersten Minute an in seinen Bann gezogen, und so begannen wir hinter dem Rücken meines Mannes eine Affäre. Hinzu kam, dass wir … die gleichen Neigungen hatten, wenn Sie verstehen?"

„Nein, ich verstehe gar nichts", brauste Micha auf und fing sich dafür prompt einen bösen Blick von Franka an. Nach den Ereignissen und dem Schlafmangel in den vergangenen Tagen lagen seine Nerven jetzt offensichtlich blank.

„Dann werde ich es Ihnen erklären. Sicherlich haben Sie schon einmal davon gehört, dass es Vampire gibt. In Wirklichkeit, nicht im Film. Und bitte halten Sie mich nicht für verrückt. Das, was ich Ihnen erzähle, entspricht der Wahrheit. Wir sind es. Keine Untoten, keine Zombis oder so was. Wir sind Geschöpfe der Nacht und verzehren uns nach dem Blut der Menschen. Und Clay war einer von uns."

„Es gibt viele Irre, die von sich behaupten, Vampire zu sein." Micha schüttelte den Kopf.

Die letzte Seite – oder: Danksagung

Seien Sie doch ehrlich: Sie stehen im Buchladen, blättern durch *Mein ist die Nacht* und sehen, was der Autor auf der letzten Seite schreibt. Erwischt!

Aber im Ernst: Ich nutze diese Seite traditionell gern, um den Menschen, die zum Gelingen dieses Buches beigetragen haben, zu danken. Und das sind in erster Linie Sie, liebe Leser. Hielten Sie „Mein ist die Nacht" nicht in der Hand (im Buchladen? Oder schon zuhause?), wäre ich wohl der einzige Mensch, der diesen Text gelesen hätte, vielleicht noch meine Verleger, Daniel Juhr und Michael Itschert. Meine Leser sind mir seit zehn Jahren treu, und das finde ich erwähnenswert! Danke! Lassen Sie mich nachdenken: Zu einem Thriller, in dem ein neues Ermittlerteam einen offenbar geistig verwirrten Serienmörder jagt (ist er nicht doch ein Vampir?), steht die unermüdliche Arbeit der Kriminalpolizei immer im Vordergrund. Hier danke ich Martin Kieczka von der Wuppertaler Kripo, der mir beratend zur Seite stand und mir einen Einblick in die harte Polizeiarbeit ermöglichte. Er und sein Team sind Tag und Nacht im Einsatz und kämpfen an der Front des Verbrechens, während meine Fälle nur die Auswüchse meiner kranken Phantasie sind und ich mich als Schreibtischtäter bekennen muss. Ihnen und Ihrem Team zolle ich meinen größten Respekt!

Ich danke meiner Frau Tanja für das Verständnis, mich während des Schreibens in einer Art Dämmerzustand, der nur aus Schreiben und Schlafen besteht, zu ertragen. Und ich danke dir für deine kritischen Anmerkungen, die unterm Strich zum Gelingen des Romans beigetragen haben. Wie Frauen wirklich denken, wisst wahrscheinlich nur ihr! Was wäre ich nur ohne dich?

Mehr über *Mein ist die Nacht* und die anderen spannenden Thriller aus dem Hause Juhr und Gardez erfahren Sie auf den folgenden Seiten!

Sie wollen mehr über Clay erfahren?

Dann schnell ins Internet gehen auf www.juhrverlag.de oder www.gardez.de:

- **Die Kurzgeschichte „Clays Weg“**
- **Geschnittene Szenen aus dem Buch**
- **Die Vorgeschichte zum Roman**

Viel Spaß mit den guten Geschichten!
Und jetzt ... noch mehr Lesetipps.

Bernd Geisler: Das Buch Deborah

Sie schaute an die Decke und rieb sich ihr Kinn.
„Ich muss das Rezept noch von ihr besorgen. Und eine Zeugnismappe, die ich ihr geliehen habe. Ich habe sie noch nicht zurückbekommen."
„Kein Wunder", sagte Kommissar Saupe. „Das könnte schwierigst werden." Seine Zunge zischte.
Der Mann regt mich auf, dachte Deborah. Er lispelt. Und was soll dieser nervtötende Superlativ?
„Wieso schwierigst?", fragte sie.
„Im zentralsten Abflussrohr des Hauses liegen Leichenteile."
Das Klo. Jetzt wusste Deborah, warum es verstopft war.

Die junge Deborah Goldmann will sich in Bergisch Gladbach ein neues Leben aufbauen. Aber damit hat es sich, als in ihrem Mietshaus Leichenteile gefunden werden. Die Spur führt bald zu einer Sekte, die bundesweit operiert: Die Hilfe der Heiligen. Deborah kommt den seltsamen Mitgliedern viel näher als ihr lieb ist: Sie sehen in ihr eine Anführerin. Und sie selbst merkt gar nicht, in welche Gefahr sie sich bereits begeben hat ...

Nach seinem erfolgreichen Romandebüt „Der geschmackvolle Tod" legt Bernd Geisler nach: Er präsentiert einen brisanten Sektenthriller. Kontrovers, voller Wendungen und spannend bis zum überraschenden Ende.

ISBN 978-3-89796-219-4, 304 Seiten Broschur, Preis: 9,90 Euro

Michael Schreckenberg: Der Finder

Von jetzt auf gleich sind fast alle Menschen von der Erde verschwunden. Spurlos. Daniel, der Finder, reist für eine kleine Gruppe Überlebender durch ein leeres Land, um dem Geheimnis auf die Spur zu kommen. Aber alles erscheint wie tot. Die Wuppertaler Schwebebahn steht still, im Kölner Dom ist die letzte Messe längst gelesen. Nur in den Wäldern, den tiefen dunklen Wäldern, gibt es noch Leben. Und jede Nacht erwacht es mit neuem Hunger ...

(Cover vorläufig)

Michael Schreckenbergs Endzeit-Thriller erzählt vom Beginn nach dem Ende. Von Glaube und Hoffnung, von Einsamkeit und Tod. Eine apokalyptische Reise durch ein Land, das Sie so noch nie erlebt haben.

ISBN 978-3-89796-221-7, ca. 320 Seiten Broschur,
Preis: 9,90 Euro, ab 11. November 2010

Werner Geismar: Kölner Samba

Der Straßenkarneval in Köln zeigt dem Anwalt Bruno Böllmann sein anderes Gesicht: Mord und Totschlag, eine Leiche, die spurlos verschwindet, und den Tod seiner Katze. Als er das Gefühl hat, dass ihn sein Freund und Chef der Mordkommission nicht ganz ernst nimmt, ermittelt er auf eigene Faust und gerät in die dunkle Welt der afrobrasilianischen Kulte, die seine gut bürgerliche Anwaltswelt aus den Fugen geraten lässt. Aus Jäger werden Gejagte und ein unerbittliches Schicksal scheint sich an Bruno Böllmann zu erfüllen.

(Cover vorläufig)

Ein Multi-Kulti-Krimi, der seine Spannung aus dem Aufeinandertreffen zweier Welten gewinnt: dem Frohsinn des Kölner Karnevals und den dunklen Geheimnissen des afrobrasilianischen Umbanda-Kultes, geschrieben in der erzählerischen Tradition eines Jorge Amado.

ISBN 978-3-89796-218-7, ca. 230 Seiten Broschur,
Preis: 9,90 Euro, ab 11. November 2010

„Clay?“ Franka stutzte. „Sein Name ist Kai Kötter.“

Karla Baumann sprach ausschließlich mit Franka. Sie strafte Micha für sein aufbrausendes Verhalten mit Ignoranz.

„Sie irren, Frau Kommissarin. Er heißt Clay Ferguson und war der Sohn eines britischen Soldaten und einer Deutschen. Als der Vater aus Deutschland weg versetzt wurde, wuchs Clay alleine bei seiner Mutter in Wuppertal auf. Als junger Mann ging er dann zu seinem Vater nach England und geriet dort auf die schiefe Bahn. Als er nach Deutschland kam, weil ihm auf der Insel die Luft zu dünn wurde, nahm er eine neue Identität an. Das ist mit den richtigen Beziehungen ein Kinderspiel, aber das muss ich Ihnen sicherlich nicht erzählen. Sie haben es schließlich täglich mit gefälschten Ausweispapieren zu tun.“

„Sie sagten, ihm wurde in Großbritannien die Luft zu dünn. Wie meinen Sie das?“

„Er hatte dort im Knast gesessen und zog es deshalb vor, in Wuppertal noch einmal neu anzufangen.“

Franka runzelte die Stirn. „Wieso haben Sie ihm geholfen?“

„Ich habe ihm den Job beim Kurierdienst besorgt; dort konnte er nachts fahren und tagsüber alles in Ruhe vorbereiten. Gemeinsam hatten wir einen Plan ersonnen. Er sollte sich eines Opfers bemächtigen und dieses in die alte Fabrik am Wupperufer schaffen. Von mir hatte er dazu den Schlüssel zu dem Gebäude erhalten. In einer rituellen Handlung sollte er seinen Instinkten nachgeben, und die gefangene Frau töten, ihr Blut trinken und sich von ihrem Fleisch ernähren.“

Sie lächelte Franka und Micha entwaffnend an. „Leider ist Clay weit über das Ziel hinausgeschossen. Er vergewaltigte die Frau, er erniedrigte sie auf eine Weise, wie ich es nicht akzeptieren kann. Und er machte in dieser Richtung weiter. Es hat Ihnen bei der Kripo viel Arbeit gemacht, und dafür möchte ich mich aufrichtig entschuldigen. Immerhin hat er Klaus aus dem Weg geräumt, das werde ich ihm nie vergessen. Klaus war ein schwieriger Mann und hat mich immer für geistig krank gehalten, wenn ich ihm reinen Wein über mein wahres Leben einschenken wollte.“

Wieder ein Lächeln, das Verständnis für ihren toten Mann signalisieren sollte. Sie führte die Besucher in eine Art Wohnzimmer.

„Es hat nicht geklappt, wie es geplant war.“ Plötzlich hatte sie eine kleine Waffe in der rechten Hand. „Und dafür werde ich selbstredend die Konsequenzen ziehen. Clay ist bereits tot. Er starb so wie die Frauen vor ihm.“ Genießerisch leckte sie sich mit der Zunge über die Lippen. Sie lächelte noch ein wenig breiter, und Franka erschauerte, als sie die spitz geschliffenen Eckzähne von Karla Baumann erblickte. Sie starrte in den blassen Teint der wohlhabenden Frau, die erst vor kurzer Zeit ihren Mann verloren hatte. Ihre Augen wirkten tot und leblos. Eiskalt. Der Blick von Karla Baumann jagte ihr einen Schauer über den Rücken.

„Der Zahnarzt hat gute Arbeit geleistet, finden Sie nicht?“

„Doch, absolut.“ Franka nickte wie in Trance.

„Dennoch ist es zu spät, neu anzufangen. Ich werde auch nicht jünger, wissen Sie.“

„Bitte lassen Sie die Waffe fallen. Frau Baumann, wir müssen Sie bitten, mit uns zu kommen.“ Micha hatte die Handschellen gezückt, die er am Gürtel seiner Hose trug. Franka zückte die Dienstwaffe und hielt die Mündung auf Karla Baumann gerichtet. Sie wollte Micha sichern, während er ihr die Handschellen anlegte.

„Wir verhaften Sie wegen Mordes an Kai Kötter alias Clay Ferguson. Das ist sicherlich ein Fall für das Bundeskriminalamt und Interpol. Sie haben so eben ein Geständnis abgelegt.“

Karla Baumann lachte amüsiert, so, als hätte Franka ihr einen guten Witz erzählt. Dann schüttelte sie den Kopf. „Ich habe kein Geständnis abgelegt, ich habe Ihnen lediglich erläutert, warum Sie anscheinend erfolglos einem Phantom nachgejagt sind. Wir töten um zu leben, wissen Sie? Da gilt das Gesetz nicht, das für normal sterbliche Menschen erdacht wurde, die sich an all die gesellschaftlichen Regeln zu halten haben, die uns als Kinder anerzogen wurden.“

Franka war sicher, dass Karla Baumann geistig verwirrt war. Sie würden sie in Sicherheitsverwahrung nehmen müssen und morgen könnte sich dann ein Polizeipsychologe um sie kümmern. Doch zunächst einmal galt es, sie mit aufs Präsidium zu nehmen. Und dafür zu sorgen, dass sie die Waffe abgab.

„Wo ist Clay jetzt?“, fragte sie, um Zeit zu gewinnen.

„Im Schlafzimmer. Er ist in meinem Bett zu meinem ganz persönlichen Donar geworden. Damit hat er zu guter Letzt auch noch seinen Sinn erfüllt. Sie können Ihn gern sehen, wenn Sie wollen, aber bitte erschrecken Sie nicht: Der Anblick einer zerfleischten Kehle … aber das kennen Sie ja inzwischen."

„Wir werden Sie jetzt wegen Mordes an Kai Kötter festnehmen." Franka sprach ruhig und emotionslos. Sie achtete auf jede Regung im Gesicht der offenbar verwirrten Frau. Langsam ging Micha mit den Handschellen auf Sie zu. Sie hielt inne. Er zögerte. Dann hob sie die Hand mit der Pistole und hielt sie sich an die Schläfe.

„Waffe fallen lassen, verdammt noch mal!", brüllte Micha und machte einen Satz auf Karla Baumann zu. Er ließ die Handschellen fallen und streckte sich, um die Hand, mit der die Baumann die Waffe umklammert hielt, von ihrem Körper wegzudrehen. Er riss sie dabei zu Boden, Karla Baumann zeterte hysterisch, dann sah Franka das Mündungsfeuer aufblitzen. Die beiden Körper wälzten sich über einander.

Dann zuckten seine Mundwinkel, er drehte den Kopf in Frankas Richtung.

„Scheiße", brummte Micha und rappelte sich umständlich auf. Am Boden sitzend betrachtete er den leblosen Körper von Karla Baumann, der es noch im Moment des Sturzes gelungen war, einen Schuss abzugeben, der ihre Schläfe getroffen hatte. Ein Einschussloch an ihrem Schädel und die leblosen Augen räumten auch die letzten Zweifel aus.

Karla Baumann hatte sich erschossen.

Micha löste die Pistole aus ihrer Hand und trat sie mit der Stiefelspitze in eine Ecke des Raumes, bevor er sich über Karla Baumann beugte, um ihren Puls zu fühlen.

Als er sich mit einem stummen Kopfschütteln zu Franka umwandte, dachte sie gar nichts mehr.

Micha stand auf und nahm mit einer Plastiktüte, die er aus der Innentasche seiner karierten Baumfällerjacke zog, die kleine Pistole von Karla Baumann auf. Franka verließ den Raum, in dem sie es nicht mehr aushielt, und suchte nach dem Schlafzimmer, wohl wissend, dass es nicht besser werden konnte.

Karla Baumann hatte nicht übertrieben. Kai Kötter oder Clay Ferguson oder Dark Lord lag auf dem Bett. Sie hatte ihm eine große Bisswunde zugefügt, und nun lag er in einer dunkelroten Blutlache. Dass er nicht mehr lebte, musste Franka nicht erst überprüfen. Sein Mund stand auf, wie zu einem stummen, letzten Schrei geöffnet. Da lag er, der Mann, der innerhalb weniger Stunden und Tage vier Menschenleben ausgelöscht hatte. Das Phantom, dem sie seit Tagen hinterherjagten, war selbst zu einem Opfer geworden. Es konnte nicht mehr bestraft werden.

Befriedigung verspürte Franka nicht. Sie war nur froh, dass die Geschichte endlich vorbei war und kehrte zu Micha zurück, der sie mit versteinerter Miene anblickte.

„Sie hat nicht gelogen, Kötter liegt tot im Bett.“ Ihre Stimme klang belegt, und sie rang sichtlich um Fassung. Die Polizistin nahm sich nun die Freiheit, Mensch zu sein. Die Ereignisse der letzten Stunden zogen wie ein Film an ihrem geistigen Auge vorüber. Sie kämpfte mit den Tränen.

Karla Baumann, die sich bis zum letzten Augenblick ihres Lebens für eine Vampirin gehalten hatte, war tot. Sie hatte ihrem Leben ein Ende gesetzt. Kai Kötter lebte ebenfalls nicht mehr, und damit war der Fall aufgeklärt. Franka warf sich schluchzend an Michas breite Brust. In diesem Moment vergaß sie, dass sie Kommissarin war und schon so viel erlebt hatte. Sie sehnte sich einfach nach menschlicher Nähe und genoss in diesem Augenblick Michas Wärme. Er strich ihr sanft durch das Haar.

„Es ist vorbei.“

Dann zückte er das Handy und informierte die Kollegen.

Ende